国家社会科学基金项目成果

汉代四家《诗》比较研究

赵茂林 著

上海古籍出版社

图书在版编目(CIP)数据

汉代四家《诗》比较研究 / 赵茂林著. —上海：
上海古籍出版社，2024.5
ISBN 978-7-5732-1081-4

Ⅰ.①汉… Ⅱ.①赵… Ⅲ.①《诗经》—诗歌研究
Ⅳ.①I207.222

中国国家版本馆CIP数据核字(2024)第076316号

汉代四家《诗》比较研究

赵茂林 著

上海古籍出版社出版发行

（上海市闵行区号景路159弄1-5号A座5F 邮政编码201101）

（1）网址：www.guji.com.cn

（2）E-mail：guji1@guji.com.cn

（3）易文网网址：www.ewen.co

浙江新华数码印务有限公司印刷

开本890×1240 1/32 印张11.25 插页5 字数262,000

2024年5月第1版 2024年5月第1次印刷

印数：1—1,300

ISBN 978-7-5732-1081-4

I·3816 定价：68.00元

目　录

前言：异同之间

秦始皇焚书坑儒，《诗经》的传授一度中绝。汉朝建立，《诗经》的传授才逐渐恢复。汉初传授《诗经》者主要有四家：鲁人申培所传《鲁诗》，齐人辕固所传《齐诗》，燕人韩婴所传《韩诗》，赵人毛公所传《毛诗》，合称为“四家《诗》”。其中《鲁诗》《齐诗》《韩诗》在武帝立五经博士后陆续立于学官①，终汉之世；而《毛诗》虽在平帝时一度立于学官，但主要在民间传授。《鲁诗》《齐诗》《韩诗》一般被视为今文学，故又合称为“三家《诗》”；《毛诗》被看作古文学。现存《诗经》文本乃《毛诗》之本，三家《诗》已经亡佚，只存《韩诗外传》一书。三家虽已亡佚，但是其佚文遗说也还大量见于汉人的著述、唐人的注疏以及类书等中，陆德明《毛诗音义》著录有《韩诗》异文异训，《石经·鲁诗》残石也时有发现，并且清代学者也做了大量的辑佚工

① 赵茂林《汉代四家〈诗〉命名考辨》，《学术论坛》2010 年 9 期，人大复印报刊资料《中国古代、近代文学研究》2011 年 2 期。

作，使得四家《诗》的比较成为可能。

一、三家《诗》亡佚前四家《诗》的比较

比较是我们认识事物的基本方法之一，也是重要方法之一。朱光潜说："一切价值都由比较得来，不比较无由见长短优劣。"① 四家《诗》的比较应该有两个层次，即三家《诗》与《毛诗》的比较、三家《诗》之间的比较。由于《毛诗》主要在民间传授，在古文学兴起之前，学者往往就三家《诗》的层面立说。武帝时，司马迁比较了《韩诗》与《齐诗》《鲁诗》的异同。《史记·儒林列传》："韩生者，燕人也。孝文帝时为博士，景帝时为常山王太傅。韩生推《诗》之意，而作内、外《传》数万言，其语颇与齐鲁间殊，然其归一也。""推《诗》之意"，是说韩婴的解《诗》方法，即由《诗》意而推衍政治教化、伦理道德的道理。这种解《诗》方法，是与《齐诗》《鲁诗》不同的，但却是韩婴治经的基本方法。《汉书·儒林传》："韩生亦以《易》授人，推《易》意而为之传。"则其解《易》也是用推衍之法。这样来看《汉书·儒林传》采《史记》比较《韩诗》与《齐诗》《鲁诗》异同之语，而改"推《诗》之意"为"推诗人之意"，也就不合理。"其语颇与齐鲁间殊"，是说其解《诗》之语与《齐诗》《韩诗》不同，实际说的是解说的表达形式问题。"其归一也"，是说《韩诗》与《齐诗》《鲁诗》解释宗旨是相同的，即以政治教化、伦理道德为

① 朱光潜撰、朱立元导读《诗论·抗战版序》，上海古籍出版社，2001年。

阐释旨归，此即程廷祚所说："汉儒言诗，不过美刺两端。"① 司马迁对三家《诗》的比较是其"厥协六经异传"（《太史公自序》）学术旨趣的体现，也是为这一旨趣服务的。

除了《汉书·儒林传》中采《史记》比较《韩诗》与《齐诗》《鲁诗》异同之语外，《汉书·艺文志》中也有对三家《诗》的比较。说："汉兴，鲁申公为《诗》训故，而齐辕固、燕韩生皆为之传。或取《春秋》，采杂说，咸非其本义。与不得已，鲁最为近之。"但这究竟是班固的意见，还是刘歆的说法，甚或是刘向对三家《诗》的评价呢？《艺文志》本于《七略》，"删其要"而成，但也有增入的内容。书目部分六义《书》类增刘向《稽疑》一篇，六义小学类"入扬雄、杜林二家二篇"，诸子儒家类"入扬雄一家三十八篇"等。那么，书目前后的序语是否有增删呢？《七略》已经亡佚，无从全面比较。但从《艺文志》序语一些段落、用语等看，《艺文志》序语基本都用《七略·辑略》，只是略作修饰而已。王应麟说："《法言》（《寡见篇》）曰：'古之学者耕且养，三年通一经。'《艺文志》曰：'古之学者耕且养，三年而通一艺。'盖刘歆《七略》取《法言》之语。"② 又"汉兴，鲁申公为《诗》训故"段后说："又有毛公之学，自谓子夏所传，而河间献王好之，未得立。"姚振宗说："平帝时立《毛诗》博士，以讫王莽之末。此云'未得立'者，本《七略》旧文，哀帝时之言也。"③ 故张舜徽

---

① 程廷祚《青溪集》卷二《诗论十三·再论刺诗》，《金陵丛书》蒋氏校印本，第七页。

② 王应麟著、翁元圻等注《困学纪闻（全校本）》，上海古籍出版社，2009 年，第 1097 页。

③ 姚振宗《汉书艺文志条理》，《二十五史补编》，中华书局，1955 年，第 1548 页。

《汉书艺文志通释》说："班氏删《七略》以入《汉书》，为《艺文志》，仅其中之一篇，势不得不翦汰烦辞，但存书目。复散《辑略》之文，置于卷首及每略每部之后，今《志》中《大序》《小序》之文，皆出于《辑略》，但稍有损益耳。"① 据此，可以断定《艺文志》比较三家《诗》异同的说法应该出自刘歆《七略》。而清代一些学者，如王引之、陈奂等据《艺文志》比较三家《诗》的说法，断定班固用《鲁诗》，显然是不正确的。

虽然可以断定《艺文志》比较三家《诗》异同的说法出自刘歆《七略·辑略》，但这个说法是刘歆对三家《诗》认识呢，还是刘歆采刘向的说法，还需要进一步分析。《艺文志》说："至成帝时，以书颇散亡，使谒者陈农求遗书于天下。诏光禄大夫刘向校经传诸子诗赋，步兵校尉任宏校兵书，太史令尹咸校数术，侍医李柱国校方技。每一书已，向辄条其篇目，撮其指意，录而奏之。会向卒，哀帝复使向子侍中奉车都尉歆卒父业。歆于是总群书而奏其《七略》。"又阮孝绪《七录序》："昔刘向校书，辄为一录，论其指归，辨其讹谬，随竟奏上，皆载在本书。时又别集众录，谓之别录，即今之《别录》是也。子歆撮其指要，著为《七略》。其一篇即六篇之总最，故以《辑略》为名。"② 学界据此一般认为《七略》本于刘向《别录》而成。因而一些学者认为《艺文志》中比较三家《诗》之语为刘向所说，刘光蕡据"与不得已，鲁最近之"说："子政世习《鲁诗》，故右《鲁诗》。"③ 子政为刘向字。实

① 张舜徽《广校雠略　汉书艺文志通释》，华中师范大学出版社，2004年，第168页。

② 释道宣《广弘明集》，《四部丛刊》初编，上海商务印书馆，1922年。

③ 刘光蕡《前汉艺文志注》，《二十五史补编》，中华书局，1955年，第1715页。

际就认为《艺文志》中比较三家《诗》的说法出自刘向。

但比较刘歆《移让太常博士书》与《艺文志》“六义略”序语，可以确定，《艺文志》中比较三家《诗》异同的说法是刘歆的意见。《艺文志》说三家《诗》“咸非其本义”，显然对三家《诗》持否定的态度，这与刘歆对立于学官各经派的态度是一致的。刘歆建言立《左氏春秋》《毛诗》《逸礼》《古文尚书》于学官。哀帝令歆与五经博士讲论其义，诸博士不肯置对，歆因移书太常博士，说：“至孝武皇帝，然后邹、鲁、梁、赵颇有《诗》《礼》《春秋》先师，皆起于建元之间。当此之时，一人不能独尽其经，或为《雅》或为《颂》，相合而成。《泰誓》后得，博士集而读之。故诏书称曰：‘礼坏乐崩，书缺简脱，朕甚闵焉。’时汉兴已七八十年，离于全经，固已远矣。”意者立于学官各经派所传经书都是残缺的，故下又说：“及鲁恭王坏孔子宅，欲以为宫，而得古文于坏壁之中，《逸礼》有三十九篇，《书》十六篇。天汉之后，孔安国献之，遭巫蛊仓卒之难，未及施行。及《春秋》左氏丘明所修，皆古文旧书，多者二十余通，臧于秘府，伏而未发。孝成皇帝闵学残文缺，稍离其真，乃陈发秘臧，校理旧文，得此三事，以考学官所传，经或脱简，传或间编。”《艺文志》对立于学官各经派的态度与《移让太常博士书》一致。《艺文志》说：“汉兴，田何传之。讫于宣、元，有施、孟、梁丘、京氏列于学官，而民间有费、高二家之说，刘向以中《古文易经》校施、孟、梁丘经，或脱去‘无咎’‘悔亡’，唯费氏经与古文同。”此说立于学官《易》各家所传经书有缺文。又说：“刘向以中古文校欧阳、大小夏侯三家经文，《酒诰》脱简一，《召诰》脱简二。率简二十五字者，脱亦二十五字，简二十二字者，脱亦二十二字，文字异者七百有余，脱字数十。”此说传《书》各家所持经书残缺。又说：“《礼古经》

者，出于鲁淹中及孔氏，与十七篇文相似，多三十九篇。及《明堂阴阳》《王史氏记》所见，多天子、诸侯、卿、大夫之制，虽不能备，犹愈仓等推《士礼》而致于天子之说。”此说立于学官《礼》家所传经书不完备。

立于学官各经派所传经书不完备，而经师们却因陋就简，便辞巧说，强为之解，此即《移太常博士书》所说：“往者缀学之士不思废绝之阙，苟因陋就寡，分文析字，烦言碎辞，学者罢老且不能究其一艺。信口说而背传记，是末师而非往古。”亦即《艺文志》所说：“后世经传既已乖离，博学者又不思多闻阙疑之义，而务碎义逃难，便辞巧说，破坏形体；说五字之文，至于二三万言。后进弥以驰逐，故幼童而守一艺，白首而后能言；安其所习，毁所不见，终以自蔽。此学者之大患也。”

由于立于学官各经派所传经书本不完备，而经师们又便辞巧说，致使其解说失真，并没有传承孔子的微言大义。后仓等是“推《士礼》而致于天子之说”，不得天子之礼之真。《艺文志》又说：“丘明恐弟子各安其意，以失其真，故论本事而作传，明夫子不以空言说经也……及末世口说流行，故有《公羊》《穀梁》《邹》《夹》之《传》。”是说《左氏春秋》传承了孔子微言大义，而《公羊春秋》《穀梁春秋》等皆为“末世口说”，并非孔子真意。又说：“汉兴，长孙氏、博士江翁、少府后仓、谏大夫翼奉、安昌侯张禹传之，各自名家。经文皆同，唯孔氏壁中古文为异。‘父母生之，续莫大焉’‘故亲生之膝下’，诸家说不安处，古文字读皆异。”是说传《孝经》诸家的解说也不得经书之真意。故刘歆评三家《诗》说“咸非其本义”，也是说三家《诗》的解说没有得经书之真意，亦即没有传承孔子的微言大义，此即《移让太常博士书》所说：“及夫子没而微言绝，七十子终而大义乖。”亦即《艺文志》所说：

“昔仲尼没而微言绝，七十子丧而大义乖。”

《七略》《移太常博士书》是刘歆同年之作。顾实认为《七略》作于哀帝建平元年（前6）春夏间，《移让太常博士书》作于同年①；王葆玹也认为《移让太常博士书》作于建平元年，《七略》作于同年稍前②。刘歆校书时在中秘发见《春秋左氏传》《毛诗》《逸礼》《古文尚书》等，大好之，与立于学官诸经比较，发现立于学官诸经及解说存在种种问题，于是建言立《左氏春秋》等于学官。校书与建言《左氏春秋》立于学官两事前后一贯，故《七略》《移让太常博士书》对立于学官各经派都持否定的态度。

刘向、刘歆学术旨趣并不相同，刘歆喜好《左氏春秋》等古文经典，而刘向仍坚持立于学官各经说。《汉书·楚元王传》：“歆以为左丘明好恶与圣人同，亲见夫子，而公羊、穀梁在七十子后，传闻之与亲见之，其详略不同。歆数以难向，向不能非间也，然犹自持其《穀梁》义。”贾公彦《序周礼废兴》引马融《周官传序》说：“时众儒并出，共排以为非是，唯歆独识。”“独”，说明在当时只有刘歆认识到了古文经典的学术价值。因而，对三家《诗》持否定的说法不可能出自刘向。

刘歆以为三家《诗》“取《春秋》，采杂说，咸非其本义”，“取《春秋》，采杂说”指出三家《诗》之所以解释不得其真的原因。这里的“《春秋》”应该不仅仅指《春秋》及三《传》。《艺文志》“春秋类”既列有《春秋》经及解说《春秋》的著作，又有《太史公》《楚汉春秋》《汉大年纪》等一般的历史著作，更把《议

① 顾实《汉书艺文志讲疏》，上海古籍出版社，2009年，第10页。

② 王葆玹《今古文经学新论》，中国社会科学出版社，1997年，第145页。

奏》《奏事》之类的著述列入其中。所以，这里所说“春秋”显非狭义的《春秋》及解说之作，而是所有与历史相关的著作①。而自战国时期到至西汉，学者对历史产生了浓厚的兴趣，除了各类有关的著作不断产生外，诸子也往往摭拾历史材料来论述。对历史兴衰的关注，自然是关注现实政治必然的表现。关注现实又是西汉经学的基本品质。

“采杂说”，是说三家《诗》杂采百家之说。这实际是战国后期以来学术发展趋势的体现，即由百家争鸣到百家合流。这股风气延续到汉代，表现为汉初诸儒往往援道入儒、援法入儒、援阴阳入儒，思想比较驳杂。著述时，不仅借鉴其他各家的学说，而且直接袭取其他各家的学术资料。再则，李零认为事类故事的编撰者面对共同的“资料库”②。而三家《诗》皆有以事证《诗》的解说倾向，采用共同“资料库”中的资料也就是很自然的事。《韩诗外传》杂采百家之处，屈守元《韩诗外传笺疏》皆一一指出，如卷三“昔者不出户而知天下”章前二语采自《老子》第四十七章，卷四“伪诈不可长”章语本《管子·小称篇》，卷二“原天命”章见于《文子·符言篇》，卷八“吴人伐楚”章所载之事见于《庄子·让王下》等等。而《毛传》也有采百家之处，如《郑风·子衿》采《墨子·公孟篇》“诵诗三百，弦诗三百，歌诗三百，舞诗三百”之语等。

陈澧认为《艺文志》说三家《诗》“采杂说”专指《外传》，乃《外传》之体使然③；杨树达也认为《艺文志》所说“取春秋，

---

① 赵茂林《两汉三家〈诗〉研究》，巴蜀书社，2006 年，第 402 页。

② 李零《简帛古书与学术源流》，三联书店，2004 年，第 204 页注 3。

③ 陈澧《东塾读书记》卷六，三联书店，1998 年，第 107 页。

采杂说，咸非其本义”就传而言，而《齐诗》《韩诗》有传，《鲁诗》无传①。二家之说看起来有道理，实际存在割裂文义之嫌。“取春秋，采杂说，咸非其本义”，紧承“汉兴，鲁申公为《诗》训故，而齐辕固、燕韩生皆为之传”而言，就不能说“取春秋，采杂说，咸非其本义”仅指传或外传而言。“鲁申公为《诗》训故，而齐辕固、燕韩生皆为之传”很可能是互文见义。三家《诗》皆有故有传。《艺文志》著录的三家《诗》著述，有《鲁故》二十五卷、《鲁说》二十八卷、《齐后氏故》二十卷、《齐孙氏故》二十七卷、《齐后氏传》三十九卷、《齐孙氏传》二十八卷、《齐杂记》十八卷、《韩故》三十六卷、《韩内传》四卷、《韩外传》六卷、《韩说》四十一卷。虽然不著录《鲁诗》之传，但《汉书·楚元王传》说“申公始为《诗》传，号《鲁诗》”。汉、唐人注疏中也有明确引用《鲁诗传》的例证。何休《公羊传·隐公五年解诂》：“《鲁诗传》曰：‘天子食日举乐，诸侯不释悬，大夫士日琴瑟。’”《后汉书·班固传》章怀太子注：“《鲁诗传》曰：‘古有梁邹者，天子之田也。’”又见于《文选·魏都赋》李善注。又褚少孙学《诗》于王式，为博士，《鲁诗》有褚氏之学。褚少孙补《史记·三代世表》曰：“诗传曰：‘汤之先为契，无父而生……’”所引《诗传》即《鲁诗》之传。因而，《鲁诗》有传是无疑的。《鲁诗》有传，《艺文志》不著录，或许中秘所无，或许是刘歆疏忽。这类似于说“齐辕固、燕韩生皆为之传”却不著录辕固之传。而辕固是作有《诗传》的，荀悦《汉纪》：“齐人辕固生为景帝博士，亦作《诗外、内传》。”②

---

① 杨树达《汉书窥管》，上海古籍出版社，2006年，第208页。

② 《两汉纪》，中华书局，2002年，第435页。

“与不得已，鲁最为近之”，则包含着对三家《诗》的比较。意思是说，比较而言，《鲁诗》比《齐诗》《韩诗》的解说更接近经书的真意、孔子的微言。刘光蕡以为这个说法是刘向“右《鲁诗》”的表现。前已辨明《艺文志》中比较三家《诗》异同的说法是刘歆的意见，那么是不是刘歆“右《鲁诗》”呢？学界一般认为刘向父子世习《鲁诗》。刘向是楚元王刘交的玄孙，据《汉书·楚元王传》，刘交与《鲁诗》创始人申培同受《诗》于浮丘伯。“元王好《诗》，诸子皆读《诗》”。刘向、刘歆也都精于《诗》。《楚元王传》说：“向睹俗弥奢淫，而赵、卫之属起微贱，逾礼制。向以为王教由内及外，自近者始。故采取《诗》《书》所载贤妃贞妇兴国显家可法则及孽嬖乱亡者，序次为《列女传》，凡八篇，以戒天子。”“歆字子骏，少以通《诗》《书》能属文召见成帝。”但说刘向父子世习《鲁诗》，并不是没有疑问。《楚元王传》并没有明言刘向、刘歆所治为《鲁诗》。而刘向的父亲刘德是“修黄老术”的。退一步讲，即使刘向、刘歆曾习《鲁诗》，也不可能专用《鲁诗》，因为刘向、刘歆“父子俱好古，博见强志，过绝于人”，与一般儒生墨守自然不同。再则，即使刘歆原习《鲁诗》，在中秘见到《毛诗》之后，其兴趣应该转向了《毛诗》。揆之刘歆对《左氏传》喜好的情形是可以这样认为的。《汉书·楚元王传》：“及歆校秘书，见古文《春秋左氏传》，歆大好之。时丞相史尹咸以能治《左氏》，与歆共校经传。歆略从咸及丞相翟方进受，质问大义。初《左氏传》多古字古言，学者传训故而已，及歆治《左氏》，引传文以解经，转相发明，由是章句义理备焉。”

既然刘歆不见得用《鲁诗》，在见到《毛诗》后兴趣也有可能转向《毛诗》，那么刘光蕡所说“与不得已，鲁最为近之”是“右《鲁诗》”的表现就不见得正确。再则，刘歆校中秘书，是受诏而行，而《七略》也是要上奏哀帝的，《艺文志》说“歆于是总群书而奏其《七略》”。既然是上奏皇帝的，就不可能以自己的好恶作为评价的标准。因而“与不得已，鲁最为近之”，应该是刘歆比较三家《诗》后得出的一个客观的结论。

除了司马迁、刘歆对三家异同概括的评价外，石渠阁会议也应该涉及了三家《诗》异同的比较。《汉书·宣帝纪》：甘露三年（前51），“诏诸儒讲《五经》同异，太子太傅萧望之等平奏其议，上亲称制临决焉。乃立梁丘《易》、大小夏侯《尚书》、穀梁《春秋》博士。”石渠阁会议的目的是要评判各经派之是非，其中虽然以平《公羊春秋》与《穀梁春秋》的是非为主，但立梁丘《易》、大小夏侯《尚书》，也应该对《易》各派、《尚书》各派的是非有所评判，而就《汉书·艺文志》所著录的石渠《议奏》来看，有《尚书》类、《礼》类、《论语》类，以及附于《孝经》类的《五经杂议》，几乎遍及群经，因而也当涉及《诗》。《宣帝纪》不提《诗》，一则是《诗》派此时无所增立，再则是因为《诗》之“异议最少”。钱穆说：“刘歆《移书》《汉书·宣纪》，及《儒林传赞》，列举诸经家数先后异同，均不及《诗》，非《诗》之分家最早，乃《诗》之争议最少耳。”① 由于石渠阁会议“讲《五经》同异”主要偏重于礼制，《宣帝纪》不提及《诗》，也就说明三家《诗》在礼制方面的分歧较小。

刘歆在哀帝时建言立《左氏春秋》《毛诗》《逸礼》《古文尚书》于学官，不果。平帝时，王莽执政，企图建立一种新的学术体系，于是立四学于学官。中兴后，虽然四学不立于学官，但由于前有刘歆争立、王莽建立，因而四学引起了越来越多学者的兴

---

① 钱穆《两汉经学今古文平议》，商务印书馆，2001年，第216页。

趣，研习者逐渐增多，官方也支持四学。这样，今古文经学的比较也就逐渐展开。《后汉书·肃宗孝章帝纪》：建初四年（79），“于是下太常，将、大夫、博士、议郎、郎官及诸生、诸儒会白虎观，讲议《五经》同异，使五官中郎将魏应承制问，侍中淳于恭奏，帝亲称制临决，如孝宣甘露石渠故事，作《白虎议奏》。”虽说“如孝宣甘露石渠故事”，但白虎观会议“讲议《五经》同异”，并不限于今文学各经派，实际与石渠阁会议并不完全相同。章帝喜好古文经学，《后汉书·贾逵传》：“肃宗立，降意儒术，特好《古文尚书》《左氏传》。”与会者虽以今文学者为主，但也有像贾逵那样的古文学者列席，而与会的丁鸿也是既通《欧阳尚书》又通《古文尚书》的。就《诗》学而言，参加会议的魏应、鲁恭皆习《鲁诗》，而贾逵传《毛诗》。那么，应该有《毛诗》与三家《诗》的比较。班固依据《白虎议奏》作《白虎通义》①，反映的是会议讨论后产生的统一看法、皇帝的决断，并不能完全反映会议讨论的过程。《白虎通义》所述以今文经说为主。即使如此，《诗》学方面除了征引《鲁诗》《韩诗》之外，也有与《毛诗》相合之处。《嫁娶篇》：“卿大夫一妻二妾者何?”②《唐风·绸缪》三章“今夕何夕，见此粲者”《毛传》曰：“三女为粲。大夫一妻二妾。”二者相合。《嫁娶篇》：“礼男娶女嫁何？阴卑，不得自专，就阳而成之，故《传》曰：‘阳倡阴和，男行女随。’”陈立以为所引《传》乃《易纬·乾凿度》文③。但庄述祖以为用《毛诗》④。《毛诗·郑

① 庄述祖《白虎通义考》，陈立《白虎通疏证》附录二，中华书局，1994年，第607页。

② 陈立《白虎通疏证》，第481页。

③ 陈立《白虎通疏证》，第452页。

④ 庄述祖《白虎通义考》，陈立《白虎通疏证》附录二，第609页。

风·丰序》："刺乱也。婚姻之道缺，阳倡而阴不和，男行而女不随。"《白虎通》引纬文，一般皆注明篇名，当然也有称"传"，而实引用纬文者。《圣人》篇："《传》曰：'伏羲日禄衡连珠，大目准龙状，作《易》八卦以应枢。'"①《路史》卷十引《孝经·援神契》云："伏羲大目山准，日角而连珠衡。"②《北堂书钞》卷一引《元命苞》："伏羲龙状。"③《五行大义》卷五引《礼·含文嘉》云："伏羲德洽上下，天应以鸟兽文章，地应以龟书，伏羲则象作八卦。"④ 或许由于是混引《援神契》《元命苞》《含文嘉》故称之"传"。但"阳倡阴和，男行女随"见于《乾凿度》，按引用惯例，似应该用篇名。而《毛诗序》实际也是解经之说，自然可以称为"传"。又《宗族篇》："《礼》曰：'宗人将有事，族人皆侍。'"《小雅·湛露》一章"厌厌夜饮，不醉无归"《毛传》："宗子将有事，则族人皆侍。"《通典·礼》三十三引"礼曰"作"毛苌曰"。陈立以为杜祐因《毛传》与《白虎通》相合而妄改，实为用佚《礼》说⑤，庄述祖认为用《毛诗》⑥。实际，陈立说杜祐妄改，也只是一种可能。也有可能杜祐所见《白虎通》就作"毛苌曰"。总之，不论什么情况，至少可以说明《白虎通》有与《毛诗》相合之处。

章帝除了召开白虎观会议"讲议《五经》同异"，还诏令贾逵比较今古文经说的异同，《后汉书·贾逵传》说："逵数为帝言

---

① 陈立《白虎通疏证》，第 337 页。

② 罗泌《路史》卷十《太昊纪上》，明万历刻本。

③ 虞世南《北堂书钞》卷一《帝王部一》，影印文渊阁《四库全书》第 889 册，台湾商务印书馆，1983 年，第 4 页。

④ 萧吉《五行大义》卷五《论五帝》，清《佚存丛书》本。

⑤ 陈立《白虎通疏证》，第 394 页。

⑥ 庄述祖《白虎通义考》，陈立《白虎通疏证》附录二，第 609 页。

《古文尚书》与经传《尔雅》诂训相应，诏令撰欧阳、大小夏侯《尚书》古文同异。逵集为三卷，帝善之。复令撰齐、鲁、韩《诗》与毛氏异同。”《齐鲁韩诗与毛氏异同》已经亡佚，无从知晓贾逵究竟比较了什么。但由贾逵比较《左氏春秋》与《公羊春秋》的异同，应该不仅仅限于礼制方面。《贾逵传》说：“臣谨擿出《左氏》三十七事尤著明者，斯皆君臣之正义，父子之纪纲。其余同《公羊》者什有七八，或文简小异，无害大体。至于祭仲、纪季、伍子胥、叔术之属，《左氏》义深于君父，《公羊》多任于权变，其相殊绝，固以甚远，而冤抑积久，莫肯分明。”由其对《左氏春秋》与《公羊春秋》的比较推测，贾逵比较三家《诗》与《毛诗》异同很可能有经义甚至经文方面的内容。

贾逵比较《左氏春秋》与《公羊春秋》，《古文尚书》与欧阳、大小夏侯《尚书》，《毛诗》与齐、鲁、韩《诗》，侧重于发明《左氏传》《古文尚书》《毛诗》的长处，希望《左氏春秋》诸经能立于学官，表明贾逵《五经》异同比较，是今古文经学相争的表现。但今古文经学有相争的一面，也有融合的一面。今古文经学的融合又表现为古文经学对今文经学的消融。古文经学家多博通，按之《后汉书》，《杜林传》说“时称通儒”，《贾逵传》说“后世称为通儒”，《马融传》说“融才高博洽，为世通儒”。正是博通，才可以对不同经说进行比较，发现其优缺点，从而取长补短。因而，东汉中后期，比较《五经》异同成为学术研究的热门课题。《后汉书·马融传》：“尝欲训《左氏春秋》，及见贾逵、郑众注，乃曰：‘贾君精而不博，郑君博而不精。既精既博，吾何加焉！’但著《三传异同说》。”《儒林列传》：“初，（许）慎以《五经》传说臧否不同，于是撰为《五经异义》”。“蔡玄字叔陵，汝南南顿人也。学通《五经》……顺帝特诏征拜议郎，讲论《五经》异同，甚合帝意。”郑玄也在许慎《五经异义》的基础上撰成《驳五经异义》。

许慎《五经异义》历引群经各家之说而加以评论，既有是古非今之处，也有是今非古之处。其中也涉及《诗》学各派的说法。《周礼·春官·钟师疏》引《异义》说：“今《诗》韩、鲁说：驺虞，天子掌鸟兽官。古《毛诗》说：驺虞，义兽，白虎黑文，食自死之肉，不食生物，人君有至信之德则应之。《周南》终《麟止》，《召南》终《驺虞》，俱称嗟叹之，皆兽名。谨按：古《山海经》《周书》云‘驺虞，兽’，说与《毛诗》同。”此由《山海经》《周书》与《毛诗》互证，认同《毛诗》说。《礼记·曲礼下正义》：“然盟牲所用，许慎据《韩诗》云：‘天子诸侯以牛豕，大夫以犬，庶人以鸡。’又云：‘《毛诗》说君以豕，臣以犬，民以鸡。’”此为兼采《韩诗》《毛诗》说。《礼记·礼器正义》引《异义》：“今《韩诗》说：‘一升曰爵，爵，尽也，足也。二升曰觚，觚，寡也，饮当寡少。三升曰觯，觯，适也，饮当自适也。四升曰角，角，触也，不能自适，触罪过也。五升曰散，散，讪也，饮不自节，为人谤讪也。总名曰爵，其实曰觞。觞者，饷也。觥亦五升，所以罚不敬。觥，廓也，所以著明之貌，君子有过，廓然著明，非所以饷，不得名觞。’……《毛诗》说：‘觥大七升。’谨案：《周礼》云：‘一献三酬当一豆。’若觚二升，不满一豆。又觥罚不过一。一饮而七升为过多。”此又以《韩诗》《毛诗》说皆为非。

许慎“本从逵受古学”①，故《五经异义》不少内容应该来自贾逵。《五经异义》中有直接表明为贾逵说者，《太平御览》卷五百二十五引《五经异义》：“夏至，天子亲祀方泽，侍中骑都尉贾

① 许冲《上〈说文〉表》。

逵说曰：‘鲁无圜丘方泽之祭者，周兼用六代礼乐，鲁用四代，其祭天之礼亦宜损于周，故二至之日不祭天地也。’”①《礼记·月令疏》引《五经异义》“六宗”之义说：“贾逵等以为天宗三，谓日月星；地宗三，谓泰山、河、海。”也有一些虽没标明，但可以考出实际采自贾逵。《礼记·王制正义》引《异义》说：“《左氏》说：山林之地，九夫为度，九度而当一井……”陈寿祺说：“《左氏传·襄二十五年》《正义》引贾逵注说赋税差品，与《异义》同，是许所引《左氏》说即贾逵说也。”② 不过贾逵比较今古文经学出于争立古文经学于学官，而许慎则出于为汉朝制定礼仪的目的。这与石渠阁会议、白虎观会议一脉相承。廖平《今古学考》说：“许君《异义》，本如石渠、白虎，为汉制作。欲于今、古之中，择其与汉制相同者，以便临事缘饰经义，故累引汉事为断。又言叔孙通制礼云云，皆为行事计耳。”③《礼记·哀公问正义》：“昏礼迎妇，二《传》不同。《春秋公羊》说自天子至庶人皆亲迎；《左氏》说天子至尊无敌，故无亲迎之礼，诸侯有故，若疾病，则使上卿逆，上公临之。许氏谨案：‘高祖时，皇太子纳妃，叔孙通制礼，以为天子无亲迎，从《左氏》义。’”《太平御览》卷五百二十八引《异义》：“古《春秋左氏》说：‘古者先王日祭于祖考，月荐于曾高，时享及二祧，岁祷于坛，禘及郊，宗石室。’谨案：‘叔孙通宗庙有日祭之礼，知古而然也。三岁一祫，此周礼也。五

① 李昉等编《太平御览》，《四部丛刊》三编，上海商务印书馆，1936年。

② 陈寿祺《五经异义疏证自序》，《五经异义疏证　驳五经异义疏证》，中华书局，2014年，第10页。

③ 《中国现代学术经典·廖平　蒙文通卷》，河北教育出版社，1996年，第38页。

岁一禘，疑先王之礼也。’”①《礼记·王制正义》引《异义》：“《礼》戴说：《王制》云：‘五十不从力政，六十不与服戎。’《易孟氏》《韩诗》说‘年二十行役，三十受兵，六十还兵’。《古周礼》说‘国中自七尺以及六十，野自六尺以及六十有五，皆征之’。许慎谨按云：《五经》说皆不同，是无明文所据。汉承百王而制二十三而役，五十六而免。六十五已老，而周复征之，非用民意。”由此数条可以表明廖平所言不诬。

郑玄在许慎《五经异义》基础上作《驳五经异义》，陈寿祺说：“顾于《异义》为之驳者，祭酒受业贾侍中，敦崇古学，故多从古文家说。司农囊括网罗，意在宏通，故兼从今文家说。”② 实际许慎虽“敦崇古学”，但《异义》或从今或从从古，并没有特别偏向古文家说。而郑玄《驳五经异义》也是或从今或从古，而“宏通”是其治学的特点，并不能说明其驳《异义》的原因。郑玄之所以驳，是因为《五经异义》有些条目所述非“先圣之元意”，也就是不是经书的原义。郑玄《戒子书》：“但念述先圣之元意，思整百家之不齐，亦庶几以竭吾才，故闻命罔从。”说到了治经的宗旨，应该也是他驳《异义》的原因。上引《礼记·哀公问正义》所引《异义》，许慎认同《左氏春秋》天子无亲迎之礼说，并以汉事证之。郑玄驳之说：“大姒之家在渭之涘，文王亲迎于渭，即天子亲迎明文也。”此据《诗·大雅·大明》“在洽之阳，在渭之涘”“文定厥祥，亲迎于渭”而驳，又引《礼记》：“‘冕而亲迎’‘继先圣之后，以为天地、宗庙、社稷之主’，非天子则谁乎？”郑玄对

① 《太平御览》作“五经通义”，《初学记》《艺文类聚》引“谨按”以下，皆作“五经异义”。应作“五经异义”，《太平御览》误。

② 陈寿祺《五经异义疏证自序》，《五经异义疏证　驳五经异义疏证》，第4页。

今古文学异说，与许慎一样并没有特别的偏好，只是从经文出发进行判断。

虽然郑玄《驳五经异义》对今古文异说并没有特别偏好，但却选择了《毛诗》作笺，这是为什么呢？《邶风·燕燕正义》说："《坊记》引此诗，注以为夫人定姜之诗。不同者，《郑志》答炅模云：'为《记》注时就卢君，先师亦然。后乃得毛公传，既古书义又宜然。《记》注已行，不复改之。'"显然郑玄之所以笺《毛诗》是因为《毛传》"义又宜然"，也就是说与三家《诗》说比较，《毛传》的解释更准确。这也可由他用"笺"不用注可以说明。"郑氏笺"下《正义》说："郑于诸经皆谓之'注'，此言'笺'者，吕忱《字林》云：'笺者，表也，识也。'郑以毛学审备，遵畅厥旨，所以表明毛意，记识其事，故特称为'笺'。余经无所遵奉，故谓之'注'。"郑玄在"得毛公传"前实际对四家《诗》都有一定的了解。他曾随东郡张恭祖受《韩诗》。《坊记》注以《燕燕》为定姜之诗，用《鲁诗》说，由上引答炅模云"为《记》注时就卢君，先师亦然"可知，他可能还曾习《鲁诗》。又《礼记·缁衣》引"彼都人士，狐裘黄黄。其容不改，出言有章。行归于周，万民所望"，郑注："此诗毛氏有之，三家则亡。"则表明此时对四家《诗》都有了解。就《毛诗》而言，他此时所了解的应该是《毛诗》二十九卷，而非三十卷的《毛诗故训传》。《毛诗正义》于《小雅·南陔》下说："《仪礼》郑注解《关雎》《鹊巢》《鹿鸣》《四牡》之等，皆取《诗序》为义。"二十九卷的《毛诗》，《序》别为一卷，所以郑玄注《仪礼》取用。得到《毛传》后，他应该是对《毛传》进行了细致的研究，并与三家《诗》比较，得出《毛传》"义又宜然"的结论，决定笺《毛诗》。

"郑氏笺"下《毛诗音义》引郑玄《六艺论》说："注《诗》

宗毛为主，其义若隐略，则更表明，如有不同，即下己意，使可识别也。”此“更表明”“下己意”中就颇多三家《诗》说。陈奂说：“郑康成习《韩诗》，兼通齐、鲁，最后治《毛诗》，笺《诗》乃在注《礼》之后，以《礼》注《诗》，非墨守一氏。《笺》中有用三家申毛者，有用三家改毛者，例不外此二端。”① “用三家改毛”，也包含着对三家《诗》与《毛诗》的比较，是具体解释的比较。

《鲁颂·泮水》“狄彼东南”之“狄”《毛传》无训，《正义》：“《瞻仰》传以狄为远，则此狄亦为远也。”《释文》：“《韩诗》云：‘鬄，除也。’”郑《笺》：“狄当作‘剔’。剔，治也。东南，斥淮夷。”马瑞辰说：“《说文》：‘逖，远也。古文作逷。’《传》以狄为逖之省借，故训远，然云‘远彼东南’则不辞，不若《笺》读剔、训治为允。《释文》引《韩诗》作鬄，云：‘鬄，除也。’除亦治也。郑《笺》读剔字虽异，其义当本《韩诗》耳。”② “狄彼东南”之“狄”郑《笺》用《韩诗》解释，应该是他比较毛、韩，认为《韩诗》的解释更圆通一些。

《大雅·皇矣》第五章“密人不恭，敢距大邦，侵阮徂共”，《毛传》：“国有密须氏，侵阮遂往侵共。”郑《笺》：“阮也、徂也、共也，三国犯周，而文王伐之。密须之人，乃敢距其义兵，违正道，是不直也。”毛、郑对“阮”“徂”“共”的解释不同。《毛传》释“徂”为往，“阮”“共”皆为周地，而郑《笺》释“阮”“徂”“共”皆为国名。郑玄的这个解释应该来自《鲁诗》，《正义》：“孔

① 陈奂《郑笺征》，《诗毛氏传疏》附录，北京市中国书店，1985年。

② 马瑞辰撰，陈金生点校《毛诗传笺通释》，中华书局，1989年，第1135页。

晁云：‘周有阮、徂、共三国，见于何书?’张融云：‘晁岂能具数此时诸侯，而责徂、共非国也?《鲁诗》之义，以阮、徂、共皆为国名。是则出于旧说，非郑之创造。’”郑玄何以选择《鲁诗》改毛，《正义》作了说明：“《笺》以上言四国，于此宜为国名。下云‘徂旅’，则是徂国师众，故以阮、徂、共三者皆为国名，与密须而四也。”但诗第一章“维彼四国，爰究爰度”之“四国”是泛指，《毛传》解释为“四方”是对的，这在《诗经》中用例颇多，如《曹风·鸤鸠》“其仪不忒，正是四国”，《小雅·十月之交》“降丧饥馑，斩伐四国”，《大雅·民劳》“惠此京师，以绥四国”等。诗于“密人不恭”三句下接“王赫斯怒，爰整其旅，以按徂旅”，《孟子·梁惠王下》引作“以遏徂莒”，赵岐注曰：“言文王赫然斯怒，于是整其师旅，以遏止往伐莒者”，训“徂”为往，“莒”为地名，与《毛传》训“旅”为地名合，“莒”“旅”通。从文义来说，郑玄所采《鲁诗》的解释也说不通，戴震说：“详绎辞称‘侵阮徂共’，以承‘敢距大邦’下，为密人抗周来侵无疑。‘以按徂旅’蒙上‘徂共’之‘徂’，以密人既侵阮，遂往共，周出师自先遏抑其往共之众，此显然可知者。”① 再则“侵阮徂共”也与《小雅·六月》中的“侵镐及方”句法一律。因而郑玄比较《鲁诗》《毛诗》的解释而采用《鲁诗》说，实际是误判。

郑玄笺《毛诗》依据三家《诗》改毛，基于《毛诗》与三家《诗》的比较，在比较时有时判断正确，有时判断错误，但无论如何，都是把三家《诗》作为《毛诗》的一个参照物。这样虽是“宗毛为主”，也不废三家，实现了《毛诗》与三家《诗》的融合。

---

① 戴震《毛郑诗考正》，《清人说诗四种》，华中师范大学出版社，1986年，第68页。

二、三家《诗》亡佚后的四家《诗》比较

郑玄笺《毛诗》，虽然不废三家《诗》，但郑玄笺《毛诗》之后，《毛诗》独行，三家逐渐衰微，甚至亡佚。《隋书·经籍志》说："《齐诗》，魏代已亡；《鲁诗》亡于西晋；《韩诗》虽存，无传之者。唯《毛诗郑笺》，至今独立。"《四库全书总目提要》："宋修《太平御览》多引《韩诗》，《崇文总目》亦著录，刘安世、晁说之尚时时述其遗说，而南渡儒者不复论及，知亡于政和、建炎间矣。"①

郑玄笺《毛诗》之后，一直到清代乾嘉时期，学者对于三家《诗》，主要是征引、著录，其中也间有对三家《诗》说的辨析和四家《诗》的比较，但显得比较零散。《经典释文》在《毛诗》字词训释下著录《韩诗》异字异训，实际有对比《毛诗》《韩诗》用字、训释的意味。但由于陆德明没有进一步说明，还不能算是严格意义上的《毛诗》《韩诗》比较。

崔灵恩《毛诗集注》兼采三家，有点类似郑玄《毛诗笺》。如《吕氏家塾读诗记》引董氏说曰："还、茂、昌，崔灵恩《集注》以三者皆地名也。"②《汉书·地理志》："临甾名营丘，故《齐诗》曰，'子之营兮，遭我乎嶩之间兮。'"师古注曰："《齐国风·营》诗之辞也。《毛诗》作还，《齐诗》作营。之，往也。言往适营丘

① 永瑢等《四库全书总目》诗类二"三家诗拾遗十卷"条，中华书局，1965年，第135页。

② 《吕祖谦全集》第一册，浙江古籍出版社，2017年，第173页。

而相逢于嶩山也。”“还”，《毛传》释为“便捷之貌”；二章“子之茂兮”之“茂”，《毛传》释为“美也”；三章“子之昌兮”之“昌”，《毛传》释为“盛也”。则崔灵恩《集注》对“还”“茂”“昌”三字的解释都采自《齐诗》。《周颂·般》“敷天之下，裒时之对，时周之命”下《释文》曰：“‘於绎思’，《毛诗》无此句，齐、鲁、韩《诗》有之。今《毛诗》有者，衍文也。崔《集注》本有，是采三家之本”。崔灵恩或采三家《诗》的训释，或以三家《诗》文改毛，应该也有一番比较。但崔灵恩《毛诗集注》已经亡佚，前人征引只是只言片语，也无从知晓其依据三家改毛的具体情形。《小雅·十月之交序》：“大夫刺幽王也。”郑《笺》：“当为刺厉王。作《诂训传》时移其篇第，因改之耳。”《释文》：“从此至《小宛》四篇皆然。”《正义》：“若如郑言《毛诗》为毛公所移，四篇容可在此。今《韩诗》亦在此者，诗体本是歌诵，口相传授，遭秦灭学之后，众儒不知其次。齐、韩之徒，以《诗经》而为章句，与毛异耳，非有壁中旧本可得凭据。或见毛次于此，故同之焉。不然，《韩诗》次第不知谁为之。”《正义》因郑玄改《十月之交》《毛诗》“刺幽王”说为“刺厉王”说而比较《毛诗》《韩诗》的篇次，并分析了相同的原因。但得到结果颇为荒谬。

又《史记·宋微子世家》：“太史公曰：……襄公之时，修行仁义，欲为盟主。其大夫正考父美之，故追道契、汤、高宗，殷所以兴，作《商颂》。”《集解》：“《韩诗·商颂章句》亦美襄公。”苏辙《诗集传》引《史记》之说而曰：“其说盖出于《韩诗》，近世学者因此诗有‘奋伐荆楚’，则以襄公伐楚之事当之，遂以韩婴之说为信。予考《商颂》五篇皆盛德之事，非宋人之所宜有。且其诗有‘邦畿千里，维民所止，肇域彼四海’‘命于下国，封建厥福’，此类非复诸侯之事无可疑者。襄公伐楚而败于泓，几以亡国，此宋之大耻，既非其所当颂，而《长发》之诗谓汤、武王，苟诚襄公之颂，周有武王，岂复以命汤哉?”[①] 此辨《韩诗》说不近情理。《邶风·柏舟序》：“言仁而不遇。卫倾公之时，仁人不遇，小人在侧。”《列女传·贞顺篇》以为是卫寡夫人自誓不更嫁所作。《潜夫论·断讼篇》说：“贞女不二心以数变，故有匪石之诗。”[②] 与《列女传》合，则《列女传》所载应该为三家说。朱熹《诗集传》：“妇人不得于其夫，故以柏舟自比……《列女传》以此为妇人之诗。今考其辞气卑顺柔弱，且居变风之首，而与下篇相类，岂亦庄姜之诗也欤?”[③] 朱熹从诗篇的语气、《诗经》编排、诗篇前后的关系比较了《毛诗》与三家《诗》说，部分认同三家《诗》说，以为《邶风·柏舟》是“妇人之诗”。但这样比较四家《诗》异同以及对三家《诗》说进行辨析的材料并不多，而注疏、类书、字书中对三家《诗》材料的征引，则谈不上对四家《诗》的比较。

南宋咸淳（1265—1274）末，王应麟撰《诗考》，拉开了三家《诗》辑佚的序幕。《诗考》于辑佚材料，仅加以排比，不加辨说，更少考订，也就不能算严格意义上四家《诗》的比较。直到清代乾嘉时期，考据学大兴，四家《诗》的比较才逐步全面展开。

清代四家《诗》的比较全面展开，涉及分卷、篇次、章次、语序、断句、用字、训诂、名物制度、篇义解说等各个方面。而就比较目的而言，有的出于考求经书原义，有的出于疏通《毛诗》

---

① 苏辙《诗集传》，《续修四库全书》，第 56 册，上海古籍出版社，2003 年，第196 页。

② 王符撰、汪继培笺、彭铎校正《潜夫论笺校正》，中华书局，1985 年，第 233 页。

③ 朱熹《诗集传》，上海古籍出版社，1958 年，第 15 页。

《传》《笺》，有的是在辑佚三家《诗》异文遗说时而及之，还有的是为了申明三家《诗》说而与《毛诗》比较等等。

考求经书原义者，如惠栋说：“《巧言》‘谮始既涵’，《传》云：‘涵，容也。’郑音咸，云：‘涵，同也。’《韩诗》作减，‘减，少也’。栋案：古咸字作减……毛音含，训为容；郑音咸，训为同，义并得通。薛君以为减少之减，失之。”① 此比较《毛诗》《韩诗》词语的解释那个更附合经义。

《小雅·小旻》“民虽靡膴”，《释文》：“《韩诗》作‘靡腜’，犹无几何。”戴震说：“《韩诗》作‘靡腜’。以韵读之，当从《韩诗》为正。腜，莫杯切，美也。‘民虽靡腜’，言虽无毕具美德者，固‘或哲或谋，或肃或艾’矣。”② 此比较《毛诗》《韩诗》用字。

疏通《毛诗》《传》《笺》者，当以胡承珙《毛诗后笺》、陈奂《诗毛氏传疏》、马瑞辰《毛诗传笺通释》为代表。《唐风·有杕之杜》“生于道周”《毛传》：“周，曲也。”《释文》引《韩诗》云：“周，右也。”陈奂说：“韩以上章道左，则此当训道右。然道树宜在左，毛义优也。”③ 此从上下文义判断，《毛诗》对“周”的解释比《韩诗》的解释更符合诗意。

《召南·江有汜》“江有汜”，《说文》：“洍，水也。从水，臣声。《诗》曰：‘江有洍。’”胡承珙说：“此作‘洍’者，盖三家《诗》，但以为水名。《毛诗》则作‘汜’，以‘决复入’为兴。郑《笺》云‘兴者，喻江水大，汜水小，然而并流，似嫡媵宜俱行。’孔《疏》申之而《传》义愈明，此毛之所以胜于三家也。次章

① 惠栋《九经古义》卷六，影印文渊阁《四库全书》第191册，台湾商务印书馆，1983年，第415页。

② 戴震《毛郑诗考正》，《清人诗说四种》，第44页。

③ 陈奂《诗毛氏传疏》卷十。

‘江有渚’，《释文》引《韩诗》云‘一溢一否曰渚’，谓水溢于此则涸于彼，犹俗所谓东坍西涨者。郑《笺》谓‘江水流而渚留’，亦取此意。然皆不如毛《传》‘水枝成渚’之诂为惬。”① 此比较《毛诗》、三家《诗》词语训释，认为《毛诗》训释与诗旨解释完全贴合。

《魏风·伐檀》“河水清且沦漪”，《毛传》：“小风水成文，转如轮也。”马瑞辰说：“《释文》引《韩诗》：‘顺流而风曰沦。沦，文貌。’据《广雅·释诂》‘伦，顺也’，《韩诗》训沦为顺流而风，正与伦义近。顺流则波恒小，亦与《尔雅》‘小波为沦’义合。《释名》：‘沦，伦也；水文相次有伦理也。’理亦顺也，义正与《韩诗》同，较毛《传》‘文转如轮’为善。”② 此以《毛诗》《韩诗》词语解释与《尔雅》《释名》《广雅》相比较，说明《韩诗》的解释更好一些。

辑佚三家《诗》异文遗说者，当以陈寿祺、陈乔枞《三家诗遗说考》和王先谦《诗三家义集疏》为代表。《大雅·棫朴》《毛诗序》：“文王能官人也。”《春秋繁露·郊祭篇》：“文王受天命而王天下，先郊乃敢行事，而兴师伐崇。其《诗》曰：‘芃芃棫朴，薪之槱之。济济辟王，左右趋之。济济辟王，左右奉璋。奉璋峩峩，髦士攸宜。’此郊辞也。其下曰：‘淠彼泾舟，烝徒檝之。周王于迈，六师及之。’此伐辞也。其下曰：‘文王受命，有此武功，既伐于崇，作邑于丰。’以此辞者，见文王受命则郊，郊乃伐崇，伐崇之时，民何处央乎？”③ 陈乔枞说：“董子谓此篇为文王受命，

① 胡承珙《毛诗后笺》，黄山书社，1999年，第111页。

② 马瑞辰《毛诗传笺通释》，第330页。

③ 苏舆《春秋繁露义证》，中华书局，1992年，第405页。

郊而伐崇之事。是《齐诗》之说异于毛矣。”① 陈乔枞以为董仲舒用《齐诗》。此比较《毛诗》《齐诗》解说的异同。

《大雅·生民》“诞寘之平林，会伐平林”《毛传》：“置之平林，又为人所收取之。”赵晔《吴越春秋》卷一：“后稷其母，台氏之女姜嫄，为帝喾元妃。年少未孕，出游于野，见大人迹而观之，中心欢然，喜其形像，因履而践之，身动意若为人所感。后妊娠，恐被淫佚之祸，遂祭祀以求，谓无子，履天帝之迹，天犹令有之。姜嫄怪而弃于阨狭之巷，牛马过者折易而避之；复弃于林中，适会伐木之人多；复置于泽中冰上，众鸟以羽覆之。后稷遂得不死。”②

《后汉书·儒林传》：赵晔“到犍为资中，诣杜抚受《韩诗》，究竟其术”。王先谦说：“《吴越春秋》‘会伐木之人多；复置于泽中冰上’，最得经旨，《传》言‘置之平林，为人所收取’，误也。”③ 此比较《吴越春秋》与《毛诗》对诗句的解释，指出《吴越春秋》的解释更符合诗义。确实，《毛传》的解释与下文矛盾。下文又曰：“诞寘之寒冰，鸟覆翼之。”则既“为人所收取”，何又弃之。

申明三家《诗》说者，当以魏源、皮锡瑞为代表。《魏风·汾沮洳》《毛诗序》：“刺俭也。其君俭以能勤，刺不得礼也。”《韩诗外传》卷二：“君子盛德而卑，虚己以受人，旁行不流，应物而不穷。虽在下位，民愿戴之。虽欲无尊，得乎哉！《诗》曰：‘彼己

---

① 陈寿祺、陈乔枞《三家诗遗说考》，《续修四库全书》，第76册，上海古籍出版社，2003年，第440页。

② 赵晔撰、周生春辑校汇考《吴越春秋辑校汇考》，中华书局，2019年，第1页。

③ 王先谦《诗三家义集疏》，中华书局，1989年，第880页。

之子，美如英。美如英，殊异乎公行。’”[①] 魏源说：“《韩诗》盖叹沮泽之间，有贤者隐居在下，采蔬自给，然其才德实出乎在位公行、公路之上，故曰虽在下位而自尊，超乎其有以殊于世，盖春秋时晋官卿之适子为之田以为公族，又官其余子而使庶子为公行，赵盾以庶子为秏车之族即公路，皆贵游子弟，无材世禄，贤者不得用，用者不必贤也。《毛诗》因次《葛屦》之下，并以为刺俭，乃以所美为刺，所刺为美。试思‘采莫’‘采藚’，岂公卿之行？‘如玉’‘如英’，非褊啬之度。既极道其美，又何言不似贵人气象乎？”[②] 此比较《毛诗》《韩诗》诗旨的解释，认为《毛诗》说不符合诗意。前引《五经异义》，鲁、韩《诗》解释《召南·驺虞》之“驺虞”与《毛诗》不同：鲁、韩《诗》以为是天子掌鸟兽官，《毛诗》以为是义兽。皮锡瑞说：“《传》云‘虞人翼五豝以待公之发’，虞人即驺虞也。下忽缀以‘驺虞义兽’云云，与上文不相承，良由牵合古书，欲创新义，上‘虞人’字不及追改，葛龚故奏，贻笑后人，此乃《毛传》一大瑕。”[③] 指出《毛传》的解释前后矛盾，以说明其“义兽”的说法不可信。

清人四家《诗》比较多就具体问题展开，但在比较中得到了一些共同的认识。如认为《毛诗》多用假借字，三家《诗》多用本字。马瑞辰有《毛诗古文多假借考》一文，说：“《毛诗》为古文，其经字类多假借……《齐》《鲁》《韩》用今文，其经文多用正字……如《毛诗·汝坟》‘惄如调饥’，《传》：‘调，朝也。’据《韩诗》作‘愵如朝饥’，知调即朝之假借也。《毛诗》‘何彼禯

① 屈守元《韩诗外传笺疏》，巴蜀书社，1996 年，第 172 页。

② 魏源《诗古微》，《续修四库全书》，第 77 册，上海古籍出版社，2003 年，第193 页。

③ 王先谦《诗三家义集疏》，第 122 页。

矣’，《传》：‘禯，犹戎戎也。’据《韩诗》作‘何彼茙矣’，知禯即茙之假借也。《毛诗·小旻》‘是用不集’，《传》：‘集，就也。’据《韩诗》作‘是用不就’，知集即就之假借也……”① 陈奂《毛诗说》中也有“毛用借字三家用本字亦有三家用借字毛用本字者说”条，以为“《毛诗》用古文，三家用今文”，是“常例”；也有《毛诗》用本字，三家用借字，是“变例”，是“百不居一”。在具体的比较中，也有学者反复强调这一点。《小雅·鹿鸣》“视民不恌”，张衡《东京赋》作“示民不偷”。陈乔枞说：“‘示’，《毛诗》作‘视’。《笺》云：‘视，古示字也。’偷与恌同。《说文》《玉篇》并引《诗》‘视民不佻’，《毛诗》作‘恌’，《传》云：‘恌，愉也。’《正义》引定本‘愉作偷’。乔枞谓定本‘偷’字是也。毛用古文，三家用今文，‘恌’乃‘偷’之假借，故《传》以‘偷’释之。”② 《郑风·东门之墠》之“墠”，《释文》本、《正义》本皆作“坛”，定本作“墠”，胡承珙说：“《周礼·大司马职》‘暴内陵外则坛之’注云：‘坛读如同墠之墠。’《王霸记》曰：‘置之空墠之地。’郑司农云：‘坛，读从惮之以威之惮，字亦或为墠。’据此，知古‘墠’字多作‘坛’。《毛诗》古文，故作‘坛’，《韩诗》则作‘墠’。《华严音义》引《韩诗传》曰：‘墠，犹坦。’是也。”③

又认为三家《诗》解说大同小异。魏源于《齐鲁韩毛异同论》中说：“且三家遗说，凡《鲁诗》如此者韩必同之，《韩诗》如此者，鲁必同之，《齐诗》存什一于千百，而鲁、韩必同之。”④ 皮锡瑞《论三家大同小异〈史记·儒林传〉可证》以《王风·黍离》

① 马瑞辰《毛诗传笺通释》，第 23 页。
② 陈寿祺、陈乔枞《三家诗遗说考》，第 166 页。
③ 胡承珙《毛诗后笺》，第 417 页。
④ 魏源《诗古微》，第 16 页。

为例，认为《新序》和《韩诗外传》所叙大同小异，因而断定三家说大同小异①。王先谦也说："综览三家，义归一致。"② 王先谦更把其作为由其一家或二家而推求三家《诗》另外二家或一家的一般方法。《尔雅·释训》："其虚其徐，威仪容止也。"应该是解释《邶风·北风》"其虚其邪"。班固《幽通赋》："承灵训其虚徐兮，伫盘桓而且俟。"曹大家注："虚徐，狐疑也。《诗》曰：'其虚其徐。'"王先谦以为《尔雅》所载为《鲁诗》，班固用《齐诗》，故说："鲁、齐'邪'皆作'徐'，韩说当同。"③《汉书·地理志》：郑国"山居谷汲，男女亟聚会，故其俗淫。《郑诗》曰：'出其东门，有女如云。'"所引诗句见于《郑风·出其东门》。王先谦说："诗乃贤士道所见以刺时，而自明其志也。鲁、韩当同。"④《韩诗外传》卷二："孔子遭齐程木子于郯，倾盖而语终日，顾子路取束帛十以赠先生。子路曰：'由闻之：士不中道，女无媒而嫁者，君子不行也。'子曰：'《诗》不云乎：野有蔓草，零露漙兮。有美一人，清扬婉兮。邂逅相遇，适我愿兮。齐程木子，天下之贤士，于是不赠，终身不之见。'"《说苑·尊贤篇》所载略同。所引诗句见《郑风·野有蔓草》。王先谦说："据此，鲁、韩《诗》皆以为思遇贤人，《齐诗》盖同。"⑤ 清代多数学者都认为刘向用《鲁诗》。

而对三家《诗》与《毛诗》的歧异，清代学者归之于师承不同。《毛诗》认为《周南·关雎》表现的是"后妃之德"，而《鲁

① 皮锡瑞《诗经通论》，《经学通论》，中华书局，第24—25页。

② 王先谦《诗三家义集疏》，第7页。

③ 王先谦《诗三家义集疏》，第202页。

④ 王先谦《诗三家义集疏》，第367页。

⑤ 王先谦《诗三家义集疏》，第369页。

诗》则以为是刺周康王后失德的，《韩诗》又以为是刺人君沉于女色的，毛与鲁、韩一美一刺，陈奂说：“三家《诗》别有师承，不若《毛诗》之得其正也。”①《豳风·破斧》“又缺我銶”，《毛传》：“木属曰銶。”《释文》引《韩诗》曰：“銶，凿属也。”胡承珙说：“韩以‘銶’为‘凿属’，毛以‘銶’为‘木属’，此师承各异。”②《小雅·吉日》“吉日庚午”，《毛传》：“外事以刚日。”《汉书·翼奉传》奉上封事曰：“南方之情，恶也；恶行廉贞，寅午主之。西方之情，喜也；喜行宽大，己酉主之。二阳并行，是以王者吉午酉也。《诗》曰：‘吉日庚午。’”马瑞辰说：“毛《传》言‘外事用刚日’，则以庚为吉。翼奉言‘王者吉午酉’，又言‘用辰不用日’，则以午为吉。奉治《齐诗》，此毛、齐《诗》师说之不同也。”③《汉书·杜钦传》钦说王凤曰：“昔仲山甫异姓之臣，无亲于宣，就封于齐，犹叹息永怀，宿夜徘徊，不忍远去。”此就《大雅·崧高》为说。师古引邓展曰：“《诗》言仲山甫衔命往治齐城郭，而《韩诗》以为封于齐，此误耳。”王先谦说：“仲山甫本以辅佐大臣奉天子命徂齐，盖为定乱而就封坐镇，亦事所有。三家古说皆有师传，其籍既亡，断章只义，弥可宝贵。若但以其与毛不符而贸焉置之，是欲广见闻而自蔽其耳目矣。”④

四家《诗》比较研究虽在清代全面展开，清代学者在四家《诗》比较方面也取得许多成就，但也存在许多问题。就辑佚方面来说，清代学者在师法观念下的辑佚，存在许多误判。关于清代三家《诗》辑佚的失误，当代学者多有论及。赵茂林指出清代三

---

① 陈奂《诗毛氏传疏》卷一。

② 胡承珙《毛诗后笺》，第723页。

③ 马瑞辰《毛诗传笺通释》，第560页。

④ 王先谦《诗三家义集疏》，第973页。

家《诗》辑佚中存在强分今古、胶固师法家法、误断三家同体的问题[1]。米臻指出王先谦《诗三家义集疏》在辑佚方面存在所据材料不周、自我矛盾、引《诗》用《诗》语境把握失当等问题[2]。马昕更从辑佚心态、辑佚方法、编纂体例方面对清人三家《诗》辑佚中存在的问题进行了较为全面的分析。

清人辑佚三家《诗》主要有三种心态，即“好奇”心态、“执著”心态、“逆反心态”。在这样心态下辑佚，其严谨与否可想而知。辑佚方法方面，清人在三家《诗》的辑佚中往往把诗文中的典故当异文来处理、经常把与一些与《诗经》无关的训诂材料也囊括进来；更以为学者定派的方法来辑佚，其定派方法主要有：依记载、依师承、依其亲缘关系、依其所处时代、依其所处地域、依其著作中对三家《诗》的引用情况、依其对三家《诗》的评价、依其学术兴趣、依其与三家《诗》有关的经历、依其著作中个别《诗》说的师法性质。这十种定派的方法实际都有问题。而清人三家《诗》辑佚著述的体例都不够得当，即使是王先谦的《诗三家义集疏》，体例也不够完善[3]。

除了上述学者所说，特别要指出的是，清代学者在三家《诗》辑佚中还存在严重的逻辑失误。这应该是导致其辑佚不够严谨的根本原因。清代三家《诗》辑佚者往往以一种非此即彼的线性思维判断材料。这首先表现在把从汉至唐与毛、郑不同的解说，都归之于三家《诗》。《文选》卷三十八桓温《荐谯元彦表》六臣注

---

① 赵茂林《两汉三家〈诗〉研究》，第87—102页。

② 米臻《〈诗三家义集疏〉辑佚失误考辨举隅》，《中南大学学报（社会科学版）》2018年第3期。

③ 马昕《对三家〈诗〉辑佚的系统反思》，《江苏师范大学学报（哲学社会科学版）》2017年第3期。

刘良云：“兔罝，网也。《诗》云：‘肃肃兔罝。’喻殷纣之贤人退于山林，网禽兽而食之。”① 此说与毛、郑解《周南·兔罝》不同。《毛诗序》：“后妃之化也。《关雎》之化行，则莫不好德，贤人众多也。”郑《笺》：“罝兔之人，鄙贱之事，犹能恭敬，则是贤者众多也。”王先谦说：“唐惟《韩诗》存，刘注本韩说也。”② 实际，刘良用《墨子》。《墨子·尚贤上》：“文王举闳夭、泰颠于罝罔之中，授之政，西土服。”③ 刘良概括引用。王先谦不是不知道刘良用《墨子》，他说：“《墨子》所述，实《兔罝》诗篇古义。刘注系节引，故未言文王举贤。以《左传》说诗义推之，知韩说此诗本如此也。夭、颠先臣事纣，见其无道，逃遁山林，文王举之。诗人闵商之危乱，皆已属周，贤才乐为文王用，而忠于商者有深疾焉，是以为刺。”④ 王氏知道刘良所用《墨子》，但仍说其本之《韩诗》，就是认为从汉至唐的《诗》说，不是毛就是三家，显然是一种线性思维的体现。又如，《周礼·地官·媒氏》“凡男女之阴讼，听之于胜国之社”郑注：“阴讼，争中冓之事触法者。亡国之社，奄其上而栈其下，使无所通，就之以听阴讼之情，明不当宣露。《诗》云：‘墙有茨，不可扫也。中冓之言，不可道也。所可道也，言之丑也。’”贾疏：“诗者，刺卫宣公之诗。引之者，证经所听者是中冓之言也。”贾公彦解《鄘风·墙有茨》与《毛诗》说不同。《毛诗序》：“卫人刺其上也。公子顽通乎君母，国人疾之而不可道也。”郑《笺》：“宣公卒，惠公幼，其庶兄顽烝于惠

---

① 萧统编，李善、吕延济、刘良、张铣、吕向、李周翰注《六臣文选》，中华书局，2012 年，第 708 页。

② 王先谦《诗三家义集疏》，第 43 页。

③ 吴毓江《墨子校注》，中华书局，1993 年，第 67 页。

④ 王先谦《诗三家义集疏》，第 43 页。

公之母，生子五人：齐子、戴公、文公、宋桓夫人、许穆夫人。”王先谦说：“唐惟《韩诗》尚存，《贾疏》盖引韩说，是三家皆以为刺宣公。毛思立异说，故此及《鹑之贲贲》皆附会《左传》为词。”① 贾公彦说不知所本，采《韩诗》说仅是一种可能。

这种非此即彼的思维形式也体现在异文的判定中，即面对异文，以为其不是毛就是三家；三家之中，不是鲁，就是齐、韩。《小雅·十月之交》“艳妻煽方处”，《汉书·谷永传》上疏：“昔褒姒用国，宗周以丧；阎妻骄扇，日以不臧。”师古注：“阎，嬖宠之族也。扇，炽也。臧，善也。《鲁诗·小雅·十月之交》篇曰‘此日而食，于何不臧’，又曰‘阎妻扇方处’，言厉王无道，内宠炽盛，政化失理，故致灾异，日为之食，为不善也。”又《毛诗正义》引《中候·擿雒戒》“剡者配姬以放贤，山崩水溃纳小人，家伯罔主异载震”。阮元《三家诗拾遗》卷三列“剡妻煽方处”条，下曰：“毛作‘艳’、鲁作‘阎’，则作‘剡’者《齐诗》也。”②《小雅·节南山》“昊天不佣”，《毛传》：“佣，均。”《释文》：佣，“《韩诗》作‘庸’。庸，易也。”王先谦说：“‘庸’，‘傭’之省……《晋书·元帝纪》引《诗》曰‘昊天不融’，盖本齐、鲁《诗》。‘融’亦‘傭’之同音假借字。”③《齐诗》魏代已亡，《鲁诗》亡于西晋。王先谦以为晋元帝诏书引“昊天不融”为齐、鲁《诗》，显然荒谬。《魏风·伐檀》“坎坎伐檀兮”，《隶释》载《石经·鲁诗》残碑作“欿”。王先谦：“《玉篇》：‘坎，或作竷。’重文‘埳’，亦借‘欿’……《说文》引‘坎坎鼓我’，作‘竷竷’，

① 王先谦《诗三家义集疏》，第219页。

② 阮元《三家诗补遗》，《续修四库全书》，第76册，上海古籍出版社，2002年，第39页。

③ 王先谦《诗三家义集疏》，第662页。

此诗亦当作‘籑籑伐檀’，疑齐家异文。《玉篇·土部》：‘《诗》云：坎坎伐檀。斫木声也。’与毛义同文异，盖韩训。”非此即彼的思维表现在异文判断上，就是为各家分配异文。实际，四家《诗》在传承的过程中都有异文产生，不可始终都固定为某一字。

清代学者非此即彼的思维也体现在为学者定派上。马昕所举清儒为学者定派的十种方法，都含是有线性思维的成分，也就是说在定派时对复杂因素简单化处理，忽视甚至无视性质相反的材料。陈乔枞、王先谦等都认为高诱用《鲁诗》，是因为高诱《淮南子注》解《小雅·鹿鸣》与《史记·十二诸侯年表》和蔡邕《琴操》合。《淮南子·诠言训》“乐之失刺”高诱注：“乡饮酒之乐歌《鹿鸣》，《鹿鸣》之作，君有酒肴不召其臣，臣怨而刺上者非也。”① 这个注释实际有歧义：可以理解为对君有酒肴不召其臣、臣怨而刺上做法的不认可；也可以理解为不认可《鲁诗》对《鹿鸣》的解释。就断句来说，实际也可以在“者”后断开。如果是后一种情况，就不能据此认为高诱用《鲁诗》。再则，高诱《淮南子注》《吕氏春秋注》中也颇多与《毛诗》说相合者。《淮南子·说山训》：“欲学歌讴者，必先徵羽乐风”高诱注：“夫理情性，动天地，感鬼神，莫近于诗乐。风者，上以风化下，下以风刺上，故曰风也。”② 这与《毛诗序》非常接近。《毛诗序》：“故正得失，动天地，感鬼神，莫近于诗。”“上以风化下，下以风刺上，主文而谲谏，言之者无罪，闻之者足以戒，故曰风。”

又《吕氏春秋·安死篇》：“《诗》曰：‘不敢暴虎，不敢冯河。人知其一，莫知其他。’此言不知邻也。”高诱注：“无兵搏虎曰

---

① 刘文典《淮南鸿烈集解》，中华书局，1989年，第485页。

② 刘文典《淮南鸿烈集解》，第545页。

暴，无舟渡河曰冯。喻小人而为政，不可以不敬。不敬之则危，犹暴虎冯河之必死也。‘人知其一，莫知其他’。一，非也。人皆知小人之为非，不知不敬小人之危殆，故曰‘不知邻类也’。”[①] 也与《毛诗》的解释接近。《小雅·小旻》“人知其一，莫知其他”《毛传》：“一，非也。他，不敬小人之危殆也。”《淮南子·俶真训》：“故《诗》云：‘采采卷耳，不盈顷筐。嗟我怀人，寘彼周行。’以言慕远世也。”高诱注：“言采采易得之菜，不满易盈之器，以言君子为国，执心不精，不能以成其道，采易得之菜，不能盈易满之器也。‘嗟我怀人，寘彼周行’，言我思古君子官贤人，置之列位也。诚古之贤人各得其行列，故曰慕远也。”[②] 也有与《毛诗》说相合之处。《周南·卷耳》《毛传》：“顷筐，畚属，易盈之器也。”“思君子官贤人，置周之列位。”而就高诱注与《毛诗》说相合者，也不能遽然说高诱本之《毛诗》。因为就《淮南子·说山训》注来说，也有可能《毛诗序》用成文，高诱也是据成文为说。《吕氏春秋·安死篇》注也有可能是用《荀子》。《荀子·君道篇》：“仁者必敬人。凡人非贤则案不肖也。人贤而不敬，则是禽兽也；人不肖而不敬，则是狎虎也。禽兽则乱，狎虎则危，灾及其身矣。《诗》曰：‘不敢暴虎，不敢冯河。人知其一，莫知其他。战战兢兢，如临深渊，如履薄冰。’此之谓也。”王先谦在《荀子集解》中就认为《毛传》、高注皆本于《荀子》[③]。对于《淮南子·俶真训》注，胡承珙说：“此释‘怀人’二句，全同《传》义。其释上二句，意当亦本之毛公。”[④] 实际问题没有那么简单。

---

① 徐维遹《吕氏春秋集释》，中华书局，2009 年，第 228 页。

② 刘文典《淮南鸿烈集解》，第 78 页。

③ 王先谦《荀子集解》，中华书局，1988 年，第 255 页。

④ 胡承珙《毛诗后笺》，第 25 页。

陈奂认为《毛传》“顷筐，畚属，易盈之器也”本之《荀子》。《荀子·解蔽》“《诗》云：‘采采卷耳，不盈顷筐。嗟我怀人，寘彼周行。’顷筐易满也，卷耳易得也，然而不可以贰周行。故曰：心枝则无知，倾则不精，贰则疑惑。”① 《毛传》“思君子官贤人，置周之列位”则本之《左传》。《左传·襄十五年》：君子谓：“楚于是乎能官人。官人，国之急也。能官人则民无觎心。《诗》云：‘嗟我怀人，寘彼周行。’能官人也。王及公侯伯子男甸采卫大夫各居其列，所谓‘周行’也。”陈奂说：“《毛传》以怀人为思君子、官贤人，以周行为周至列位，皆本《左氏传》。《序》所谓‘辅佐君子，求贤审官’也”②。所以，《淮南子·俶真训》注也可能本之《荀子》《左传》。而说“以言君子为国执心不精，不能以成其道也”，是说诗有刺意；说“言我思古君子官贤人，置之列位”，实际与《毛诗》说又不同的。再者，《淮南子·诠言训》注是否出于高诱也有疑问。吴承仕说：“近人以篇题注文，分别许、高异本，以《诠言篇》为许慎注。然许慎所治，《毛诗》学也，不宜以《鹿鸣》为刺诗。而陈乔枞引高诱诗说，皆为鲁学，文证甚明，则此注为高诱义，于理为近。或许慎随顺本文，故以鲁学说之，不固守毛义也。”③ 陈乔枞判定高诱用《鲁诗》，故对高诱所有说《诗》材料都视为鲁说，就上举与《毛诗》相合的材料也视为鲁说，那么以陈乔枞所引高诱诗说以证《鹿鸣》为刺诗的注解出于高诱，只能是循环论证。而许慎虽宗《毛诗》，但也不废三家，上引《五经异义》可以说明，由《说文》引《诗》也可以说明。不论以《鹿

① 王先谦《荀子集解》，第 398 页。

② 陈奂《诗毛氏传疏》卷一。

③ 何宁《淮南子集释》，中华书局，1998 年，第 1036 页。

鸣》为刺诗的注解出于高诱，还是出于许慎，都是“随顺本文”，并不能说明其《诗》学尊尚。而清代三家《诗》辑佚者在对学者进行派别定性时往往也忽视注疏中的“随顺本文”的因素。而注释者注解时固然可以引用他人说法、他书的材料，但也有自己的理解。而清代三家《诗》辑佚者同样忽视注释者自己的理解。

清代三家《诗》辑佚既然存在许多问题，其四家《诗》比较的结果也就未必准确，比如以为三家《诗》和《毛诗》一样也有序；认为三家《诗》分卷与《毛诗》不同，《毛诗》邶、鄘、卫分卷而三家《诗》不分，《周颂》《毛诗》不分卷而三家《诗》分为三卷；认为《召南》三家《诗》先《采蘋》后《草虫》，也与《毛诗》不同，等等。

当代学者也有一些四家《诗》的比较研究，如陈成国《论三家诗胜义及四家诗盛衰》，从诗旨、名物制度与《诗》中人物、字义词义、文学性与诗的表达方式、异文等方面梳理，说明三家《诗》在这些方面的解释有胜于《毛诗》者①。张启成《论〈毛诗〉与三家诗的异同》列三家《诗》与《毛诗》相同者五条，主要有对《诗经》的看法相同、皆美刺言诗、诗旨见解同多于异；不同方面列九条，涉及诗旨、诗篇的作者与创作时期、文字与训诂、诗篇章数与分章、诗题、诗篇次序等，认为在这些方面，《毛诗》与三家《诗》部分诗篇不同②。张氏又发表《论〈诗经〉之三家诗的异同》，举《周南·关雎》《邶风·柏舟》《小雅·鹿鸣》，

---

① 陈成国《诗经刍议》，岳麓书社 1997 年，第 1—76 页。

② 张启成《论〈毛诗〉与三家诗的异同》，《贵州师范大学学报（社会科学版）》1995 年第 3 期。

说明王先谦所说“三家同体”并不准确，三家《诗》的解说有同有异①。曾抗《〈毛诗传〉与三家诗说异同考辨》从训义相同、词异实同、训词训义皆异三个方面，举例说明三家《诗》与《毛诗》的异同②。陈锦春《汉四家〈诗〉说异同谫论》认为三家《诗》与《毛诗》皆美刺言诗，表现为以史解诗、以礼说诗，在字词训诂、诗旨解说方面则有同有异③。成祖明《三家诗说与汉帝国儒学构建——与〈毛诗〉说比较》认为三家《诗》属于帝国儒学的范畴，是一种“天人之学”；《毛诗》属于河间礼学的范畴，是一种“天礼之学”。二者泾渭分明。随着帝国政治形势的演进，三家《诗》说与《毛诗》说逐渐融合，郑玄作《毛诗笺》二者融合完成。经郑玄的统合，《毛诗》几乎含融了天人、天礼、人伦秩序等所有方面，这就使得三家《诗》不复有帝国儒学存在的价值和意义④。上述论著，除了成祖明《三家诗说与汉帝国儒学构建——与〈毛诗〉说比较》，都是基于清代三家《诗》辑佚的四家《诗》比较研究，且只是异同比较，对相关问题尚未进一步梳理。

三、四家《诗》比较应该依据的材料

清代三家《诗》辑佚存在诸多问题，有些问题清儒已经注意

① 张启成《论〈诗经〉之三家诗的异同》，《贵州文史论丛》1998 年第 1 期。

② 曾抗《〈毛诗传〉与三家诗说异同考辨》，《古籍研究》1999 年第3 期。

③ 陈锦春《汉四家〈诗〉说异同谫论》，中国诗经学会、河北师范大学编《诗经研究丛刊》第二十九辑，学苑出版社，2018 年 7 月。

④ 成祖明《三家诗说与汉帝国儒学构建——与〈毛诗〉说比较》，《清华大学学报（哲学社会科学版）》2014 年第 6 期。

到。为人定派、为书定派是清代三家《诗》辑佚的主要方法。但为人定派、为书定派，不同的学者各及一面，故往往存在分歧。例如，臧琳、阮元、陈奂、魏源等以为班固用《鲁诗》，主要就《汉书·艺文志》“与不得已，鲁最为近之”为论；马国翰、陈乔枞、唐晏、王先谦等以为班固用《齐诗》，主要从传承上判断，以为班固从祖班伯师承师丹学《齐诗》，班家应世传《齐诗》。但“与不得已，鲁最为近之”实为刘歆的说法，前已说明。而《后汉书·班固传》说固“及长，遂博贯载籍，九流百家之言无不穷究。所学无常师，不为章句，举大义而已”。故范家相从班固著述用《诗》的具体情况判断，说：“班固《白虎通》多引《韩诗内传》，亦时述《鲁诗》。《汉书》亦然，盖三家《诗》俱有之。”① 显然冯氏应该是注意到有些学者分在任何一家，都会造成矛盾，因而，对其不同的《诗》说，区别对待。所以同为《汉书》中的《诗》学材料，《匈奴传》“宣王兴师，命将征伐，诗人美其功”条入《鲁诗》，《地理志》“陈俗巫鬼”条则入《齐诗》等。此种分别每条来考证其家数，应该是一个有意义的启示。

清代三家《诗》辑佚者为人定派，定派之后，其一切著述都归之于此派之下，显然没有考虑到著述的复杂情况。魏源在《周颂篇次发微》中说：“盖文人词赋，非说经必守家法之比……盖传经之师，惟专家不相出入，至其学无常师，旁涉博采，固不可以家法囿之矣。”② 文人往往“旁涉博采”，不为家法所囿，自然不能与说经家等量齐观。而文人的“词赋”之作亦当与说经家的解

---

① 范家相《三家诗拾遗》，影印文渊阁《四库全书》第88册，台湾商务印书馆，1983年，第504页。

② 魏源《诗古微》，第130—131页。

经之作不同。魏源的说法无疑是正确的。那么，同一人的诗赋之作与解经之作也应该区别对待。

为人定派与为书定派实际有关联。清代三家《诗》辑佚者，为人定派后，其一切著述都归之于此派之下。同样，为书定派之后，书中所有与《诗》有关的材料都归之于此派之下。还以班固为例。陈乔枞、王先谦以为班固用《齐诗》，故把《汉书》及班固的其他著述有关《诗》的材料都目为《齐诗》材料；又因参加白虎观会议的学者鲁恭、魏应皆传《鲁诗》，且魏应“承制问难”，故把《白虎通》中有关《诗》的材料都目为《鲁诗》。而《汉书》的成书比较复杂。班固是在其父班彪《史记后传》65篇的基础上编撰《汉书》的，而八表和《天文志》又由其妹班昭和同郡马续完成。班固撰写《汉书》多依前人原文而加以剪裁、增补，武帝以前多用《史记》原文，武帝以后也多用前人成文。陈直对此有说明：“《张汤传赞》则引冯商之案语，《封禅书》后段则似用扬雄之补作，更名《郊祀志》。韦贤、翟方进、元后等传，则直用班彪之《后传》。其余多采用刘氏父子书，如《艺文志》本于刘歆《七略》，《律历志》《五行志》皆本于向、歆父子”。还指出班固还采刘向《说苑》《新序》中事，如《说苑》卷六所载丙吉事、卷十三所载茂陵徐生上书事、卷二十所载杨王孙事、《新序》卷七所载苏武事，皆为《汉书》所采①。当然清儒也注意到了《汉书》采用前人原文的情况。陈乔枞说：“《汉书·匈奴传》自李陵降匈奴以前，皆录《史记》之文，惟狐鹿姑单于以下，张晏以为刘向、褚先生所录，班彪又撰而次之。”② 而王先谦也作有《汉书补注》，

---

① 陈直《汉书新证·自序》，中华书局，2008年。

② 陈寿祺、陈乔枞《三家诗遗说考》，第175页。

对《汉书》采用前人原文的情况也不可能不了解。虽然陈乔枞、王先谦知道《汉书》采用前人成文的情况，但仍把《汉书》中有关《诗》的材料都系之于《齐诗》，应该是师法、家法观念下的做法。他们认为一人习某一派的《诗》，即使在著述中采用别人成文，也会依据其所习《诗》对其中的《诗》学材料进行修正。

为人定派、为书定派与汉人用《诗》、著述的真实情况相悖反，故我们对汉代著述中的《诗》学材料采用为条定派的方式，即对没有明文说明其《诗》派属性的材料，逐条辨析；并且对不能考证出其具体学派属性的材料，笼统归之“三家《诗》”。

在材料的辨析中，也注意不同材料之间的互证关系。此种方法也是清代学者在三家《诗》辑佚中经常使用的方法之一。不过他们经常把此办法作为为人定派、为书定派的办法，并且对其中的可能性往往偏执一词。如《列女传·贞顺篇》以《邶风·柏舟》为卫寡夫人所作，《潜夫论·断讼篇》说：“贞女不二心，以数变故，有匪石之诗。”① 二者相合。陈乔枞、王先谦认为刘向世传《鲁诗》，此为王符用《鲁诗》的确证。但《列女传》有杂采性质，《汉书·楚元王传》说：“向睹俗弥奢淫，而赵、卫之属起微贱，踰礼制。向以为王教由内及外，自近者始。故采取《诗》《书》所载贤妃贞妇，兴国显家可法则，及孽嬖乱亡者，序次为《列女传》，凡八篇，以戒天子。”而《别录》又说《列女传》是刘向、刘歆所校之书，王应麟《汉书艺文志考证》引刘向《别录》：“臣向与黄门侍郎歆所校《列女传》，种类相从为七篇，以著祸福荣辱

① 王符撰、汪继培笺、彭铎校正《潜夫论笺校正》，第233页。

之效，是非得失之分，画之于屏风四堵。”① 如果《列女传》确为刘向、刘歆所校之书，则其中的《诗》学材料不能归之刘向名下；如果是刘向自撰之书，由于其有杂采性质，其中的《诗》学材料也不见得都为《鲁诗》说。王符说与《列女传》相合，是用《列女传》还是别有所本呢？陈奂、胡承珙以为王符用《列女传》。但王符《潜夫论》又用《鲁诗》之说者，如《潜夫论·班禄篇》“其后忽养贤而《鹿鸣》思”②，与《史记·十二诸侯年表》“仁义陵迟，《鹿鸣》刺焉”说相合，应该采自《鲁诗》说。实际，“贞女不二心”之说也有可能来自《鲁诗》。至于《列女传》，徐建委梳理《贤明篇》中的卫姬故事变化，指出《列女传》中的有些故事是经过了刘向父子的改编的③。刘向撰《列女传》是“采取《诗》《书》所载”，实际也包括对《诗》《书》解释材料的采用。而三家《诗》又是“取春秋，采杂说”，因而《列女传》中有些说《诗》材料也有可能是《鲁诗》采之于前，《列女传》据《鲁诗》而采录。

为条定派散见于我们的论述之中，有时为了行文的简洁，直接表述辨析的结果。唯对《尔雅》与《鲁诗》的关系专文讨论。陈乔枞、王先谦等以为《尔雅》为《鲁诗》之学，并且把注《尔雅》者如犍为舍人、刘歆、樊光、李巡所引的《诗》句以及与《毛诗》不同注解，甚至郭璞与《毛诗》不同的注解，都定为《鲁诗》。因而《尔雅》及注释占清代《鲁诗》辑佚的大部分。为了廓

---

① 王应麟《汉书艺文志考证》，二十五史刊行委员会编《二十五史补编》，中华书局，1955年，第1410页。

② 王符撰、汪继培笺、彭铎校正《潜夫论笺校正》，第168页。

③ 徐建委《说苑研究——以战国秦汉之间的文献累积与学术史为中心》，北京大学出版社，2011年，第93页。

清认识，故撰《〈尔雅〉非〈鲁诗〉之学辨》。通过辨析，我们认识到叔孙通援《尔雅》入《礼记》在《鲁诗》学成型之前，樊光所引《诗》确实出于《鲁诗》，其他注家所引《诗》却未必出于《鲁诗》，各家之注都有兼用《毛诗》的情况。

四、四家《诗》比较的目标

当代四家《诗》的比较多集中在诗说异同方面，实际四家《诗》的比较还应该包括文本来源、文本面貌、诗说来源等方面。异同比较还要注意同中有异、异中有同的情况，在此前提下对异同原因进行分析。此论文集中所收《四家〈诗〉分卷考辨》《〈鲁诗〉〈毛诗〉篇次异同原因析论》《〈毛诗〉与三家〈诗〉篇义异同原因析论》《四家〈诗〉的传承与解说歧异》分别从文本和诗说方面对四家《诗》进行比较，并分析了异同原因。

《四家〈诗〉分卷考辨》分析了四家《诗》分卷异同的问题。《汉书·艺文志》著录有三家《诗》二十八卷，《毛诗》二十九卷。学者一般都认为《毛诗》多出来的一卷为《诗序》，但二十八卷如何分的，王引之认为《邶风》《鄘风》《卫风》分三卷，《周颂》不分卷，而大多数清代学者却认为《邶风》《鄘风》《卫风》不分卷，《周颂》分三卷，《邶风》《鄘风》《卫风》分卷在毛公作《传》时。但考察出土资料和传世文献就可以发现，《邶风》《鄘风》《卫风》在先秦就是分卷的。而学者之所以认为《邶风》《鄘风》《卫风》不分卷是对邶、鄘有误解，把其看作国名。实际，邶、鄘很可能只是方位词，太师编《诗》是用邶、鄘、卫标识卫国不同类型的音乐。

《〈鲁诗〉〈毛诗〉篇次异同原因析论》对《鲁诗》与《毛诗》

篇次异同及原因进行讨论。据熹平石经《鲁诗》残石，《鲁诗》篇次与《毛诗》有同有异。许多学者认为《毛诗》篇次错乱，是汉初经师不知《诗经》篇次造成的。此说并不正确。《鲁诗》《毛诗》师承不同，汉初又在不同地域传播，但二者的大多数诗篇次第相同，甚至各诗章数、章次、各章句数也大多相同，说明鲁、毛基本上都传承了先秦《诗》本。郑玄说毛公改动过《诗经》的篇次，实际出于猜测。《毛诗》学者在对诗篇阐释时往往曲解诗句、附会历史，或者以伤今思古的思路解诗，恰说明毛公不曾改动过《诗经》篇次。汉代学者一般认为《诗经》是孔子编订的，其篇次也是孔子安排的，因而也不会出于阐释体系的严密而改动《诗经》的篇次。《鲁诗》《毛诗》篇次的歧异，有的可能是《鲁诗》失次，有的可能是《毛诗》错简，也有二者都传承了先秦《诗》本篇第失次之旧者。《诗经》在先秦的传播，有变异的一面，也有稳定的一面，但整体来看，稳定性胜于变异，故《鲁诗》《毛诗》的篇次相同者远远多于相异者。

《〈毛诗〉与三家〈诗〉篇义异同析论》分析四家《诗》解说异同的复杂原因：四家《诗》皆从伦理道德、政治教化的角度解《诗》，资料来源相同，对《诗经》整体看法也有相同之处，这是其解说相同的主要原因。而就诗中特定几句来解《诗》，诗意显豁，也使得《毛诗》与三家《诗》对有些诗篇的解释接近或相同。师承不同、资料来源不同、《毛诗》比三家《诗》有更浓厚的政治教化色彩、《毛诗》与三家《诗》对《诗经》的整体看法不同、《毛诗》的解说更有系统性、或“断章取义”、或整体把握等等则是其解说歧异的主要原因。而解释角度不同、对诗中关键词语理解的不同、误读、传承中的变异等，也造成了《毛诗》与三家《诗》篇义上的一些不同。

《四家〈诗〉的传承与解说歧异》主要从传承的方面对四家《诗》解说的变化进行梳理。汉代《诗》学有在传承中不断增益的一面。在利禄的刺激下，各经派不断分化，而自名其学者往往对师说进行发展或改变。三家《诗》在西汉已有章句，到东汉甚至三国时期仍有新的章句产生。为章句者或对师说“触类而长”，或左右采获。往往在没有读通经典的情况下就急欲成一家之章句，造成了章句之学“意傅”的特点。王莽时、东汉前期对《五经》章句分别减省，减省幅度很大，经说不可能不发生变化。谶纬之学兴起后，“言《五经》者，皆凭谶为说”，又是一种变异。《毛传》在毛公之后经过了增补，增补中也有变异。《毛诗序》虽然在毛公前已经成型，但也经过了毛公之后学者的增补，并且在哀帝时，还经过了最后整理。

在全面比较前提下，也对前人关于四家《诗》认识存在偏颇的一些问题进行讨论，涉及的论文有《四家〈诗〉命名考》《四家〈诗〉文本来源考辨》《〈诗经〉分什的有关问题》《〈毛传〉成书及定型考论》《〈毛诗〉〈序〉〈传〉歧异原因析论》《〈毛传〉〈尔雅〉关系考辨》《四家〈诗〉维度下的〈毛传〉“独标兴体”》。

四家《诗》的命名，前人论述多误。王应麟以为《齐诗》《鲁诗》为众人之说，《韩诗》《毛诗》为专门之学，故前者以国命名，后者以姓氏命名。实际四家《诗》皆为专门之学。《齐诗》《鲁诗》名目得自人们对“齐学”“鲁学”的认识，有尊崇的意味。由于先秦燕地、韩地皆无儒学风尚，故《韩诗》《毛诗》采取汉代经派命名的一般做法，以创始人姓氏命名。由昭帝征求传《韩诗》者来看，三家《诗》之命名应在武帝为博士置弟子之后，为创始人弟子所命。关于《毛诗》，郑玄《六艺论》说《毛诗》之名为献王所命，《诗谱》以为《毛诗》之名在献王置《毛诗》博士前已经存在，陆玑以为时人所命，皆为猜测。《毛诗》亦当为毛公后学所命，且因三家各自命名而为。

在对四家《诗》命名进行梳理的同时，也纠正了前人对三家《诗》何时立于学官的错误判断。王国维以为《鲁诗》和《韩诗》在文帝时、《齐诗》在景帝时已被立博士，是对汉初博士性格的误解。武帝时始置专经博士。徐复观以为三家《诗》在武帝置《五经》博士皆已置立，也是错误的。武帝置《五经》是为了对抗以窦太后为首的黄老集团，明确其顾问团为儒家性质，故所置《五经》为《易》《书》《诗》《礼》《春秋》，并未为各经派置博士。钱穆以为三家《诗》之命名在石渠阁会议之后，也仅因石渠议奏不及《诗》。但石渠议奏不及《诗》，是因《诗》在宣帝时无所增置，且争议最少。实际三家《诗》是在武帝为博士置弟子之后，陆续立于学官的。

《四家〈诗〉文本来源考辨》对四家《诗》文本得自私藏和得自讽诵两种说法进行辨析。由于汉代没有《诗经》写本的发现，得自讽诵说自然是正确的。四家《诗》虽得自讽诵，却传承了先秦完整的《诗》。此由《诗经》的流传、四家《诗》的传承等可以说明。《毛诗》六“笙诗”及《小雅·都人士》首章是后来《毛诗》学者加入的。此由六“笙诗”和《都人士》首章本身以及《毛诗序》《毛传》、郑《笺》都可以看出。前人关于《汉书·艺文志》“三百五篇，遭秦而全，以其讽诵，不独在竹帛故也”的种种猜测都是不正确的。

《〈诗经〉分什的有关问题》对《诗经》何以分什、为什么要以“什”标识、分什的开始等问题进行讨论。《诗经》《雅》《颂》何以分什，自陆德明以来，学者一般认为是因为其篇数多，实际并不正确。《诗经》二《雅》分什是因为简札繁重、握持不便；

《周颂》分什则是毛公作《毛诗故训传》时所为。二《雅》分什是十进制影响的结果，本身就包含简札繁重、不得不分之意；二《雅》分卷以“什”为单位也表示各“什”之间存在连续关系。二《雅》至迟在春秋中期已经分什，最早则可能在宣王时。

《〈毛传〉成书及定型考论》对《毛传》的作者、成书、定型等问题进行讨论。学者们一般认为《毛传》为毛亨所作，成书于汉朝建立之初，主要依据郑玄、陆玑之说，但郑玄之说不可据信，陆玑之说则是在郑玄之说基础上的增益。《后汉书·儒林传》以为《毛传》为毛苌所作，是糅合《汉书》与陆玑之说。实际上，由注释《汉书》诸家皆不注毛公名号看，题《毛传》为毛亨作或毛苌作都不正确。《毛传》应为毛公所作，成书于景帝前元二年至中元五年间。由《毛传》的自相矛盾、有接续痕迹的传文等，是可以看出《毛传》是经过后人增益的。而《毛传》有些传文具有多层推衍的性质，则说明其曾被多人增益。从《毛传》引用《左传》的情况看，毛公的弟子贯长卿已经对《毛传》有所增益。而由六“笙诗”序与《小雅·都人士》首章传文看，《毛传》的定型则在哀帝建平元年至元帝元始五年间，徐敖对其作了最后的整理。

《〈毛诗〉〈序〉〈传〉歧异原因析论》对《毛诗》《序》《传》歧异的主要原因进行分析。学者在讨论《毛诗》《序》《传》歧异的原因时，或以为由《序》《传》的歧异，可以说明《序》在《传》前，或以为可说明《序》在《传》后。实际上，由《序》《传》的歧异，并不能证明《序》在《传》前还是《传》后。由于《序》《传》都经毛公之后学者续补，所以，就既有《传》用《序》的情况，也有《序》用《传》的情况。郑玄说毛公为《传》时，分置《序》于各篇之首，只是一种猜测。由《序》《传》的语句、语意的重复和《汉书》《隋书》的著录来看，直到西汉末，《序》

《传》都是别行的。《序》《传》别行，《序》《传》补续者都有各自为说的情况，这是造成《序》《传》歧异的主要原因。

《〈毛传〉〈尔雅〉关系考辨》分析《毛传》与《尔雅》的复杂关系。学者对《毛传》与《尔雅》的关系多有论述，或以为《毛传》本《尔雅》而作，或以为《尔雅》本《毛传》而成，或以为《毛传》《尔雅》各有所本。实际，三说皆各有所得，亦各有所失，并没有完全揭示出《毛传》与《尔雅》之间的复杂关系。《毛传》《尔雅》训释有同有异，固然有材料来源同异的原因，但从二者很高的训释相同率、训释连词句也相同、材料选择的趋同性等方面看，毛公为《传》时参考过《尔雅》。并且二者成书之后都经后人的增益，因而续补《尔雅》者采《毛传》与增益《毛传》者采《尔雅》的情况并存。至于《毛传》《尔雅》训释的歧异，除了材料来源不同外，训释方式不同、传抄致误等也是重要的原因。

《四家〈诗〉维度下的〈毛传〉“独标兴体”》主要讨论兴与四家《诗》的关系。许多学者认为三家《诗》也言兴，实际并不准确。三家《诗》本不言兴，《列女传》以兴解《诗》，乃后人据毛而改；《淮南子》《孔子家语》《论衡》以兴解《诗》，都是用《毛诗》。《韩诗薛君章句》以兴解《诗》，是受《毛传》的启发。《韩诗薛君章句》理解的兴仍是譬喻，而《毛传》理解的兴是起头、譬喻、虚写、不是表达重点但与下文有联系。

在四家《诗》异同的比较前提下，也对《诗经》学史上长期争论不休的一些问题进行了讨论，如《孔子“删诗”说的理论来源与产生背景》《由六“笙诗”来看〈毛诗序〉完成时间》《从四家〈诗〉的异同看〈毛诗序〉的成型时间》。

孔子“删诗”说是《诗经》研究中的公案之一，《孔子“删诗”说的理论来源与产生背景》从其来源和产生背景方面对这一公案进行分析。司马迁所述孔子“删诗”说很可能出自《鲁诗》。《史记》多采《鲁诗》说；《孔子世家》先述孔子“删诗”说，紧接着述《鲁诗》“四始”之义；《孔子世家》述孔子“删诗”说前后矛盾，都显示出孔子“删诗”说与《鲁诗》间的关联。司马迁不仅认为孔子“删诗”，而且认为《诗经》的篇次也是孔子安排的，《毛诗》则认为是国史安排的，但《鲁诗》《毛诗》的篇第绝大多数相同。由《仪礼》《左传》《国语》记载的典礼用乐看，《诗经》的篇次不是孔子排定的。汉儒说孔子安排了《诗经》的篇次，是为了便于从伦理道德、政治教化方面阐释。同样，说孔子“删诗”，也是为了增加《诗经》的神圣性。在《诗》的经化过程中，一方面是加强其与伦理道德、政治教化的联系，另一方面是把其与圣人联系起来。所以，到了汉代，儒生就认为《诗经》是孔子编选的，诗篇、诗次都包含着孔子关于治国理家的微言大义。

《毛诗序》的作者与时代也是《诗经》研究中一个聚讼千年的问题。《由六“笙诗”来看〈毛诗序〉完成时间》《从四家〈诗〉的异同看〈毛诗序〉的成型时间》，分别从其完成时间和定型时间两方面对这一问题进行讨论。六“笙诗”是《毛诗》学者加入的，加入的时间应在刘歆《七略》成书之后，即哀帝建平元年之后。元始五年，王莽征通知《毛诗》等典籍的异能之士，以民间学术校正学官学术，加入六“笙诗”的《毛诗》进入官学系统，为人们接受。《毛诗》学者入六“笙诗”于《诗经》除受刘歆《移让太常博士书》的启发，也与人们把经书看作“应时而作”、可以损益的观念有关。从《汉书·儒林传》“由是言《毛诗》者，本之徐敖”一语来看，入六“笙诗”于《诗经》的学者很可能就是徐敖。故《毛诗序》最后完成应该在建平元年至元始五年期间。至于《毛诗序》的成型则在景帝前元二年至中元五年间。《毛诗序》有相对一致的解释思路，十五《国风》、大小《雅》各部分的《序》表现出一定的系统性，相邻的《序》文也往往有一定的关联度，《毛诗序》很可能成型于一人之手。三家《诗》本无序，认为《毛诗》首序出于诗人、国史、周之乐官、孔子、子夏等都说不通。四家《诗》解说有不少歧异，说明《毛诗序》非出于诗人、国史、周之乐官、孔子、子夏。先秦时期虽也有以政治教化、伦理道德解《诗》的趋向，但尚未成为普遍原则。《毛诗序》与三家《诗》皆以政治教化、伦理道德解《诗》，说明它们是同一时代的选择。而《毛诗序》比三家《诗》有更浓厚的政治教化的意味，则《毛诗序》晚于三家《诗》的创立。三家《诗》的创立在高后至文帝时，结合《序》《传》关系、《序》的资料来源，可以断定《毛诗序》的成型在景帝前元二年至中元五年间。

上面把论文集中的论文分为三类，即四家《诗》异同比较、纠正前人对四家《诗》的不正确看法、长期争论不休的《诗经》学问题的讨论，但在论文中这些不同方面的内容交织在一起，主要谈论四家《诗》异同的论文中也有对前人不正确看法的纠正，纠正前人不正确看法、讨论《诗经》学中长期争论不休的问题的论文中也有四家《诗》异同的比较。

这本论文集中所收论文，最早的发表于2005年，最晚的发表于2023年，其中有些看法已有变化，故有矛盾之处。再则，每篇论文关注的问题不同，故同一材料被从不同角度多次使用，论文之间也有重复，虽然在汇聚成册时作了一定的修订，实际重复之处仍然不少，请读者见谅!

皮锡瑞认为“《诗》比他经尤难明”，以吾之愚钝，加之见闻僻陋，虽浸淫《诗经》多年，差误自当不少，敬请鸿儒大雅批评指正!

四家《诗》命名考

汉代传《诗》者主要有四家，即鲁、齐、韩、毛，《汉书·艺文志》："汉兴，鲁申公为《诗》训故，而齐辕固、燕韩生皆为之传……三家皆列于学官。又有毛公之学，自谓子夏所传，而河间献王好之，未得立。"其中《鲁诗》《齐诗》以本学派宗师的故国命名，《韩诗》《毛诗》以本学派宗师的姓氏定名。显然，就其命名而言，或以国名或以姓氏，并不整齐划一。那么为何会如此来命名，四家《诗》之名又起于何时呢?

一、《鲁诗》《齐诗》之称在鲁学、齐学观念明晰之后

王应麟说："《儒林传》：'言《诗》，于鲁则申培公，于齐则辕

此文原刊于《学术论坛》2010 年 9 期；人大复印报刊资料《中国古代、近代文学研究》2011 年 2 期全文转载。

固生，于燕则韩太傅。’齐、鲁以其国所传，皆众人之说也；毛、韩以其姓所传，乃专门之学也。”① 但由王氏所引《汉书·儒林传》之语是看不出王氏所言之意的。实际，鲁、齐亦为专门之学。《汉书·儒林传》：“申公，鲁人也。少与楚元王交俱事齐人浮丘伯受《诗》……吕太后时，浮丘伯在长安，楚元王遣子郢与申公俱卒学……归鲁退居家教……弟子自远方至受业者千馀人，申公独以《诗经》为训故以教，亡传，疑者则阙弗传。”申公虽学《诗》于浮丘伯，但其“独以《诗经》为训故以教”，其开创之地位显而易见。据《楚元王传》，申公同学复有鲁穆生、白生，只有申公“弟子为博士十馀人”“其学官弟子行虽不备，而至于大夫、郎、掌故以百数”。故《鲁诗》创始人为申公无疑。又《史记·儒林列传》：“自是之后，齐言《诗》皆本辕固生。诸齐人以《诗》显贵，皆固之弟子。”《汉书·艺文志》说“齐辕固、燕韩生皆为之传”，荀悦《汉纪》：“齐人辕固生为景帝博士，亦作《诗外、内传》。”②《经典释文·叙录》：“齐人辕固生作《诗传》。”③ 辕固为《齐诗》创始人，《齐诗》亦为专门之学。

既然四家《诗》皆为专门之学，何以《鲁诗》《齐诗》不以姓氏命名呢？就汉代各经派来看，一般皆以创始人的姓氏命名。若说例外，则为《鲁论》《齐论》。《汉书·艺文志》：“汉兴，有齐、鲁之说。传《齐论》者，昌邑中尉王吉、少府宋畸、御史大夫贡禹、尚书令五鹿充宗、胶东庸生，唯王阳名家。传《鲁论语》者，常山都尉龚奋、长信少府夏侯胜、丞相韦贤、鲁扶卿、前将军萧

① 王应麟《汉书艺文志考证》，《二十五史补编》，中华书局，1955 年，第 1395 页。

② 荀悦、袁宏《两汉纪》，中华书局，2002 年，第 435 页。

③ 陆德明《经典释文》，中华书局，1983 年，第 9 页。

望之、安昌侯张禹，皆名家。”王吉①、宋畸、贡禹、五鹿充宗、庸生皆传《齐论》，皆不知其学所自。可能《齐论》在齐地流传非常广泛，故以上诸人学源反而难以知晓。《鲁论》的问题也当如此。不过《艺文志》所举传《鲁论》诸人，《萧望之传》说望之“从夏侯胜问《论语》《礼服》”，其《论语》学应出自夏侯胜；《张禹传》：“始，鲁扶卿及夏侯胜、王阳、萧望之、韦玄成皆说《论语》，篇第或异。禹先事王阳，后从庸生，采获所安，最后出而尊贵。诸儒为之语曰：‘欲为《论》，念张文。’由是学者多从张氏，余家寖微。”张禹虽混同齐、鲁，但其学也是有自的。《鲁论》《齐论》可能为两地普遍流传之学，而《鲁诗》《齐诗》却是专门之学，并不相同。

汉代有齐学、鲁学之分。《汉书·儒林传》：“宣帝即位，闻卫太子好《穀梁春秋》，以问丞相韦贤、长信少府夏侯胜及侍中乐陵侯史高，皆鲁人也，言穀梁子本鲁学，公羊氏乃齐学也，宜兴《穀梁》。”在先秦，齐、鲁两地儒学都较为盛行，《史记·儒林列传》：“后陵迟以至于始皇，天下并争于战国，儒术既绌焉，然齐、鲁之间，学者独不废也。”又说：“夫齐、鲁之间于文学，自古以来，其天性也。”由于两地不同的文化与风俗，两地的学术也存在差异。盖而言之，鲁学谨严，谙于典章；齐学好议论，与阴阳五行学说关系较密切②。程元敏说：“鲁为孔子故里，夫子经学教化，鲁学早成显派；齐有稷下，诸家讲经，游学其间，次鲁学而亦早为经学重镇。战国中晚叶，论经学者莫不竞以齐鲁派为师为

① 王吉字子阳，故又谓之王阳。

② 马宗霍《中国经学史》，上海书店，1984 年，第 46—48 页；王葆玹《今古文经学新论》，中国社会科学出版社，1997 年，第 78—93 页。

荣。故言《诗》则《鲁诗》《齐诗》，言《论语》则《鲁论》《齐论》，而韩婴、毛公讲论于燕、赵、河间国，学风非盛，远逊齐、鲁，故不足以《诗》学大宗——《燕诗》《赵诗》或《河间诗》而尊称之也。"① 说燕、赵学风非盛，故不得命名为"燕诗""赵诗"应该是正确的。《汉书·地理志》依次介绍战国以来秦、魏、周、韩、郑、陈、赵、燕、齐、宋、卫、楚、吴、粤等地的风俗，唯于齐曰"其士多好经术"，于鲁曰"其民好学，上礼义"，而于赵则曰"丈夫相聚游戏，悲歌忼慨，起则椎剽掘冢，作奸巧，多弄物，为倡优"，于燕则曰"宾客相过，以妇侍宿，嫁取之夕，男女无别，反以为荣。后稍颇止，然终未改。其俗愚悍少虑，轻薄无威，亦有所长，敢于急人"。是则燕、赵两地皆无儒学风尚，故后人也就不以其来标识学派。但说"鲁学早成显派""战国中晚叶，论经学者莫不竞以齐鲁派为荣"，则是混淆概念之论，齐、鲁两地已经存在的学术差异和人们对其较清晰的认识并不是一回事。

韦贤、夏侯胜、史高言《穀梁春秋》为鲁学、《公羊春秋》为齐学，则在宣帝即位时已经有明确的"鲁学""齐学"的说法，但却不能据此推断这种说法始于何时。再看上引《汉书·艺文志》之语，也看不出汉初是否有"鲁论""齐论"的说法。因为《艺文志》所举诸人，没有汉初人。王吉为昌邑王中尉在昭帝时，宋畸为少府、夏侯胜为长信少府、韦贤为丞相、庸生授张禹《论语》并在宣帝世，贡禹为御史大夫、五鹿充宗为尚书令皆在元帝世。萧望之《论语》学出于夏侯胜，张禹先事王吉、后事庸生。龚奋、扶卿则活动时间不可考。要之，以上诸人即使习《论语》在其少年，也不会早于武帝时。据此，可以说，汉初在齐、鲁两地有不

① 程元敏《诗序新考》，台北五南图书出版公司，2004年，第24页。

同的《论语》本子流传，即二十二篇本和二十篇本，且有不同的解说，但却不能说在汉初已经用“鲁论”“齐论”来标识这两种本子及其学说了。

再来看《诗》的情况，《汉书・儒林传》：“孝宣时，涿郡韩生其后也，以《易》征，待诏殿中，曰：‘所受《易》即先太傅所传也。尝受《韩诗》，不如韩氏《易》深，太傅故专传之。’”韩生自称尝受《韩诗》，亦在宣帝时。《汉书・翼奉传》载元帝初即位，奉上疏曰“臣奉窃学《齐诗》，闻五际之要《十月之交》篇”，则在元帝时。但《汉书・楚元王传》说：“文帝时，闻申公为《诗》最精，以为博士。元王好《诗》，诸子皆读《诗》，申公始为《诗》传，号《鲁诗》。元王亦次之《诗》传，号曰《元王诗》，世或有之。”楚元王汉六年（前201）立，立二十三年而薨，则至迟在文帝前元二年（前178），已经有了《鲁诗》的称法。不过，此很可能为追述。程元敏认为《鲁诗》《齐诗》为“尊称”。由于鲁地、齐地儒风盛行，颇为人们所推崇，故以其命名自然有尊崇的意味。但说申公自号其学为《鲁诗》，却与申公的性格不相符。《史记・儒林列传》：“申公独以《诗》经为训以教，无传疑，疑者则阙不传。”显然申公为学谨严，由此也可看出申公不是一个好自称誉的人。又《儒林列传》载武帝初即位征申公，“至，见天子。天子问治乱之事，申公时已八十馀，老，对曰：‘为治者不在多言，顾力行何如耳。’”则申公在政治上也注重实践，表现出来的也是求实、尚质的精神。而就“元王亦次之《诗》传，号曰《元王诗》，世或有之”一语来看，也有疑点。“世或有之”，似为注释之语，有证明“元王亦次之《诗》传，号曰《元王诗》”之语的意味，但“世或有之”恰说明班固未曾见《元王诗》，且是否有《元王诗》也有疑问。“世或有之”无疑为班固语，而“元王亦次之

《诗》传，号曰《元王诗》”等等应该为刘向、刘歆语。《楚元王传》：“楚元王交，字游。”杨树达说：“汉诸王未有记字者，此独记字。盖向、歆父子曾续撰《史记》，于其先世必有记述，疑班此传承用其文。”① 但《艺文志》却不著录《元王诗》，而《艺文志》是本于刘歆《七略》的。这样，对于《元王诗》何以不见于《艺文志》、班固何以说“世或有之”，学者也只能猜测，王先慎说：“《艺文志》不载《元王诗》，《志》本《七略》，刘歆不应数典忘祖，当是次而未成，故班史传疑云‘或有’，以示未成之意。”② 实际由班固“或有”是看不出《元王诗》“次而未成”之意的，王氏曲为之说。

二、武帝置《五经》博士时尚未有《诗》派之分

王国维《汉魏博士考》说：“申公、韩婴均于孝文时为博士，辕固于孝景时为博士，则文景之世，鲁、齐、韩三家《诗》已经立博士。”③ 既然三家皆立学官，自然已经命名，但这实际是出于对汉初博士性格的误解。

汉承秦制。秦有博士七十人，《史记·秦始皇本纪》：“侯生、卢生相与谋曰：‘……博士虽七十人，特备员弗用。’”汉初因之，应劭《汉官仪》曰：“孝文皇帝时，博士七十馀人。”④ 秦朝置博士着眼于其博通，主要备问古今，为施政顾问。《汉书·百官公卿

① 杨树达《汉书窥管》，上海古籍出版社，2006 年，第 286 页。

② 王先谦《汉书补注》，中华书局，1983 年，第 950 页。

③ 王国维《观堂集林》，中华书局，1959 年，第 183 页。

④ 欧阳询《艺文类聚》，上海古籍出版社，1999 年，第 831 页。

表》："博士，秦官，掌通古今。"《汉官仪》："博士，秦官也。博者，通博古今；士者，辩于然否。"① 据《史记·屈原贾生列传》，贾谊"以能诵诗属书闻于郡中""颇通诸子百家之书"，文帝初立，"召以为博士"。贾谊之学不主一家，说明汉初博士也主要取其博学。秦朝博士学术品格比较混杂，为杂学博士。《史记·刘敬叔孙通列传》："叔孙通者，薛人也。秦时以文学征，待诏博士。"叔孙通以通儒学而被任命为博士。《汉书·艺文志》"儒家类"著录有"《羊子》四篇"，班固注曰："故秦博士。"《汉书·晁错传》："孝文时，天下亡治《尚书》者，独闻齐有伏生，故秦博士，治《尚书》。"伏生为博士当为其治《尚书》而有成。《艺文志》"名家类"著录有"《黄公》四篇"，注曰："名疵，为秦博士，作歌诗，在秦时歌诗中。"则黄疵为名家者流，且作有歌诗。《史记·秦始皇本纪》云"使博士为仙真人诗"，此博士或即指黄疵。又"始皇梦与海神战，如人状。问占梦博士"，占梦博士又为数术之士。由此可见，秦朝博士或擅长"六艺"，或习"百家之语"，或为术数、方伎之士，品流复杂。《史记·孝文本纪》，文帝前元十五年（前164）以善言五德终始的公孙臣为博士。贾谊"颇通诸子百家之书"、公孙臣善言五德终始，正说明汉初所置博士不仅有习六艺者，而且也有习诸子、术数、方技者，学术品格恰与秦朝博士同。当然，杂学博士于博学中亦可能各有专门之业，甚且以某专门之业知名，因而得为博士。如叔孙通在秦朝以文学被召而为博士，又《史记·孝文帝本纪》："鲁人公孙臣上书陈终始传五德事，言方今土德时，土德应黄龙见，当改正朔服色制度。""十五年，黄龙见成纪，天子乃复召鲁公孙臣，以为博士，申明土德事。"则公

① 《艺文类聚》，第830页。

孙臣被任为博士，是因其善说“五德终始”，文帝以其为博士，也是需要他的专业知识。

由此，再来看研习儒家经典者在汉初被任为博士的情况，《汉书·楚元王传》：“文帝时，闻申公为《诗》最精，以为博士。”《史记·儒林列传》：“清河王太傅辕固生者，齐人也。以治《诗》，孝景时为博士。”“韩生者，燕人也。孝文帝时为博士，景帝时为常山王太傅。”“伏生教济南张生及欧阳生……张生亦为博士。”《汉书·晁错传》：“孝文时，天下亡治《尚书》者，独闻齐有伏生，故秦博士，治《尚书》，年九十馀，老不可征。乃诏太常，使人受之。太常遣错受《尚书》伏生所，还，因上书称说。诏以为太子舍人，门大夫，迁博士。”《史记·儒林列传》：“董仲舒，广川人也。以治《春秋》，孝景时为博士。”“胡毋生，齐人也。孝景时为博士，以老归教授。”

就上引材料而说，明分为两类，一类为因治某经而为博士者，一类仅说在何时为博士者。就前一类来看，实际和叔孙通“秦时以文学征，待诏博士”类似，既然不能说秦时设有文学博士，也就不能说汉初有《诗》《书》《春秋》等博士。既然尚无专经博士的设立，也就不能据此以为有经派的分立，更不能说已经有了为各派命名而区分各派的做法。

赵岐《孟子题辞》：“汉兴，除秦虐禁，开延道德，孝文皇帝欲广游学之路，《论语》《孝经》《尔雅》《孟子》皆置博士，后罢传记博士，独立五经而已。”此可能沿袭的是刘歆的说法。刘歆《移让太常博士书》：“至孝文皇帝，始使掌故朝错从伏生受《尚书》。《尚书》初出于屋壁，朽折散绝，今其书见在，明师传读而已。《诗》始萌牙。天下众书往往颇出，皆诸子传说，犹广立于学官，为置博士。”由赵岐所言，可以看出刘歆所说“诸子传记”即指《论语》《孝经》《尔雅》《孟子》等，其中除有助于解经的辞典性质的《尔雅》外，其他三种都有诸子性质。但刘歆所言可能是对汉初博士的误解。贾谊“颇通诸子百家之书”而被征为博士，不言通何家，恰说明文帝时并未置诸子博士。刘歆、赵岐所言，一为争立古文而发，一为表彰《孟子》而说，是以武帝立《五经》博士后的情形来谈论汉初的博士制度。实际情况是，文帝所立博士中有习《论语》等诸子传记者，并非为诸子传记置博士。如此来看《后汉书·翟酺传》，“初，酺之为大匠，上言：‘孝文皇帝始置一经博士……’”文帝虽因申公、辕固治《诗》而以其为博士，因董仲舒治《春秋》而以其为博士，也仅为任申公、辕固、董仲舒为博士，并不能说明设立了《诗》《春秋》的博士，因而李贤注曰：“武帝建元五年始置《五经》博士，文帝之时未遑庠序之事，酺之此言，不知何据。”则翟酺所言也是对文帝时博士性格的一种误解，因为某位学者因治某经有名而被任为博士，很容易理解为为学者所习之经置博士①。

武帝立《五经》博士，实际是为了对抗窦太后所信奉的黄老学②，卫宏《汉旧仪》：“武帝初置博士，取学通行修，博识多艺，

---

① 徐复观亦持此观点，不过又据《汉书·楚元王传》“闻申公为《诗》最精，以为博士”，而认为文帝已经立《鲁诗》博士，则是错误的。认为《汉书·儒林传·赞》言武帝时的《五经》博士，不数《诗》博士，是因《鲁诗》在文帝已经立于学官。但《汉书》三家《诗》皆不数，非仅止《鲁诗》。且《汉书》不数《诗》博士，是因为在宣帝时《诗》无所增立，非《诗》在文帝时已经立于学官。至于文帝“闻申公为《诗》最精，以为博士”，是因为《诗》《书》经秦火损失最为严重，故文帝非常注意《诗》《书》的搜求，以申公为博士类似于使晁错往伏生处受《书》。见徐著《中国经学史的基础》，《徐复观论经学史二种》，上海书店出版社，2002年，第59页。

② 参阅拙著《两汉三家〈诗〉研究》第五章“从汉初至武帝时的政治、文化环境与三家《诗》的发展”一节，巴蜀书社，2006年，第552—578页。

晓古文、《尔雅》，能属文章，为高第，朝贺位次中郎官史，称先生，不得言君，其真弟子称门人。”① 这时的博士，仍沿用汉初博士“博者，通博古今；士者，辩于然否”的品格，仍主要做施政顾问。武帝立《五经》博士，也就明确了其顾问团为儒家性质，其他各家尤其是黄老学者不能进入其政治顾问团，无疑有向喜好黄老的窦太后示威的意味。这样，只要研习儒经而博学者就有成为博士的可能，并不包含习某经某派者才能成为博士的意味。也就是说，这时只是立了《诗》《书》《礼》《易》《春秋》博士，并未专立《鲁诗》《齐诗》《韩诗》《公羊春秋》博士。

武帝置《五经》博士是为了凸显儒学，那么其博士员数又如何呢?《汉书·百官公卿表》:“博士，秦官，掌通古今，秩比六百石，员多至数十人。武帝建元五年初置《五经》博士，宣帝黄龙元年稍增员十二人。”学者们一般都依据“宣帝黄龙元年稍增员十二人”之语断定武帝所立《五经》博士应为七人②，即《易》《尚书》《士礼》《鲁诗》《齐诗》《韩诗》《公羊春秋》各一人。但上已证明，武帝立《五经》博士时尚未分经派，故七人之说并不正确。再者，武帝置《五经》博士时也非经各一人。经各一人的做法可能始于成帝阳朔二年（前 23)③。也就是说，在武、昭、宣、元朝，博士员数仍为七十馀人，与汉初同。《史记·儒林列传》:“（申公）弟子为博士者十馀人：孔安国至临淮太守，周霸至胶西内史，夏宽至城阳内史，砀鲁赐至东海太守，兰陵缪生至长沙内史，徐偃为胶西中尉，邹人阙门庆忌为胶东内史。”申公主要在景

---

① 《艺文类聚》，第 830 页。

② 《观堂集林》，第 184 页。

③ 《今古文经学新论》，第 215—221 页。

帝及武帝前期教授，他的弟子则主要活动在武帝时期，所以这十几人为博士应该皆在武帝时，若说这十几人是次第为博士的，显然是不合情理的。《汉书·儒林传》："（欧阳）高孙地馀长宾以太子中庶子，后为博士，论石渠。""林尊字长宾，济南人也。事欧阳高，为博士，论石渠。"欧阳地馀、林尊皆习欧阳《尚书》，则论石渠时欧阳《尚书》博士不止一人；《儒林传》："张生、唐生、褚生皆为博士。张生论石渠，至淮阳中尉。""初，薛广德亦事王式，以博士论石渠，授龚舍。"张长安、薛广德皆传《鲁诗》，则论石渠时《鲁诗》博士也不至一人。

《百官公卿表》"员多至数十人"并非仅指汉初的博士员数，更有可能是指两汉的博士员数。由于博士员数在变化，所以班固用了约数。实际情形也是如此。成帝以前博士员为七十馀人，在王莽时为三十人①，东汉立十四博士，经各一人②。而"武帝建元五年初置《五经》博士，宣帝黄龙元年稍增员十二人"，此部分则专就《五经》博士为论。武帝建元五年（前136）始置《五经》博士，此时各经尚未分派，但在元朔五年（前124）置博士弟子后，各经派逐渐产生，故《诗》分鲁、齐、韩。至宣帝进一步分置，成十二家，故班固用"增"。这十二家，根据王国维的意见，为《易》施、孟、梁丘，《书》欧阳、大小夏侯，《诗》鲁、齐、韩，《礼》后氏，《春秋》公羊、榖梁③。当然，《百官公卿表》"宣帝黄

---

① 《汉书·王莽传》：平帝元始四年"立《乐经》，益博士员，经各五人"。

② 《续汉书·百官志》："博士十四人，比六百石。"本注曰："《易》四，施、孟、梁丘、京氏。《尚书》三，欧阳、大小夏侯氏。《诗》三，鲁、齐、韩氏。《礼》二，大、小戴氏。《春秋》二，《公羊》严、颜氏。掌教弟子。国有疑事，掌承问对。本四百石，宣帝增秩。"

③ 《观堂集林》，第184页。

龙元年稍增员十二人”之“人”可能是“家”之讹，可能是班固以东汉博士制度来看西汉时而误。

刘歆《移让太常博士书》：“至孝武皇帝，然后邹、鲁、梁、赵颇有《诗》《礼》《春秋》先师，皆起于建元之间。当此之时，一人不能独尽其经，或为《雅》，或为《颂》，相合而成。《泰誓》后得，博士集而读之。”在武帝立《五经》博士时，先师说经尚粗略，其说相合才能解释一部完整的经书，故派别实际是不存在的。又《史记·儒林列传》：“瑕丘江生为《穀梁春秋》。自公孙弘得用，尝集比其义，卒用董仲舒。”《汉书·儒林传》说得更为详细：“瑕丘江公，受《穀梁春秋》及《诗》于鲁申公，传子至孙为博士。武帝时，江公与董仲舒并。仲舒通《五经》，能持论，善属文。江公呐于口，上使与仲舒议，不如仲舒。而丞相公孙弘本为《公羊》学，比辑其议，卒用董生。于是上因尊《公羊》家，诏太子受《公羊春秋》，由是《公羊》大兴。”依据《汉书·百官公卿表》，公孙弘为丞相在元朔五年，元狩二年（前121）卒于丞相任上。则《公羊春秋》之盛行应在公孙弘任丞相之后。如果武帝置《五经》博士时立了《公羊》博士，就不待董仲舒与江公论辩了，武帝也不会于此时才尊《公羊》家。

三、《诗经》各派之命名在武帝为博士置弟子员之后、石渠阁会议之前

武帝于建元五年立《五经》博士，但直到元朔五年才为博士置弟子，上距置《五经》博士已十二年。在这十二年中，博士主要作为政顾问，并不一定居官教授。而置博士弟子后，博士的工作转向教授、课试。但博士七十人，而博士弟子员才五十人，竟

争于是起。《汉书·夏侯胜传》:“胜从父子建字长卿,自师事胜及欧阳高,左右采获,又从《五经》诸儒问与《尚书》相出入者,牵引以次章句,具文饰说。胜非之曰:‘建所谓章句小儒,破碎大道。’建亦非胜为学疏略,难以应敌。”“应敌”恰说明置博士弟子后博士间论难的兴起。而由于竞争,派别观念渐渐明晰起来。

《汉书·儒林传·赞》:“初,《书》唯有欧阳、《礼》后、《易》杨、《春秋》公羊而已。至孝宣世,复立《大、小夏侯尚书》《大、小戴礼》《施、孟、梁丘易》《穀梁春秋》。”这“初”是指什么时候,有学者认为是武帝立《五经》博士时①,实际是以后来所立博士的情形来窥测武帝时的《五经》博士,是错误的。《儒林传》:“欧阳生字和伯,千乘人也。事伏生,授倪宽。宽又受业孔安国……欧阳、大小夏侯氏学皆出于宽。宽授欧阳生子,世世相传,至曾孙高子阳,为博士。高孙地馀长宾以太子中庶子授太子,后为博士,论石渠。元帝即位,地馀侍中,贵幸,至少府……地馀少子政为王莽讲学大夫。由是《尚书》世有欧阳氏学。”欧阳生为伏生弟子,应该为汉初人,且在武帝时可能还在世。不过,在汉代经学中能“自名其学”者,往往是对原有师法、家法的改窜②。但欧阳生似乎不具备这个条件。在欧阳生这一系中具有改窜师法条件的应为倪宽,倪宽既从欧阳生学,又受业于孔安国,可能会混合欧阳生和孔安国之学而有所发展。据《汉书·兒宽传》,倪宽以郡国选诣博士,受业孔安国,以射策为掌故,补廷尉文学卒史,时张汤为廷尉。而据《百官公卿年表》张汤为廷尉在元朔三年

① 《徐复观论经学史二种》,第62页。

② 参阅拙著《两汉三家〈诗〉研究》第四章“三家《诗》的传承及其师法、家法问题”,第496—507页。

(前 126)，五年后迁，则其受业于孔安国在武帝立《五经》博士后，其授欧阳生子则更在这之后，所以在武帝立《五经》博士时所谓的欧阳氏学尚未形成。何况，汉代经学中“自名其学”者往往都是为了与其他各家竞争而形成，就《尚书》中的大夏侯来说，主要活动在昭宣之世，也就是说在武帝时尚未促使欧阳氏之学形成的条件。同样，《汉书·儒林传·赞》所说《礼》后也是不恰当的，因为后仓为博士不会早于武帝后期①。关于《易》，《汉书·儒林传·赞》称《易》杨，可能是涉《史记》“然要言《易》本于杨何之家”而误，因为《汉书》不称《易》有杨氏学，《史记·儒林列传》也仅说：“(杨) 何以《易》，元光元年征，官至中大夫。”《汉书·儒林传》同。

钱穆《两汉博士家法考》说：“窃疑《诗》分齐、鲁、韩三家，其说亦后起，故司马迁为《史记》，尚无《齐诗》《鲁诗》《韩诗》之名。惟曰：‘自是之后，齐言《诗》，皆本辕固生，诸齐人以《诗》显贵，皆固之弟子。’又曰：‘韩生……其言颇与齐、鲁间殊，然其归一也。而燕、赵言《诗》者由韩生。’至班氏《汉书》则确谓之《鲁诗》《齐诗》《韩诗》焉。是三家《诗》之派分，亦属后起……石渠议奏不及《诗》，是《诗》分三家，疑且在石渠后矣。”② 钱氏主要讨论三家《诗》分派的问题，不过就其论述来看，则以三家是否命名看作其是否成派的一个重要标志。依据钱氏所述，则三家《诗》命名在石渠会议之后。但这个看法并不符合实情。太史公不用《齐诗》《鲁诗》《韩诗》之名，是否能成为断定史公为《史记》时有无《齐诗》《鲁诗》《韩诗》之名的问题，

---

① 《今古文经学新论》，第 104 页。

② 钱穆《两汉经学今古文平议》，商务印书馆，2001 年，第 216 页。

暂且不论。石渠议奏不及《诗》并非《诗》尚未分，也不能证明此时尚无三家《诗》名。石渠议奏不及《诗》，是《诗》于此时无所增置，且“异议最少”的缘故。钱氏也于上引文字后随文注曰：“刘歆《移书》《汉书·宣纪》，及《儒林传赞》，列举诸经家数先后异同，均不及《诗》，非《诗》之分家最早，乃《诗》之争议最少耳。”可谓明于彼而暗于此。而钱氏把石渠会议看作各经分派的开始，也可谓忽视了石渠会议的性质。《汉书·宣帝纪》：“诏诸儒讲《五经》同异，太子太傅萧望之等平奏其议，上亲称制临决焉。乃立梁丘《易》、大小夏侯《尚书》、穀梁《春秋》博士。”既然是讲《五经》异同，则各经派已经形成，石渠会议的目的就是要评判各经派之是非，其中虽然以平《公羊春秋》与《穀梁春秋》的是非为主，但立梁丘《易》、大小夏侯《尚书》，也应该对《易》各派、《尚书》各派的是非有所评判，而就《汉书·艺文志》所著录的石渠《议奏》来看，有《尚书》类、《礼》类、《论语》类，以及附于《孝经》类的《五经杂议》，几乎遍及群经，故不能说各经分派在石渠会议后。

《诗经》各派之命名应该是经学派性意识明晰的产物，从时间来说则在武帝为博士置弟子员之后、石渠阁会议之前。《汉书·蔡义传》：“久之，诏求能为《韩诗》者，征义待诏，久不进见。义上疏曰……上召见义，说《诗》，甚说之，擢为光禄大夫给事中，进授昭帝。数岁，拜为少府，迁御史大夫，代杨敞为丞相，封阳平侯。”元凤三年（前 78）蔡义以光禄大夫迁少府。则其授昭帝《诗》则在始元年间，也就是昭帝即位后不久。而昭帝特诏求《韩诗》，说明至迟在昭帝即位前，《韩诗》已经命名。蔡义为韩婴再传弟子，则为《韩诗》命名者很可能为韩婴弟子贲生、赵子之类。类此，《鲁诗》《齐诗》之名也应该是由申公、辕固弟子所命。就时间来说，很可能在武帝后期。可能司马迁为《儒林列传》时尚未有《齐诗》《鲁诗》《韩诗》之名；也可能虽然已有《齐诗》《鲁诗》《韩诗》之名，尚使用不太广泛，故司马迁为《史记》不用。武帝为博士置弟子，由于利禄的刺激，竞争于是乎起，申公、辕固弟子尊崇其学，故以《鲁诗》《齐诗》来命名，韩婴弟子也以老师的姓氏来命名其学。

四、《毛诗》因三家各自命名而名之

关于《毛诗》，《汉书・河间献王传》说河间献王“立《毛氏诗》《左氏春秋》博士”，河间献王于景帝前元二年（前 155）立，于武帝元光五年（前 130）薨。献王立《毛诗》博士不知始于何年？但《汉书・百官公卿表》：“景帝中五年令诸侯王不得复治国，天子为置吏，改丞相曰相，省御史大夫、廷尉、少府、宗正、博士官，大夫、谒者、郎诸官长丞皆损其员。”则其置《毛诗》博士则在景帝中元五年（前 145）之前。若此，专经博士之设，非始于武帝，而始于献王矣。武帝置《五经》博士主要是对抗以窦太后为首的黄老集团，献王置《毛诗》《左氏春秋》博士目的又是什么？难道仅仅是为突出古学吗？但今古文之争起于刘歆争立《左氏春秋》《古文尚书》《毛诗》、逸《礼》于学官，景帝时尚无今文、古文之概念。故“立《毛氏诗》《左氏春秋》博士”很可能是班氏得之传闻，是今古文之争下，推崇古文的一种说法。

《汉书》“立《毛氏诗》《左氏春秋》博士”之说不符合事实，后人以此来推论，更是矛盾重重。“毛诗国风”题下孔《疏》引郑玄《诗谱》说：“鲁人大毛公为训诂，传于其家，河间献王得而献之，以小毛公为博士。”又引郑玄《六艺论》说：“河间献王好学，其博士毛公善说诗，献王号之曰《毛诗》。”二说显然是矛盾的。据《诗谱》，河间献王先得到《毛诗诂训传》，而后才以善《毛诗》的小毛公为博士，则《毛诗》之名在立《毛诗》博士前已经有了；依《六艺论》，毛公善说《诗》，而河间献王以其为博士，且命其所说《诗》为《毛诗》，则在立《毛诗》博士后。孔颖达等虽强为之说，却也无法疏通二说，故只能两说并存。孔《疏》：“不言名而言氏者，汉承灭学之后，典籍出于人间，各专门命氏，以显其家之学，故诸为训者皆云氏，不言名。由此而言，毛氏为传，亦应自载‘毛’字，但不必冠‘诗’上耳。不然，献王得之，何知毛之为之矣。明其自言‘毛’矣。”此为《诗谱》说寻找依据，但所说理由都讲不通：“专门命氏，以显其家之学”，应是武帝为博士置弟子之后的事了；“献王得之，何知毛之为之”，则是对《汉书》河间献王立《毛诗》博士说法的推论，前提本不存在，结论也只能是错误的。而孔颖达等对上述推论也不自信，故又说“不必冠‘诗’上耳”，以表对毛公加“毛”于“诗”上的不解。实际汉代经派皆在经名前加姓氏，乃一般做法。又曰：“‘诂训传’，毛自题之。‘毛’一字，献王加之。”则又从《六艺论》。而陆玑又提出第三说，《毛诗草木鸟兽虫鱼疏》：“荀卿授鲁国毛亨，亨作《诂训传》以授赵国毛苌，时人谓亨为大毛公，苌为小毛公，以其所传，故名曰《毛诗》。”① 显然也是出于推测。

实际《毛诗》之命名也应与三家《诗》类似，是经派观念的产物。而《毛诗》之命名更在三家《诗》之后。陆德明谈及《毛

① 陆玑《毛诗草木鸟兽虫鱼疏》，影印文渊阁《四库全书》，第 70 册，台湾商务印书馆，1986 年，第 21 页。

诗》命名，虽也举郑玄两说，但说："'诗'是此书之名，'毛'者传《诗》人姓。既有齐、鲁、韩三家，故题姓以别之。"① 无疑是正确的。故《毛诗》之命名亦当为毛公后学所为。

---

① 《经典释文》，第53页。

四家《诗》文本来源考辨

关于汉代《诗经》文本的来源，主要有两种说法：

其一，得自私藏。《史记·太史公自序》："于是汉兴，萧何次律令，韩信申军法，张苍为章程，叔孙通定礼仪，则文学彬彬稍进，《诗》《书》往往间出矣。"又《六国年表》说："秦既得意，烧天下《诗》《书》，诸侯史记尤甚，为其有所刺讥也。《诗》《书》所以复见者，多藏人家……"

其二，讽诵所得。《汉书·艺文志》："孔子纯取周诗，上采殷，下取鲁，凡三百五篇，遭秦而全者，以其讽诵，不独在竹帛故也。"《艺文志》所言是一种推理，如果汉代《诗经》文本出自私藏，这个推理就是错误的。那么，汉代《诗经》文本是否出于私藏呢？

此文原刊于《合肥工业大学学报（哲社版）》2013年第1期。

一、汉代四家《诗》皆得自讽诵

《史记》之言是以《诗》《书》盖称“六艺”，非专指《诗》《书》。不过盖称“六艺”，也自然包括《诗》《书》。但《史记》只于《书》的私藏有记载，《儒林列传》：“秦时焚书，伏生壁藏之。”伏生之《书》出于私藏无疑。至于孔氏《古文尚书》，司马迁虽没有明说是否为壁藏，但揆之《儒林列传》“孔氏有古文尚书，而安国以今文读之，因以起其家”，也应该是私藏。但于《诗》却没有私藏发现的具体记载。《汉书》记载古书发现之例要多于《史记》，但同样没有有关《诗》本发现的记载。其他如刘歆《移让太常博士书》、王充《论衡》、许慎《说文解字序》等也都论及古书的发现，但皆未言有《诗经》写本的发现。

刘毓庆、郭万金猜测《毛诗》“是一部幸存的文字文本”。郑玄《毛诗谱·小大雅谱》“又问曰：‘《小雅》之臣，何以独无刺厉王?’曰：‘有焉，《十月之交》《雨无正》《小旻》《小宛》之诗是也。汉兴之初，师移其第耳，乱甚焉。既移，又改其目。’”以为由“师移其第”“乱甚焉”的表述中，是“不难领悟到这是一部与孔壁遗书有相同经历的经典”①。但这个猜测实际是没有什么道理的。郑玄出于“正变”理论解释《十月之交》四篇为“刺厉王”之诗，与《毛诗序》“刺幽王”不同，因而以“师移其第”“乱甚焉”为自己的解释张本。《十月之交·序》郑注：“当为刺厉王。作《诂训传》时移其篇第，因改之耳。《节》刺师尹不平，乱靡有

① 刘毓庆、郭万金《汉初〈诗经〉传播与四家〈诗〉的形成》，《南京师范大学文学院学报》2009年第1期。

定。此篇讥皇父擅恣，日月告凶。《正月》恶褒姒灭周。此篇疾艳妻煽方处。又幽王时，司徒乃郑桓公友，非此篇之所云番也，是以知然。”应该是已断定《十月之交》等篇不是刺幽王的诗，进而寻找《毛诗序》何以把其定为幽王时诗的原因，以“师移其第”“乱甚焉”来解释。显然是一种推测，并没有什么依据。

而郑玄之所以定《十月之交》为刺厉王之诗，可能是采用了《鲁诗》之说，本非《毛诗》之义。《汉书·谷永传》载成帝建始三年谷永对策曰：“……昔褒姒用国，宗周以丧；阎妻骄扇，日以不臧。此其效也。”师古注曰：“阎，嬖宠之族也。扇，炽也。臧，善也。《鲁诗·小雅·十月之交》篇曰‘此日而食，于何不臧’，又曰‘阎妻扇方处’，言厉王无道，内宠炽盛，政化失理，故致灾异，日为之食，为不善也。”由师古注释是可以看出《鲁诗》是以《十月之交》为刺厉王诗的。《鲁诗》以《十月之交》为刺厉王诗，而由熹平石经《鲁诗》残石，也看不出其篇第与《毛诗》有什么不同。而《韩诗》《十月之交》的篇第也是与《毛诗》相同的。《毛诗正义》说：“今《韩诗》亦在此者，诗体本是歌诵，口相传授，遭秦灭学，众儒不知其次。齐、韩之徒，以《诗经》而为章句，口相传授，与毛异耳，非有壁中旧本可得凭据。或见毛次于此，故同之焉。不然，《韩诗》次第不知谁为之。”说《韩诗》学者“或见毛次于此，故同之焉”，显然是臆说。而由“《韩诗》亦在此”，足以说明郑玄所言是不正确的，那么以此来推测说《毛诗》“是一部幸存的文字文本”，也就是不正确的。

刘毓庆、郭万金还认为《毛诗》中的错简也证实了《毛诗》为古写本。实际，《毛诗》的错简并不能说明《毛诗》一定为古写本的，而讽诵、记录更可能导致篇章的颠倒错乱，因为讽诵全凭记忆。再则，前已指出，在汉代，学者多论及古书的发现，从来没有提到《诗经》。《诗经》为“五经”之一，在汉人眼中其地位远远高于《论语》《孝经》等，但对《论语》《孝经》尚且有发现的记载，如果有《诗经》写本的发现，学者不会不提。再从《汉书·艺文志》的著录体例来看，也可证明汉代没有《诗经》写本的发现。《艺文志》对古文写本尤其重视，除了在各类经典小序中记载古文写本的来源，而且在各类经传的著录中，总是把古文写本置于最前。但《诗经》小序并没有专门说明《毛诗》文本的来源，而在《诗》类经传的著录中也是先列三家经文，而后为三家传记，最后才是《毛诗》经传。所以，可以肯定汉代没有《诗经》写本发现。

当然，刘毓庆、郭万金之所以猜测《毛诗》是“是一部幸存的文字文本”，还应该来自对四家《诗》文本性质的传统看法。传统上一般都认为《毛诗》为古文，三家为今文。陈奂说：“《毛诗》多记古文，倍详前典。”① 马瑞辰《毛诗古文多假借考》说：“《毛诗》古文，其经字类多假借。”“齐、鲁、韩用今文，其经文多用正字。”② 所以，不少学者基于此，理所当然地认为《毛诗》是先秦的古写本。实际，《毛诗》多用假借、三家《诗》多用正字，是私学和官学用字之别，而非古文与今文之别③。《毛诗》之所以被看作古文，是由于其学派属性，而非文本性质，对此，王国维在《汉时古文本诸经考》有较为详细的辩证：“《汉书·艺文志》：‘《毛诗》二十九卷。’不言其为古文；《河间献王传》列举其所得古文旧书，亦无《毛诗》。至后汉始以《毛诗》与《古文尚书》

① 陈奂《诗毛氏传疏·序》，中国书店，1984 年。

② 马瑞辰《毛诗传笺通释》，中华书局，1989 年，第 23 页。

③ 郭全芝《汉四家著录〈诗经〉异字浅说》，《淮北煤炭师院学报》（社会科学版）1998 年第 4 期。

《春秋左氏传》并称。其所以并称者，当以三者同为未列学官之学，非以其同为古文也。惟卢子幹言‘古文科斗近于实’，下列举《毛诗》《左传》《周礼》三目。盖因《周礼》《左传》而牵连及之。其实，《毛诗》当小毛公、贯长卿之时，已不复有古文本矣。”①

汉代既然没有《诗经》写本的发现，那么《史记》所言，只是就“六艺”而言，并不专属意于《诗》《书》，也就是说，《艺文志》所谓讽诵所得，虽是推理，实际是正确的。

二、《诗经》文本“遭秦而全”、不曾残缺

《艺文志》说“三百五篇”、说“遭秦而全”，也就是说汉代四家《诗》虽为讽诵所得，却是完整的，但《毛诗序》：“《南陔》，孝子相戒以养也。《白华》，孝子之洁白也。《华黍》，时和岁丰，宜黍稷也。有其义而亡其辞。”又：“《由庚》，万物得由其道也。《崇丘》，万物得极其高大也。《由仪》，万物之生各得其宜也。有其义而亡其辞。”则说明三百五篇不是《诗经》完篇，其原本有三百一十一篇。又《毛诗》《小雅·都人士》首章：“彼都人士，狐裘黄黄。其容不改，出言有章。行归于周，万民所望。”孔《疏》：“襄十四年《左传》引此二句（即“行归于周，万民所望”二句），服虔曰：‘逸诗也。《都人士》首章有之。’《礼记》注亦言毛氏有之，三家则亡。今《韩诗》实无此首章。时三家列于学官，《毛诗》未得立，故服以为逸。”就熹平石经《鲁诗》残石而看，《鲁

① 王国维《观堂集林》，中华书局，1959 年，第 332 页。

诗》确无首章①。

《毛诗》与《艺文志》的矛盾是显而易见的：若《艺文志》所言可信，则《毛诗》六“笙诗”和《都人士》首章的问题难以解释；若《艺文志》所言不正确，为什么会忽视《毛诗》六“笙诗”和《都人士》首章而曰“三百五篇”“遭秦而全”呢？要知道比较各类经典传本的异同是《艺文志》的一个重要内容。《北史·文苑传》，樊逊议校书事云：“案汉中垒校尉刘向受诏校书，每一书竟，表上，辄言臣向书、长水校尉臣参书、太常博士书、中外书，合若干本，以相比较，然后杀青。”此说由《艺文志》可以得印证。《易》类著录有《易经》十二篇，并指出为施、孟、梁丘三家经文，小序说：“刘向以中《古文易经》校施、孟、梁丘经，或脱去‘无咎’‘悔亡’，唯费氏经与古文同。”《书》类著录有《尚书古文经》四十六卷，班固原注：“为五十七篇。”又著录有：《经》二十九卷，注曰：“大、小夏侯二家。《欧阳经》（二）【三】十二卷。”小序说：“刘向以中古文校欧阳、大小夏侯三家经文，《酒诰》脱简一，《召诰》脱简二。率简二十五字者，脱亦二十五字，简二十二字者，脱亦二十二字，文字异者七百有馀，脱字数十。”《礼》类著录有《礼古经》五十六卷，《经》十七篇，注曰：“后氏、戴氏。”小序说：“《礼古经》者，出于鲁淹中及孔氏，学七十（与十七）篇文相似，多三十九篇。”《乐记》类著录有《乐记》二十三篇、《王禹记》二十四篇，小序说：“禹，成帝时为谒者，数言其义，献二十四卷记。刘向校书，得《乐记》二十三篇，与禹不同。”《论语》类著录有《论语》古二十一篇，注曰：“出孔子壁中，两《子张》。”又著录有《齐论》二十二篇，注曰：“多《问

① 马衡《汉石经集存》，科学出版社，1957年，第11页右下。

王》《知道》。”又著录《鲁论》二十篇。《孝经》类著录有《孝经古孔氏》一篇，注曰：“二十二章。”又著录有《孝经》一篇，注曰：“长孙氏、江氏、后氏、翼氏四家。”小序说：“汉兴，长孙氏、博士江翁、少府后仓、谏大夫翼奉、安昌侯张禹传之，各自名家。经文皆同，唯孔氏壁中古文为异。‘父母生之，续莫大焉’‘故亲生之膝下’，诸家说不安处，古文字读皆异。”只有《诗》类和《春秋》类仅仅著录了各家经文的卷数，没有比较。

陆德明以为《艺文志》之所以说“三百五篇”，是因为知道六“笙诗”已亡佚，故不数。故说：“是以孔子最先删录，既取周诗，上兼《商颂》，凡三百一十一篇。以授子夏，子夏遂作《序》焉。口以相传，未有章句。战国之世，专任武力，雅、颂之声为郑、卫所乱，其废绝亦可知矣。遭秦焚书而得全者，以其人所讽诵，不专在竹帛故也。”[①] 说“三百一十一篇”、说“遭秦焚书而得全者，以其人所讽诵，不专在竹帛故也”，看起来是相应的，但六“笙诗”是亡佚的，实际并没有解决《毛诗》与《艺文志》的矛盾。再则，《艺文志》对亡佚之篇章，若其目尚存，也是会注出的，如《春秋》类著录有《太史公》百三十篇，注曰：“十篇有录无书。”不应该六“笙诗”篇名、辞义尚存的情况下不注明。

刘歆建言立《春秋左氏传》及《毛诗》《逸礼》《古文尚书》于学官，移书太常博士，指责博士们“因陋就简”“抱残守缺”，主要就《逸礼》《古文尚书》《左氏春秋》立论，故一说“得此三事”，再说“抑此三学”，杨树达以为刘歆不言《毛诗》，是因为中秘没有《毛诗》[②]。《艺文志》主要依据刘歆《七略》略加增删而

① 陆德明《经典释文》，中华书局，1983 年，第 9 页。

② 杨树达《汉书窥管》，上海古籍出版社，2006 年，第 300 页。

成，其中没有比较四家《诗》异同的文字，也应该是此缘故。《汉书·河间献王传》："河间献王德以孝景前二年立，修学好古，实事求是。从民得善书，必为好写与之，留其真，加金帛赐以招之。繇是四方道术之人不远千里，或有先祖旧书，多奉以奏献王者，故得书多，与汉朝等……献王所得书皆古文先秦旧书，《周官》《尚书》《礼》《礼记》《孟子》《老子》之属，皆经传说记，七十子之徒所论。其学举六艺，立《毛氏诗》《左氏春秋》博士。"献王所得书中虽没有《毛诗》，但既然立《毛诗》博士，则《毛诗》于此时也应该有写本。献王书所归，《汉书》没有明言之，不过，就有关论述来看，入于秘府是无疑的。《艺文志》说："武帝时，河间献王好儒，与毛生等共采《周官》及诸子言乐事者，以作《乐记》，献八佾之舞，与制氏不相远。其内史丞王定传之，以授常山王禹。禹，成帝时为谒者，数言其义，献二十四卷记。"又《经典释文·叙录》："景帝时，河间献王好古，得古《礼》献之。"① 再则武帝也大搜篇籍，《毛诗》既为献王所重，也不应不收。《艺文志》："汉兴，改秦之败，大收篇籍，广开献书之路。迄孝武世，书缺简脱，礼坏乐崩，圣上喟然而称曰：'朕甚闵焉！'于是建藏书之策，置写书之官，下及诸子传说，皆充秘府。"《艺文志》此说可由《刘歆传》和《武帝纪》得到印证。刘歆《移让太常博士》："故诏书称曰：'礼坏乐崩，书缺简脱，朕甚闵焉。'"《武帝纪》，武帝元朔五年夏六月诏曰："盖闻导民以礼，风之以乐，今礼坏乐崩，朕甚闵焉"。《武帝纪》中无"书缺简脱"一句乃班固

---

① 《艺文志》"《礼古经》，出于鲁淹中及孔氏"，刘歆《移让太常博士书》："及鲁恭王坏孔子宅，欲以为宫，而得古文于坏壁之中，《逸礼》有三十九篇，《书》十六篇。天汉之后，孔安国献之，遭巫蛊仓卒之难，未及施行。"似皆与此矛盾，但古文出处不一，其实皆是。

删去了。

而就《艺文志》来看，刘歆应该对《毛诗》有一定的了解，《艺文志》："《传》曰：'不歌而诵谓之赋，登高能赋，可以为大夫。'言感物造耑，材知深美，可与图事，故可以为列大夫也。古者诸侯卿大夫交接邻国，以微言相感，当揖让之时，必称《诗》以谕其志，盖以别贤不肖而观盛衰焉。"王应麟说："《毛诗·定之方中传》云：'建邦能命龟，田能施命，作器能铭，使能造命，升高能赋，师旅能誓，山川能说，丧纪能诔，祭祀能语，君子能此九者，可谓有德音，可谓为大夫也。'"① 王应麟虽没有明言《艺文志》与《毛传》合，但引用《毛传》之语，实际暗含《艺文志》用《毛传》的意思，故程千帆、徐有富认为《艺文志》"传"曰应该在"不歌而诵谓之赋"的后面，乃传写致误，是节引大夫的九能之一的"升高而赋"为说②。再则《汉书·儒林传》说："毛公，赵人也。治《诗》，为河间献王博士，授同国贯长卿。长卿授解延年。延年为阿武令，授徐敖。敖授九江陈侠，为王莽讲学大夫。由是言《毛诗》者，本之徐敖。"对《毛诗》传承叙述清楚，而姚振宗以为《儒林传》也本之刘向《别录》、刘歆《七略》③，

---

① 王应麟《汉志考证》，《二十五史补编》，中华书局，1955 年，第 1423 页。

② 程千帆、徐有富《校雠广义·目录编》，齐鲁书社，1988 年，第 43 页注释 1。陈奂《诗毛氏传疏》卷四："'建邦能命龟'以下，皆用成文，未知所出。《传》盖因徙都命卜，连而及之耳。《韩诗外传》：'孔子游于景山之上，孔子曰：君子登高必赋。'《汉书·艺文志》：'《传》曰：不歌而诵谓之赋，登高能赋，可以为大夫。'或班引出《鲁诗传》，馀意未详。"陈氏就《艺文志》"与不得已，鲁最为近之"为据以为此用《鲁诗传》，不见得是的论。

③ 姚振宗《汉书艺文志条理》，《二十五史补编》，中华书局，1955 年，第 1592 页。

则刘歆对《毛诗》还是有一定的了解的。

王应麟《汉志考证》："汉世毛学不行，故云三百五篇。"① 也就是说《艺文志》所言主要是针对三家《诗》而言。《艺文志》"孔子纯取周诗，上采殷，下取鲁，凡三百五篇，遭秦而全者，以其讽诵，不独在竹帛故也"为一层，"汉兴，鲁申公为《诗》训故，而齐辕固、燕韩生皆为之传……又有毛公之学，自谓子夏所传，而河间献王好之，未得立"为一层，前一层的意思是涵盖后一层的，后一层又分为两截，前一截说三家《诗》，后一截专说《毛诗》。再则，汉代没有《诗经》文本的发现，非止三家，也包括《毛诗》。

所以《艺文志》讽诵所得、"三百五篇""遭秦而全"等等也涵盖《毛诗》。然而既然四家《诗》皆为讽诵所得，且三百五篇为其完篇，并没有因为秦火而残缺，那么又如何解释《毛诗》多六"笙诗"、多《都人士》首章呢？这就需要从四家的来源和六"笙诗"、《毛诗》《都人士》首章是否在《诗经》中等方面来分析。

三、六"笙诗"、《小雅·都人士》首章本非《诗经》所有

汉代四家诗的来源，《汉书》于《鲁诗》有明确的记载。《楚元王传》："楚元王交字游，高祖同父少弟也。好书，多材艺。少时尝与鲁穆生、白生、申公俱受《诗》于浮丘伯。伯者，孙卿门人也。及秦焚书，各别去。"又曰："高后时，浮丘伯在长安，元王遣子郢客与申公俱卒业。"《儒林传》："申公，鲁人也。少与楚

① 见《二十五史补编》，第1396页。

元王交俱事齐人浮丘伯受《诗》。汉兴，高祖过鲁，申公以弟子从师入见于鲁南宫。吕太后时，浮丘伯在长安，楚元王遣子郢与申公俱卒学。”则《鲁诗》文本为浮丘伯口传，而浮丘伯又传荀子之《诗》本。

《齐诗》《韩诗》来源，典籍无载，不过《史记·儒林列传》说武帝初即位时征辕固，“时固已九十馀”，则年长申公十岁左右①。申公学《诗》于浮丘伯，虽在高后时卒业，但在秦焚书前已经就学，那么辕固学《诗》很可能在秦焚书前。汪中《述学》以为“韩诗荀卿子之别子”，仅因为《韩诗外传》“引荀卿子以说诗者四十有四”②，实际是影响之论，并不能说明《韩诗》的来源。由《史记·儒林列传》“韩生推《诗》之意，而作内、外《传》数万言”③ 等语来看，《韩诗》之学可能并非专授，而更多自我发明。其依据《诗》本来自何处，却不得而知。

对于《毛诗》，《史记》无说。《汉书·艺文志》说：“又有毛公之学，自谓子夏所传，而河间献王好之，未得立。”又《儒林传》：“毛公，赵人也。治《诗》，为河间献王博士。”河间献王刘德于景帝前元二年（前155）立，于武帝元光五年（前130）薨，那么毛公年岁可能小于申公、韩婴，他所习《诗》亦可能在秦焚书之后。

四家《诗》创始人习《诗》或在秦焚书之前或在秦焚书之后，

---

① 由《史记·儒林列传》“今上初即位，……申公时已八十馀”，故知辕固长申公十岁左右。

② 汪中《荀卿子通论》，见汪著《述学》，辽宁教育出版社，2000年，第77页。

③ “推《诗》之意”，《汉书·儒林传》作“推诗人之意”。由今《韩诗外传》皆依《诗》句推演道理来看，《史记》作“推《诗》之意”更准确，《汉书》加一个“人”字，似乎更合情理，但却与《外传》内容不符。

即使在焚书之后，其老师也应该为由秦入汉的儒生。而考《诗经》在秦焚书前的流传情况，其流传是相当广泛的，不仅儒家引以证成其说，战国其他各家也多引用，即使如韩非敌视“六艺”者[①]，也有所引用，《韩非子》引用《诗经》就有五篇次。1974年河北文物管理处在平山县发现一古墓群，其中一号墓的封穴时间约在公元前310年左右[②]，其中出土铁足大鼎、方壶、有盖圆壶各一件，上皆有铭刻，铭文皆有套用《诗经》之句之处。此也可说明《诗经》在战国时期流传的广泛。然而遍检《左传》《国语》及其战国诸子书等，却没有一书引用六“笙诗”之辞。若说某一特定的诗大家都没有引用是可以理解的，而这六首诗都没有人引及就很难理解了。

《毛诗》《都人士》首章典籍倒是有所引及，《左传·襄公十四年》：“楚子囊还自伐吴，卒。将死，遗言谓子庚：‘必城郢。’君子谓：‘子囊忠。君薨不忘增其名，将死不忘卫社稷，可不谓忠乎？忠，民之望也。《诗》曰：“行归于周，万民所望。”忠也。’”《礼记·缁衣》：“子曰：‘长民者衣服不贰，从容有常，以齐其民，则民德壹。《诗》云：“彼都人士，狐裘黄黄。其容不改，出言有章。行归于周，万民所望。”’”沈约谓《缁衣》取自《子思子》[③]，郭店楚简和上海博物馆藏竹简都有《缁衣》简，内容和今

---

① 如《韩非子·和氏》：“商君教秦孝公以连什伍，设告坐之过，燔《诗》《书》而明法令”，虽为称述商鞅的做法，实际也是韩非所主张的。

② 河北省文物管理处《河北省平山县战国时期中山国墓葬发掘简报》，《文物》1979年第1期。

③ 见《隋书·音乐志》。又《礼记释文》引刘瓛说以为《缁衣》为公孙尼子所作，则其取自《公孙尼子》。《汉书·艺文志》著录《子思》二十三篇、《公孔尼子》二十八篇。《隋书·经籍志》著录有《子思子》七卷、《公孙尼子》一卷，应该都各有亡佚，但《公孙尼子》应甚于《子思子》，也就很难说是沈约所言得实，还是刘瓛所言正确。此姑采沈约之说。

本《缁衣》基本相同。而郭店楚墓的年代，发掘者推断为战国中期偏晚[①]；上海博物馆藏竹简，为“楚国迁郢以前贵族墓中的随葬物”[②]。则沈约之说或为得之。这说明《毛诗》《都人士》首章在先秦是流传的。不过其为逸诗呢还是《诗经》中所有呢，还是需要深究的。因为《左传》《缁衣》皆有引逸诗之例。如《成公九年》君子引《诗》曰：“虽有丝麻，无弃菅蒯。虽有姬姜，无弃蕉萃。凡百君子，莫不代匮。”《襄公五年》君子引《诗》曰：“周道挺挺，我心扃扃。讲事不令，集人来定。”杜预皆注曰：“逸诗也。”《缁衣》引诗“昔吾有先正，其言明且清，国家以宁，都邑以成，庶民以生。谁能秉国成？不自为正，卒劳百姓”，前五句不见于今本《毛诗》，孔颖达曰：“或皆逸《诗》也。”

而判断《毛诗》《都人士》首章是否为逸诗，需要拿《毛诗》《序》《传》与《缁衣》篇和《左传》对比。《缁衣》篇论点与所引诗句贴合得很好，因为“长民者”为民所望，其言行有示范意义，故其“从容有常”“则民德壹”，也就有内在的逻辑联系。但就《毛诗》《小雅·都人士》来说，其二章至五章皆表现士、女的服饰以及对士、女的钦慕之情，因而全诗的诉求重点实际不是第一章所言，而《毛诗序》却说：“《都人士》，周人刺衣服无常也。古者长民，衣服不贰，从容有常，以齐其民，则民德归壹。伤今不复见古人也。”其“以齐其民，则民德归壹”也就没有落脚点了。而在“行归于周，万民所望”两句下，《毛传》曰：“周，忠信也。”陈奂说：“《左传》引诗以明子囊之忠，其实忠信连言而义始

---

① 荆门市博物馆《郭店楚墓竹简·前言》，文物出版社，1998年。

② 马承源《前言：战国楚竹书的发现保护和整理》，马承源主编《上海博物馆藏楚竹书》（一），上海古籍出版社，2001年。

备，《传》释‘周’为‘忠信’正本《左传》。”① 但《左传》说“忠，民之所望”，意思当为因为忠诚，所以为民所景仰，引“行归于周”两句，是说明其受民景仰的程度，故接着说“忠也”，非解释“周”为“忠”。所以王先谦说：“细味全诗，二、三、四、五章‘士’‘女’对文，此章单言‘士’，并不及‘女’，其词不类。且首章言‘出言有章’，言‘行归于周，万民所望’，后四章无一语照应，其义亦不类，是明明逸诗孤章，毛以首二句相类，强装篇首，观其取《缁衣》文作《序》，亦无谓甚矣。《左传》如‘翘翘车乘，狐裘蒙茸’，本有引逸诗之例。《汉书·儒林传》‘客歌《骊驹》，主人歌《客毋庸归》’，王式谓‘闻之于师’，是鲁家亦本有传逸《诗》之例。”② 其说应该是可信的。虞万里通过比较竹简本与传世本《缁衣》篇，也认为《小雅·都人士》首章是《毛诗》经师加入《毛诗》的③。

既然为讽诵所得，那么遗忘也就不可避免。《毛诗序》说六“笙诗”“有其义而亡其辞”，语焉不详，《毛诗》《小雅·南陔》《白华》《华黍》《序》下郑《笺》疏解说：“此三篇者，《乡饮酒》《燕礼》用焉，曰‘笙入，立于县中，奏《南陔》《白华》《华黍》’，是也。孔子论《诗》，雅、颂各得其所，时俱在耳。篇第当在此，遭战国及秦之世而亡之，其义则与众篇之义合编，故存。至毛公为《诂训传》，乃分众篇之义，各置于其篇端，云又阙其亡者，以见在为数，故推改什首，遂通耳，而下非孔子之旧。”又《由庚》《崇丘》《由仪》《序》下郑《笺》：“此三篇者，《乡饮酒》

---

① 陈奂《诗毛氏传疏》卷二十二。

② 王先谦《诗三家义集疏》，中华书局，1987 年，第 801—802 页。

③ 虞万里《从简本〈缁衣〉论〈都人士〉诗的缀合》，《文学遗产》2007 年第 6 期。

《燕礼》亦用焉，曰‘乃间歌《鱼丽》，笙《由庚》；歌《南山有台》，笙《崇丘》；歌《南山有台》，笙《由仪》。亦遭世乱而亡之。”郑玄说六“笙诗”“遭战国及秦之世而亡之”，具体情形如何也说得很不清楚。由于汉代四家《诗》皆为讽诵所得，其之所以亡只能是遗忘所致。朱彝尊说：“诗何以逸也？曰：一则秦火之后竹帛无存而诵者偶遗忘也”①。但四家《诗》皆为讽诵所得，何以三家皆没有六“笙诗”与《都人士》首章？若说一家“偶遗忘”则可，说三家皆遗忘皆难以说通②。申公老师为浮丘伯，辕固、韩婴老师尚不清楚，但亦皆为浮丘伯的可能性应该不大。依据《汉书》关于《毛诗》的说法，毛公为赵人，为河间献王博士，而河间国也是赵国故地，可知毛公活动范围大致不出赵国故地，而韩婴为燕人，其在文帝时既已为博士，而《史记·儒林列传》说“燕、赵间言诗由韩生”，毛、韩二家的文本是有相同来源的可能的，不应该二家文本有如此大的差异。又三国时吴人陆玑说：“孔子删诗授卜商，商为之序，以授曾身（申），【申】授魏人李克，克授鲁人孟仲子，仲子授根牟子，牟子授赵人荀卿，荀卿授鲁国毛亨，亨作《诂训传》以授赵国毛苌。时人谓亨为大毛公，苌为

① 朱彝尊《经义考》，中华书局，1998年，第534页。

② 或以为《诗经》文本为相合而成，见王葆玹《今古文经学新论》，中国社会科学出版社，1997年，第58—59页；徐刚《古文源流考》，北京大学出版社，2008年，第59页。实际是对刘歆《移让太常博士书》的误解。刘歆说：“至孝武皇帝，然后邹、鲁、梁、赵颇有《诗》《礼》《春秋》先师，皆起于建元之间。当此之时，一人不能独尽其经，或为《雅》或为《颂》，相合而成。”是说直到武帝时先师单独一个人尚不能解释《诗》全经，非谓单独一个人记不得全经。又举《阜阳汉简〈诗经〉》为证据，但《阜诗》所出之墓已经过盗掘，即使所存《国风》部分和《小雅·鹿鸣之什》部分也残损很严重，很难说原物是不全之物。即使原物为不全之物，也不能说直到文帝时，社会上还没有《诗》之全经。

小毛公。”① 同为三国时吴人的徐整又有另一说：“子夏授高行子，高行子授薛仓子，薛仓子授帛妙子，帛妙子授河间人大毛公，毛公为《诗故训传》于家，以授赵人小毛公，小毛公为河间献王博士，以不在汉朝，故不列于学。”② 后人以徐说疏阔，多取陆《疏》之说③。依据陆说，《毛诗》远传自子夏，经荀子传大毛公，则其来源实际与《鲁诗》有相合之处，即其《诗》本亦传自荀子，但何以《毛诗》有六“笙诗”、《都人士》首章而《鲁诗》则无，是浮丘伯健忘呢还是申公粗疏呢？

《毛诗》《都人士》首章王先谦以为是“逸诗孤章”，乃“毛以首二句相类，强装篇首”，也就是说是《毛诗》学者后来加入的，且其来源即为《缁衣》篇。同样，六“笙诗”亦当为后来加入的。六“笙诗”为《毛诗》学者加入《诗经》，由六“笙诗”《序》及其所处的位置也可以看出。就今本《毛诗》来看，六“笙诗”的篇名，厕身于“鹿鸣之什”“南有嘉鱼之什”之中，但二什除六“笙诗”外，仍各有十篇，显然尚未正式列入《小雅》之中。而《小雅》中除六“笙诗”中的《白华》外，“鱼藻之什”中还有一篇《白华》，也未加以区分。《小雅》中的诗题没有重复者，主要出于区分。《小雅》中有《黄鸟》一诗，取名于首句，“黄鸟黄鸟，无集于谷，无啄我粟”；《緜蛮》首两句为：“緜蛮黄鸟，止于丘阿。”与《白驹》首两句“皎皎白驹，食我场苗”句法一律，实际是可以命名为“黄鸟”的，但因为已经有一首诗命名为“黄鸟”，故取名“緜蛮”以别之。不仅《小雅》中没有篇题重复者，通观

① 陆玑《毛诗草木鸟兽虫鱼疏》，影印文渊阁《四库全书》，第 70 册，台湾商务印书馆，1986 年，第 21 页。

② 《经典释文·叙录》，第 10 页。

③ 吴承仕《经典释文序录疏证》，中华书局，1984 年，第 88 页。

大、小《雅》也没有篇题重复者。《小雅·小旻》首两句为："旻天疾威，敷于下土。"《大雅·召旻》首两句为："旻天疾威，天笃降丧。"故以大、小别之。召，即大也。《小雅·小明》首两句为："明明在上，照临下土。"《大雅·大明》首两句为："明明在下，赫赫在上。"二者亦以大、小别之。

再则《毛诗序》对六"笙诗"的解释，实际都是从篇题来推演，王质《诗总闻》："'有其义'者，以题推之也；'亡其辞'者，莫知其中谓何也……《南陔》，南者，夏也，养也；陔者，戒也，遂以为'孝子之戒养'。《白华》，白者，洁也；华者，采也，遂以为'孝子之洁白'。《华黍》则以'时和岁丰，宜黍稷'言之，盖不时和岁丰，则黍无华也……由庚者，道也，遂以为万物有道。崇者，高也；丘者，大也，遂以为万物极高大。仪者，宜也，遂以为万物得宜……皆汉儒之学也。"① 王氏还认为六"笙诗"本就无辞。

姚际恒《诗经通论》则从六"笙诗"在今本《毛诗》中所处的位置分析，认为是序《诗》者见《仪礼》之文而加入的，他说：序《诗》者"见《仪礼》以《南陔》《白华》《华黍》笙于《鹿鸣》之后，故以之共为'鹿鸣之什'；见《仪礼》间歌，以《由庚》《崇丘》《由仪》笙于《鱼丽》《南有嘉鱼》《南山有台》之中，故以附于其后。既不见笙诗之辞，第据其名妄解其义，以示《序》存而诗亡。"② 所以郑《笺》所说"至毛公为《诂训传》，乃分众

---

① 王质《诗总闻》，《丛书集成初编》本，中华书局，1985年，第169页。

② 姚际恒《诗经通论》，顾颉刚校点本，中华书局，1958年，第258—259页。对于六"笙诗"，古今争论不休，或以为"有其义而亡其辞"，或以为"有声无辞"，学者各执一词，互不相下。"有其义而亡其辞"见于《毛诗序》，郑玄以为是毛公所言。北宋刘敞首倡六"笙诗""有声无辞"说，而后（转下页）

篇之义，各置于其篇端，云又阙其亡者，以见在为数，故推改什首，遂通耳”也是臆测。

顾实《汉志讲疏》说：“班《志》凡今文经，皆不加今字。凡今文与古文无大异者，皆不记中古文。《书》《礼》《春秋》《论语》《孝经》皆有古文经，惟《易》《诗》无之。”① 古文经与今文在文本上多有不同，自然是来源有异。但就今文各经各派而言，即使所用经文来源相同，往往存在不小差异。欧阳、大小夏侯《尚书》学同出伏生，但《艺文志》：“《尚书今文经》二十九卷。”注云：“大、小夏侯二家。《欧阳经》三十二卷。”此为分卷的不同。熹平石经《尚书》用欧阳本，校以大、小夏侯。则《尚书》三家文字上也有差异。今文《易》皆传于田何，而

（接上页） 郑樵、王质、朱熹等从之。由于郑樵等疑《序》、诋《序》，其观点多不为清儒所接受，故主张“有其义而亡其辞”的学者还是居多。不过，就主张“有其义而亡其辞”的学者，也往往无法解释清楚六“笙诗”何以不入什、《毛诗序》何以只就篇题而推演等疑点，故现代学者多认同“有声无辞”说，如洪湛侯《诗经学史》：“今本《毛诗》，六‘笙诗’的篇名，仅附于《鱼丽》《南山有台》之末，尚未正式列入《小雅》之中。七什次序仍旧，两篇《白华》亦未加以区分，故其搀入痕迹，尚依稀可见。”中华书局，2002 年，第 47 页。周延良《诗经学案与儒家伦理思想研究》：“从《小序》界说三目（《南陔》《白华》《华黍》）之文大抵可知，说者是建立在一种社会理想的基础上界定三目，具有明晰的望文生义之嫌。”“至于《小序》对此三目（《由庚》《崇丘》《由仪》）之说，是一种理想化的文化心理祈向，突出了秩序观念的文化积淀，但我们也必须看到，说者确有望文生义之嫌——也与前三目同。”“此六诗所以可能形成在《小序》中明确的伦理界说，一个不容忽视的文化本体是《仪礼》中所载的六诗的礼仪功能，以此为基础，作《序》者以六诗之目字面之义引申，便形成了历史上‘六笙诗’义理范畴有着长久生命力的定义”。学苑出版社，2005 年，第 450、452、463—464 页。夏传才《诗经讲座》：“六篇笙诗是无词的乐曲，在典礼中与乐歌交叉使用。”广西师范大学出版社，2007 年，第 31 页。

① 陈国庆《汉书艺文志注释汇编》，中华书局，1983 年，第 13 页。

《艺文志》曰："《易经》十二篇，施、孟、梁丘三家。"熹平石经《易》用孟氏本，校以施、梁丘、京三家。各家文本上也是有差别的。《仪礼》十七篇传自高堂生，《艺文志》："《经》十七篇。后氏、戴氏。"后氏指后苍，学《礼》于孟卿，授闻人通汉、戴德、戴圣、庆普。德号大戴，圣号小戴。此戴氏指大戴。戴氏为后氏学生，二家经文已经不同。郑玄《仪礼注》用刘向《别录》本，贾公彦《仪礼注疏》以大、小戴本与之比较，三本篇目次序颇不同。熹平石经《礼经》用大戴本，校之以小戴本，则二者文字上也有出入的。

武帝立《五经》博士，设弟子员，在利禄的刺激下，各家为了立于学官，背师立说，甚至不惜变动经文。《汉书·夏侯建传》："胜从父子建字长卿，自师事胜及欧阳高，左右采获，又从《五经》诸儒问与《尚书》相出入者，牵引以次章句，具文饰说。胜非之曰：'建所谓章句小儒，破碎大道。'建亦非胜为学疏略，难以应敌。建卒自颛门名经，为议郎、博士，至太子少傅。"夏侯建之所以能自名其学，就在于善于"左右采获""具文施说"，其所以要如此，是为了"应敌"、为了竞争。比至后汉竟有人"私行金货，定兰台漆书经字，以合其私文"（《后汉书·儒林传》），所以皇帝要一次次命儒生校定《五经》文字，熹平石经也因此而立。《毛诗》长期在民间传播自然不至于如此，不过官学既然有利禄的刺激，《毛诗》学者也还是有立于学官的期许的。由《艺文志》"又有毛公之学，自谓子夏所传"来看，《毛诗》学者借子夏自重，正是希望立于学官的一种努力。那么，《毛诗》学者为了显示其所传比三家完备而加入六"笙诗"、《都人士》首章，也就可以看作是希望立于学官的一种努力。

所以，《毛诗》六"笙诗"、《都人士》首章都应该是《毛诗》

学者后来加入的，四家《诗》皆为讽诵所得，三百五篇，为《诗》之完篇，《诗经》并没有因为秦始皇焚书坑儒、禁语《诗》《书》而有所残缺。

四家《诗》分卷考辨

四家《诗》经本的卷数，《汉书·艺文志》有明确的记载："《诗经》二十八卷，鲁、齐、韩三家。"又说："《毛诗》二十九卷。"三家《诗》的经本是相同的，但具体如何分卷的呢？三家二十八卷，《毛诗》二十九卷，卷数显然不同，但不同究竟在哪里呢？

一、学者对四家《诗》分卷认识有分歧

上述问题，清儒颇多论述，所述也较有代表性。王引之说：

《毛诗》经文当为二十八卷，与鲁、齐、韩三家同。其序别为一卷，则二十九卷矣。《志》曰："《诗经》二十八卷，鲁、齐、韩三家。"盖以十五《国风》为十五卷，《小雅》七十四篇为七卷（原注：前六十篇为六卷，后十四篇为一卷），

此文原刊于《文献》2005年第4期。

> 《大雅》三十一篇为三卷（原注：前二十篇为二卷，后十一篇为一卷），三《颂》为三卷，合为二十八卷。《周颂》三十一篇，每篇一章，视《国风》、小大《雅》、鲁商《颂》诸篇，章句最少，故并为一卷也。鲁、齐二家之《序》，今不可考，《韩诗序》，则《唐书·艺文志》以为卜商作。《后汉书·周磐传》注引《韩诗》曰："汝坟，辞家也。其卒章曰：'鲂鱼赪尾，王室如毁。虽则如毁，父母孔迩。'"《杨震传》注引引《韩诗》曰："《蝃蝀》，刺奔女也。'蝃蝀在东，莫之敢指。'"《太平御览》引《韩诗》曰："《黍离》，伯封作也。'彼黍离离，彼稷之苗。'"皆以《序》与经连引。盖《韩诗序》冠篇首也。序冠篇首，则不别为卷矣。《毛诗序》，则《小雅·南陔》《白华》《华黍》《序》曰："有其义而亡其辞。"《笺》曰："其义则与众篇之义合编，至毛公为《诂训传》，乃分众篇之义，各置于其篇端。"然则《诂训传》始以《序》置篇首，若《毛诗》本经，则以诸篇之《序》合编为一卷明甚。经二十八卷，《序》一卷，是以云二十九卷也。毛公作《传》，分《周颂》为三卷，又以《序》置诸篇之首，是以云三十卷也。①

按照王引之的说法，四家《诗》分卷并没有什么根本不同，都是十五《国风》为十五卷、《小雅》为七卷、《大雅》为三卷、三《颂》为三卷。只是三家《序》不分卷，冠于各篇之首，而《毛诗》则序别为一卷，故有二十八和二十九的不同。而《周颂》之分卷，在毛公作《故训传》时。毛公分《周颂》三卷，又把《序》分于各篇，故《毛诗故训传》作三十卷。

王先谦提出另外一种分卷的形式，其于《汉书艺文志补注》

---

① 王引之《经义述闻》，江苏古籍出版社，1985 年，第 181—182 页。

中说："此三家全经，并以序各冠其篇首，故皆二十八卷。十五《国风》十三卷（原注：《邶》《鄘》《卫》共一卷。），《小雅》七十四篇为七卷，《大雅》三十一篇为三卷，《周颂》三十一篇为三卷，鲁、商《颂》各为一卷，共二十八卷。"① 王氏又于《诗三家义集疏》中说："古经、传皆别行，《毛诗》作传，取二十八卷之经，析《邶》《鄘》《卫风》为三卷，故为三十卷。三家故说、传记别行，其全经皆二十八卷，十五《国风》为十三卷，《邶》《鄘》《卫》诗共一卷，《小雅》七十四篇为七卷，《大雅》三十一篇为三卷，《周颂》三十一篇为三卷，鲁、商《颂》各为一卷，故二十八卷也。《邶》《鄘》《卫诗》本同风，不当分卷。"② 按照王先谦的说法，《国风》中《邶》《鄘》《卫》本不分卷，而《商颂》三十一篇分三卷。《邶》《鄘》《卫》之分卷则在毛公作《故训传》之时，则三家经本自然是《邶》《鄘》《卫》不分的。王先谦且于其著《诗三家义集疏》中加以贯彻。

王先谦的说法实际为清儒一般的看法。陈奂说："盖周大师旧次本三国不分，编诗者见其篇什繁多，较异他国，乃分之为三，犹《雅》之有什焉尔。"③ 是陈奂认为《邶》《鄘》《卫》本不分卷，之所以标之"邶、鄘、卫"者，仅因其篇什繁多而分之。马瑞辰也持此说，他说："《诗》《邶》《鄘》《卫》所咏皆卫事，不及邶、鄘。漕邑，鄘地也，而《邶诗》曰'土国城漕'。泉水，卫地也，而《邶诗》曰'毖彼泉水'。又《左传》卫北宫文子引《邶诗》'威仪棣棣'二句，而称为《卫诗》；吴季子观乐，为之歌《邶》

① 王先谦《汉书补注》，中华书局，1983 年，869 页。

② 王先谦《诗三家义集疏》，中华书局，1987 年，第 114 页。

③ 陈奂《诗毛氏传疏》卷三，北京市中国书店，1984 年。

《鄘》《卫》，季子曰：'吾闻卫康叔、武公之德如是，是其《卫风》乎！'则古盖合《邶》《鄘》《卫》为一篇，至毛公以此诗之简独多，始分《邶》《鄘》《卫》为三，故《汉志》鲁、齐、韩《诗》皆二十八卷，惟《毛诗故训传》分邶、鄘为三卷，始为三十卷耳。"① 其他如胡承珙、魏源等也大多持这一说法。

二、《邶》《鄘》《卫》本来就分卷

上述二说的分歧主要在于是《邶》《鄘》《卫》分卷还是《周颂》分卷。就《邶》《鄘》《卫》本不分卷说者所据根据来看，不外乎以下几点：

其一，《左传·襄公二十九年》吴公子季札聘鲁，请观周乐，"为之歌《邶》《鄘》《卫》，曰：'美哉渊乎！忧而不困者也。吾闻卫康叔、武公之德如是，是其《卫风》乎！'"则季札认为《邶》《鄘》皆为《卫风》。

其二，《左传·襄公三十一年》卫北宫文子见令尹围之威仪，言于卫侯曰："《卫诗》曰：'威仪棣棣，不可选也。'"所引诗句在今本《毛诗》《邶风·柏舟》之中，似乎说明《邶风》就是卫诗。

其三，《汉书·地理志上》："河内本殷之旧都，周既灭殷，分其畿内为三国，《诗·风》邶、庸、卫国是也。鄁，以封纣子武庚；庸，管叔尹之；卫，蔡叔尹之：以监殷民，谓之三监。故《书序》曰'武王崩，三监畔'，周公诛之，尽以其地封弟康叔，号曰孟侯，以夹辅周室；迁邶、庸之民于洛邑，故邶、庸、卫三

① 马瑞辰《毛诗传笺通释》，中华书局，1989 年，第 18 页。

国之诗相与同风。《邶诗》曰‘在浚之下’；《庸》曰‘在浚之郊’；《邶》又曰‘亦流于淇’‘河水洋洋’，《庸》曰：‘送我淇上’‘在彼中河’。《卫》曰：‘瞻彼淇奥’‘河水洋洋’。故吴公子札聘鲁观周乐，闻《邶》《庸》《卫》之歌，曰：‘美哉渊乎！吾闻康叔之德如是，是其《卫风》乎？’至十六世，懿公亡道，为狄所灭。齐桓公帅诸侯伐狄，而更封卫于河南曹、楚丘，是为文公。而河内殷虚，更属于晋。”班固所说有三个要点：邶、鄘、卫本为三个诸侯国；三国后并于卫康叔；三国地名于《邶》《鄘》《卫》中互见。班固所说既较全面，也为治三家《诗》者所看重。王先谦于《诗三家义集疏》中全引班固此文，并说：“班习《齐诗》，是齐说以为三诗同风，知其义亦同也。”①

当然，清儒也还有其他一些证据，但所言一般不出“三国同风”、《邶》《鄘》也称《卫》诗、三国地名错见这个范围。

但《邶》《鄘》《邶》本不分卷说，虽然同意者多，且似乎较王引之说有据，实际不见得的就是事实。季札观乐，已言“为之歌《邶》《鄘》《卫》”，应该是当时已分，自然不待毛公或什么人始分。若说毛公或某人“见其篇什繁多”而分之，何以分为三而不分为二，何以不平均分而分为《邶风》十九篇、《鄘风》十篇、《卫风》十篇？若论篇什繁多，《郑风》也有二十一篇之多，何以不分？显然，此皆为主“《邶》《鄘》《卫》不分卷”论者难以回答的。所以，王先谦既持《邶》《鄘》《卫》不分之说，又说：“诗既同卷，仍分《邶》《鄘》《卫》者，盖为卷分上中下，或一二三。”② 正因为其难以自圆其说，而不得不这样强为之说。

① 《诗三家义集疏》，第 114 页。

② 《诗三家义集疏》，第 114 页。

季札观乐，《邶》《鄘》《卫》合称，如同“为之歌《周南》《召南》”，“为之歌《颂》”，只能说《邶》《鄘》《卫》比较接近。而季札说《邶》《鄘》《卫》皆为《卫风》，所说当是《邶》《鄘》《卫》皆为产生于卫地的诗歌，可以由此三风，得观“康叔之德”，也不能据此就认定四家《诗》于《邶》《鄘》《卫》不分。再就出土资料来看，《上博简·孔子诗论》第二十六简：“北白舟闷。”马承源先生说：“即今本《诗·国风·邶风》篇名之《柏舟》，‘白’读‘柏’。因《柏舟》有同名，另一在《鄘风》，此《北白舟》特为标其地域为‘邶’以示与《鄘风》之《柏舟》有所区别。”① 由此，似乎可以说，在战国晚期，《邶》《鄘》《卫》也是分的。再证之以《阜阳汉简〈诗经〉》，其 S051 简：“右方北国。”S098 简：“右方郑国。”胡平生、韩自强说：“现在《阜诗》中以‘北国’与‘郑国’等并列，说明早在西汉初年的《诗经》——非《毛诗》系统的《诗经》里，也是将《邶》《鄘》《卫》三国分立的。”②

更直接的证据见于出土《石经》残石，《汉石经集存》十七：“国第六。”③ 马衡先生在《鲁诗·说明》中说：“《石经·诗》碑之篇题，发见残石中有‘国第六’一石，在《卫风》末篇《木瓜》之后，当为‘王国第六’四字。从《卫风》尾题‘卫淇隩’一石及《王国》篇题‘四章二百’等字排比之，‘王国’上尚空三字，若依《书·酒诰》《礼·乡饮酒》《论语·公冶长》等篇题皆顶格写之例，则其上应尚阙三字，或为大小题并书作‘诗国风王国第

① 马承源《〈孔子诗论〉释文考释》，马承源主编《上海博物馆藏楚竹书》（一），上海古籍出版社，2001 年，第 156 页。

② 胡平生、韩自强《阜阳汉简〈诗经〉简论》，胡平生、韩自强《阜阳汉简〈诗经〉研究》，上海古籍出版社，1988 年，第 34 页。

③ 马衡《汉石经集存》，科学出版社，1957 年，第 4 页左。

六’。若是则全经之篇题当为‘诗国风周南第一’至‘诗国风豳国第十五’，‘诗小雅鹿鸣之什第十六’至‘诗小雅鱼藻之什第廿二’，‘诗大雅文王之什第廿三’至‘诗大雅□之什第廿五’，‘诗周颂清庙之什第廿六’至‘诗周颂闵予小子之什第廿八’，‘诗鲁颂第廿九’，‘诗商颂第卅’。”① 实际由《王风》排在《卫风》后，又称“第六”，是可以说明《鲁诗》《邶》《鄘》《卫》是分卷的。至于马衡先生说《周颂》分三卷，实际从出土《石经》来看，并没有什么证据。《汉石经集存》所载关于《周颂》的残石有四块，第一一九：“十/一章”，马衡先生认为是《周颂·我将》《时迈》文；第一二：“予就/□惟予/□其”，为《访落》《敬之》《小毖》之文；一二一：“畛侯主侯伯/酒为醴烝畀祖妣以/及簜其饷伊黍其笠伊/其一良耜一章廿三”，为《载芟》《良耜》之文；一二二：“章九句·於昭于/对时周”②，为《丝衣》《桓》《般》之文。由这些《鲁诗》残文来看，很难说《鲁诗》《周颂》是分卷的。而上博残石、1980年及1985年出土的残石，皆无关于《周颂》的内容。

由于《邶》《鄘》《卫》皆产生于卫地，那么统称之为《卫》诗未尝不可。而这样统称的例子，在《左传》中也并非仅季札观乐和北宫文子引诗两处，如《隐公三年》君子曰：“《风》有《采蘩》《采蘋》，《雅》有《行苇》《泂酌》，昭忠信也。”《采蘩》《采蘋》皆在今本《毛诗》《召南》中，而统称为“风”，《行苇》《泂酌》在《大雅》中，而统称之为“雅”。那么，由北宫文子引《邶》诗而说《卫》诗，也不能证明《邶》《鄘》《卫》不分。

《汉书·地理志》所说“邶、庸、卫三国之诗相与同风”，乃

---

① 《汉石经集存》，第21页右。

② 以上所引《汉石经集存》，皆见第15页右。

袭用季札之语，而称引《邶》《鄘》《卫》之诗中地名错出者，就是要证明“三国同风”，而这也恰好说明《邶》《鄘》《卫》是分卷的。可能班固不明白《邶》《鄘》《卫》既然地名错出、却又分卷的原因，才不厌其烦地举例，实际表现了班固的一种疑问，这与班固对其他地区风俗的表述显然不同。其他地区风俗的表述，班固都是引用能反映其风俗的诗句来印证其论述，惟于邶、鄘、卫则举其地名错出的诗句，并一一对举。

再从先秦典籍分卷的情况来看，先秦时期尚未发展到直接用序数词标卷的形式，而是取该卷开头两三字或该卷类型之名以为卷题。《诗经》的分卷主要是类型分法，《周南》《召南》等都应该是卷名。既然季札观乐时已有《邶》《鄘》《卫》的区别，那么，其也应该是卷名。若非卷名，既然都是《卫》诗，实没有再区分《邶》《鄘》《卫》之名的必要。

三、“邶”“鄘”“卫”在《诗经》中的含义

当然，要对这一问题有进一步认识，必须明确“邶”“鄘”“卫”在《诗经》中的含义。关于“邶”“鄘”“卫”的含义，也是历代学者争论不休的一个问题。胡承珙《毛诗后笺》列了四种说法，“程氏以为从其所得之地，朱子以为其声之异”，顾炎武《日知录》认为“累言之则《邶》《鄘》《卫》，专言之则为《卫》”，《虞东学诗》曰：“《邶风》十九篇，历志淫乱，无一美诗，疑是著其召祸之本，《鄘风》十篇，则中兴之诗在焉。《卫风》十篇，则美诗居多，所谓康叔、武公之德，于斯可见。区别观之，则当时分第之义，或有取尔。”胡氏对后三种说法都一一进行了驳斥，而

认同第一种说法①。

就顾炎武所说，虽然从《左传》来看，《邶》《鄘》《卫》都可称之为《卫》，但《邶》《鄘》《卫》三者还是有区别的，如同《周颂》《鲁颂》《商颂》可统称《颂》，不能因而也认为其为累言、单言之谓。至于《虞东学诗》所言，纯粹从道德比附出发挖掘，自然不足辩。而程子所说，实际为传统说法，班固《地理志》、郑《谱》都认为邶、鄘、卫为三国之名。但从《史记》《汉书》郑《谱》的记载来看，却不尽相同，《史记·管蔡世家》："武王已克殷，平天下，封功臣昆弟。于是封叔于鲜于管，封叔于度于蔡，二人相纣子武庚禄夫，治殷遗民……武王既崩，成王少，周公旦专王室。管叔、蔡叔疑周公之为不利于成王，乃挟武庚以作乱。"《汉书》所说见上引。郑玄《诗谱·邶鄘卫谱》曰："周武王伐纣，以其京师封纣子武庚为殷后。庶殷顽民，被纣化日久，未可以建诸侯，乃三分其地，置三监，使管叔、蔡叔、霍叔尹而教之。自纣城之北谓之邶，南谓之鄘，东谓之卫。武王既丧……三监导武庚叛。成王既黜殷命，杀武庚，复伐三监。更于此三国建诸侯，以殷余民封康叔于卫，使为之长。后世子孙稍并彼二国，混而名之。"就《史记》来看，只说管叔、蔡叔相武庚，不数霍叔。《汉书》虽明言分殷畿内为邶、鄘、卫三国，也不数霍叔，但提到了"三监"。郑《谱》则于管叔、蔡叔之外，更数及霍叔，也说到"三监"，而且说"纣城之北谓之邶，南谓之鄘，东谓之卫"，又说"更于此三国建诸侯"。显然，三者的记载是有出入的。不过三者之记载，也有共同点，就是都说明了武王灭殷之后曾采取"监殷民"的政策。但司马迁、班固于"三监"只数管叔、蔡叔，只有

① 《毛诗后笺》，第134—136页。

郑玄与《史》《汉》记载独异，因此王引之说：“置武庚不数，而以管、蔡、霍为三监，自康成始为此说。”又说：“司马迁传《古文尚书》、伏生传今文，而皆不谓武庚之外，更有三监，则郑氏之说疏矣。《邶鄘卫谱》亦误。”①

而从上述三书的记载来看，既然为“监”，不应该因“监”而封其地，何况管叔、蔡叔本已有封地，那么邶、鄘、卫不为封国明矣。马瑞辰说：“盖周封武庚于殷，实兼有邶、鄘、卫之地，二监别有封国，而身作相于殷，并未尝分据邶、鄘、卫之地也。《地理志》及郑康成《诗谱》、皇甫谧《帝王世纪》谓三分其地置三监者，皆臆说耳。窃考《逸周书·世俘解》云：‘甲申，百弇以虎贲誓命伐卫。’是纣时已有卫称。《说文》：‘邶，故商邑，河内、朝歌以北是也。’则邶、卫皆商之旧国，不因置三监始分其地，不得附会三国为三监也。”② 马瑞辰采王引之说，又不计武庚，所以称“二监”。不过就上述来看，不论是“三监”也好，“二监”也好，都与封国无关，马瑞辰也指明了这一点。所以，邶、鄘、卫与武王“监殷民”的政策无关，班固、郑玄都是牵合史事来说诗，这为汉儒说诗的一般方式。不过，马氏据《说文》断定邶、卫“皆商之旧国”，却是跳出了一个泥沼，又跳进了另一个泥沼，同样为臆说。

邶、鄘为都邑名，也可能是仅为方位名词。郑《谱》说：“纣城之北谓之邶，南谓之鄘，东谓之卫”，说“纣城之邶谓之邶”，由《说文》可证，或为得实，而说“南谓之鄘，东谓之卫”，却没有旁证，《正义》于此下曰：“此无文也。以诗人之作，自歌土风，

---

① 《经义述闻》，第 90—91 页。

② 《毛诗传笺通释》，第 17 页。

验其水土之名，知其国之所在。”但三国既然地名错出，“验其水土之名”自然是句空话。陈奂说：“邶，商邑名，在商都之北。武王封武庚为商后，其国不袭纣之故都，而徙封于国北之邶邑。朝歌，纣故都也。《续汉书·郡国志》云：‘朝歌北有邶国。’《说文》云：‘邶，故商邑，河内、朝歌以北是矣。’武王时，武庚以邶为国都，称邶国，而庸与卫皆其下邑。成王时，封康叔于纣之故都，更名曰卫，称卫国，而邶、庸又皆其下邑。卫即朝歌，邶在朝歌北，庸在朝歌东，所以邶、庸、卫三国之诗皆卫诗也。”又说：“古国邑通称也。然则，一卫也，兼有故殷邶、庸，则谓之邶、庸、卫。卫取相土，东都曰商卫；卫迁帝丘，居夏伯昆吾之虚曰昆吾卫。皆以卫为国都而系以旧号，遂连而称之，与之同例。”① 陈奂说鄘在卫东、卫即朝歌，与郑玄之说不同，此一分歧也可暂且不论。而说武庚以邶为都，因而称之邶国，却因《汉书·地理志》“邶，封纣子武庚”而致误。至于说邶、鄘、卫乃连称之用语，史籍也没有直接的例证可以证明。

而王国维根据在河北中部易县等出土的北伯铜器考证说：“北，盖古之邶国也。自来说邶国者，虽以为在殷之北，然皆于朝歌左右求之，今则殷之故虚得于洹水，大且、大父、大兄，三戈出于易州，则邶之故地自不得不更于其北求之，余谓邶即燕，鄘即鲁也。”② 王国维由出土资料入手，很又说服力，但仍牵合国名，只能得出“邶即燕，鄘即鲁”的结论，而这结论显然是不正确的。正如王国维所说，诸儒皆知邶“在殷之北”，但因已认定邶为国名，只能牵合史事，强为解说。陈奂虽已明言邶为商邑名，

① 《诗毛氏传疏》卷三。

② 王国维《商三句兵跋》，《观堂集林》，中华书局，1959 年，第 885 页。

但仍要拉出一个邶国。马瑞辰虽然不同意“三监”封国于邶、鄘、卫的说法，但仍然认为“邶、卫皆商之旧国”。因而，疑点始终存在，却是人言言殊。实际，由《说文》来看，邶为邑名，鄘、卫可能也是。但三者所在位置，方位既有分歧，其远近也不得其详。不过，就“邶”“鄘”字源来分析，可能其仅为方位名词。“邶”作“鄁”，见《地理志》；又作“背”，《隶释·卫尉衡方碑》“感背人之《凯风》”①，《凯风》在今本《毛诗》《邶风》中。《说文》段注：“韦昭注《国语》曰：‘北者，古之背字。’又引申之为北方。”“邶”“鄁”皆为增符字。“鄘”或作“庸”，见《地理志》。《说文》：“鄘，南夷国。”段注：“《牧誓》有庸蜀，《左传·文十六年》：‘庸人率群蛮以叛楚，楚灭之。’杜曰：‘庸，今上庸县。属楚之小国。’按：二《志》汉中郡皆有上庸县，今湖北郧阳府竹山县东南四十里有故上庸城。《尚书》庸地在汉水之南，南至江尚远。《伪传》云在江南，非也。今字庸行而鄘废，于《诗·风》之邶庸作鄘，皆非也。又按：南夷国当作汉南国。”由段注可以看出，与“庸”有关的地名，皆因方位而命名。当然，从古韵来说，“庸”“东”同部，但与“南”不同部。此一问题也是有待进一步研究的。

既然邶、鄘、卫不为国名，又何以作卷名了呢？因为《诗经》是从音乐角度编排的，音乐性质相同的诗歌编排在一起，十五《国风》为十五个不同地方的音乐，也就是十五种不同的土风。正因为如此来分，所以《国风》可以以国名来代指其地的土风，而邶、鄘、卫不为国名，用其来标卷意义在哪里呢？何况，季札已说“三国同风”。上述胡承珙所列第二种对《邶》《鄘》《卫》的解

① 洪适《隶释·隶续》，中华书局，1985年，第90页。

释，即“朱子以为其声之异”，实际已部分回答了这一问题。胡承珙又引毛奇龄《诗札》曰：“窃臆‘邶’、‘鄘’诸名即乐部名也。周初列国不一，采诗者各判其国诗，授之乐官。则乐官必预班国名，考按乐部，然后以列国诗分入之。虽列国代有兴绝，其乐部班名故也。后比遇诗多者，浸假于本部过繁，仍得入之其国所兼之旧部。此但因之作标识耳，故无深旨也。”① 毛奇龄邶、鄘、卫为周初列国的说法，实际仍为沿袭郑玄之旧，但说邶、鄘为乐部名，与《诗经》的编排体例是一致，应该是抓住了问题的实质，而“此但因之作标示耳，故无深旨也”，更是灼见，足破历来说诗者有意求深之弊。今人翟相君有《邶鄘卫分编臆断》一文，对《邶》《鄘》《卫》诗的章数进行了比较，把《邶风》前十四篇作为第一组，《邶风·北门》以后五篇和《鄘风》前九篇合为第二组，《鄘风·载驰》和《卫风》为第三组，他说：“邶、鄘、卫的分编。据上所述，我们认为第一组可能是邶调的诗，其章法为四章，也可以为六章，共十四篇。邶调可能形成得比较早，还具有章数多得特点，因为西周的大雅、小雅章数多，而东周的国风周南、召南、王、郑、陈、桧、秦、魏、唐，皆为三章或二章。唯豳、齐、曹共有八篇四章的诗。这说明从雅诗到风诗，随着时代和音乐的发展，章数在逐渐减少。第一组诗基本上都是四章，正是曲调古老的标志，因而排在前面。第二组可能是鄘调的诗。其章法以三章为限，变化也可以是二章，意味着其曲调也可以唱二章者，共十四篇。第三组可能是卫调的诗。其曲调形成于邶、鄘之后，即在邶、鄘的基础上形成的新调，因而具有邶、鄘的特点，适应性大，二、三、四、六章都可以演奏，共十一篇。简言之，表中一、

---

① 《毛诗后笺》，第 134 页。

二、三组的诗，分别为邶、鄘、卫的分编。”[①] 翟氏对《邶》《鄘》《卫》重新分组，未必合适，所说邶调最早、鄘调次之、卫调最晚，也是值得商榷的。但由其对《邶》《鄘》《卫》三诗的考察，使我们看到了《邶》《鄘》《卫》的差别。所以，《邶》《鄘》《卫》和其他《风》诗一样，应该也是从音乐的角度分的，是三种不同的音乐类型。

卫为殷商畿内，文化自然较其他地区发达，也就可能存在比其地域更为丰富的音乐类型。太师对采集于各地的诗歌，在“比其音律”时，按照其音乐类型加以区别，冠以其产生地之名以作标示，但卫地的诗歌有三种不同类型，仅冠以卫，虽可标示其产生地，却不能显示其音乐类型，因而太师取“邶”“鄘”加以区分，并无太多深意。“邶”“鄘”或为邑名，或为方位名，于太师的区分来说，分别不是很大。但由于其他《国风》只以国别名系之，而《邶》《鄘》《卫》却不是，再加上诗乐的失传，后人就难以理解太师分别《邶》《鄘》《卫》的原因。所以，就由其他《国风》来类推《邶》《鄘》《卫》为国名，并附会事实。

理解了《邶》《鄘》《卫》是从音乐角度区分的，也就更能说明《邶》《鄘》《卫》在先秦时期就是分卷的，并非毛公或其他汉儒所分，因而王引之所说应该是正确的，三家《诗》二十八卷，乃是十五《国风》为十五卷、《小雅》七卷、《大雅》三卷、三《颂》各一卷。至于三家与《毛诗》卷数的分别，王引之、王先谦都认为三家《序》冠各篇之首，而《毛诗》《序》别为一卷，所以虽在卷数上有差别，但诗的分卷上却没有差别。但是，徐复观先

① 翟相君《邶鄘卫分编臆断》，翟相君《诗经新解》，中州古籍出版社，1993 年，第 301—308 页。

生不同意二王之说，认为《汉志》所言二十八、二十九，只是经的卷数，不包括《序》[1]。那么按照徐先生所说，三家与《毛诗》在分卷上又是有差别的。差别在哪里，徐先生虽未明言，但至少说明三家与《毛诗》分卷的问题还待进一步研究。

① 徐复观《中国经学史的基础》，《徐复观论经学史二种》，上海书店，2002年，第147页。

《诗经》分什的有关问题

关于《诗经》《雅》《颂》分什，古今学者少有探究，只是概言分什出于《雅》《颂》篇什繁多，而“什”之名出于户籍、部队之编制等等。实际《小雅》《大雅》与《周颂》分什既不同时，《鲁诗》《毛诗》、大、小《雅》分什亦不同，说“什”之名出于户籍、军法，也非究根之论。那么，《诗经》《雅》《颂》分什始于何时，《鲁诗》《毛诗》、大、小《雅》分什为什么不同，《雅》《颂》分卷又为什么以十篇为一个单位等等，这些问题关涉到《诗经》的编辑、流传以及简册制度、中国人的数字观念等方面，因此，很有深入讨论的必要。

一、何以分什

《诗经》《雅》《颂》何以分什，自陆德明以来，学者认识往往

此文原刊于《古籍整理研究学刊》2023 年第 1 期，刊发时有删节。

有误。陆德明《毛诗音义》:“至于王者施教，统有四海，歌咏之作，非止一人，篇数既多，故以十篇编为一卷，名之为什。”认为大、小《雅》分什是因为篇数多。孔颖达、朱熹等人也持类似的观点。《诗谱》孔疏:“风及商、鲁颂以当国为别，诗少可以同卷。而雅、颂篇数既多，不可混并，故分其积篇，每十为卷”。朱熹《诗集传》:“《雅》《颂》无诸国别，故以十篇为一卷。”① 现当代学者关于《雅》《颂》分什的看法，也无出陆德明等古代学者之右。赵逵夫说:“传统编排中，因《小雅》《大雅》《周颂》篇幅较大，故以十首为一组，称作‘什’，如《鹿鸣之什》《文王之什》《清庙之什》等，这只是古代书写工具笨重、检索不便情况下采取的一种办法，浅学者竟以《鹿鸣之什》等同《周南》《召南》等分国相提并论。”② 但说《雅》《颂》分什是因为其篇数多，并不准确。若说篇数多，《郑风》有二十一篇，何以不分?实际，大、小《雅》分什是因为简札繁重，而《周颂》分什则是《毛诗故训传》的做法。

先秦时期书写的载体主要是金石、甲骨、竹木，“而以竹木之用为最广”③。而竹木之中，竹简的使用又早于木简、木牍，也广于木简、木牍。竹木简仅容一行的上下书写形式，显然出自竹简的使用，这是由竹简剖析为平面后的面积所决定的④。就出土的先秦简牍资料来看，也是竹简多于木简、木牍。竹木比金石、甲骨使用更广泛，自然是因为其更轻便、易得。但即使是简书，如

---

① 朱熹《诗集传》，上海古籍出版社，1958年，第99页。

② 赵逵夫评注《诗经·前言》，凤凰出版社，2011年。

③ 王国维《简牍检署考》，《王国维遗书》第九册，上海古籍书店，1983年。

④ 钱存训《书于竹帛》，上海书店出版社，2006年，第64—65页。

果字数很多，也一定会比较繁重，不便于携持，所以字数多的简书就需要分册。因为编联成册的简书可以舒卷，一册简书也就称为一卷，卷也就成为书籍的结构单位①。《后汉书·桓谭传》李贤注引《东观汉纪》：谭著书，号曰《新论》，“光武读之，敕言卷大，

---

① 章学诚认为“篇从竹简，卷从缣素”“缣素为书，后于竹简，故周、秦称篇，入汉始有卷也”。参见章学诚著、叶瑛校注《文史通义校注》卷三《篇卷》，中华书局，1994 年，第 305 页。钱同训也认为“篇”和“卷”“系材料和单位的不同”，还说：“时代愈后，则用作简牍单位的‘篇’字渐少，而用作帛纸单位的‘卷’字渐增。”参见钱同训《书于竹帛》，第 78、65 页。劳干依据居延汉简的形制，提出“简编则为册，卷则为卷”的观点。参见劳干：《居延汉简考释之部》，台北中研院历史语言研究所，1960 年，第 6 页。就出土的简帛材料来看，劳干的观点无疑是正确的。出土的简册书籍虽然编绳往往朽坏，但一般都有串编的契口。杜预《春秋左传集解后序》说：“始讫，会汲郡汲县有发其界内旧冢者，大得古书，皆简编科斗文字……始者藏在秘府，余晚得见之，所记大凡七十五卷。”孔疏：“大凡七十五卷，《晋书》有其目录。其六十八卷皆有名题；其七卷折简碎杂，不可名题。有《周易》上下经二卷，《纪年》十二卷，《琐语》十一卷，《周王游行》五卷……”房玄龄《晋书》卷五十一《束皙传》载有汲冢古书目录，但皆作“篇”。不过，上引孔疏之语之前，孔颖达还引用了王隐《晋书·武帝纪》《束皙传》之语，则孔颖达称“卷”可能本之王隐《晋书》。而唐修《晋书·束皙传》即本于王隐《晋书》，则作“篇”当为改“卷”而成。何况荀勖《穆天子传序》说“皆竹简素丝编”，则汲冢古书为卷册无疑。又《南齐书》卷二十一《文惠太子传》：“时襄阳有盗发古冢者，相传云是楚王冢，大获宝物玉屐、玉屏风、竹简书、青丝编。简广数分，长二尺，皮节如新。盗以把火自照，后人有得十余简，以示抚军王僧虔，僧虔云是科斗书《考工记》，《周官》所阙文也。”此出土之《考工记》也应该是卷册。1930 年在甘肃居延发现的《永元兵器簿》，由 77 枚木简编连成册，是卷起存放的。1972 年武威旱滩坡出土的医药简书，卷成一束，装在一麻质布囊里。江陵九店 56 号墓的竹、木简是“成卷入葬”的。而出土的帛书虽也有卷轴，但更有不少是折叠存放的。马王堆《老子》乙本及卷前古佚书写在一块绢帛上，折叠为长方形，放在漆盒中。马王堆彩帛地图《地形图》《驻军图》《城邑图》也是叠存在漆盒中。1942 年出土的战国楚帛书也是折叠存放的。

令皆别为上下，凡二十九篇。”之所以要卷分“上下”，自然因为原来的“卷”简札繁重，握持不便。而李零说：“古书初无长篇，而多短帙。长篇是短篇纂起来的”。又说：“现在的大部头，如《管子》《庄子》《墨子》《韩非子》《吕氏春秋》等书可能都是后来纂起来的。”① 古书多短帙，主要也是简牍等书写载体限制所致。

出土的先秦简书，截至目前，只有战国时期的，其中郭店简、上博简数量比较多，有些简书存字也比较多，甚至比较完整。郭店简中，字数比较多的有《缁衣》《五行》《性自命出》《六德》《语丛一》《语丛三》等。《缁衣》47 简，有尾题，为完篇，每简字数在 23 与 25 之间，如果以简 25 字计，共 1 150 字。《五行》50 简，存字 1 144 字（含残字 7 个），分章符号 27 个②。《性自命出》67 简，简 22—25 字，以 25 字计，共 1 675 字。《六德》49 简，简 20—22 字，以 22 字计，共 1 078 字。《语丛一》112 简，满简 8 字，全部以满简计，共 896 字。《语丛三》72 简，满简 8—10 字，若全部简都视为满简，且以每简 10 字计算，共 720 字。上博简中存字比较多的为《孔子诗论》《缁衣》《性情论》《容成氏》《周易》等。《孔子诗论》今存字 1 006，《缁衣》978 字，《性情论》1 256 字，《周易》1 806 字。《容成氏》53 简，简 42—45 字，以每简 45 字计，共 2 385 字。因此，出土简书多为短篇③。虽然上述简书中

---

① 李零《简帛古书与学术源流》，生活·读书·新知三联书店，2004 年，第 119 页。

② 陈伟等著《楚地出土战国简册（十四种）》，经济科学出版社，2009 年，第 180 页。

③ 上博简的整理者认为《孔子诗论》《子羔》《鲁邦大旱》可能同编；也可能是简的形制相同，“为同一人所书，属于不同卷别”，因为三者内容完全不同。马承源《〈孔子诗论〉释文考释》，马承源主编《上海博物馆藏楚（转下页）

有不少并非完篇，字数统计也只能是大概，但基本还是可以反映出先秦的简册制度的。而出土的简书皆出自墓穴，为陪葬之物，本不作为阅读使用。也就是说，供阅读使用的简书可能篇幅要比出土的还要小，字数也要少。这样来看《诗经》，十五《国风》本来是以不同地区的音乐类型编排的，音乐类型不同的诗自然可以单独成卷。《郑风》虽然有二十一篇，但只有 1 227 字（含诗题，下同），无需再分卷；《周颂》三十一篇，也只有 1 457 字，也无需分卷；《鲁颂》4 篇，978 字，《商颂》5 篇，639 字，也都不需要分卷。而《小雅》七十四篇，计 9 513 字；《大雅》三十一篇，计 6 543，则是必须分的。这也就是胡承珙所说："殊不知分什者，简札繁重，不得不分。"①

《汉书·艺文志》著录有《诗经》二十八卷，鲁、齐、韩三家；《毛诗》二十九卷；《毛诗故训传》三十卷。三家《诗》二十八卷，《毛诗》二十九卷，二者不同，不同在何处，学者一般都认为《毛诗》序别为一卷。但就具体分卷，学者颇有分歧。王引之认为除了《毛诗》序别为一卷外，三家《诗》与《毛诗》分卷完全相同，皆为十五《国风》十五卷、《小雅》七卷、《大雅》三卷、

（接上页） 竹书（一）》，上海古籍出版社，2001 年，第 121 页。李零认为三者是一篇，即《子羔》。现整理后的《子羔》篇，是原篇的前半部分，《孔子诗论》是中间部分，《鲁邦大旱》是后半部分。李零《简帛古书与学术源流》，第 232 页。即使《孔子诗论》《子羔》《鲁邦大旱》同编或同篇，原卷册也还是短篇，因为今《子羔》篇存简 14 枚，共 395 字，《鲁邦大旱》存简 6 枚，共 208 字，三篇合计 1 609 字。又李零猜测郭店简《缁衣》《五行》可能同卷，《性自命出》《六德》《成之闻之》《尊德义》可能同卷，只是因为《缁衣》与《五行》、《性自命出》与《六德》《成之闻之》《尊德义》形制相同。而形制相同也可能是同时制作。参见李零《郭店楚简校读记》，北京大学出版社，2002 年，第 78、105 页。

① 胡承珙《毛诗后笺》，黄山书社，1999 年，第 808 页。

《周颂》《鲁颂》《商颂》各一卷。毛公作《毛诗故训传》时，分《周颂》三卷，又分序而置于各篇首端，是以《毛诗》经文二十九卷，而《故训传》三十卷①。而王先谦则认为除了《毛诗》序别为一卷外，三家《诗》十五《国风》十三卷而《毛诗》十五卷，即三家《诗》《邶风》《鄘风》《卫风》共作一卷而《毛诗》作三卷，三家《诗》《周颂》分三卷而《毛诗》只作一卷，其余则三家《诗》与《毛诗》分卷相同②。

胡承珙、陈奂、马瑞辰、魏源等所持意见与王先谦相同。实际，从《左传·襄公二十九年》所记载的季札聘鲁观周乐的材料、上博简《孔子诗论》、阜阳汉简《诗经》、熹平《石经》《鲁诗》残石等看，《邶风》《鄘风》《卫风》一直都是分卷的，三家《诗》也不例外③。王先谦误读了季札观周乐的材料和《汉书·地理志》的有关记载。而就字数论，今本《诗经》《邶风》1 508 字、《鄘风》754 字、《卫风》834 字，合计 3 096 字，若参考阜阳汉简《诗经》和熹平《石经》《鲁诗》体例，加上尾题（篇后字数统计或章句说明），字数也比较多，也有分卷的必要。当然，邶、鄘、卫虽为同风，但其分卷着眼于音乐，而不是简札多少，否则就不可能是各部分诗篇多寡不同的情形了。

毛公作《故训传》仿《小雅》《大雅》分卷的办法，以十篇为一卷，分《周颂》为三卷。不过毛公分《周颂》为三卷，除了出于《故训传》简札繁重的考虑，可能也因为《周颂》篇什较多。否则《郑风》与《周颂》字数相当，《小雅》“节南山之什”2 173

---

① 王引之《经义述闻》，上海古籍出版社，2017 年，第 430—431 页。

② 王先谦《汉书补注》，中华书局，1983 年，第 869 页。

③ 赵茂林《汉代四家〈诗〉分卷考辨》，《文献》2005 年第 4 期。

字、《大雅》“荡之什”3 150字，在《故训传》中也都有再分卷的必要，但《故训传》都没有再分。也就是说，毛公分《周颂》三卷，比《诗经》的编辑者又多了一层考虑。

二、什之名号

《诗谱》孔疏：“《周礼·小司徒职》云：‘五人为伍。’五人谓之伍，则十人谓之什也，故《左传》曰：‘以什共车必克。’然则什五者，部别聚居之名。”朱熹亦谓《雅》《颂》之“什”“犹军法以十人为什也”①。说《雅》《颂》之“什”出于户籍、军队编制，仅指出了“什”字的来源，并没有说清楚《雅》《颂》之“什”的真正含义，更不能说明《雅》《颂》分卷为什么以十篇为单位。

“什”在甲骨文、金文中都不见，当为孳乳字，本字当为“十”。古人很早就开始使用十进制计数了，于省吾《释一至十之纪数字》：“十字初形本为直画，继而中间加肥，后则加点为饰，又由点孳化为小横。数至十复反为一，但既已进位，恐其与一混，故直书之。是十与一初形，只是纵横之别，但由此可见初民以十进位，至为明显。”② 由于度量衡与人们生活密切，十进制的使用，也就造就了许多与之相关的词或概念，甚至一些不便用十进制表示的概念，也往往有十进制影响的痕迹。殷人以甲日至癸日为一旬，于一旬之末，即癸日，卜下旬之吉凶，称之为“贞旬”③。“贞旬”在甲骨卜辞中习见，说明已经形成了传统。十天

① 朱熹《诗集传》，第99页。

② 于省吾《甲骨文字释林》，中华书局，1979年，第95—101页。

③ 徐中舒主编《甲骨文字典》，四川辞书出版社，1989年，第1017页。

干观念之基础也是十进制。秦汉以前分一日一夜为十时。《左传·昭公七年》："天有十日，人有十等，下所以事上，上所以共神也。"又《昭公五年》："日之数十，故有十时，亦当十位。"杜预注："日中当王，食时当公，平旦为卿，鸡鸣为士，夜半为皂，人定为舆，黄昏为隶，日入为僚，晡时为仆，日昳为台。"看起来是因为有"十时"，才把人分十等。实际，一日之十时、人的十等，都是十进制观念的产物。《周礼·春官·视祲》："视祲掌十辉之法，以观妖祥，辨吉凶。一曰祲，二曰象，三曰鑴，四曰监，五曰暗，六曰瞢，七曰弥，八曰叙，九曰隮，十曰想。""十辉"皆为日旁云气，但其分类区别度并不高。"暗"，郑众释为"日月食也"，即日月无光，而"瞢"亦释为"日月瞢瞢无光也"。正因为分类区别度不高，先郑、后郑往往因字而解。郑众释"暗""瞢"即为因字而解。"弥"故书作"迷"，故郑众释为"白虹弥天也"。"叙"有次序之意，故郑众释为"云有次叙如山在日上也"。以云气杂有所象似，故郑玄释"想"为"杂气有似可形想"。

《礼记·礼运》："何谓人义？父慈、子孝、兄良、弟弟、夫义、妇听、长惠、幼顺、君仁、臣忠，十者谓之人义。""十义"又称"十教"。《荀子·大略》："立大学，设庠序，修六礼，明十教，所以道之也。"① 但"父慈"等等已经穷尽家庭伦理关系，又说"长惠""幼顺"，明显有凑足十数的嫌疑。《礼记·祭统》："夫祭有十伦焉：见事鬼神之道；见君臣之义焉；见父子之伦焉；见贵贱之等焉；见亲疏之杀焉；见爵赏之施焉；见夫妇之别焉；见政事之均焉；见长幼之序焉；见上下之际焉。此谓十伦。""十伦"之说与"十义"类似，也有强分为"十"的成分。因此，

---

① 王先谦《荀子集解》，中华书局，1988年，第499页。

《雅》《颂》分卷以十篇为一个单位，也应该是十进制影响的结果①。

十进位制的形成可能受到“十月怀胎”现象的启发。叶舒宪说：“‘十月怀胎’的现象也确实曾给予史前人类带来极深刻的印象。又因为初民把怀孕生产视为个体生命在循环变易之中得到不死永生的征象，‘十’作为循环基数而获得应有的神圣性，也是顺理成章的。”② 这样，以“十”为语素的词语也往往就有了神圣的意味，变成了天经地义的，故人们偏好以“十”作为语素来组词或以十进制对事物进行划分，《雅》《颂》分卷以十篇为单位，不能说没有此种心理的影响。

而《雅》《颂》分卷以十篇为单位，可能还有音乐的意味。《说文》：“章，乐竟为一章，从音、十。十，数之终也。”又解释“竟”说：“乐曲尽为竟，从音、儿。”段玉裁在“竟”下注曰：“此犹章从音、十，会意。儿在人下，犹十为数之终也，故竟不入儿部。……古音在十部，读如疆。”《诗经》编辑的出发点是音乐，而在音乐中就是以“章”来标识乐章的结束的。

在十进位制中，数至十反于一，故《史记·律书》说：“数始于一，终于十。”《说文》也说：“十，数之具也”。《周易·屯卦·六二》孔疏：“十者，数之极，数极则变。”由于把“十”看作“数之极”，所以由“十”作为语素的词语往往表示极限、众多的意思。《小雅·甫田》：“倬彼甫田，岁其十千。”《毛传》：“十千，

---

① 江西南昌西汉海昏侯墓所出《诗经》分什就径称“某某十篇”，如“鸿雁十扁”等。江西省文物考古研究院、北京大学出土文献研究所、荆州文物保护中心《江西南昌西汉海昏侯刘贺墓出土简牍》，《文物》2018 年第 11 期。

② 叶舒宪、田大宪《中国古代神秘数字》，陕西人民出版社，2011 年，第 242 页。

言多也。”《礼记·大学》：“曾子曰：‘十目所视，十手所指，其严乎?’”孔疏：“‘十目所视、十手所指’者，言所指、视者众也。”《风俗通义·数纪》：“十载谓之极。”① 后羿射日神话中的十日也应是极限、众多之意。所以，大、小《雅》分卷以十篇为一个单位，本身就包含着简札繁重、不得不分之意。同时，由于“数极则变”的观念，以十篇为一个单位，也表示各“什”之间存在连续的关系。

“什”主要用在户籍和军队编制中。《管子·立政》：“十家为什，五家为伍，什伍皆有长焉。”②《周礼·秋官·士师》：“掌乡合，州、党、族、闾、比之联，与其民人之什伍，使之相安相受。”《逸周书·大聚》：“五户为伍，以首为长；十夫为什，以年为长。”③《左传·昭公元年》：“彼徒我车，所遇又阸，以什共车，必克。”《礼记·祭义》：“军旅什伍，同爵则尚齿。”《正义》：“五人为伍，十人为什。”显然，户籍、军队编制以十为单位，也是十进制影响下的产物。即使是户籍、军队编制，原本也应该用“十”。“十”与“什”通，典籍中有时“什”就作“十”。《管子·君臣下》：“上稽之以数，下十伍以征，近其罪伏，以固其意。”④ 后来因为用得比较多，加“人”作为专用词。“什”虽已专指户籍、军队编制，但由于其实质就是“十”，所以又用指称一切以“十”为单位的事物。《雅》《颂》分卷以十篇为一单位，自

---

① 应劭撰、王利器校注《风俗通义校注》，中华书局，2010 年，第 274 页。

② 黎翔凤撰、梁运华整理《管子校注》，中华书局，2004 年，第 65 页。

③ 黄怀信、张懋镕、田旭东《逸周书汇校集注》，上海古籍出版社，2007 年，第397 页。

④ 《管子校注》，第 597 页。

然也可用“什”来称之。

当然，大、小《雅》分什，也可能是出于阅读方便的需要。就出土简书来看，所含单简究竟多少枚似无定制，不过有一个总原则，就是卷册携持要方便。前引《东观汉纪》光武帝令桓谭分《新论》之卷为上下，就是出于携持方便的考虑。又《晋书·礼志》挚虞表曰：“《丧服》一卷，卷不盈握。”“不盈握”恰说明分卷要盈握。《论衡·正说》：“夫《论语》者，弟子共记孔子之言行，敕记之时甚多，数十百篇，以八寸为尺，纪之约省，怀持之便也。以其遗非经，传文纪识恐忘，故以但八寸尺，不二尺四寸也。”① 这儿谈《论语》简何以用八尺简，即指出出于“纪之约省，怀持之便”，又说“以其遗非经”。“以其遗非经”意思是说经册用二尺四寸简，而《论语》非经而是传，只能用八寸简。《仪礼·聘礼》“百名以上书于策，不及百名书于方”贾公彦疏引郑注《论语序》云：“《诗》《书》《礼》《乐》《春秋》策，皆长尺二寸；《孝经》谦，半之；《论语》八寸策，又谦焉。”王国维认为“尺二寸”当作“二尺四寸”，似乎与《论衡》所言相合。王国维并因此认为“周末以降，经书之策，皆用二尺四寸”②。

但就出土简册来看，并不与王氏所言相合。定州八角廊出土的《论语》，简长 16.2 厘米，不到汉尺八寸；阜阳汉简《诗经》简长仅汉尺一尺一二寸③。所以，李零说：“我的印象，战国简的尺寸似乎很不固定，汉初简也未必合于王氏所考。”④ 胡平生也说：

---

① 王充著、张宗祥校注、郑绍昌标点《论衡校注》，上海古籍出版社，2013 年，第 551—552 页。

② 王国维《简牍检署考》。

③ 胡平生《简牍制度新探》，《文物》2000 年第 3 期。

④ 李零《简帛古书与学术源流》，第 118 页。

“六经册使用二尺四寸简，大概要到西汉晚期以后。”① 既然《论语》用八寸简以表示经传地位不同是西汉晚期以后的事，则《论语》用短简主要还是为了“纪之约省，怀持之便”。而即使是西汉晚期以后，《论语》用八寸简，既有显示经传不同地位的因素，也有携持方便的考虑。胡平生说：“西汉中期以后，《孝经》《论语》都成为童蒙读物，简册较短小，可能有方便儿童的考虑。”② 就今本《诗经》大、小《雅》而言，《小雅》“鹿鸣之什”1 320字、“南有嘉鱼之什”1 131字、“鸿雁之什”956字、“节南山之什”2 173字、“谷风之什”1 466字、“甫田之什”1 223字、“鱼藻之什”1 244字，《大雅》“文王之什”1 704字、“生民之什”1 789字、“荡之什”3 150字，除了《小雅》“节南山之什”、《大雅》“荡之什”外，字数大体相当，且与出土简册字数多者也不相左右，则以十篇为一组对大、小《雅》分卷，也有携持方便的考虑。

三、分什之始

《诗经》分什始于何时？《诗谱》孔疏：“《南陔》下笺云：‘毛公推改什首，遂通耳。此下非孔子之旧。’则什首之目，孔子所定也。以孔子论《诗》，雅、颂各得其所，明于时有所刊定，篇卷之目，是孔子可知，故郑云‘以下非孔子之旧’，则以上是孔子旧矣。”因为孔子曾云：“吾自卫返鲁，乐正，雅颂各得其所。”（《论语·子罕》）所以郑玄认为《诗经》《雅》《颂》之什是孔子所定。

① 胡平生《简牍制度新探》，《文物》2000年第3期。

② 胡平生《简牍制度新探》，《文物》2000年第3期。

但郑玄之说并不得实。虽然孔子是否“删诗”、孔子于《诗经》究竟作了哪些整理工作，直到目前，学界仍有分歧①，但孔子之前《诗经》已经结集却是学者公认的。这由《左传·襄公二十九年》所载吴公子季札聘鲁观周乐的材料就可以说明。襄公二十九年，即公元前 544 年，而孔子生于公元前 551 年。

又《国语·楚语上》：士亹问于申叔时，叔时曰：“教之《春秋》，而为之耸善而抑恶焉，以戒劝其心；教之《世》，而为之昭明德而废幽昏焉，以休惧其动；教之《诗》，而为之导广显德，以耀明其志；教之礼，使知上下之则；教之乐，以疏其秽而镇其浮；教之《令》，使访物官；教之《语》，使明其德，而知先王之务，用明德于民也；教之《故志》，使知废兴而戒惧焉；教之《训典》，使知族类，行比义焉。”② 申叔时建议士亹教太子《诗》等科目，显然此时《诗经》已经结集，并作为贵族子弟的教材了。士亹与申叔时的对话发生在楚庄王使士亹傅太子时，而楚庄王在位时间为公元前 613 年至前 591 年。《史记·秦本纪》：缪公三十四年，戎王使由余于秦，缪公问曰：“中国以诗书礼乐法度为政，然尚时乱，今戎夷无此，何以为治，不亦难乎？”缪公三十四年即公元前

---

① 赵逵夫认为孔子调整了《国风》中《豳风》与《秦风》的顺序、调整了个别诗篇的位置、删去了个别重复而结构上不合理的段落及句子、对个别文字的错讹进行了订正。参见赵逵夫《诗的采集与〈诗经〉的成书》，《文史》2009 年第 2 辑，第 5—39 页。刘毓庆认为《大武》是孔子加入《周颂》的，孔子还对“三卫”以下的各国之风的次序作了调整。参见刘毓庆、郭万金《〈诗经〉结集历程之研究》，《文艺研究》2005 年第 5 期。吕绍纲、蔡先金认为孔子对《诗经》只是作了一般性的古籍整理而已，不可能作大的类序变动。参见吕绍纲、蔡先金《楚竹书〈孔子诗论〉“类序”辨析》，《孔子研究》2004 年第 2 期。

② 徐元诰《国语集解》，中华书局，2002 年，第 485—486 页。

625年，此时《诗经》已成为各个诸侯国施政的依据了，也应该是已经结集了。《左传·僖公二十七年》，赵衰在向晋文公推荐郤縠为三军统帅时说："臣亟闻其言矣，说礼、乐而敦《诗》《书》。《诗》《书》，义之府也；礼、乐，德之则也；德、义，利之本也。"郤縠熟悉《诗》《书》，并且成为赵衰向晋文公推荐他为三军统帅的依据，也足以说明《诗经》已经结集，并且受时人的重视。僖公二十七年即公元前633年。由上述材料，再结合春秋赋诗来看，至迟到春秋中期，《诗经》已经结集了。并且由春秋赋诗来看，在当时应该有一个相对统一的本子，否则如何交流是难以想象的，因为公卿引诗、赋诗都是"断章取义"的，甚至有时引诗仅仅指出篇名和章数，并不引诗句，如《左传·定公十年》工师驷赤对叔孙州仇说："臣之业，在《扬水》卒章之四矣。"

有的学者认为孔子对《诗经》删定，增加了二《雅》《周颂》、二《南》、三《卫》部分的诗篇①，但方玉润说："夫子反鲁在周敬王三十六年、鲁哀公十一年丁巳，时年已六十有九。若云删《诗》，当在此时。乃何以前此言《诗》皆曰'三百'，不闻有'三千'说耶?"② 则即使孔子对《诗经》有所删定，也不是增加诗篇，《诗》三百的规模显然在孔子之前就已经固定了。再按之《左传》所记载的公卿引《诗》、赋《诗》的材料，截止鲁哀公十一年，涉及的《小雅》的篇目有37篇、《大雅》有16篇，皆达到其总篇数的一半以上。若考虑到公卿引《诗》、赋《诗》侧重于阐发伦理道德、施政方略的内涵方面，这个比例应该是很高了。在"歌诗必类"的前提下，公卿引《诗》、赋《诗》自然会选择便于

---

① 刘毓庆、郭万金《〈诗经〉结集历程之研究》。

② 方玉润《诗经原始》，中华书局，1986年，第44页。

申发伦理道德、施政方略的诗篇或诗句。这也就是为什么公卿引《诗》、赋《诗》集中在大、小《雅》的缘故。《国风》主要抒发个人情绪，且多对恋爱过程中情绪体验的表露；三《颂》则主要是祭祀乐歌。而大、小《雅》诗篇多关涉王朝政治，故成为公卿引《诗》、赋《诗》的首选。也正因为这个原因，大、小《雅》中的有些诗篇或诗句，被反复引用或赋诵，如公卿引《诗》、赋《诗》涉及《大雅·文王》有 8 次，《板》6 次，《烝民》5 次，《小雅·正月》5 次等等。由春秋中期公卿引《诗》、赋《诗》所涉及的诗篇来看，《诗经》特别是大、小《雅》部分的诗篇已经基本固定。既然大、小《雅》诗篇在春秋中期已经基本固定，那么此时大、小《雅》也应该分什了。

许廷桂认为《诗》结集于周平王时[①]，刘毓庆、郭万金以及马银琴也认为在平王时《诗经》有一次编辑编辑活动[②]，而二《雅》中可以考定时代的诗篇，最晚的正是在平王时的，则以上诸家之说不能说没有道理。《小雅·十月之交》开篇曰："十月之交，朔月辛卯。日有食之，亦孔之丑。彼月而微，此日而微。"提到了日食，以及发生的时间，是可以作为此诗系年的重要线索的。古代历算家推算幽王六年辛卯朔辰时曾发生日食，故学者一般把此诗的创作时间都系在幽王六年。但据南京紫金山天文台张培瑜《中国早期的日食记录和公元前十四至十一世纪日食表》，幽王六年"朔日辛卯"的日食"稍许偏北，周都不可能看到它"，而周平王三十六年"朔日辛卯"即公元前 735 年 11 月 30 日的日食，整

① 许廷桂《〈诗经〉结集平王初年考》，《西南师范学院学报》（哲社版）1979 年第4 期。

② 刘毓庆、郭万金《〈诗经〉结集历程之研究》。马银琴《两周诗史》，社会科学文献出版社，2006 年，第 291—295 页。

个周土都可以看到，且食分很大，与诗中所言“日有食之，亦孔之丑”相合，且此次日食之前不久也发生过一次月食，也与诗中所言“彼月而微”相合[①]。

既然二《雅》中创作时代最晚的是平王时的诗篇，在平王时又有一次《诗经》的编辑活动，那么，在平王时的《诗经》编辑之后，《诗经》大、小《雅》的诗篇应该已经固定。也就是说，在平王时的《诗经》编辑之后，《小雅》七十四篇、《大雅》三十一篇的规模已经具备。既然二《雅》诗篇规模已经具备，也就有了分什的必要。

平王时《诗经》编辑之时，二《雅》可能分什，由《大雅》诗篇排列顺序也可看出端倪。虽然《诗经》诗篇并非严格按照时代顺序排列，但就《大雅》而言，自《民劳》至《召旻》的讽刺诗却是以时代先后排列，并且以作于幽王时的《瞻卬》《召旻》作结，这是非常值得注意的。自《民劳》始，《大雅》诗篇的排列次序是先为厉王时诗，即《民劳》《板》《荡》《抑》《桑柔》[②]；接着为宣王时诗，即《云汉》《崧高》《烝民》《韩奕》《江汉》《常武》[③]；最后为幽王

---

① 沈长云：《〈十月之交〉日食及相关历史问题辨析》，中国诗经学会编：《诗经国际学术研讨会论文集》，河北大学出版社，1994 年，第 181—193 页。

② 《桑柔》《民劳》《荡》《板》为厉王时作品，学界分歧较小。至于《抑》，《毛诗序》说：“卫武公刺厉王也，亦以自警也。”而据《史记·十二诸侯年表》，卫武公立于宣王十六年，卒于平王十三年，在厉王时尚幼，但诗中却说“亦聿既耄”，显然非卫武公所作。不过由诗中所反映的天命观来看，与《板》《荡》诸诗相同，即虽怨天，但对于上天仍保留着敬慎的态度，显然与《板》《荡》诸诗为同一时代的产物。参阅马银琴：《两周诗史》，第 207 页。

③ 《云汉》《崧高》《烝民》《韩奕》《江汉》《常武》为宣王诗，诗中都有明确的提示，故古今无异议。

时诗《瞻卬》《召旻》①。由这样的排列顺序，似乎也显示出二《雅》诗篇规模是在平王时的《诗经》编辑之后，才固定的。

孙作云在《论二雅》说："在《大雅》三十一篇中，约有二十几篇是周宣王朝的诗；在《小雅》七十四篇中，有四十几篇是周宣王朝的诗。在'大小雅'一百零五篇中，有百分之六十以上是周宣王朝的诗。"② 所以刘毓庆、马银琴等学者都认为在宣王时《诗经》有一次编辑活动③。孙氏之说略显武断，证据也显不足。实际，可以确定为宣王朝的诗，《小雅》中只有十一篇，即《常棣》《采薇》《出车》《杕杜》《六月》《采芑》《车攻》《吉日》《斯干》《无羊》《黍苗》④；《大雅》中也只有六篇，即《云汉》《崧高》

---

① 《瞻卬》指斥"哲妇倾城""为枭为鸱""妇有长舌，维厉之阶"，显然就褒姒而言；诗中"孔填不宁""不自我先，不自我后"等句写诗人身处乱世，故此诗非痛定思痛之作，其作于幽王时无疑。《召旻》诗言"昔先王受命，有如召公，日辟国百里。今也日蹙国百里"，所言"召公"当指宣王朝的大臣召伯虎。《大雅·江汉》"王命召虎，式辟四方"即此诗"日辟国百里"之意。诗言"民卒流亡"，而民众流亡的原因是"天笃降丧，瘨我饥馑"，并且诗中还说"泉之竭矣，胡不自中""溃溃回遹，实靖夷我邦"，显然造成社会动荡、国力削减的是天灾人祸，但并未显示出战乱的迹象，因此此诗当作于西周覆亡之前，即幽王在位期间。参阅李山《诗经的文化精神》，东方出版社，1997 年，第 222 页。

② 孙作云《诗经与周代社会研究》，中华书局，1966 年，第 345 页。

③ 刘毓庆、郭万金:《〈诗经〉结集历程之研究》。马银琴《两周诗史》，第 232—238 页。

④ 《常棣》一诗，《左传·僖公二十四年》说为召穆公所作，召穆公即召虎，当周宣王之世。《国语·周语》说为周公作。崔述《丰镐考信录》卷八由诗的内容断定此诗周公作之说不可信。参见崔述撰著、顾颉刚编订《崔东壁遗书》，上海古籍出版社，1988 年，第 257 页。杨树达依据金文材料也认为《常棣》为召穆公作。参见杨树达《积微居金文说》，上海古籍出版社，2006 年，第 417 页。《小雅·出车》中有"赫赫南仲，猃狁于襄"句，魏源《小雅 （转下页）

《烝民》《韩奕》《江汉》《常武》。但刘毓庆、马银琴等学者的说法也不是没可能。《史记·周本纪》:“宣王即位，二相辅之，修政，法文、武、成、康遗风，诸侯复宗周。”宣王远法先祖、重修礼乐。在这样的背景下，宣王时有《诗经》的编辑活动是非常可能的。因为《诗经》就是礼乐的载体。就从《诗经》本身来看，在今本《诗经》中，《常棣》为《小雅》第四篇、《采薇》为第七篇、《出车》为第八篇、《杕杜》为第九篇。如果今本《诗经》基本保持了《诗经》编辑时的原貌，那么《常棣》等的篇次，是可以说明在宣王时有《诗经》的编辑活动的。否则宣王时的诗篇就不可能排在《小雅》的前列。

如果宣王时确实有一次《诗经》的编辑活动，则此时二《雅》也可能已经分什。宣王时的诗篇，虽然可以确定的，《小雅》只有十一篇，《大雅》只有六篇。但若加上前代的乐歌，也应该达到了“简札繁重”的地步，有分什的必要。

马银琴还认为在康王、穆王时各有一次《诗经》的编辑活动。说康王时有一次《诗经》的编辑活动，主要是据今本《竹书纪年》“(康王)三年，定乐歌”的记载；说穆王时有一次《诗经》的编

(接上页) 宣王诗发微》列举七证证明南仲为宣王大臣。参见魏源《诗古微》,《续修四库全书》,第77册，上海古籍出版社，2003年，第92—93页。王国维认为《采薇》《出车》《杕杜》皆咏伐猃狁事，又结合出土青铜器铭文，证明《出车》之南仲即《大雅·常武》“王命卿士，南仲太祖”之南仲，为宣王时人。并且说:“周时用兵猃狁事，其见于书器者，大抵在宣王之世。”参见王国维《鬼方昆夷猃狁考》,《观堂集林》,中华书局，1959年，第601—603也。《出车》中有“赫赫南仲，猃狁于襄”,《采薇》中也有“靡室靡家，猃狁之故”;《采薇》中有“王事靡盬，不遑启处”,《出车》有“王事多难，维其棘矣”,《杕杜》中也有“王事靡盬，继嗣我日”,《毛诗序》也把这三首诗作为组诗来解释。那么，《采薇》《出车》《杕杜》皆为宣王时诗应该是可以确定的。至于《六月》《采芑》《车攻》《吉日》《斯干》《无羊》《黍苗》为宣王时诗，古今学者异议不大。

辑活动，主要据《管子·小匡》“昔吾先王昭王、穆王，世法文武之远迹……比缀以书”的记载[①]。实际证据都不是很充分。退一步讲，即使在康王、穆王时各有一次《诗经》的编辑活动，就马银琴所论来看，康王时对周初仪式乐歌进行整理时，涉及二《雅》的，只有《大雅·绵》《文王》《大明》《思齐》《下武》几篇，不具备分什的条件；产生于穆王时二《雅》作品有《大雅·棫朴》《文王有声》《灵台》《皇矣》《生民》《行苇》《既醉》《凫鹥》诸篇，加上产生于周初的《大雅》作品，则穆王时对《诗经》编辑，也不具备分什的条件。因而，《诗经》的分什，最早只可能在宣王时。

① 马银琴《两周诗史》，第142—144、184—192页。

《鲁诗》《毛诗》篇次异同原因考辨

古人非常重视《诗经》篇次的问题，认为诗篇的排列顺序蕴含着深意，因而解说《诗经》时往往从诗篇的排列顺序方面申发，对《毛诗》的篇次问题也时有涉及，不过所论多出于推测，没有坚实的依据。阜阳汉简《诗经》公布后，有学者以之与《毛诗》对比谈《诗经》篇次问题，但却是疑似之词①。2001年末，《上海博物馆藏战国楚竹书》（一）出版，其中有《孔子诗论》一篇，引起了学者极大兴趣。有的学者在对竹书简序进行讨论时也涉及了《诗经》的篇次问题，但由于上博简为劫馀之物，简编散乱，而《孔子诗论》也非依序论诗，则其所论也难免推论

此文原刊于《孔子研究》2016年第1期。

① 胡平生、韩自强据有些简背面的墨迹，说阜阳汉简《诗经》的次序可能与《毛诗》不同，但又指出也可能是“简编曾被扰动，原来的次序已经被打乱”。胡平生、韩自强《阜阳汉简〈诗经〉简论》，胡平生、韩自强《阜阳汉简〈诗经〉研究》，上海古籍出版社，1985年，第31—35页。

多于实证[1]。实际，熹平石经《鲁诗》篇次与《毛诗》有同有异，应该是我们分析《诗经》篇次问题的可靠资料，但自罗振玉、马衡以来，学者对《鲁诗》《毛诗》的篇次歧异虽有关注，但缺乏深入的分析。

据马衡先生《汉石经集存》[2]，《郑风》，《鲁诗》《女曰鸡鸣》在《羔裘》之前，而《毛诗》则《女曰鸡鸣》与《有女同车》相次。《小雅》，《鲁诗》《吉日》与《白驹》相次，而《毛诗》在《吉日》之后有《鸿雁》《庭燎》《沔水》《鹤鸣》《祈父》五篇，而后才是《白驹》；《鲁诗》《大田》《瞻彼洛矣》《湛露》相次，而《毛诗》《湛露》在《大田》《瞻彼洛矣》之前，且中间相隔三十七篇；《鲁诗》《裳裳者华》与《蓼萧》相次，而《毛诗》《蓼萧》在《裳裳者华》之前，且两者相距甚

① 濮茅左认为篇名组合是种细分类，而《孔子诗论》只有《颂》《大雅》《小雅》《邦风》以及“邶”等，因而认为今本《诗经》不是《诗》的原形。濮茅左《〈孔子诗论〉简序解析》，上海大学古代文明研究中心、清华大学思想文化研究所编《上海馆藏战国楚竹书研究》，上海书店出版社，2002年，第9—50页。曹建国把《孔子诗论》《左传》季札观周乐的记载与今本《诗经》比较，得出“今本《诗经》编成于汉初”的结论。曹建国《出土文献与先秦〈诗〉学研究》，复旦大学2004年博士论文，第209页。

② 马衡《汉石经集存》，科学出版社，1957年。为避免文烦，下引此书材料不再一一注明。又，王竹林、许景元认为《鲁诗》《小雅·苕之华》《雨无正》相次，应该出于误断。二人释所见残石正面文字为：“三/居·莫/可使怨及/沮谋藏不”，认为“三”是《苕之华》“三星在罶”残字。王竹林、许景元《洛阳近年出土的汉石经》，《中原文物》1988年第2期，第16—20、99页。但就所提供的拓片来看，“三”字只存右边的起头的部分，很难说就是“三”字。实际，更可能是“我”字，是《十月之交》末章“我不敢效我友自逸”的前一个“我”字，依照字数排列，算上《十月之交》的尾题，完全吻合。再则《汉石经集存》六四：“予不臧礼/由人其/弗图”，显示的篇目为《十月之交》《雨无正》，则说熹平石经《鲁诗》《苕之华》《雨无正》相次显然是误断。

远；《鲁诗》《彤弓》与《宾之初筵》相次，但《毛诗》《彤弓》在“南有嘉鱼之什”，《宾之初筵》在“甫田之什”，二者也相隔甚远。《大雅》，《鲁诗》《旱麓》《灵台》《思齐》《皇矣》相次，《毛诗》的次序为《旱麓》《思齐》《皇矣》《灵台》，二者显然不同；《鲁诗》《生民》《既醉》《凫鹥》《民劳》相次，而《毛诗》《生民》既与《既醉》《凫鹥》中间隔《行苇》，《既醉》《凫鹥》又与《民劳》中间隔《假乐》《公刘》《泂酌》《卷阿》；《鲁诗》《韩奕》《公刘》相次，而《毛诗》《公刘》在“生民之什”、《韩奕》在“荡之什”，两篇相距甚远；《鲁诗》《桑柔》《瞻卬》《假乐》相次，而《毛诗》《桑柔》《瞻卬》皆在《假乐》之后，《假乐》与《桑柔》之间隔七篇，《桑柔》与《瞻卬》之间隔六篇。《鲁诗》《毛诗》篇次上存在如此多的不同，是什么原因造成的呢？

一、汉初经师并非不知《诗经》篇次

许多学者对《诗经》解释时，认为《毛诗》篇次错乱，是因为遭秦始皇焚书坑儒，经师不知其次第所造成的。《诗谱·郑谱》《正义》认为《郑风·清人》为刺文公之诗，当处《郑风》之末，但烂脱失次，厕于庄公诗内。又引郑玄答赵商：“诗本无文字，后人不能尽得其弟，录者直录其义而已。”《毛诗序》于《小雅·十月之交》《雨无正》《小旻》《小宛》皆说“大夫刺幽王”，但郑玄以为以上四篇是厉王时诗，错入幽王时诗篇中，所以《十月之交》孔《疏》曰：“今《韩诗》亦在此者，诗体本是歌颂，口相传授，遭秦灭学之后，众儒不知其次。”胡承珙认为《毛诗》《邶风·日月》《绿衣》《终风》当在《燕燕》之前，说：“《诗》经秦火后，倒乱失次。”① 林义光说：“六经当残缺之后，编次随先儒之记忆，固不可以为年代之先后。如《载驰》后于《定之方中》，《新台》后于《旄丘》，讵以年代为次序邪？则亦勿疑此诗（《秦风·无衣》）之连《黄鸟》而先《渭阳》矣。”② 诸家所说似不无道理。秦始皇于公元前213年下令焚书、禁语《诗》《书》，而“挟书律”直到汉惠帝四年（前190）才解除，《诗经》的传播受到很大影响，直接导致了没有《诗经》写本传到汉代，所以《汉书·艺文志》说：“凡三百五篇，遭秦而全者，以其讽诵，不独在竹帛故也。”郑玄答张逸也说“诗本无文字”。由于经师各凭记忆讽诵，不清楚诗篇的次第，这样就造成了篇次的错乱。《鲁诗》《毛诗》篇次的诸多歧异，似乎可以作为这种说法的一个佐证。

但如果我们结合《鲁诗》《毛诗》篇次相同者来看，说汉初经师不知《诗经》篇次的说法就未必站得住脚。就上引各家所论诗篇来说，《汉石经集存》三十二：“士与女/衣廿”；三十三：“赠之以/十三章二”。都是《溱洧》与《郑风》尾题相连，则《鲁诗》《郑风》的最后一篇也是《溱洧》，与《毛诗》相同。《小雅·十月之交》《雨无正》《小旻》《小宛》四篇，孔颖达说“《韩诗》亦在此”，也就是说《韩诗》这四篇也在《正月》《小弁》之间，与《毛诗》完全相同。而考《汉石经集存》，《鲁诗》《节南山》《正月》相次，《十月之交》《雨无正》《小旻》《小宛》《小弁》《巧言》相次，也是与《毛诗》相同的。胡承珙认为《毛诗》《邶风·日月》《绿衣》《终风》都应当在《燕燕》之前，但据《汉石经集存》，《鲁诗》这几篇的次序是《绿衣》《燕燕》《日月》《终风》，

① 胡承珙《毛诗后笺》，黄山书社，1999年，第148页。
② 林义光《诗经通解》，中西书局，2012年，第143页。

与《毛诗》完全相同。林义光认为《毛诗》《鄘风·载驰》后于《定之方中》、《新台》后于《旄丘》，都是失次，并认为《秦风·无衣》应该连《黄鸟》而先《渭阳》。《鲁诗》《鄘风》篇次无考。而《黄鸟》与《晨风》相连，也与《毛诗》相同。在从整体上看，熹平石经《鲁诗》篇次可考者203处，其中与今本《毛诗》相同者192处，歧异者只有11处。显然，《鲁诗》《毛诗》篇次绝大多数是相同的。那么，以为汉儒不知《诗经》篇次就很难说通。

《鲁诗》《毛诗》创始人的师承并不相同。《鲁诗》创始人申培学《诗》于浮丘伯，而浮丘伯又为荀子的学生，《汉书·楚元传》《儒林传》有明确的记载。陆玑《毛诗草木虫鱼鸟兽疏》有荀子授毛亨《诗》的说法，实际并不可靠，是不断增饰的结果①，刘毓庆也认为荀子所用《诗》本与《毛诗》不是一个系统，二者解《诗》也不属于同一体系，《毛诗》解说与荀子同者，是《毛诗》对荀子解《诗》材料的汲取，并不能表明二者存在师承关系②。再则，《鲁诗》《毛诗》在汉初在不同区域传播。《史记·孟子荀卿列传》："齐人或谗荀卿，荀卿乃适楚，而春申君以为兰陵令。春申君死而荀卿废，因家兰陵……因葬兰陵。"而据王葆玹考证，兰陵本是鲁国的次室邑，战国晚期，鲁国被楚国吞并，变成了楚国的兰陵县③，则荀子晚年主要在鲁地活动。浮丘伯虽然是齐人，但在秦汉之际也主要活动于鲁地。《汉书·艺文志》："汉兴，高祖过鲁，申公以弟子从师入见于鲁南宫。"此师应该是浮丘伯。由此

① 赵茂林《由"笙诗"看〈毛诗序〉的完成时间》，《南京师范大学文学院学报》2011年第1期。

② 刘毓庆、郭万金《从文学到经学——先秦两汉诗经学史论》，华东师范大学出版社，2009年，第425、141页。

③ 王葆玹《今古文经学新论》，中国社会科学出版社，1997年，第85页。

可知浮丘伯主要在鲁地活动。据《汉书·楚元王传》，浮丘伯在高后时至长安，“楚元王遣子郢与申公俱卒学”，但已是“挟书律”废除之后了。而《毛诗》的创始人主要活动在赵地。《汉书·儒林传》：“毛公，赵人也。治《诗》，为河间献王博士”。汉代的河间国在战国时属于赵国。《鲁诗》《毛诗》创始人师承不同，二者又在不同的地域传播，要说《鲁诗》《毛诗》传人不清楚《诗经》篇次，《鲁诗》《毛诗》就不可能绝大多数的篇次都相同。

进一步说，《鲁诗》《毛诗》不仅绝大多数篇次相同，而且绝大多数的章次、章数也是相同的。熹平石经《鲁诗》每诗每章后都会以“其一”“其二”等注明章次，即使诗篇只有一章，也会注以“其一”的字样。其章次可考者有46条，其中43条所注章次都与《毛诗》相同，如《汉石经集存》九：“于林之下其三”，注明了《邶风·击鼓》第三章的章次，而《毛诗》《击鼓》的第三章结句正是“于林之下”；《汉石经集存》六十三：“我后其八”，注明了《小雅·小弁》第八章的章次，而《毛诗》《小弁》第八章的结句为“遑恤我后”，与《鲁诗》相同；上海博物馆藏两块未见著录的熹平石经《鲁诗》残石甲石背面：“征以中垢其十二”①，“征以中垢”为《大雅·桑柔》十二章的结句，与《毛诗》相同；《汉石经集存》一百三十二：“一惟女”，“一”为“其一”的残文，“惟女”为《商颂·殷武》第二章首句“惟女荆楚”的残文，与《毛诗》也相同。而在不同者的3条中，有一条看起来不同，实际还是相同的。《汉石经集存》三十八：“常其二鸨羽”，标注的是《唐风·鸨羽》的章次，“常”应该为“曷其有常”的残文，但“曷其有常”为《毛诗》《鸨羽》第三章也就是末章的结句。《鲁诗》《毛诗》看起来不同，但马衡先生说：

① 范邦瑾《两块未见著录的〈熹平石经·诗〉残石的校释及缀接》，《文物》1986年第5期。

“此石既复出，字又不类，如黍字，石经皆作禾下木，此独作黍。又其二应是其三之误，均不无疑窦。罗氏据魏志王肃传注引魏略：‘黄初元年之后，补旧石碑之缺坏’之语，谓此石为黄初补刻，信然。”① 这样，真正不同只有 2 条。《汉石经集存》九：“微式微胡不归微君之故胡为乎中路其二”，但《毛诗》《邶风·式微》在第一章。《汉石经集存》四十二：“我良人/仲行惟”，为《秦风·黄鸟》诗句，马衡先生说：“第三行‘子车仲行’，依字数排比，应在第三章，知《鲁诗》此篇二章与三章互易也。”②

熹平石经《鲁诗》每诗后著录章数、各章句数，与《毛诗》体例相同。其诗篇尾题可考者 25 条，都与《毛诗》同，其中比较完整的如《汉石经集存》三十七：“陟岵三章章六句”，标识的是《魏风·陟岵》的章数、句数；《汉石经集存》一百二十一：“良耜一章廿三”，标识的是《周颂·良耜》的章数、句数；上海博物馆藏两块未见著录的熹平石经《鲁诗》残石乙石正面：“南山十章六章”，标识的是《小雅·节南山》的章数、句数。《鲁诗》《毛诗》章次、章数绝大多数都相同，也进一步说明《鲁诗》《毛诗》篇次的歧异并非秦始皇焚书坑儒、经师失其次第造成的。

二、《鲁诗》《毛诗》创始人不会为了阐释体系改动《诗经》篇次

《鲁诗》《毛诗》篇次的歧异既然不是创始人不清楚《诗经》的篇次造成的，那么会不会是因为创始人出于阐释体系的建立，有意调整造成的呢？

---

① 《汉石经集存》，第 7 页右。
② 《汉石经集存》，第 7 页左。

郑玄《诗谱·小大雅谱》说《毛诗》《十月之交》《雨无正》《小旻》《小宛》四诗是“汉兴之初，师移其第”，又在《小雅·十月之交》《序》下说：“当为刺厉王。作《诂训传》时移其篇第，因改之耳。”则郑玄认为毛公作《故训传》时移动了《十月之交》等四篇的篇次，《诗谱》《正义》解释移动的原因说：“《六月》之诗自说多陈小雅正经废缺之事，而下句言‘小雅尽废，则四夷交侵，中国微矣’，则谓《六月》者，‘宣王北伐’之诗，当承《菁菁者莪》后，故下此四篇，使次《正月》之诗也。”“毛公必移之者，以宣王征伐四夷，兴复小雅，而不继小雅正经之后，颇为不次，故移之，见小雅废而更兴，中国衰而复盛，亦大儒所以示法也。据此《六月》之序，若其上本无厉王四篇之诗，则《六月》自承正经之美，无为陈其废缺矣。明于其中蹑衰乱之王故也，是以郑于《十月之交》笺检而属焉。”按照孔颖达的分析，《十月之交》等四篇本在《菁菁者莪》后、《六月》之前，毛公为了彰显宣王中兴之功，把宣王诗前移，而把《十月之交》等四篇后移动，以明周朝衰乱之迹。孔颖达的分析似乎很有道理，但郑玄认为毛公移动《十月之交》等四篇，只是猜测。前已经说明《鲁诗》《韩诗》《十月之交》等四篇的位置都与《毛诗》相同，说毛公为了明周朝得失之迹而移动《十月之交》等四篇则不可信。而郑玄说《十月之交》等四篇为讽刺厉王的诗也不正确。《十月之交》开篇：“十月之交，朔月辛卯。日有食之，亦孔之丑。”提到了日食，以及发生的时间，提到了日食，以及发生的时间，古代历算家推算幽王六年辛卯朔辰时曾发生日食，故学者一般把此诗的创作时间都系在幽王六年。但据南京紫金山天文台张培瑜《中国早期的日食记录和公元前十四至十一世纪日食表》，幽王六年“朔日辛卯”的日食“稍许偏北，周都不可能看到它”，而周平王三十六年“朔日辛卯”即公元前735年11月30日的日食，整个周土都可以看到，且食分很大，与诗中所言“日有食之，亦孔之丑”相合，且此次日食之前不久也发生过一次月食，也与诗中所言“彼月而微”相合①。由于《十月之交》是平王时的作品，那么，郑玄因为认为《十月之交》等四篇为厉王时诗，而说毛公移动诗篇次第也就失去了立论的基础。

郑玄还说毛公“既移文，改其目”，也就是说毛公不仅移动《十月之交》等四篇的位置，还把《十月之交》等四篇的《序》文也改了。此说亦无据。关于《毛诗序》的作者，郑玄一人就有几种不同的说法，或以为是孔子亲裁，或以为是子夏所作，或以为是子夏、毛公合作等等②，便文论说，哪里还有什么定见？毛公不仅没有作《序》、补《序》，更不可能改《序》。从《序》《传》关系看，二者语句类似的有45例，内容相近的有138篇，如此多的义近语近的诗篇，足以说明毛公是“依《序》作《传》”③，而非作《序》、补《序》、改《序》。

《毛诗》以“正变”说诗，以为作于盛世的为“正风”“正雅”，作于衰世的为“变风”“变雅”。于是把二《南》中的诗都看作文王、武王时的作品，目之为“正风”；把《邶风》等十三《国风》中的作品看作衰世之作，目之为“变风”。以《小雅》前十六篇为文王、武王、成王时的作品，目之为“正小雅”；把《菁菁者莪》以下的作品看作衰世之作，为“变小雅”。以《大雅》前十八篇为文王、武王、成王时的作品，为“正大雅”，《卷阿》以下为

---

① 沈长云《〈十月之交〉日食及相关历史问题辨析》，中国诗经学会编《诗经国际学术研讨会论文集》，河北大学出版社，1994年，第181—193页。

② 赵茂林《由“笙诗”看〈毛诗序〉的完成时间》。

③ 陈奂《诗毛氏传疏·序》，北京市中国书店，1984年。

衰世之作，为“变大雅”。由于《诗经》中的诗篇并非完全按照时代先后来排列，其解说也难免牵强附会，关于此，前人多有论述。就具体诗篇来说，如《召南·何彼襛矣》描绘了齐侯之女出嫁时车辆服饰的侈丽。出嫁女子的身份，诗中有明确的说明：“平王之孙，齐侯之子。”由于《毛诗》已经认定二《南》都是文王、武王时诗，只能曲为解说，《毛诗序》：“美王姬也。虽则王姬亦下嫁于诸侯，车服不系其夫，下王后一等，犹执妇道，以成肃雍之德也。”《毛传》：“平，正也。武王女，文王孙，适齐侯之子。”但如此解释既与《诗经》句法不合，也与历史事实相左。马瑞辰说：“《诗》中凡叠句言为某之某者，皆指一人言，未有分指两人者。如《硕人》诗‘齐侯之子，卫侯之妻，东宫之妹，邢侯之姨’，言庄姜也；《韩奕》诗‘汾王之甥，蹶父之子’，言韩姞也；《闷宫》诗‘周公之孙，庄公之子’，言僖公也；正与此诗句法相类，不应此诗独以‘平王之孙’指王姬，‘齐侯之子’为齐侯子，娶王姬也。”① 从《诗经》的句法方面指出了《毛诗序》《毛传》的错误。姚际恒则主要从事实角度分析《毛诗序》《毛传》的不可信：“武王娶太公望之女谓邑姜，则武王女与太公之子为甥舅，恐不宜婚姻……武王元女降胡公，若依媵礼，则其娣宜媵陈，不当又嫁齐。”②

《郑风·将仲子》表现恋爱中的女子在舆论压力下的矛盾心理。就诗文而言，很难确定其创作年代，但《毛诗》认定《将仲子》的前一首《缁衣》为赞美郑武公的诗，就把其看作讽刺郑武

① 马瑞辰《毛诗传笺通释》，中华书局，1989 年，第 101 页。

② 姚际恒《诗经通论》，《续修四库全书》，第 62 册，上海古籍出版社，2003 年，第40 页。

公儿子庄公的诗，《毛诗序》说："刺庄公也。不胜其母，以害其弟。弟叔失道而公弗制，祭仲谏而公弗听，小不忍以致大乱焉。"《毛诗》附会庄公与其弟共叔段的历史事实，实际与诗的语气并不吻合，崔述于《读风偶识》中说："庄公方假仁义以欺人，将使人谓我不负弟而弟负我，今乃自谓不敢爱弟，少自顾惜者不肯出是语，而谓庄公肯言之乎？此为勉强牵合，无待问者。"① 诗中的"仲子"，是女子的恋人，当时女子多以男子的排行称所爱的男子，但《毛传》解释为"祭仲"，也是配合《序》说的曲解。

《小雅·采薇》《出车》《杕杜》皆为宣王时的作品，由于其在《毛诗》所谓的"正小雅"中，所以《毛诗》把三篇都看作文王时的诗，《毛诗序》："遣戍役也。文王之时，西有昆夷之患，北有猃狁之难。以天子之命，命将率遣戍役，以守卫中国。故歌《采薇》以遣之，《出车》以劳还，《杕杜》以勤归也。"从语言风格看，《采薇》等三诗与周初作品不类，即崔述《丰镐考信录》所说不"似盛世之音"。而说"以天子之命，命将率遣戍役"，只因《出车》中"王命南仲，往城于方""天子命我，城彼朔方"等语。但文王当商纣之时，商王尚在，其大臣何能称之为"天子"？《毛传》解释"王命南仲"的"王"为"殷王"，意者天子是指殷纣。但诗明言天子命南仲，按照《毛诗》的解释就成了文王以天子之命，命南仲遣戍役了。显然迂曲难通。又《采薇》："靡室靡家，猃狁之故。不遑启居，猃狁之故。"《出车》："赫赫南仲，猃狁于襄。"都指出所谓的戍役是征伐猃狁，王国维《鬼方昆夷猃狁考》说："《出车》咏南仲伐猃狁之事，南仲亦见《大雅·常武》篇……今焦山所藏《鄦惠鼎》云'司徒南中入右鄦惠'，其器称'九月既望

① 崔述《崔东壁遗书》，上海古籍出版社，1983年，第554页。

甲戌'，有月日而无年，无由知其为何时之器。然文字不类周初，而与《召伯虎敦》相似，则南仲自是宣王时人，《出车》亦宣王时诗也。征之古器，则凡纪猃狁事者，亦皆宣王时器……周时用兵猃狁事，其见于书器者，大抵在宣王之世，而宣王以后即不见有猃狁事。"①

《小雅·楚茨》《节南山》都是周王祭祀先祖的乐歌，《甫田》为周王祭祀土地神、四方神和农神的乐歌，《大田》为周王祭祀田祖而祈年的乐歌，《瞻彼洛矣》是诸侯赞美周天子之辞，《裳裳者华》为周天子赞美诸侯之辞，《桑扈》为周王宴会诸侯之诗，《鸳鸯》为祝贺贵族新婚之诗，《頍弁》写周王宴会兄弟亲戚，《车舝》是诗人在迎娶新娘的途中所赋，但《毛诗序》皆目之为讽刺幽王之作，并且多缀以"君子思古""君子伤今思古""思古明王"等语，之所以如此解释，只因为此十篇处其所谓的"变小雅"之中，所以朱熹批评说："自此篇（《楚茨》）至《车舝》凡十篇……词气和平，称述详雅，无风刺之意。《序》以其在变《雅》中，故皆以为伤今思古之作，诗固有如此者，然不应十篇相属，而绝无一言以见衰世之意也。"②

以上诸例说明，《毛诗序》作者以及毛公不会为了阐释体系的严密而移动诗篇的次第。如果他们可以移动诗篇的次第，就不会有意曲解诗句、牵强附会历史事件，甚至为了使本来没有讽刺意味的诗，能够配合其阐释体系，而以伤今思古的思路来解之了。

《毛诗》学者不会因为照顾自己的阐释体系而有意改动诗篇次

① 王国维《观堂集林》，中华书局，1959年，第601—603页。

② 朱熹《诗序辨说》，《续修四库全书》，第56册，上海古籍出版社，2003年，第279页。

序，那么，《鲁诗》《毛诗》篇次的不同，会不会是因为《鲁诗》学者有意改动而造成的呢?《鲁诗》有“四始”说，应该有其阐释体系，但由于资料散佚比较严重，其阐释体系的具体情形如何却难以明了。不过，由汉代学者对《诗经》的态度来看，《鲁诗》学者也不可能有意改动《诗经》的篇次。汉代学者一般认为《诗经》是由孔子编订的，诗篇的次序也是孔子排列的。《史记·孔子世家》:“古者诗三千馀篇，及至孔子，去其重，取可施于礼义，上采契后稷，中述殷周之盛，至幽厉之缺……三百五篇孔子皆弦歌之，以求合韶武雅颂之音。”不仅说明了《诗经》是孔子编订的，而且还指出了孔子编订《诗经》的原则。《汉书·艺文志》:“孔子纯取周诗，上采殷，下取鲁，凡三百五篇”。也说《诗经》是由孔子编订的。班固《两都赋·序》:“皋陶歌虞，奚斯颂鲁，同见采于孔氏，列于《诗》《书》，其义一也。”① “奚斯颂鲁”，是说鲁公子奚斯作了《鲁颂·閟宫》;“见采于孔氏”，是说被孔子编入《诗经》。《史记·儒林列传·序》:“孔子闵王路废而邪道兴，于是论次《诗》《书》，修起礼乐。”“论次”即论定次第之意，就是说诗篇的次序是孔子排列的。相同的说法也见于《汉书·儒林传》，孔子“于是叙《书》则断《尧典》，称乐则法《韶舞》，论《诗》则首《周南》”。这儿的“论”即《史记》的“论次”， “首《周南》”正说的是孔子对《诗经》篇次的安排。《汉书·匡衡传》匡衡上书说:“臣又闻之师曰:‘妃匹之际，生民之始，万福之原。’婚姻之礼正，然后品物遂而天命全。孔子论《诗》以《关雎》为始……”所说之意与《汉书·儒林传》相同，而匡衡是西汉《齐诗》学派的一位重要学者，他的说法更能代表三家《诗》学者对

① 萧统编、李善注《文选》，上海古籍出版社，1986 年，第 3 页。

《诗经》的态度。《诗经》是由孔子编订的，诗篇的次序也是由孔子排列的，具有神圣性，因而《鲁诗》学者也不可能出于阐释体系的建立而有意改动《诗经》的篇次的。

三、《鲁诗》《毛诗》篇次的歧异是在传抄中造成的

《鲁诗》《毛诗》篇次的歧异，既不是汉初经师不知《诗经》篇次所致，也不是鲁、毛学者有意改动所致，那么，会不会是传抄所致的呢？因为在纸张使用之前，简札的错乱也是古籍传播中普遍存在的情况。正因为如此，有些学者在谈论《毛诗》篇次时，就从简编错乱的方面着眼。《诗谱・豳谱》《正义》："计此七篇之作，《七月》在先，《鸱鸮》次之。今《鸱鸮》次于《七月》，得其序矣。《伐柯》《九罭》与《鸱鸮》同年，《东山》之作在《破斧》之后，当于《鸱鸮》之下次《伐柯》《九罭》《破斧》《东山》，然后终以《狼跋》。今皆颠倒不次者，张融以为简札误编，或者次诗不以作之先后。"则郑玄的学生张融已经认为《毛诗》《豳风》失次，是简编错乱所致。《诗谱・王城谱》《正义》："《兔爰序》云桓王，则本在《葛藟》之下，但简札换处，失其次耳。"孔颖达认为《王风・兔爰》本在《葛藟》之下，现在《葛藟》之上，也是简编错乱所致。而前引朱熹《诗序辨妄》对《小雅・楚茨》等十篇的讨论中，也怀疑《楚茨》等十篇为"正小雅"，而"错脱在此"。

次处暂且不谈诸家所说失次，只是依照《毛诗》的"正变"、世次观念作出的判断，并不正确。而就《毛诗》的传播而言，虽然在景帝前元二年（前155）至中元五年（前145）间，河间献王曾立《毛诗》博士，平帝元始五年（5）《毛诗》也曾一度立于学

官，但其主要在民间传播，则其传播中篇次错乱也是有可能的。而《鲁诗》创始人申公虽在文帝时已被任命为博士，但直到建元五年（前136）武帝才置《五经》博士，而《鲁诗》之立学官更在武帝元朔五年（前124）为博士置弟子之后①，而到东汉更有“私行金货，定兰台漆书经字，以合其私文”的做法，则其传播中篇次的错乱也是有可能的。不过，《鲁诗》《毛诗》篇次的不同，是在汉代的传抄的过程中造成的，还是传承了先秦不同的《诗》本而形成的，却难以明了。

《鲁诗》《毛诗》在汉代的传播中存在简札错乱的可能，而《诗经》在先秦的传播中，更存在这种可能。据《左传·襄公二十九年》吴公子季札聘鲁观周乐的记载，《诗经》最迟在春秋后期已经编成，但进入战国时期，七国争雄，各自为政，周天子失去了天下共主的地位。另一方面，礼崩乐坏，聘问歌咏不行于列国，《诗经》由春秋时期的以乐用为主转向以义用为主，所以诸子往往引用《诗》句说理证事。而就诸子引用《诗》句来看，往往与今本《毛诗》有异文，甚至显示出不同的章次。《墨子·尚同中》引《小雅·皇皇者华》，先引第四章，后引第三章，很可能所据《诗》本《皇皇者华》与《毛诗》章次不同。所以朱东润先生猜测说：“墨家所见之诗，与孔子所见之诗，本不相同，是则今日所传之诗三百五篇，其祖本乃有儒、墨两家之不同，甚至在此两祖本以外复有其他之本，亦未可知”② 即使儒家所据《诗》本，在传播过程中也存在着分化。孔子以《诗》《书》、礼、乐教弟子，但由

① 赵茂林《汉代四家〈诗〉命名考》，《学术论坛》2010年第9期；人大复印报刊资料《中国古代、近代文学研究》2011年第2期。

② 朱东润《诗三百篇探故》，上海古籍出版社，1981年，第77页。

《论语》《礼记·檀弓》可以看出，孔子死后，子张、子游、子夏、曾子等大弟子，已经彼此指责讥刺，各不相下。而把子思一派的《礼记·中庸》《表记》《坊记》《缁衣》《大学》，公孙尼子的《乐记》，曾子一派的《孝经》《大戴礼记》所录“曾子”十篇引《诗》相互比较，也是有异文的。把《孟子》引《诗》与以上诸篇相较以及与《荀子》相较，也都存在异文[①]。章次的异同、异文的存在虽然不能说明各家所据《诗》本篇次异同的问题，但最起码可以说明在《诗经》编辑成书后，传播中变异情况的存在。

而就《鲁诗》《毛诗》篇次相异者来看，《毛诗》《小雅·蓼萧》《湛露》《彤弓》相次，而《鲁诗》《裳裳者华》与《蓼萧》相次；《甫田》《大田》《瞻彼洛矣》《湛露》相次；《彤弓》与《宾之初筵》相次。是《鲁诗》失次呢，还是《毛诗》简编呢？《诗经》编辑的目的在于礼乐之用，所以用在同一典礼场合或为同一典礼创作的诗篇，往往排在一起，这在《雅》《颂》尤其如此。

《蓼萧》表现诸侯朝见天子的喜悦情绪，《湛露》表现天子宴会诸侯的情形，《彤弓》表现周王赏赐有功诸侯的情形，三篇相连，正好反映了一个完整的典礼过程，故胡承珙说：“此篇（《蓼萧》）为诸侯朝见天子，下篇《湛露》乃与之燕饮，《彤弓》乃加之锡赉，序次井然。”[②] 证之《左传》，更能说明《蓼萧》《湛露》《彤弓》本来就是相次的。《文公四年》：“卫宁武子来聘，公与之宴，为赋《湛露》及《彤弓》。不辞，又不答赋。使行人私焉。对曰：‘臣以为肄业及之也。昔诸侯朝正于王，王宴乐之，于是乎赋《湛露》，则天子当阳，诸侯用命也。诸侯敌王所忾，而献其功，

---

① 赵茂林《两汉三家〈诗〉研究》，巴蜀书社，2006 年，第 121—130 页。

② 胡承珙《毛诗后笺》，第 823 页。

王于是乎赐之彤弓一、彤矢百、弓矢千，以觉报宴。今陪臣来继旧好，君辱贶之，其敢干大礼以自取戾?’”由宁武子的话来看，当时的《诗》本，很可能《湛露》《彤弓》相连，与《毛诗》合。进一步说，《毛诗》《瞻彼洛矣》《裳裳者华》相次，《瞻彼洛矣》为诸侯赞美周王之作，《裳裳者华》为周王赞美诸侯之作，很可能是同一典礼场合的应答之作，所以朱熹解释《裳裳者华》说："此天子美诸侯，盖以答《瞻彼洛矣》也。"① 如此看来，《鲁诗》《裳裳者华》与《蓼萧》相次，《瞻彼洛矣》《湛露》相次，《彤弓》与《宾之初筵》相次，皆为失次。

但这仅是问题的一个方面，另一方面也有证据显示，《鲁诗》《毛诗》篇次的不同，可能是《毛诗》失次。《左传·隐公三年》记载周、郑交恶，君子评价说："苟有明信，涧谿沼沚之毛，蘋蘩蕰藻之菜，筐筥锜釜之器，潢污行潦之水，可荐于鬼神，可羞于王公。而况君子结二国之信，行之以礼，又焉用质?《风》有《采蘩》《采蘋》，《雅》有《行苇》《泂酌》，昭忠信也。"据《仪礼·乡饮酒礼》，合乐则《鹊巢》《采蘩》《采蘋》连奏，则"君子"所见《诗》本很可能《行苇》《泂酌》是相次的。而《毛诗》《行苇》次《生民》之后，《既醉》之前，而后为《凫鹥》《假乐》《公刘》，然后才是《泂酌》，而《鲁诗》《生民》之后接《既醉》，而后为《凫鹥》，再接《民劳》《板》《荡》《抑》，《假乐》在《桑柔》《瞻卬》后，《公刘》在《韩奕》后，《行苇》与《泂酌》的篇次虽不可考，但很有可能二篇相次。如此，则为《毛诗》失次。

除了上述，《鲁诗》与《毛诗》其他的篇次歧异之处却很难看出，究竟是哪一家失次，也就难以断定哪一家传承的《诗》本更

---

① 朱熹《诗集传》，上海古籍出版社，1958年，第159页。

接近先秦《诗》本的原貌。而就《鲁诗》《毛诗》篇次相同者来看，也有传承先秦篇第失次之旧者。《左传·宣公十二年》楚子曰："非尔所知也。夫文，止戈为武。武王克商，作《颂》曰：'载戢干戈，载櫜弓矢。我求懿德，肆于时夏，允王保之。'又作《武》，其卒章曰：'耆定尔功。'其三曰：'铺时绎思，我徂求定。'其六曰：'绥万邦，屡丰年。'夫武，禁暴、戢兵、保大、定功、安民、和众、丰财者也。故使子孙无忘其章。"由楚子所说，我们知道大《武》乐的第三章为《赉》，第六章为《桓》。如果按照马瑞辰的说法，"卒"为"首"之误①，则《武》为大《武》乐第一章。但在《毛诗》中，《武》为《周颂》第二十篇，《桓》为第二十九篇，《赉》为第三十篇。《武》在《鲁诗》中的篇次虽不可考，但熹平石经《鲁诗》却是《丝衣》《酌》《桓》《赉》《般》相次，与《毛诗》相同。也就是说《鲁诗》《毛诗》大《武》乐的篇次与先秦《诗》本不同。《武》《赉》《桓》既为大《武》乐乐章，自然应该编次在一起，次序也应该是大《武》乐的次序，《鲁诗》《毛诗》《桓》居《赉》前，应该是承袭先秦篇第失次之旧。

四、《诗经》在先秦的传播既有稳定的一面也有变异的一面

《诗经》在先秦的传播有变异的一面，更有稳定的一面。《仪礼·乡饮酒礼》："工歌《鹿鸣》《四牡》《皇皇者华》。"《国语·鲁语下》：叔孙穆子聘于晋，晋悼公飨之，金奏《肆夏》之三，不拜。工歌《文王》之三，又不拜。歌《鹿鸣》之三，三拜。晋侯使行

① 马瑞辰《毛诗传笺通释》，第1089页。

人问之，对曰："夫先乐金奏《肆夏》《樊遏》《渠》，天子所以飨元侯也；夫歌《文王》《大明》《绵》，则两君相见之乐也。皆昭令德以合好也，皆非使臣之所敢闻也。臣以为肄业及之，故不敢拜。今伶箫咏歌及《鹿鸣》之三，君之所以贶史臣，臣敢不拜贶？夫《鹿鸣》，君之所以嘉先君之好也，敢不拜嘉？《四牡》，君之所以章使臣之勤也，敢不拜章？《皇皇者华》，君教使臣曰'每怀靡及'，诹、谋、度、询，必咨于周。敢不拜教？"①《鲁诗》《毛诗》《大雅》都是《文王》《大明》《绵》相连。《毛诗》《小雅》《鹿鸣》《四牡》《皇皇者华》正相连。《鲁诗》《四牡》《皇皇者华》篇次无考，但由《鲁诗》《小雅》首篇也是《鹿鸣》推测，其篇次很可能与《仪礼》《左传》相同。由《仪礼》《国语》到《鲁诗》《毛诗》，显然《鹿鸣》《四牡》《皇皇者华》以及《文王》《大明》《绵》的次第是稳定的。

《仪礼·乡饮酒礼》："乃间歌《鱼丽》，笙《由庚》；歌《南有嘉鱼》，笙《崇丘》；歌《南山有台》，笙《由仪》。"其中《由庚》《崇丘》《由仪》皆有声无辞，则《诗经》原本《鱼丽》《南有嘉鱼》《南山有台》相次，而《毛诗》也正好此三篇相次。《鲁诗》《鱼丽》篇次无考，熹平石经《鲁诗》残石也是《南有嘉鱼》《南山有台》相次的。

《乡饮酒礼》："乃合乐，《周南》：《关雎》《葛覃》《卷耳》，《召南》：《鹊巢》《采蘩》《采蘋》。"《毛诗》《周南·关雎》《葛覃》《卷耳》相连。《鲁诗》《葛覃》篇次无考，但《鲁诗》首篇也是《关雎》，且熹平石经《鲁诗》残石《卷耳》与《樛木》相连，很可能也与《仪礼》同。至于《召南》，《毛诗》《草虫》在《采蘋》前，

① 徐元诰《国语集解》，中华书局，2002年，第178页。

熹平石经《鲁诗》残石也是《鹊巢》《采蘩》《草虫》相连。《毛诗》《鲁诗》《召南》篇次看起来与《仪礼》不同，但《仪礼》所述次第应该是《诗经》修订前的一种次第。在《诗经》修订完成后，其结构还是基本稳定的，按之《孔子诗论》，更能说明这个问题。《孔子诗论》虽然整体上不是按照诗篇的次第来评论，但也有个别地方可以确定是按照诗篇次第来评论的，如第八简："《十月》善諀言。《雨无政》《节南山》，皆言上之衰也，王公耻之。《小旻》多疑，言不中志者也。《小宛》其言不恶，少有仁焉。《小弁》《巧言》，则言谗人之害也。《伐木》……"①《十月》即《十月之交》。这儿评论这几首诗次序与《毛诗》《鲁诗》篇次完全相同。

结合《诗经》的诗句结构、篇名更能说明这个问题。美国学者柯马丁对马王堆帛书《五行》、郭店简《五行》《缁衣》和上博简《缁衣》引《诗》进行分析，指出《诗经》"早在公元前四世纪就以高度稳定的形态传播"②。黄人二先生也对《论语》《墨子》《左传》《国语》《仪礼》《周礼》《礼记》《大戴礼记》《孟子》《荀子》《晏子春秋》《管子》《庄子》《韩非子》《吕氏春秋》《战国策》等引《诗》、论《诗》分析，指出其引《诗》与篇名基本上呈稳定

---

① 马承源主编《上海博物馆藏楚竹书》（一），上海古籍出版社，2001 年，第 136 页。释文用宽体。"宛"的校读据周凤五说，见周著《〈孔子诗论〉新释文及注解》，《上海馆藏战国楚竹书研究》，第 152—172 页。"仁"的校读据何琳仪说，见何著《沪简〈诗论〉选释》，《上海馆藏战国楚竹书研究》，第 243—249 页。"谗人"的校读据姜广辉说，见姜著《古〈诗序〉的编连、释读与定位研究》，姜广辉主编《中国经学思想史》，中国社会科学出版社，2003 年，第 479—511 页。

② 柯马丁《出土文献与文化记忆——〈诗经〉早期历史研究》，姜广辉主编《经学今诠四编》，辽宁教育出版社，2004 年，第 111—158 页。

状态①。

正是因为《诗经》在先秦的传播中有稳定的一面，也有变异的一面，所以《鲁诗》《毛诗》篇次有同有异；而整体来看，稳定胜于变异，所以《鲁诗》《毛诗》的篇次相同大于歧异。

① 黄人二《从上海博物馆藏〈孔子诗论〉简之〈诗经〉篇名论其性质》，《上海馆藏战国楚竹书研究》，第 74—92 页。

《毛诗》与三家《诗》篇义异同原因析论

关于《毛诗》与三家《诗》篇义异同的原因，虽然学者谈论具体诗篇的主旨或《毛诗序》的解释思路等问题时有所涉及，但尚未有专门的论述。而学者对《毛诗》与三家《诗》的异同问题，往往更重视其相异的一面，而对其相同的一面重视不足，更不要说把其异同结合起来考察。由于偏于一隅，也就不能解释出《毛诗》与三家《诗》的异同的复杂原因，更不能对汉代四家《诗》异同有较为准确的认识。

一、师承不同并不能完全说明《毛诗》与三家《诗》篇义异同的原因

清代一些学者认为《毛诗》与三家《诗》对诗篇解释不同是因为四家《诗》师承不同，且《毛诗》得孔门真传。陈奂在谈到《毛诗》与三家《诗》对《周南·关雎》的不同解释时说："三家

《诗》别有师承，不若《毛诗》之得其正也。”① 胡承珙说到《小雅·北山》《毛诗序》与《孟子》释诗相合时也说：“毛公遭秦灭学，而独与《孟子》合，其源流断非三家能及矣。”② 四家《诗》师承不同，是事实；但说《毛诗》得孔门真传、渊源更古，则是依据陆玑之说，而陆玑之说并不可信③。

而就《北山》来说，《毛诗序》固然与《孟子》相同，但《盐铁论》引大夫说《诗》也与《孟子》相同。《盐铁论》大夫所说应该出自三家，而不可能来自《毛诗》。因为《毛诗》当时辟在河间，且研习的人很少。《盐铁论·地广篇》大夫曰：“《诗》云：‘莫非王事，而我独劳。’刺不均也。”④《孟子·万章上》咸丘蒙曰：“‘普天之下，莫非王土。率土之滨，莫非王臣。’而舜既为天子矣，敢问瞽瞍之非臣如何?”孟子曰：“是诗也，非是之谓也。劳于王事，而不得养父母也。曰：‘此莫非王事，我独贤劳也。’”二者虽然引用诗句不同，但孟子说“此莫非王事，我独贤劳也”，正为解“莫非王事，而我独劳”二句；且孟子所言正是“刺不均”之意。实际，《毛诗序》《盐铁论》都是用孟子，因而由《毛诗序》与《孟子》相合并不能说明《毛诗》就比三家《诗》渊源更古。而《毛诗序》说“大夫刺幽王也。役使不均，己劳于从事，而不得养其父母焉。”姚际恒以为“大夫刺幽王”并不符合诗意，他说：“此为士者所作以怨大夫也，故曰‘偕偕士子’，曰‘大夫不

① 陈奂《诗毛氏传疏》卷一，北京市中国书店，1984 年。

② 胡承珙《毛诗后笺》，黄山书社，1999 年，第 1061 页。

③ 赵茂林《由“笙诗”看〈毛诗序〉的完成时间》，《南京师范大学文学院学报》2011 年第 1 期。

④ 桓宽《盐铁论》，第 18 页，《诸子集成》，第八册，上海书店出版社，1986 年。

均’，有明文矣。”① 而《关雎》一诗，《毛诗》以为是歌颂后妃之德的，而《鲁诗》以为是刺周康王后失德的，《韩诗》则以为是刺人君沉于女色的。由《毛诗》把《关雎》看作美诗，鲁、韩把其看作刺诗，也不能说明《毛诗》就得孔门真传。

另一方面，也有学者面对《毛诗》与三家《诗》不同的解释，认为三家《诗》渊源有自。《小雅·采薇》，《毛诗序》：“遣戍役也。文王之时，西有昆夷之患，北有玁狁之难。以天子之命，命将率遣戍役，以守卫中国。”而《史记·周本纪》说：“懿王之时，王室遂衰，诗人作刺。”《汉书·匈奴传》也说：“至穆王之孙懿王时，王室遂衰，戎狄交侵，暴虐中国。中国被其苦，诗人始作，疾而歌之，曰‘靡室靡家，猃允之故’；‘岂不日戒，猃允孔棘’。”所引诗句正见于《采薇》。《汉书·古今人表》：“懿王，穆王子，诗作。”显然，对于《采薇》所反映的时代，《毛诗》与《史记》《汉书》看法不同。《毛诗》认为在文王时，而《史记》《汉书》认为在懿王时。对于《毛诗》与《史记》《汉书》不同，崔述认为《毛诗》说不可信，《丰镐考信录》卷六：“今玩其词，但有伤感之情，绝无慰藉之语，非惟不似盛世之音，亦无一言及天子之命者，正与《史》《汉》之言相符。然则齐、鲁说此篇者必有所传而然，非妄撰也。”② 崔述认为司马迁用《鲁诗》、班固用《齐诗》，故说“齐、鲁说此篇者必有所传而然”。

实际，仅仅用师承不同并不能完全解释清楚《毛诗》与三家《诗》篇义理解的异同；以《毛诗》更古或三家《诗》更有渊源，

---

① 姚际恒《诗经通论》，《续修四库全书》，第 62 册，第 125 页，上海古籍出版社，2003 年。

② 崔述撰著、顾颉刚编订《崔东壁遗书》，上海古籍出版社，1981 年，第 234 页。

也不能说明《毛诗》与三家《诗》对诗篇的解释哪一家更符合诗意。《毛诗》与三家《诗》在诗篇的理解上固然有许多不同，但也有不少相同。除了上述对《北山》的解释，《毛诗》与《盐铁论》相同外，《周南·螽斯》，毛、韩都以为是表现后妃有不妒忌之德的；《召南·行露》，毛、鲁、韩都认为是表现女子拒婚的；《邶风·二子乘舟》，毛、鲁都以为表现卫宣公二子争死之事的；《鄘风·蝃蝀》，毛、韩都以为是刺淫奔之作；《魏风·硕鼠》，毛、鲁都以为刺重敛之作；《唐风·蟋蟀》，毛、齐都认为是刺俭不中礼之作；《秦风·渭阳》，毛、鲁、韩皆认为是秦康公为太子时送其舅晋文公而作；《桧风·匪风》，毛、韩都以为伤今思古之作；《曹风·蜉蝣》，毛与《汉书》都认为是曹昭公时的作品；《小雅·常棣》，毛、韩都以为燕兄弟，闵管、蔡失道之作；《大雅·行苇》，毛、鲁、韩都以为是表现公刘仁慈之德的；《周颂·有客》，毛与《白虎通》都认为表现了微子朝周的事实。

而就《毛诗》与三家《诗》对篇义理解不同的来看，其中也不乏异中有同的情况，上举《关雎》，《毛诗》认为是美诗，鲁、韩认为是刺诗，毛与鲁、韩看起来不同，但都把《关雎》一诗系之于帝王婚姻，与王朝的兴衰联系起来。《关雎》之外，《邶风·燕燕》，《毛诗》以为是表现卫庄姜送归妾的，而《鲁诗》则认为卫定姜送其子妇而作。二者认定的抒情主人公不同，但都认为送妇大归之作。《邶风·式微》，《毛诗》以为黎侯寓于卫，其臣劝其归国；而《鲁诗》认为是黎庄夫人不见答于其夫，其傅母与她问答而作诗。二者所关合到的情事迥然不同，但都与黎国之事联系起来。《小雅·宾之初筵》，《毛诗》认为是卫武公刺幽王之作，而《韩诗》认为是卫武公饮酒悔过之作。二者所述卫武公作诗的意图不同，但都认为是卫武公所作。

显然，用师承不同虽然可以解释《毛诗》与三家《诗》对诗篇理解不同的原因，却没办法说明《毛诗》与三家《诗》的篇义大量相同的原因，更不能说明《毛诗》与三家《诗》解释中异中有同的情况。

二、《毛诗》与三家《诗》材料来源有同有异

胡承珙因为《毛诗》解释《北山》与《孟子》释《诗》相合，就认为《毛诗》渊源更古，自然不正确。实际，《毛诗》《盐铁论》解释《北山》与《孟子》释《诗》相合，只能说明四家《诗》对先秦说《诗》材料的继承。由于《毛诗》与三家《诗》对先秦说《诗》材料都有所继承，所以有时材料来源相同，二者的说法就相同或接近；有时材料来源不同，二者说法就相异。《召南·甘棠》，《毛诗序》："美召伯也。召伯之教，明于南国。"《毛传》："召伯听男女之讼，不重烦劳百姓，止舍小棠之下而听断焉。国人被其德、说其化，思其人，敬其树。"①《汉书·王吉传》吉上疏谏昌邑王曰："昔召公述职，当民事时，舍于棠下而听断焉。是时，人皆得其所，后世思其仁恩，至乎不伐甘棠，《甘棠》之诗是也。"王吉为《韩诗》学者。其他《说苑·贵德篇》《法言·先知篇》《白虎通义·封公侯篇》及《巡守篇》等所言皆同于王吉，为三家说。《毛诗》与三家《诗》对《甘棠》的解释相同。而认为《甘棠》歌

① 今《毛诗正义》在"茇，草舍也"前有"笺云"二字，但《正义》曰："定本、《集注》于注内并无'笺云'。"则定本、《集注》本以"茇，草舍也"以下四十一字并为《传》文，段玉裁、陈奂皆认为定本、《集注》本为是，今从之。

颂召公之德可能是先秦比较普遍的看法。《左传》记载公卿引《诗》、赋《诗》多涉及《甘棠》：定九年引诗而释之云："思其人，犹爱其树。"襄十四年晋士鞅曰："武子之德在民，如周人之思召公焉，爱其甘棠。"昭二年晋韩宣子来聘，既享宴于季氏，有嘉树焉，宣子誉之，武子曰："宿敢不封殖此树，以无忘角弓。"遂赋《甘棠》。宣子曰："起不堪也，无以及召公。"皆以《甘棠》歌颂召公之德。《孔子诗论》："《甘棠》之褒"（第十简），"【思】及其人，敬爱其树，其褒厚矣。《甘棠》之爱，以邵公"（第十五简）①。也与《左传》释诗相同。并且"思其人，敬爱其树"可能还是谈论《甘棠》时比较惯用的说法，故《左传》《孔子诗论》《毛传》、王吉释诗、刘歆庙议等皆用之。但《甘棠》不见得就是歌颂周初的召公奭的，程俊英、蒋见元指出在《诗经》中称召公奭为召公，称宣王时的召伯虎为召伯，没有例外，《甘棠》中的"召伯"也应该是指召伯虎②。傅斯年先生从西周史、五等爵、《诗经》前后篇章对比等方面，也认为《诗经》中的"召伯"都是召伯虎，而不是召公奭③。

《小雅·蓼莪》，《毛诗序》："刺幽王也。民劳苦，孝子不得终养尔。"《后汉书·陈忠传》：忠上疏曰："……周室陵迟，礼制不序，《蓼莪》之人作诗自伤曰：'瓶之罄矣，惟罍之耻。'言己不得终竟子道者，亦上之耻也。"陈忠之说本之三家，则《毛诗》与三家《诗》对《蓼莪》的解释也是相同的。而把《蓼莪》看作孝子之诗，也可能是先秦时期比较普遍的看法，故《孔子诗论》有

---

① 马承源主编《上海博物馆藏楚竹书》（一），上海古籍出版社，2001 年，第 139、144 页。释文用宽体，下同。

② 程俊英、蒋见元《诗经注析》，中华书局，1991 年，第 38 页。

③ 季旭升《诗经古义新证》，学苑出版社，2001 年，第 19 页。

“《蓼莪》有孝志”（第二十六简）[1] 之语。《小雅·鹤鸣》，《毛诗序》：“诲宣王也。”诲宣王什么，《毛传》作了解答：“举贤用滞，则可以治国。”《后汉书·杨赐传》赐对书曰：“惟陛下慎经典之诫，图变复之道，斥远佞巧之臣，速征鹤鸣之士，内亲张仲，外任山甫，断绝尺一，抑止槃游，留思庶政，无敢怠遑。”杨赐用何《诗》虽然史无明文，但其上封事曰：“康王一朝晏起，《关雎》见机而作。”用《鲁诗》说。则“速征鹤鸣之士”也可能是《鲁诗》的说法。那么，《鲁诗》以此诗为求贤，与《毛诗》相同。而毛、鲁都据《荀子》而言。《荀子·儒效篇》：“故君子务修其内而让之于外，务积德于身而处之以遵道，如是，则贵名起如日月，天下应之如雷霆。故曰：君子隐而显，微而明，辞让而胜。《诗》曰：‘鹤鸣于九皋，声闻于天。’此之谓也。”[2] 实际，荀子引《鹤鸣》中的诗句只是用来说明君子修身养德可以声名远播之意，并不是说《鹤鸣》就是求隐士的诗。

其他如《鄘风·干旄》，毛、韩皆以为是美好善之诗，依据《左传·定公九年》释诗之语。《秦风·黄鸟》，《毛诗》《史记·秦本纪》皆认为是哀三良的诗，《左传·文公六年》有明确的说明。《豳风·鸱鸮》，《毛诗》《史记》都认为是周公赠成王之诗，依据《尚书·金滕》。《小雅·常棣》，毛、韩皆以为燕兄弟，闵管、蔡失道之作，依据《国语·周语》。《小雅·大东》，《毛诗》与《潜夫论》都认为是谭大夫告哀之作，可能得自相传古义。《小雅·无将大车》，毛、韩皆以为大夫后悔推荐小人，据《荀子·大略篇》引《诗》。《大雅·灵台》，毛、鲁、韩皆以为表现了文王的仁德，

---

① 《上海博物馆藏楚竹书》（一），第 156 页。

② 王先谦《荀子集解》，中华书局，1988 年，第 128 页。

据《孟子·梁惠王上》孟子释《诗》之语。《大雅·桑柔》,《毛诗》《潜夫论》都以为是芮良夫刺幽王之作,据《左传·文公元年》的说法。

就《毛诗》与三家《诗》篇义解释不同的来看,有些是因为资料来源不同所致,《邶风·柏舟》,《毛诗序》:“言仁而不遇。卫倾公之时,仁人不遇,小人在侧。”应该依据《孟子》引《诗》。《孟子·尽心下》孟子曰:“《诗》云:‘忧心悄悄,愠于群小。’孔子也。”陈奂:“《孟子》引《诗》正与此序文‘仁人不遇,小人在侧’合。”[①] 则《毛诗序》依据《孟子》引《诗》为说。《列女传·贞顺篇》说是卫寡夫人自誓不嫁之作。《潜夫论·断讼篇》也说:“贞女不二心以数变,故有匪石之诗。”[②] 则《列女传·贞顺篇》所言可能是《鲁诗》之说。《鲁诗》之说依据的材料显然与《毛诗》不同。

《卫风·硕人》,《毛诗序》:“闵庄姜也。庄公惑于嬖妾,使骄上僭。庄姜贤而不答,终以无子,国人闵而忧之。”依据《左传》。《左传·隐公三年》:“卫庄公娶于东宫得臣之妹,曰庄姜,美而无子,卫人所为赋《硕人》也。”而《列女传·母仪篇》说是庄姜傅母砥砺庄姜而作,显然与《毛诗》依据的材料不同。

《桧风·匪风》,《毛诗序》:“大夫以道去其君也。国小而迫,君不用道,好洁其衣服,逍遥游燕,而不能自强于政治,故作是诗也。”《潜夫论·志姓氏篇》:“会在河伊之间,其君骄贪啬俭,灭爵损禄,群臣卑让,上下不合,诗人忧之,故作《羔裘》,闵其

① 陈奂《诗毛氏传疏》卷三。

② 王符《潜夫论》,第 97 页,《诸子集成》,第八册,上海书店出版社,1986 年。

痛悼也。”① 王符所言是《鲁诗》的说法，而《鲁诗》实际依据《逸周书》。《逸周书·史记解》：“昔有郐君啬俭，灭爵损禄，群臣卑让，上下不临，后□小弱，禁罚不行，重氏伐之，郐君灭之。”②

《周颂·丝衣》，《毛诗序》先说“绎宾尸也”，又引高子曰：“灵星之尸也。”陈奂以为《毛诗》引高子之说是“博异闻”③。也就是说在《毛诗序》的作者作《序》时，关于《丝衣》至少有两种解释，《毛诗序》作者采用了“绎宾尸”的说法，并且把另一种说法也征引出来。而《鲁诗》恰采用后一说。《通典》卷四十四引刘向《五经通义》：“灵星为立尸，故云‘丝衣其紑，会弁俅俅’，《传》言王者祭灵星公尸所服之衣也。”④

三、四家《诗》皆以政教解《诗》，而《毛诗》比三家《诗》有更浓厚的政教色彩

当然以资料来源的异同，也并不能完全说明《毛诗》和三家《诗》篇义解释异同的原因。有时《毛诗》与三家《诗》都依据相同的资料，但释《诗》仍有差异。《小雅·小弁》，《毛诗》系之周幽王太子宜臼，《毛诗序》说：“刺幽王也。大子之傅作焉。”《毛传》：“幽王取申女，生大子宜咎。又说褒姒生子伯服，立以为后，而放宜咎，将杀之。”而三家《诗》则系之尹吉甫之子伯奇。尹吉甫信后妻之谗而放逐孝子伯奇，伯奇感伤其无罪见逐而作《小

① 王符《潜夫论》，第174页。
② 黄怀信《逸周书校补注译》，西北大学出版社，1996年，第377页。
③ 陈奂《诗毛氏传疏》卷二十八。
④ 杜佑《通典》，中华书局，1988年，第1240页。

弁》。《汉书·冯奉世传赞》:“伯奇放流,孟子宫刑,申生雉经,屈原赴湘,《小弁》之诗作,《离骚》之辞兴。”类似的说法还见于《汉书·景十三王传》《易林》《论衡·书虚篇》《后汉书·黄琼传》赵岐《孟子章句》等,皆为三家之说。《毛诗》与三家之说不同,但都依据《孟子》。《孟子·告子下》:“《小弁》之怨,亲亲也。亲亲,仁也。”又说:“《小弁》,亲之过大者也。亲之过大而不怨,是愈疏也。”实际,孟子所说比较概括,亲之所怨是什么,亲之大过是什么,都没有说明。《毛诗》与三家《诗》都以为亲之大过是父亲放逐儿子,亲之怨是儿子怨恨父亲,并且寻找历史故事来加以落实。

《商颂·那》,《毛诗序》:“祀成汤也。微子至于戴公,其间礼乐废坏。有正考甫者,得《商颂》十二篇于周之大师,以《那》为首。”意者《商颂》是殷商时期的旧歌。而《史记·宋微子世家》太史公曰:“襄公之时,修行仁义,欲为盟主。其大夫正考父美之,故追道契、汤、高宗,殷所以兴,作《商颂》。”《集解》:“《韩诗·商颂章句》亦美襄公。”又《后汉书·曹褒传》李贤注引《韩诗》曰:“正考父,孔子之先也。作《商颂》十二篇。”则三家《诗》认为《商颂》为春秋时期宋国的作品。《毛诗》与三家的不同说法,引发了《商颂》是“商诗”还是“宋诗”的长久争论,至今尚无定论。实际,《毛诗》与三家都依据《国语》而言。《国语·周语下》闵马父曰:“昔正考父校商之名《颂》十二篇于周大师,以《那》为首。”①

《毛诗》把《小弁》一诗系之周幽王太子宜臼,三家《诗》则系之尹吉甫之子伯奇,后人以为《毛诗》比较符合孟子之意,故

---

① 徐元诰《国语集解》,中华书局,2002年,第205页。

多采《毛诗》之说。胡承珙引刘氏《诗益》曰：“孟子‘亲之过大’一语，可断为幽王太子宜臼之诗。盖太子者，国之根本。国本动摇，则社稷随之而亡，故曰‘亲之过大’。若在寻常放子，则己之被谗见逐，祸止一身，其父之过与《凯风》‘七子’之母不安其室等耳，何得云‘亲之过大’哉?”① 实际《毛诗》把《小弁》系之周幽王太子宜臼，和其解《诗》思路有关。《毛诗》释《诗》总是要与国家的兴衰治乱、政治教化联系起来。关于此前人多有论述，无需赘言。而三家《诗》释《诗》也往往从兴衰治乱、政治教化的角度切入，与《毛诗》同一思致。故对有些诗篇的解释，四家《诗》完全相同或非常接近。《周南·螽斯》是一首祝人子孙众多的诗，但《毛诗序》说：“后妃子孙众多也。言若螽斯不妒忌，则子孙众多。”《御览》卷一百三十七引《续汉书》顺烈梁皇后曰：“阳以博施为德，阴以不专为义。盖诗人螽斯之福，则百斯男之祚所由兴也。”②《续汉书》《后汉书·皇后纪》并言梁皇后治《韩诗》。王先谦说：“此引《螽斯》诗即韩说，而云‘阴以不专为义’，知韩言‘后妃不妒忌’与毛同。”③ 由于毛、韩皆附会政治教化，就只能说《螽斯》是表现后妃不妒忌之德的了。

《大雅·抑》，《毛诗序》：“卫武公刺厉王也，亦以自警也。”《毛诗正义》引《韩诗翼要》：曰：“卫武公刺王室亦以自戒。行年九十有五，犹使人日诵是诗而不离于其侧。”毛、韩依据《国语》为说。《国语·楚语下》：“昔卫武公年数九十有五矣，犹箴儆于国，曰：‘自卿以下至于师长士，苟在朝者，无谓我耄而舍我，必

---

① 胡承珙《毛诗后笺》，第1001页。

② 李昉《太平御览》，第二册，第323页，河北教育出版社，1994年。

③ 王先谦《诗三家义集疏》，中华书局，1989年，第35页。

恭恪于朝，朝夕以交戒我……’于是乎作《懿》诗以自儆也。”① “抑”“懿”通。但《国语》只说卫武公“作《懿》以自儆”，而《毛诗》说“卫武公刺厉王”、《韩诗》说“卫武公刺王室”，都加入了政治教化的内容。

当然，比较起来《毛诗》比三家《诗》有更浓厚政治教化色彩。《周南·汉广》，《毛诗序》：“德广所及也。文王之道被于南国，美化行乎江汉之域，无思犯礼，求而不可得也。”把女子不回应男子的追求说成是“无思犯礼”，并且认为女子“无思犯礼”是“文王之道被于南国”的结果。但《汉广》仅仅表现了男子追求女子而不得的情绪，至于女子如何，诗中并无一语涉及。显然，《毛诗》为了与文王的教化联系起来，不惜穿凿。而《文选》卷三十四曹植《七启》李善注引《韩诗序》说：“《汉广》，悦人也。”② 只是明确了《汉广》是一篇关于爱情的诗。《韩诗》又以郑交甫于汉水边遇二神女的故事来解说《汉广》，也只是以人神殊途来表现诗中可望而不可即的情绪。

《郑风·出其东门》，《毛诗序》：“闵乱也。公子五争，兵革不息，男女相弃，民人思保其室家焉。”认为诗表现了“民人思保其室家”的意愿，之所以有这种意愿，是因为郑国有“男女相弃”的风气，而“男女相弃”风气的形成则在于“公子五争，兵革不息”的政治现实，故认为是一首“闵乱”的诗。其实，《出其东门》表现一位男子对爱情的忠贞，《毛诗序》说“民人思保其室家”，多少还是揭示了诗意，但说“兵革不息”“男女相弃”等等，只是为了把诗篇与郑国的兴衰治乱联系起来，故方玉润批评说：

① 徐元诰《国语集解》，第501—502页。

② 萧统《文选》，上海古籍出版社，1986年，第1584页。

“诗方细咏太平游览，绝无干戈扰攘、男奔女窜气象，《序》言无当经固已。”①《汉书·地理志》：郑国“山居谷汲，男女亟聚会，故其俗淫。《郑诗》曰：‘出其东门，有女如云。’”这可能是三家《诗》的说法，虽然也牵扯到伦理道德，但并没有与郑国的兴衰联系起来。

《小雅·宾之初筵》，《毛诗序》：“卫武公刺时也。幽王荒废，媟近小人，饮酒无度。天下化之，君臣上下沉湎淫液。武公既入，而作是诗也。”《后汉书·孔融传》“卫武之《初筵》”李贤注引《韩诗》曰：“《宾之初筵》，卫武公饮酒悔过也。”《宾之初筵》阐述君臣饮酒应该有节度、有令仪，《毛诗》《韩诗》都认为卫武公所作，可能据相传古义，也都涉及饮酒不节的问题。但《韩诗》仅就卫武公个人的修养而言，而《毛诗》更联系到了王朝政治，比《韩诗》有更浓厚的政治教化色彩。

其他如《周南·汝坟》，《毛诗》以为因为“文王之化行乎汝坟之国”，故“妇人能闵其君子”，《韩诗》却以为表现了大夫为了奉养父母，不得已而出仕。《邶风·柏舟》，《毛诗》以为表现了卫顷公之时“仁人不遇，小人在侧”的事实，与卫国的政治兴衰联系起来，而《列女传》仅仅认为表现了卫寡夫人守一不更嫁之德。《郑风·溱洧》，《毛诗》认为讽刺郑国兵革不息、淫风大行，而《韩诗》与郑国风俗结合，仅仅揭示了诗中所表现的是男女互悦之情，并没有从政治的兴衰治乱方面解说。《唐风·蟋蟀》，《毛诗》与三家《诗》都以为讽刺“俭不中礼”，但《毛诗序》系之晋僖公，与晋国政治联系起来；三家《诗》则系之君子，与君子的修为相联系。《大雅·公刘》，《毛诗》认为是召康美公刘而戒成王，

① 方玉润《诗经原始》，中华书局，1986年，第223页。

与王朝政治联系起来，而《史记·周本纪》仅说周人歌乐思公刘之德。

四、《毛诗》与三家《诗》对《诗经》的整体看法有同有异

《毛诗》与三家《诗》都认为《诗经》是经过孔子删订的，包含着孔子的“微言大义”，故《毛诗序》说：“先王以是经夫妇，成孝敬，厚人伦，美教化，移风俗。”是说《诗经》有移风易俗的作用。又说：“上以风化下，下以风刺上，主文而谲谏，言之者无罪，闻之者足以戒，故曰风。”把《国风》限定为王者施行教化的工具与臣民劝谏执政者的工具。“雅者，正也，言王政之所由废兴也。”认为二《雅》反映了政治兴衰之迹，是可以作为政者的参考工具的。而三家《诗》也有类似的看法，据《汉书·儒林传》，《鲁诗》学者王式为昌邑王师，昌邑王被霍光迎立进京，因行淫乱被废，式系狱当死，治事使者责问曰：“师何以亡谏书?”式对曰：“臣以《诗》三百五篇朝夕授王。至于忠臣孝子之篇，未尝不为王反复诵之也；至于危亡失道之君，未尝不流涕为王深陈之也。臣以三百五篇谏，是以亡谏书。”使者以闻，得以减死论。则王式认为《诗经》中有不少关于忠臣孝子、危亡失道之君的作品，是可以作为修身正己之用的。《韩诗外传》卷二：“子夏读《诗》已毕。夫子问曰：‘尔亦何大于《诗》矣?’子夏对曰：‘《诗》之于事也，昭昭乎若日月之光明，燎燎乎如星辰之错行，上有尧舜之道，下有三王之义。’”① 所谓“尧舜之道”“三王之义”，也就是修身正

① 屈守元《韩诗外传笺疏》，巴蜀书社，1996 年，第 211 页。

己之道、治世安民之义。《汉书·翼奉传》奉上疏曰：“《易》有阴阳，《诗》有五际，《春秋》有灾异，皆列终始，推得失，考天心，以言王道之安危。”翼奉为《齐诗》学者，他也认为《诗经》中包含了兴衰治乱之理。由于认为《诗经》中包含着政治兴衰、忠臣孝子之理，所以四家《诗》在解释诗篇时都从伦理道德、政治兴衰的角度来解说。

但对于《诗经》的创作时代，《毛诗》与三家《诗》的认识并不一致。《毛诗》认为《诗经》中既有盛世之作，也有衰世之作，故其有“正变”说，《毛诗序》说：“至于王道衰，礼义废，政教失，国异政，家殊俗，而变风、变雅作矣。”虽只是说到了“变风”“变雅”，但有“正风”“正雅”不言而喻，所以后人就加以明确。而三家《诗》则认为《诗经》是周朝衰败后的作品。《史记·十二诸侯年表》：“周道缺，诗人本之衽席，《关雎》作。仁义陵迟，《鹿鸣》刺焉。”《儒林列传·序》：“周室衰而《关雎》作。”《盐铁论·诏圣》御史曰：“故奸萌而《甫刑》作，王道衰而《诗》刺彰，诸侯暴而《春秋》讥。”① 皆为三家《诗》的观点。《论衡·谢短篇》说：“问《诗》家曰：‘《诗》作何帝王也。’彼将曰：‘周衰而《诗》作，盖康王时也。’”②“《诗》家”说即三家《诗》的说法。

由于认定的《诗经》的创作时代不同，故对具体诗篇的解释多有不同。《召南·何彼襛矣》描写齐侯之女出嫁时车马服饰的盛丽，关于出嫁女子的身份，诗中有明确的说明：“平王之孙，齐侯之子。”但《毛诗序》说：“美王姬也。虽则王姬亦下嫁于诸侯，

---

① 桓宽《盐铁论》，第60页。

② 刘盼遂《论衡校释》，中华书局，1990年，第562页。

车服不系其夫，下王后一等，犹执妇道，以成肃雍之德也。”以出嫁者为周王之女。《毛传》解释“平王之孙，齐侯之子”说：“平，正也。武王女，文王孙，适齐侯之子。”实际，诗中的“平王”就指周平王，出嫁者为齐侯之女，周平王的外孙女。《仪礼·士昏礼》贾《疏》：“《诗》注以为王姬嫁时自乘其车，《箴膏肓》以为齐侯嫁女，乘其母王姬始嫁时车送之。不同者彼取三家《诗》，故与《毛诗》异也。”三家《诗》的解释是正确的。《毛诗》之所以曲解“平王之孙，齐侯之子”，是与其对二《南》的整体看法有关。《毛诗序》：“然则《关雎》《麟趾》之化，王者之风，故系之周公。《鹊巢》《驺虞》之德，诸侯之风也，先王之所以教，故系之召公。”把《周南》《召南》都看作表现文王之教化的诗，故就把“平王之孙”解释为文王孙。

《邶风·柏舟》，《毛诗》认为表现了卫顷公之时仁人不遇、小人在侧的事实，《易林》的说法与《毛诗》接近。《易林·屯之乾》：“泛泛柏舟，流行不休。耿耿寤寐，心怀大忧。仁不逢时，复隐穷居。”①《易林》训诗中“耿耿不寐，如有隐忧”之“隐”为“大”，与《毛传》训“痛”不同，应该不是本于《毛诗》，而是本于三家《诗》。就《易林》所言来看，并没有系之卫顷公。《毛诗》系之卫顷公，朱熹认为不可信，并加以批评：“盖其偶见此诗冠于三《卫》变风之首，是以求之春秋之前，而《史记》所书庄、桓以上卫之诸君皆无可考者，谥亦无甚恶者，独顷公有赂王请命之事，其谥又为甄心动惧之名，如汉诸侯王必其尝以罪谪，然后加以此谥，以是意其必有弃贤用佞之失，

① 邓球柏《白话焦氏易林》，岳麓书社，1996 年，第 67 页。

而遂以此诗予之。”[①]《毛诗》把二《南》之外的《国风》各个部分都视为“变风”，所以就把《邶风·柏舟》系之卫顷公。

类似的处理也表现在对二《雅》的解释中，《小雅·出车》，《毛诗》以为是文王慰劳凯旋的将帅之作，故《毛传》解释诗中的“王命南仲，往城于方”说：“王，殷王也。南仲，文王之属。”但《汉书·匈奴传》：“至懿王曾孙宣王，兴师命将以征伐之，诗人美大其功，曰：‘薄伐猃狁，至于太原’‘出车彭彭’‘城彼朔方’。是时四夷宾服，称为中兴。”“薄伐猃狁，至于太原”“出舆彭彭”“城彼朔方”即《出车》中的句子。《汉书·古今人表》亦次南仲周宣王世。则班固认为《出车》为宣王时的作品，应该来自三家。王国维《鬼方昆夷玁狁考》：“《出车》咏南仲伐玁狁之事，南仲亦见《大雅·常武篇》……今焦山所藏《鄦惠鼎》云‘司徒南中入右鄦惠’，其器称‘九月既望甲戌’，有月日而无年，无由知其为何时之器。然文字不类周初，而与《召伯虎敦》相似，则南仲自是宣王时人，《出车》亦宣王时诗也。征之古器，则凡纪玁狁事者，亦皆宣王时器……周时用兵玁狁事，其见于书器者，大抵在宣王之世，而宣王以后即不见有玁狁事。”[②] 则三家说更符合历史。而《毛诗》之所以认定《出车》为文王时的作品，主要认为《小雅》中《六月》之前的作品为“正小雅”，是盛世作品。

上举《毛诗》与三家《诗》对《商颂》创作时期的不同说法，也与四家《诗》对《颂》诗的整体看法有关。《毛诗序》：“颂者，

---

① 朱熹《诗序辨说》，《续修四库全书》，第 56 册，第 265 页，上海古籍出版社，2003 年。

② 王国维《观堂集林》，中华书局，1959 年，第 601—603 页。

美盛德之形容，以其成功，告于神明者也。”把《颂》诗看作是有所作为的天子、诸侯祭祀神明的作品。既然认为《颂》诗是告成功于神明的作品，也就不可能认定是春秋时期宋国的作品。宋国虽为殷商之后，得奉先祀，但实为亡国之遗民，并不符合《毛诗》“以其成功，告于神明”的标准。而《论衡·须颂篇》说：“《周颂》三十一，《殷颂》五，《鲁颂》四，凡《颂》四十篇，诗人所以嘉上也。”[①] 以为《颂》诗是称美先祖的作品，与《毛诗》说法不同，当来自三家《诗》。《颂》诗既然是“嘉上”之作，《国语》又说正考父校《商颂》，于是就在春秋宋国的国君中寻找具有“嘉上”资格者，自然就选择了宋襄公。宋襄公有盟会诸侯之举，且《公羊传·僖公二十二年》曰：“宋公与楚人期战于泓之阳。楚人济泓而来。有司复曰：‘请迨其未毕济而击之。’宋公曰：‘不可。吾闻之也，君子不厄人。吾虽丧国之余，寡人不忍行也。’既济，未毕陈，有司复曰：‘请迨其未毕陈而击之。’宋公曰：‘不可。吾闻之也，君子不鼓不成列。’已陈，然后襄公鼓之，宋师大败。故君子大其不鼓不成列，临大事而不忘大礼，有君而无臣，以为虽文王之战，亦不过此也。”泓之战，宋师虽然败绩，但《公羊传》却对其评价很高，与周文王相提并论。而《史记·宋微子世家》也曰：“襄公既败于泓，而君子或以为多，伤中国阙礼义，褒之也，宋襄之有礼让也。”所以，鲁、韩定《商颂》为颂美宋襄公之作。此暂且不说是否与诗中所述相合的问题，就《国语》所说“正考父校商之名《颂》十二篇于周太师”来看，既然是“校”，则《商颂》在正考父之前已经存在，那么，说正考父作《商颂》自然不正确。何况说正考父作《商颂》称美襄公，也不符合历史

① 刘盼遂《论衡校释》，第 489 页。

事实：正考父与宋襄公年岁不相接，即《史记·宋世家》《索隐》所说："考父佐戴、武、宣，则在襄公前且百许岁，安得述而美之?"当然，《毛诗》以为《商颂》为"商诗"也未必是闵马父之意。因为闵马父说"商之名《颂》"也未必就是说《商颂》皆作于殷商时期，也有可能是说《商颂》的内容是关于殷商时期的。而在汉代是有这样的理解的。《汉书·艺文志》："孔子纯取周诗，上采殷，下取鲁"。此语看似矛盾，但"纯取周诗"应该是前提，所以这句话是说《诗经》皆作于周时，其内容则不仅有反映周朝的，也有反映殷商时期和鲁国的。当然，这个说法也可能来自三家《诗》。

为了适合对《诗经》的整体看法，四家《诗》对有些诗篇解释时往往采用陈古刺今的解释办法，就巧妙地处理了诗篇内容与他们所认定的时代之间的矛盾。《关雎》是一首表现男子对女子爱慕情绪的诗，但《鲁诗》《韩诗》都认为是刺诗，《汉书·杜钦传》"后妃之制，夭寿治乱存亡之端也。迹三代之季世，览宗、宣之飨国，察近属之符验，祸败曷常不由女德?是以佩玉晏鸣，《关雎》叹之，知好色之伐性短年，离制度之生无厌，天下将蒙化，陵夷而成俗也。故咏淑女，几以配上，忠孝之笃，仁厚之作也。"此为《鲁诗》的说法。前说"佩玉晏鸣，《关雎》叹之"，后说"故咏淑女，几以配上，忠孝之笃，仁厚之作也"，显然是以《关雎》为陈古讽今之作。《后汉书·明帝纪》："……昔应门失守，《关雎》刺世"。李贤注引薛君《韩诗章句》曰："诗人言雎鸠贞洁慎匹，以声相求，隐蔽于无人之处。故人君退朝，入于私宫，后妃御见有度，应门击柝，鼓人上堂，退反宴处，体安志明。今时大人内倾于色，贤人见其萌，故咏《关雎》，说淑女，正容仪，以刺时。"也是把《关雎》看作陈古刺今之作。而就对诗内容的理解来看，三家《诗》与《毛诗》并没有太大的差异。杜钦所说“咏淑女，几以配上”即《毛诗序》“《关雎》乐得淑女以配君子”之意；《韩诗章句》“雎鸠贞洁慎匹”与《毛传》“挚而有别”也有相通之处。

《毛诗》由于以世次解《诗》，遇到的诗篇内容与所认定创作时间的矛盾就更为经常，所以《毛诗》在解《诗》时就更多陈古刺今之说。《曹风·鸤鸠》，《毛诗序》：“刺不壹也。在位无君子，用心之不壹也。”但诗反复说“淑人君子，其仪一兮”“其仪不忒”，没有丝毫讽刺之意，故鲁、韩都以为是称美君子专一之德的。《毛诗》之所以把其目为刺诗，只是因为按照《毛诗》对《诗经》的看法，《曹风》属“变风”的范畴，是衰世之作，其中自然多刺诗。其他对《王风·大车》《郑风·出其东门》《齐风·鸡鸣》《秦风·无衣》《曹风·下泉》《小雅·采薇》等的解释，《毛诗》都是以陈古刺今的思路来解释的。而《鲁诗》对《小雅·鹿鸣》，也是从陈古刺今的角度进行解释的。由于在具体诗篇的解释上，或用陈古刺今的方式，或不用，《毛诗》与三家《诗》并不统一，所以就使得《毛诗》与三家《诗》所言美刺往往截然相反。

五、《毛诗》的解说更有系统性

与对整体看法有关的一个问题是《毛诗》把《诗经》看作一个严密的整体，认为《诗经》每一部分中的诗篇都是按照创作时期的先后来排定的，各个部分也存在一定的关系。所以，《毛诗》有“正变”说，对于具体诗篇往往按照世次来解说，并且兼顾各个部分的关系，因而显得很有系统。《陈风·宛丘》《衡门》《防有鹊巢》三诗，《毛诗序》分别系之幽公、僖公、宣公，说：“《宛丘》，刺幽公也。淫荒昏乱，游荡无度焉。”“《衡门》，诱僖公也。

愿而无立志，故作是诗以诱掖其君也。”“《防有鹊巢》，忧谗贼也。宣公多信谗，君子忧惧焉。”《宛丘》为《陈风》第一首，《衡门》为第三首，《防有鹊巢》为第七首，正是按照时代前后来解说。《召南·驺虞》，《毛诗序》：“《鹊巢》之应也。《鹊巢》之化行，人伦既正，朝廷既治，天下纯被文王之化，则庶类蕃殖，蒐田以时，仁如驺虞，则王道成也。”解释驺虞为兽类。《毛传》：“驺虞，义兽。白虎黑文，不食生物，有至信之德则应之。”但《驺虞》实际是赞美猎人的一首诗。诗说“壹发五豝。于嗟乎驺虞”“壹发五豵。于嗟乎驺虞”，正是赞叹猎人射技的高超，则“驺虞”指猎人。马瑞辰对《毛诗》解释“驺虞”为“义兽”的原因作了分析：“此诗‘吁嗟乎驺虞’，与‘吁嗟麟兮’句法相似，麟既为兽，则驺虞亦兽可知。”① 《周南》最后一篇为《麟之趾》，其中有“于嗟麟兮”的句子，麟为仁兽；而《驺虞》为《召南》最后一篇，其中有“于嗟乎驺虞”。而《毛诗》认为二《南》的诗篇存在一一对应的关系，既然麟为仁兽，那么驺虞就应该为义兽。

三家《诗》的解说是否有系统很难说。由《鲁诗》“四始”以及三家《诗》对《关雎》的重视来看，三家《诗》可能也有使其解说显得有系统的追求。但就具体诗篇的解说来看，三家显然不认为《诗经》各个部分的诗篇是按照创作时期的先后排定的。就上述《陈风》三诗来看，《汉书·匡衡传》衡疏曰：“陈夫人好巫而民淫祀。”应该就《宛丘》《东门之枌》而言，《汉书·地理志》：“周武王封舜后妫满于陈，是为胡公，妻以元女大姬。妇人尊贵，好祭祀，用史巫，故其俗巫鬼。《陈诗》曰：‘坎其击鼓，宛丘之下，亡冬亡夏，值其鹭羽。’又曰：‘东门之枌，宛丘之栩，子仲

① 《毛诗传笺通释》，第104页。

之子，婆娑其下。’此其风也。”也说陈俗巫鬼，引用的正是《宛丘》和《东门之枌》的句子。则三家《诗》认为《宛丘》反映陈国淫祀的风气。《列女传·贤明篇》述老莱子妻的故事，引《衡门》中的诗句加以印证，实际是把《衡门》看作表现贫者乐道忘忧情怀的诗。《韩诗外传》卷二载子夏与孔子论《诗》，子夏曰："虽居蓬户之中，弹琴以咏先王之风，有人亦乐之，无人亦乐之。亦可发愤忘食矣。《诗》曰：‘衡门之下，可以栖迟；泌之洋洋，可以疗饥。’"① 显然，与《列女传》的理解相同。《尔雅·释训》："忯忯，惕惕，爱也。"郭注："《诗》云‘心焉惕惕’。《韩诗》以为悦人，故言爱也。""心焉惕惕"见于《防有鹊巢》，则《韩诗》认为《防有鹊巢》是首爱情诗。三家《诗》的这三首诗的次序是不是与《毛诗》相同，虽不能完全确定，但就其具体解释来看，都没有特别强调其创作时期，则其不认为《诗经》各部分的诗篇是按照创作时间排列是可以肯定的。而对于《驺虞》，三家《诗》也没有对照《麟之趾》来解释。《周礼·春官·钟师》孔《疏》引许慎《五经异义》曰："今《诗》韩、鲁说：‘驺虞，天子掌鸟兽官。’古《毛诗》说：‘驺虞，义兽，白虎黑文，食自死之肉，不食生物，人君有至信之德则应之。’"则三家《诗》正是按照诗意把驺虞解释为猎人。

《毛诗》的系统性还体现在往往把相邻的几首《诗》作为一个整体来解说，《小雅·采薇》，《毛诗序》："遣戍役也。文王之时，西有昆夷之患，北有猃狁之难。以天子之命，命将率遣戍役，以守卫中国。故歌《采薇》以遣之，《出车》以劳还，《杕杜》以勤归也。"《采薇》《出车》《杕杜》都是有关战争的诗篇，且《采薇》

① 屈守元《韩诗外传笺疏》，第 211 页。

说“靡室靡家，猃狁之故”，《出车》说“赫赫南仲，猃狁于攘”，因而《毛诗》把其作为一组诗来看待有一定的合理性。但《采薇》表现的是征战的兵士回家途中所思所感，《毛诗》说“遣之”并不正确。《出车》表现随从南仲征伐猃狁的将士凯旋时的情绪，《毛诗》说“劳还”在诗中也没有表现。《杕杜》则表现女子思念长年征战在外的丈夫的情绪，《毛诗》“勤归”之说也不符合诗意。所以王先谦批评说：“《采薇》乃君子忧时之作，《鲁》《齐诗》有明文。《毛序》立异，与下章《出车》《杕杜》称为遣戍、劳还、勤归，意仿周公《东山》之篇，次于文王之世，可谓谬矣。”① 而对于这三首《诗》，三家《诗》并没有作为组诗来解说。前已经引用了三家《诗》关于《采薇》《出车》的说法，认为《采薇》是懿王时的作品，《出车》是宣王时的作品，不认为它们是同时代的作品。至于《杕杜》，三家《诗》也仅认为是抒发对长期徭役不满情绪的。《盐铁论·繇役篇》文学曰：“古者无过年之繇，无逾时之役。今近者数千里，远者过万里，历二期。长子不还，父母愁忧，妻子咏叹，愤懑之恨，发动于心，慕思之积，痛于骨髓。此《杕杜》《采薇》之所为作也。”② 此虽把《杕杜》《采薇》并举，但主要是从它们都表现人民对长期徭役的厌倦方面来说。

六、“断章取义”与四家《诗》的异同

由于受先秦“断章取义”用《诗》方式的影响，《毛诗》与三

① 王先谦《诗三家义集疏》，第580页。
② 桓宽《盐铁论》，第51页。

家《诗》往往就诗中寻找可以联系到国家兴衰治乱、政治教化诗句解说，有时选择的诗句相同，其解说也就接近或相同。

《邶风·二子乘舟》，《毛诗序》："思伋、寿也。卫宣公之二子争相为死，国人伤而思之，作是诗。"《新序·节士篇》也认为这首诗与卫宣公二子争死的事有关。二者相同，似乎很有根据。但二者只是就"二子乘舟"而寻找历史事件，很容易就把诗与卫宣公二子争死的事联系起来。就诗本身来说，《二子乘舟》是一首送行者，表达对行者——"二子"的眷恋与担心。行者、送行者具体身份如何，诗中并没有交代。《毛诗》说作此诗者是国人，也就是说送行者是国人，明显与诗的情调不合。而《新序》又说是伋的傅母，也与《毛诗》不合。并且《毛传》与《新序》所述伋、寿争死事在细节上也互有出入。《桧风·匪风》，《毛诗序》："思周道也。国小政乱，忧及祸难，而思周道焉。"就诗中"顾瞻周道，中心怛兮"而言，《韩诗》也主要依据这两句来解说。《韩诗外传》卷二："当成周之时，阴阳调，寒暑平，群生遂，万物宁，故曰：其风治，其乐连，其驱马舒，其民依依，其行迟迟，其意好好，《诗》曰：'匪风发兮，匪车偈兮。顾瞻周道，中心怛兮。'"①《汉书·王吉传》吉上疏谏昌邑王也引了这四句诗，又引"说"曰："是非古之风也，发发者；是非古之车也，揭揭者。盖伤之也。"胡承珙疏解说："此所引'说'盖即《内传》之说，与毛义合：一以为'非古'，一以为'非有道'，皆伤今而思古也。"② 而《匪风》实际上是一篇游子思乡之作。除上述两篇外，《邶风·燕燕》，《毛诗》以为是

① 屈守元《韩诗外传笺疏》，第 215 页。

② 胡承珙《毛诗后笺》，第 647 页。

表现卫庄姜送归妾的，而《鲁诗》则认为卫定姜送其子妇而作，看起来不同，但都认为是送女子大归的，都依据末二句“先君之思，以勖寡人”为说。《大雅·行苇》，《毛诗》以为反映了周家忠厚之德，而三家《诗》认为表现了公刘的仁德，二说基本相同，都是据首两句“敦彼行苇，牛羊勿践履”为说，故三家《诗》说“恩及草木”，《毛诗序》说“仁及草木”。

当然，在解说中有时《毛诗》就诗中特定的几句解释，而三家立足于全诗，有时又相反，这也造成了《毛诗》与三家《诗》解说的不同。《大雅·棫朴》，《毛诗序》：“文王能官人也。”只是就第四章“周王寿考，遐不作人”为说。实际上，《棫朴》是一首颂扬周王出师的诗。一、二章写出师前的祭祀活动，第三章描写了周王帅舟师出发时的盛况，第四章赞美周王，第五章是对出师得胜的祝愿。《春秋繁露·郊祭篇》：“文王受命而王天下，先郊乃敢行事，而兴师伐崇，其《诗》曰：‘芃芃棫朴，薪之槱之。济济辟王，左右趋之。济济辟王，左右奉璋。奉璋峩峩，髦士攸宜。’此郊辞也。其下曰：‘淠彼泾舟，烝徒檝之。周王于迈，六师及之。’此伐辞也。”① 董仲舒认为《棫朴》是一首表现文王郊祭而伐崇的诗，虽不见得准确，但基本是立足于全诗来解释的。阮元、陈乔枞、王先谦、唐晏都认为董仲舒用《齐诗》。《齐风·鸡鸣》是妻子催促丈夫起床去早朝的诗，《毛诗序》说：“思贤妃也。哀公荒淫怠慢，故陈贤妃贞女夙夜警戒相成之道焉。”除去陈古刺今和政治教化的成分，《毛诗》的说法基本符合诗意。《毛诗》的解释立足于全诗。《文选》卷三十六王融《永明九年策秀才文》：“歌《鸡鸣》于阙下，

① 苏舆《春秋繁露义证》，中华书局，1992年，第405页。

称仁汉牍。”李善注引《列女传》云：“缇萦歌《鸡鸣》《晨风》之诗。”又引班固《歌诗》：“上书诣北阙，阙下歌鸡鸣。忧心摧折裂，《晨风》激扬声。”① 魏源据此以为三家《诗》以《鸡鸣》表现的是大臣无辜被谗之意②。三家《诗》主要就“匪鸡则鸣，苍蝇之声”两句立论。这由《韩诗》的解释也可以说明。《太平御览》卷九百四十四引《韩诗》曰：“《鸡鸣》，谗人也。‘匪鸡则鸣，苍蝇之声。’薛君曰：‘鸡远鸣，蝇声相似。’”③

不过，“断章取义”虽是造成《毛诗》与三家《诗》异同的原因，但不是主要原因，这表现在即使《毛诗》与三家《诗》都据诗中特定的几句来解说，但有时二者的说法也不同。《周南·汝坟》，《毛诗序》：“道化行也。文王之化行乎汝坟之国，妇人能闵其君子，犹勉之以正也。”说“妇人能闵其君子，犹勉之以正也”主要据最后一章“鲂鱼赪尾，王室如毁。虽则如毁，父母孔迩”为说。《后汉书·周磐传》：磐“尝诵《诗》至《汝坟》之卒章，慨然而叹，乃解韦带，就孝廉之举。”李贤注引《韩诗》曰：“《汝坟》，辞家也。”又引了薛君《章句》对卒章的解释：“以王室政教如烈火矣，犹触冒而仕者，以父母甚迫近饥寒之忧，为此禄仕。”可见《韩诗》“辞家”说也主要就卒章来立论。毛、韩虽然都据卒章立论，但却不同，是因为《毛诗》还以整体的眼光来解说《汝坟》，其所说“文王之化行乎汝坟之国”，与前篇所说“文王之道被于南国，美化行乎江汉之域”，也是相应的。

---

① 《文选》，第1648页。

② 魏源《诗古微》，第188页。

③ 《太平御览》，第八册，第577页。

七、《毛诗》与三家《诗》篇义异同的其他原因

除上述，《毛诗》与三家《诗》篇义异同的原因还有数端，就其相同的一面来说，有些是因为诗意比较显豁，《汉书·王吉传》上疏云：“今使吏得任子弟，率多骄骜，不通古今，至于积功治任亡益于民，此《伐檀》所为作也，宜明选求贤，除任子弟治令。”《盐铁论·国疾篇》文学曰：“今公卿处尊位，执天下之要，十有余年，功德不施于天下，而勤劳于百姓，百姓贫陋困穷，而私家累万金。此君子所耻，而《伐檀》所刺也。”[①] 都与《毛诗》相同。《毛诗序》：“《伐檀》，刺贪也。在位贪鄙，无功而受禄，君子不得仕尔。”诗中反复说“不稼不穑，胡取禾三百廛兮？不狩不猎，胡瞻尔庭有县貆兮”，对不劳而获者的谴责非常明显。其他如《魏风·硕鼠》，《毛诗》与《盐铁论·取下篇》《潜夫论·班禄篇》都认为是讽刺国君重敛的诗。《小雅·正月》，《毛诗》与《列女传》都认为是刺幽王之作，诗中明言“赫赫宗周，褒姒灭之”。当然，这也不是《毛诗》与三家《诗》解说相同的原因，有些诗篇虽然意思表达比较显豁，但《毛诗》与三家《诗》仍然有不同的理解，如上举《召南·何彼襛矣》，诗中已经明言出嫁者为“平王之孙，齐侯之子”，但《毛诗》还说是赞美王姬出嫁的，则与其对《诗经》的整体看法有关。

而其不同的原因，还有释《诗》角度的问题。对于《召南·行露》，《毛诗》与三家《诗》都认为是女子拒婚的诗，但也有一

---

① 桓宽《盐铁论》，第31页。

些不同，《毛诗序》："召伯听讼也。衰乱之俗微，贞信之教兴，强暴之男不能侵陵贞女也。"从男子的角度说，并且与上篇《甘棠》的解释联系起来。《列女传·贞顺篇》说是申女因夫家礼不备而拒婚并作诗，《韩诗外传》同，皆从女子的角度说。《大雅·文王》追述文王德业并告诫殷商旧臣配合天命而服事周朝。《毛诗序》说："文王受命作周也。"就其含义而言。而《汉书·翼奉传》翼奉上疏："周至成王，有上贤之材，因文、武之业，以周、召为辅，有司各敬其事，在位莫非其人。天下甫二世耳，然周公犹作诗、书深戒成王，以恐失天下。《书》则曰：'王毋若殷王纣。'其《诗》则曰：'殷之未丧师，克配上帝；宜监于殷，骏命不易。'"就诗的创作背景而言。《大雅·云汉》，《毛诗序》："仍叔美宣王也。宣王承厉王之烈，内有拨乱之志，遇灾而惧。侧身修行，欲销去之。天下喜于王化复行，百姓见忧，故作是诗。"明确作诗之意。《春秋繁露·郊祀篇》："周宣王时，天下旱，岁恶甚，王忧之。"① 就诗的内容而论。《周颂·昊天有成命》，《毛诗序》："郊祀天地也。"明仪式之用。《汉书·郊祀志》匡衡奏言："昔者成王之嗣位，思述文、武之道以养其心，休烈盛美皆归之二后而不敢专其名，是以上天歆享，鬼神祐焉。其《诗》曰：'念我皇祖，陟降廷止。'言成王常思祖考之业，而鬼神祐助其治也。"就诗的内容而言。匡衡为《齐诗》学者。整体来说，《毛诗》于大、小《雅》《周颂》多言仪式之用，而三家《诗》多就诗而内容而言。

而对一些关键词语的不同理解也是《毛诗》与三家《诗》篇义歧异的原因。《周南·芣苢》中的"采采芣苢"，《毛诗》理解为采摘车前子，并且认为车前子有"宜怀任焉"的功效，所以《毛

① 苏舆《春秋繁露义证》，第408页。

诗序》："后妃之美也。和平则妇人乐有子矣。"而三家《诗》则理解为采摘芣苢的叶子，并且认为其为臭恶之菜，因而以臭恶之菜犹且采采不已来比附女子其夫有恶疾而不离去。《王风·黍离》以"彼黍离离，彼稷之苗"起兴，《毛诗》把"黍稷"看作宗庙的象征，故《毛传》在这两句下说："彼，彼宗庙宫室。"《毛诗序》说："闵宗周也。周大夫行役至于宗周，过故宗庙宫室，尽为禾黍。闵周室之颠覆，彷徨不忍去，而作是诗。"三家《诗》不把"黍稷"看作社稷宗庙的象征，解释也就与《毛诗》不同。《太平御览》卷四百六十九："《韩诗》曰：《黍离》，伯封作也。'彼黍离离，彼稷之苗。'离离，黍貌也。诗人求亡兄不得，忧懑不识于物，视彼黍离离然，忧甚之时，反以为稷之苗，乃自知忧之甚也。"①《韩诗》认为《黍离》是尹吉甫的儿子伯封所作。尹吉甫信后妻之谗杀孝子伯奇，伯奇之弟伯封思念哥哥，作《黍离》。这种说法显然不正确，尹吉甫是宣王时人，而《王风》皆东迁后的作品，胡承珙已经指出②。《新序·节士篇》又说卫宣公的儿子寿闵其兄所作，亦不可信。实际，《黍离》只是哀叹行役之苦的一首诗。

四家《诗》都从伦理道德、政治兴衰的角度解《诗》，往往用历史故事附会诗篇，但多少还是会揭示出诗意，但也有误读诗篇而不得其解的。《秦风·黄鸟》，《毛诗》《史记·秦本纪》都说是哀悼从秦穆公而死的三良的，《左传》也有明确的说明，但《汉书·匡衡传》衡上疏曰："秦穆贵信，而士多从死。"师古注引应劭曰："秦穆公与群臣饮酒，酒酣，公曰：'生共此乐，死共此

① 《太平御览》，第四册，第878页。

② 胡承珙《毛诗后笺》，第329页。

哀。’于是奄息、仲行、鍼虎许诺。及公薨，皆从死。《黄鸟》诗所为作也。”显然是对《黄鸟》的误解。《黄鸟》虽主要表现对三良的哀悼，但哀悼三良正包含着对秦穆公的谴责，故《毛诗序》说：“国人刺穆公以人从死，而作是诗也。”匡衡所说“秦穆贵信”显然与诗所表现的情绪不相应。《大雅·烝民》是尹吉甫赠给仲山甫的一首诗，诗中赞美仲山甫的盛德和他辅佐宣王的功劳。《潜夫论·三式篇》：“周宣王时，辅相大臣以德佐治，亦获有国。故尹吉甫作封颂二篇，其诗曰：‘亹亹申伯，王缵之事。于邑于谢，南国是式。’又曰：‘四牡彭彭，八鸾锵锵。王命仲山甫，城彼东方。’此言申伯、仲山甫文德致升平，而王封以乐土、赐以盛服也。”① 所说“尹吉甫作封颂二篇”即《崧高》《烝民》。说“申伯、仲山甫文德致升平，而王封以乐土”，并引二诗的句子加以证明。但“城彼东方”是说仲山甫到东方去筑城，非谓受封于东方，那么把《烝民》说成“封颂”也就不正确。《毛诗序》：“尹吉甫美宣王也。任贤使能，周室中兴焉。”把尹吉甫赞美仲山甫说成宣王，则是出于以整体眼光解诗的结果。

而四家《诗》在汉初就已经开始传授，在整个汉代的传授过程中也不可能没有变化，因而有些《毛诗》与三家《诗》的歧异，是在传授过程中发生变异的结果，关于此在《汉代四家〈诗〉的传承与解说歧异》中已经有详细论述，此不在赘言。

总之，《毛诗》与三家《诗》篇义异同的原因是很复杂的。四家《诗》皆从伦理道德、政治教化的角度解《诗》，资料来源相同，对《诗经》整体看法也有相同之处，这是其解说相同的主要原因。而就诗中特定几句来解《诗》、诗意显豁，也使得《毛诗》

---

① 王符《潜夫论》，第 82 页。

与三家《诗》对有些诗篇的解释接近或相同。师承不同、资料来源不同、《毛诗》比三家《诗》有更浓厚的政治教化色彩、《毛诗》与三家《诗》对《诗经》的整体看法不同、《毛诗》的解说更有系统性、或"断章取义"或整体把握等等则是其解说歧异的主要原因。而解释角度不同、对诗中关键词语理解的不同、误读、传承中的变异等，也造成了《毛诗》与三家《诗》篇义上的一些不同。

四家《诗》的传承与解说歧异

三家《诗》与《毛诗》异同比较，是《诗经》研究中的一个重要内容，东汉贾逵受章帝之诏已经撰著《齐鲁韩诗与毛氏异同》，郑玄《毛诗笺》也往往以三家《诗》改毛，但历代学者多侧重于对其异同的比较，而对其异同原因虽有涉及，但往往就具体问题而论，鲜有专门的讨论。

三家《诗》与《毛诗》在解说中有诸多不同，或者字词训释有异，或者所言典章礼制有别，或者篇义理解不同。《释文》著录有《韩诗》异训，数量不少；王先谦说《毛诗》"大旨与三家歧异者数十"①，虽然王氏在三家《诗》辑佚中存在强分今古、拘泥师法家法、过分崇信三家等问题，但所言还是大致反映了三家《诗》与《毛诗》的异同关系。

前代学者对三家《诗》与《毛诗》的歧异，往往归之于师承

此文原刊于《兰州学刊》2017 年第 10 期。

① 王先谦《诗三家义集疏·序例》，中华书局，1988 年。

不同。《毛诗》认为《周南·关雎》表现的是“后妃之德”，而《鲁诗》则以为是刺周康王后失德的，《韩诗》又以为是刺人君沉于女色的，毛与鲁、韩一美一刺，陈奂说：“三家《诗》别有师承，不若《毛诗》之得其正也。”①《豳风·破斧》“又缺我銶”，《毛传》：“木属曰銶。”《释文》引《韩诗》曰：“銶，凿属也。”胡承珙说：“韩以‘銶’为‘凿属’，毛以‘銶’为‘木属’，此师承各异。”②《小雅·吉日》“吉日庚午”，《毛传》：“外事以刚日。”《汉书·翼奉传》奉上封事曰：“南方之情，恶也；恶行廉贞，寅午主之。西方之情，喜也；喜行宽大，己酉主之。二阳并行，是以王者吉午酉也。《诗》曰：‘吉日庚午。’”马瑞辰说：“毛《传》言‘外事用刚日’，则以庚为吉。翼奉言‘王者吉午酉’，又言‘用辰不用日’，则以午为吉。奉治《齐诗》，此毛、齐《诗》师说之不同也。”③《大雅·皇矣》“密人不恭，敢距大邦，侵阮徂共”，《毛传》：“国有密须氏，侵阮遂往侵共。”释“徂”为“往”，释“阮”“共”皆为地名。而郑《笺》云：“阮也、徂也、共也，三国犯周，而文王伐之。”郑玄采《鲁诗》说改毛。魏源说：“此则师承各异，不可强断。”④

实际就我们今天所见到的四家《诗》的解说，有的固然出于师承，但也有不少是四家《诗》在传承过程中发展、变异的结果。把三家《诗》与《毛诗》的歧异皆归之于师承，显然是把汉代《诗》学凝固化了，忽视了四家《诗》在汉代的发展变化。

---

① 陈奂《诗毛氏传疏》卷一，北京市中国书店，1984 年。

② 胡承珙《毛诗后笺》，黄山书社，1999 年，第 723 页。

③ 马瑞辰《毛诗传笺通释》，中华书局，1989 年，第 560 页。

④ 魏源《诗古微》，《续修四库全书》，第 77 册，上海古籍出版社，2003 年，第 253 页。

一、三家《诗》的分化与解说变异

汉初经说多简略，《史记·儒林列传》："申公独以《诗》经为训以教，无传疑，疑者则阙不传。"则申培所传《鲁诗》说本不完备。又王式师事申公弟子免中徐公、鲁许生，授张长安、唐长宾、褚少孙，《汉书·儒林传》说："唐生、褚生应博士弟子选，诣博士，抠衣登堂，颂礼甚严，试诵说，有法，疑者丘盖不言。"张长安、唐长宾、褚少孙主要活动在昭、宣之世。则至昭帝时，《鲁诗》仍不是很详备。《史记·儒林列传》说韩婴推《诗》之意而为《内、外传》，也仅数万言。丁宽从田何学，又从周王孙受古义，"作《易说》三万言，训诂举大谊而已"，而周王孙《易传》也只有两篇而已。贾谊传《左传》，也只是训诂而已。《汉书·儒林传》所说的"一经说至百万馀言"，是在武帝立《五经》博士、设博士弟子员之后，是在利禄刺激下不断增益的结果。

在利禄的刺激下，各经派也在不断分化，此即《汉书·儒林传》所说"支叶蕃滋"。就三家《诗》而言，《史记·儒林列传》说申公"学官弟子行虽不备，而至于大夫、郎中、掌故以百数。言诗虽殊，多本于申公"。"言诗虽殊"，恰说明申公弟子已经不完全祖述申公，弟子间已经有了分歧。申培授瑕丘江公、徐公、许生，韦贤师事江公与许生，传子玄成及兄子赏，赏授哀帝，于是《鲁诗》有韦氏学。又王式师事徐公、许生，授张长安、唐长宾、褚少孙，三人皆为博士，《鲁诗》又有张、唐、褚氏之学。又张长安兄子游卿，以《诗》授元帝，其门人许晏为博士，《鲁诗》张家又有许氏学。《齐诗》始自辕固，辕固授夏侯始昌，夏侯始昌授后苍，后苍授翼奉、匡衡等，匡衡授师丹、伏理等，于是《齐诗》

有翼、匡、师、伏之学。又《汉书·艺文志》著录有《齐后氏故》《齐孙氏故》《齐后氏传》《齐孙氏传》，则后氏、孙氏实际也自名其学。韩婴创《韩诗》，授河内赵子，赵子授蔡谊，蔡谊授食子公、王吉等，王吉授长孙顺等，于是《韩诗》有王、食、长孙之学，又《后汉书·儒林列传》："薛汉字公子，淮阳人也。世习《韩诗》，父子以章句著名。"《隋书·经籍志》："《韩诗》二十二卷，汉常山太傅韩婴，薛氏章句。"而《后汉书注》《文选注》亦多引《薛君章句》，则薛氏也自名其学。又《隶释·车骑将军冯绲碑》说冯绲治《韩诗仓氏》①，仓氏亦自名其学。

而汉代自名其学者往往是对师说发展或改变②。《后汉书·章帝纪》建元四年十一月诏："汉承暴秦，褒显儒术，建立《五经》，为置博士。其后学者精进，虽曰承师，亦别名家。"恰恰说明自名其学者并不完全继承师说。《周南·芣苢》"采采芣苢"，《毛传》："芣苢，马舄。马舄，车前也，宜怀任焉。"《释文》引《韩诗》曰："直曰车前，瞿曰芣苡。"《文选·辩命论》李善注引薛君说："芣苢，泽泻也。"③ 芣苢为陆生草本植物，泽泻生于沼泽，两种解释显然有别。而《说文系传》又引《韩诗》云："芣苢，木名，实似李。"④ 更与前二说不同。马瑞辰认为《释文》所引与《说文系传》所引不同，是"为《韩诗》者家各异说故耳"⑤。王先谦以为"直曰车前，瞿曰芣苡"为《韩诗》本来的训释，并且表示了

---

① 洪适《隶释·隶续》，中华书局，1986年，第86页。

② 赵茂林《三家〈诗〉的传承及其师法、家法问题》，《甘肃社会科学》2004年第6期。

③ 萧统编、李善注《文选》，上海古籍出版社，1986年，第2347页。

④ 徐锴《说文解字系传》，中华书局，1987年，第14页。

⑤ 《毛诗传笺通释》，第59页。

他的不解，说："韩训'车前'，薛不应与之违异。"① 实际这正是自名其学者对师说变异的表现。又《卫风·考槃》"考槃在涧"，《毛传》："山夹水曰涧。"《释文》引《韩诗》"涧"作"干"，云："墝埆之处也。"即土地贫瘠之处。刘逵注《吴都赋》引《韩诗》曰："考盘在干。地下而黄曰干。"② 胡承珙说："黄，疑潢字之误。潢污者停水之处。《小雅正义》引郑注《渐卦》云：'干者，大水之旁。'故停水之处即其义也。至《韩诗》'干'有两训，或由《韩故》《韩说》与《薛君章句》之不同。"③ 而《唐钞文选集注汇存》引"地下而黄曰干"前正有"《传》曰"④。

《韩诗》"直曰车前，瞿曰芣苡"，王先谦认为解释异名，也是把"车前"与"芣苡"看作一物，与《毛传》并不矛盾。《韩诗》说中的"直""瞿"，就"当道"及"生道之两旁"而言。"直"为正在道中之意，陆玑《毛诗草木鸟兽虫鱼疏》说："芣苢，一名马舄，一名车前，一名当道。"⑤《广雅·释草》亦云："当道，马舄。"⑥ 而据《说文》"瞿"有左右看的意思，"瞿曰芣苡"是说芣苡生道之两边，需左右看而取之⑦。而薛君"芣苢，泽舄"的解释却与《毛传》出入很大。《说文系传》所引《韩诗》"芣苢，木名"说，《毛诗正义》引王基说已经有所驳斥。《卫风·考槃》"考

① 《诗三家义集疏》，第 49 页。

② 《文选》，第 217 页。

③ 《毛诗后笺》，第 288 页。

④ 《唐钞文选集注汇存》第一册，上海古籍出版社，2000 年，第 186 页。

⑤ 陆玑《毛诗草木鸟兽虫鱼疏》，影印文渊阁《四库全书》，第 70 册，第 3 页，台湾商务印书馆，1986 年。

⑥ 王念孙《广雅疏证》，《续修四库全书》，第 191 册，第 344 页，上海古籍出版社，2003 年。

⑦ 《诗三家义集疏》，第 49 页。

槃在涧”，“涧”《韩诗》作“干”，《韩诗传》解释为“地下而黄曰干”，据胡承珙的疏解，实际与《毛传》并不相悖。而《释文》所引《韩诗》“墝埆之处”的解释，则与《毛传》相异。又前引翼奉释《小雅·吉日》“吉日庚午”，以午为吉，与《毛传》以庚为吉不同，马瑞辰以为是师承不同所致。实际，以午为吉很可能是翼奉的发明。据《汉书》本传，翼奉“好律历阴阳之占”，所以其谈《诗》有浓厚的阴阳五行的色彩，有“五际”“六情”等名目。而以午为吉就是翼奉谈到“六情”时所说。翼奉称述“五际”“六情”，一说“闻之于师”，又说“师法用辰不用日”，再说“臣闻之于师”“臣奉窃学《齐诗》，闻五际之要《十月之交》篇”，几乎每次上书都以师的名义开始，但这正说明“五际”“六情”为翼奉的发明。欲取信于人，而托名师。翼奉说“师法用辰不用日”，又说：“明主宜独用，难与二人共也。故曰：‘显诸仁，臧诸用。’露之则不神，独行则自然矣”，显然有被人窥破的嫌疑在里面。最后又说“唯奉能用之，学者莫能行”，也是颇为奇怪的。既然为老师所教，就不可能只翼奉一个人能行用。翼奉学《齐诗》于后苍，而匡衡、萧望之与翼奉同师。匡衡上书也称“闻之师”，也谈阴阳，但却不提“五际”“六情”之类的东西。

二、章句之学与解说变异

与经派分化关联还有章句之学的兴起。前引章帝建元四年十一月诏“其后学者精进，虽曰承师，亦别名家”，李贤注：“言虽承一师之业，其后触类而长，更为章句，则别为一家之学。”则自名其学者往往撰为章句。章句本指为了理解文义而分章断句。本是读书的一种方法。但汉人所说的章句更多是指对经书的一种解说形式。《后汉书·桓谭传》李贤注："章句谓离章辨句，委曲枝派也。"即对经书分文析字进行解释，解释时曲折辗转，便辞巧说，不用解释也要解释，解释不了的也要硬解释，因而就显得特别烦琐。

烦琐虽然是章句之学最显著的特点，但对其师说的发展、变异也是一个不容忽视的方面。李贤说"虽承一师之业，其后触类而长，更为章句"，已经说明了这一点。薛君解释芣苢为泽舄就是对师说发挥时的变异。《文选·辩命论》李善注曰："《韩诗》曰：'《芣苢》，伤夫有恶疾也。'《诗》曰：'采采芣苢，薄言采之。'薛君曰：'芣苢，泽泻也。芣苢，臭恶之菜，诗人伤其君子有恶疾，人道不通，求已不得，发愤而作。以事兴芣苢，虽臭恶乎，我犹采取而不已者，以兴君子虽有恶疾，我犹守而不离去也。'"①"《韩诗》曰"，《御览》卷七百四十二引作"《韩诗外传》曰"，则"伤夫有恶疾"为《韩诗》本来的看法。"薛君曰"等等应该出于《薛君章句》。薛君对《韩诗》篇义进一步发挥，力求贯彻到字词的训释中，所以把"芣苢"解释成"泽泻"，以泽泻虽臭恶，犹采采不已，来比附女子不离弃患有恶疾的丈夫。看起来薛君的解释比较圆通，但解释芣苢为泽泻，却是错误的，也与《韩诗》本来的训释相悖。

除了对师说"触类而长"之外，为章句者更是左右采获，牵引以次章句。《汉书·夏侯胜传》："胜从父子建字长卿，自师事胜及欧阳高，左右采获，又从《五经》诸儒问与《尚书》相出入者，牵引以次章句，具文饰说。胜非之曰：'建所谓章句小儒，破碎大道。'"由于左右采获，夏侯建之《尚书》说自然与夏侯胜、欧阳

① 《文选》，第 2347 页。

高之说都会有不同。而“建卒自颛门名经，为议郎、博士，至太子少傅。”于是《尚书》学中有了小夏侯一派。夏侯胜非难夏侯建为“章句小儒”，但夏侯胜本人也次有章句。《汉书·艺文志》有“大、小《夏侯章句》各二十九卷”。而夏侯胜次章句也用的是左右采获的办法。《汉书》本传：“胜少孤，好学，从始昌受《尚书》及《洪范五行传》，说灾异。后事蕳卿，又从欧阳氏问。为学精孰，所问非一师也。”由于左右采获，自然也有对师说变异的一面。《御览》卷一百四十六引伏生《尚书大传》曰：“尧推尊舜而尚之，属诸侯焉，致天下于大麓之野。”① 训麓为山麓。《汉书·于定国传》元帝报定国曰：“万方之事，大录于君。”此引用《尚书》，以大麓为大录。据《汉书·儒林传》，孔霸事夏侯胜，宣帝时以大中大夫授太子，则元帝报定国书“万方之事，大录于君”语，用大夏侯说。大夏侯说与伏生说不同也是显然的。就大夏侯从学者而言，实际都源出于伏生。夏侯始昌学《尚书》于夏侯都尉，夏侯都尉学于张生，张生学于伏生。伏生又传《尚书》于欧阳和伯，欧阳和伯传于倪宽，倪宽又传于蕳卿与欧阳高。

《韩诗薛君章句》对《芣苢》的解释同样也有左右采获的成分。《列女传·贞顺篇》：“蔡人之妻者，宋人之女也。既嫁于蔡，而夫有恶疾，其母将改嫁之。女曰：‘夫不幸乃妾之不幸也。奈何去之？适人之道，壹与之醮，终身不改。不幸遇恶疾，不改其意。且夫采采芣苢之草，虽其臭恶，犹始于捋采之，终于怀撷之，浸以益亲，况于夫妇之道乎？彼无大故，又不遣妾，何以得去？’终不听其母，乃作《芣苢》之诗。”② 所言与《薛君章句》基本相

① 李昉《太平御览》，河北教育出版社，第二册，第423页，1994年。

② 张涛《列女传译注》，山东大学出版社，1990年，第137页。

同。不过《韩诗》虽也认为《芣苢》为女子伤夫有恶疾而作，但就其“直曰车前，瞿曰芣苡”的解释来看，似不以芣苡为臭恶之草，也不以采芣苡来比拟女子有贞一之德。马瑞辰说：“芣苢一名虾蟆衣，旧谓取叶衣之，可愈癞疾。是则《韩诗》谓所采为芣苢之叶。”① 则《韩诗》之意或为女子因丈夫有恶疾，故采芣苢之叶用之治疗。则《韩诗》本来之说实际与《列女传》之说还是有不同的。而把《薛君章句》与《列女传》比较，同中也有异。《列女传》虽说芣苢为臭恶之草，但不说其为泽泻；《薛君章句》“诗人伤其君子有恶疾，人道不通，求已不得，发愤而作”，亦为《列女传》所无。范家相说：“夫有恶疾，妻不肯去，《列女传》犹为近理。若‘求已不得，发愤而作’，则夫子何取而入《三百篇》乎?”② 再则三家不谈兴，按之《韩诗外传》等可证，但《薛君章句》一则说“以事兴芣苢”，再则说“以兴君子虽有恶疾，我犹守而不离去也”，则可能采自《毛诗》。

《论衡·程材篇》：“是以世俗学问者，不肯竞经明学，深知古今，急欲成一家章句。”③ 由于“急欲成一家章句”，往往尚未读通经典的情况下，就进行撰述，对名物制度不加考核而以己意说之，章句之学也就难免附会。故蔡邕《月令问答》说“前儒特为章句者，皆用其意傅，非其本旨”④。《后汉书·儒林传论》也说：“至有分争王庭，树朋私里，繁其章条，穿求崖穴，以合一家之说。”既然以己意附会，对师说的变异也就在所难免。薛君解释芣

① 《毛诗传笺通释》，第59页。

② 范家相《三家诗拾遗》，影印文渊阁《四库全书》，第88册，第533页，台湾商务印书馆，1986年。

③ 黄晖《论衡校释》，中华书局，1990年，第538页。

④ 严可均辑《全后汉文》，商务印书馆，1999年，第796页。

苜为泽泻就是“意傅”的表现。《小雅·节南山》是周大夫家父抨击执政大臣尹氏的一首诗。诗人指责尹氏荒废政务，执政不公，任用小人，致使人民陷入困穷之中。诗中有“天方荐瘥，丧乱弘多”“不吊昊天，不宜空我师”“昊天不佣，降此鞫讻。昊天不惠，降此大戾”“不吊昊天！乱靡有定”“昊天不平，我王不宁”等句，家父呼天抢地，仿佛是说混乱的局面是老天造成的，实际是一种委婉的表达，其指斥的还是尹氏。《文选·齐故安陆昭王碑文》李善注引《韩诗》说：“万人颙颙，仰天告诉。”① 此《韩诗》说当出于《薛君章句》，是解释“昊天不平”句的。其以家父呼天为万人呼天，明显与诗意不符，也是“意傅”。

三家《诗》在西汉时期已经有章句。洪适《隶释》卷十二《执金吾丞武荣碑》：“君讳荣，字含和，治《鲁诗经韦君章句》。”②《韦君章句》应该是韦贤、韦玄成父子用于教授弟子的。而韦贤主要活动在昭、宣之世，韦玄成活动于宣、元之世，于元帝建昭三年（前 36）卒，则至迟在元帝时，《鲁诗》已有章句之学。陆玑说：“其后伏黯传理家学，改定章句作《解说》九篇，位至光禄勋”③，既然伏黯“改定章句”，则伏氏本有章句，而伏黯为伏理子，伏理自名其学，则《伏氏章句》为伏理所作可知。而伏理曾进授成帝《诗》，则至迟至成帝时，《齐诗》已有章句。到东汉甚至三国时期，三家《诗》仍有新的章句产生，《后汉书·儒林列传》：“时，山阳张匡，字文通，亦习《韩诗》，作章句。”《三国志·蜀志·杜琼传》：“杜琼字伯瑜，蜀郡成都人也。少受学于

---

① 《文选》，第 2558 页。

② 《隶释、隶续》，第 139 页。

③ 《毛诗草木鸟兽虫鱼疏》，第 20 页。

任安，精究安术……著《韩诗章句》十馀万言。”

由于章句极端烦琐，影响到了其正常的传授，于是官方就要求各经派对其章句进行减省。《论衡·效力篇》：“王莽之时，省《五经》章句皆为二十万。”①《后汉书·章帝纪》：“中元元年诏书，《五经》章句烦多，议欲减省。”在官方的要求下，各经派学者对其章句进行了大幅度的减省。《后汉书·桓荣传》：“初，荣受朱普学章句四十万言，浮辞繁长，多过其实。及荣入授显宗，减为二十三万言。郁复删省定成十二万言。”《张奂传》：“奂少游三辅，师事太尉朱宠，学《欧阳尚书》。初，《牟氏章句》浮辞繁多，有四十五万馀言，奂减为九万言。”把四十五万馀言的章句，减省到十二万言或九万言，足见减省的幅度之大。这样大幅度的减省，也必然会导致经说的变化。

三、谶纬之学与解说变异

东汉光武帝因谶记而起兵，故登上帝位后非常重视谶纬，中元元年更是“宣布图谶于天下”。光武、明帝、章帝皆以是否善谶决断官员陟降，于是儒者争学图谶。朝廷更明令以谶纬正定《五经》章句，《隋书·经籍志》说汉明帝“诏东平王苍，正《五经》章句，皆命从谶”。谶纬成为决断《五经》章句正误的标准。不管章句是否准确解释经书，只要与谶纬不相符，就要加以删除或改正。而前面谈到王莽时、东汉前期对《五经》章句的减省，王葆玹认为实际是对《五经》章句的改定。王莽要求各经派减省章句，就是要求依据有利于他的谶记进行改定。也正因为如此，光武、

① 《论衡校释》，第583页。

明帝不得不要求学者重新对章句进行减省，也就是对各家章句依据刘氏再受命的谶记进行改定①。在这样一种背景下，经说也就完全谶纬化了，此即《隋书·经籍志》所言“言《五经》者，皆凭谶为说”。那么，这种谶纬化的经说，相对于西汉的解说，自然也是一种变异。

《后汉书·儒林传》说，许慎“因《五经》传说臧否不同”撰《五经异义》。《五经异义》大概作于章帝末，反映的是东汉中期的学术情况。《五经异义》罗列《五经》异说往往冠以“今”“古”。“今”用以标识立于官学之各经派，“古”用以标识传于民间之学。《五经异义》虽然亡佚，但唐人注疏往往引及。就唐人注疏所引来看，立于官学各经派往往据谶纬为说。《礼记·曲礼正义》引《五经异义》：“天子有爵不？《易》孟、京说：‘《易》有君人五号：帝，天称，一也；王，美称，二也；天子，爵号，三也；大君者，兴盛行异，四也；大人者，圣人德备，五也。是天子有爵。’”《易纬·乾凿度》：“孔子曰：‘《易》有君人五号也。帝者，天称也；王者，美行也；天子者，爵号也；大君者，与上行异也。’”② 则《孟氏易》《京氏易》说皆据《易纬》，此孟氏、京氏之说自然不是孟喜、京房的解释，而是东汉谶纬风行之后，研习《孟氏易》《京氏易》者的解释，相对于孟喜、京房来说自然是变异。又《礼记·郊特牲正义》引《五经异义》：“今《孝经说》曰：‘社者土地之主，土地广博，不可遍敬，封五土以为社。’”《周礼·大宗伯疏》引《孝经纬·援神契》云：“社者，五土之总神。稷者，原隰

① 王葆玹《今古文经学新论》，中国社会科学出版社，1997 年，第 107—112 页。

② 安居香山、中村璋八辑《纬书集成》，河北人民出版社，1994 年，第 22 页。

之神。五谷，稷为长，五谷不可遍敬，故立稷以表名。”则今《孝经》说据《孝经纬》。

四、《毛诗序》《毛传》的完成与解说变化

《毛诗》在平帝元始五年才立于学官，前此主要在民间传播，研习者很少，自然不会像立于学官的经派那样不断分化，不断产生异说。不过其由河间献王博士毛公传至王莽时的陈侠，历时一百三四十年，中间更经过了贯长卿、解延年、徐敖等几代人的传承，若说《毛诗》的解说没有一点发展变化，从情理上也说不通。

传统的看法，认为《毛传》的作者为毛亨，即大毛公。但也有学者认为《毛传》的作者应该是毛苌①，即小毛公。而王国维在《书毛诗故训传后》中认为《毛传》中的故训部分为毛亨所作，传的部分为毛苌所增益②。实际《毛传》的作者应该为河间献王博士毛公，不过在毛公之后，又经过了贯长卿以及贯长卿之后的学者的增补③。就其增补的部分看，一般都是对原文的补充或进一步申发，但也有增加新义之例。由于增加了新义，往往会造成解说的前后矛盾。《召南·驺虞》“壹发五豝”，《传》曰：“虞人翼五豝，以待公之发。”把驺虞看作天子掌鸟兽官，但于“于嗟乎驺

① 谷丽伟《〈毛诗诂训传〉作者辨正》，《古籍整理研究学刊》2011 年第 4 期。

② 王国维《观堂集林》，中华书局，1959 年，第 1125—1129 页。

③ 赵茂林《〈毛传〉成书与定型》考论，《国学学刊》2013 年第 3 期，第 7—15 页。

虞”下又说：“驺虞，义兽。白虎黑文，不食生物，有至信之德则应之。”则与前矛盾。皮锡瑞说：“《传》云‘虞人翼五豝以待公之发’，虞人即驺虞也。下忽缀以‘驺虞义兽’云云，与上文不相承，良由牵合古书，欲创新义，上‘虞’字不及追改，葛龑故奏，贻笑后人，此乃《毛传》一大瑕。”① 皮氏认为“虞人”之解为《毛传》本来的解释，“义兽”的解释则为后来增入的，我们的理解恰与其相反。《毛诗序》：“《驺虞》，《鹊巢》之应也。《鹊巢》之化行，人伦既正，朝廷既治，天下纯被文王之化，则庶类蕃殖，搜田以时，仁如驺虞，则王道成也。”《毛传》“义兽”之说，应是依《序》“仁如驺虞”而作的解释，而“虞人翼五豝，以待公之发”很可能为后人所加。《大雅·绵》“乃立皋门，皋门有伉。乃立应门，应门将将”，《传》曰：“王之郭门曰皋门。伉，高貌。王之正门曰应门。将将，严正也。美大王作郭门以致皋门，作正门以致应门焉。”前已说“王之郭门曰皋门”“王之正门曰应门”，也就是说，郭门即皋门，正门即应门，而后又说“作郭门以致皋门，作正门以致应门”，显然前后矛盾。“美大王作郭门以致皋门，作正门以致应门焉”概述句意，也可能是后人所增。

而关于《毛诗序》，其作者与时代虽然古今聚讼纷纭，但以为其非一时一人之作，却也是学界的共识。由于《序》《传》内容相近的有 138 篇，语句类似的有 45 例，故陈奂说毛公是“依《序》作《传》”②。既然毛公“依《序》作《传》”，那么《毛诗序》在毛公前已经成型。不过《毛诗序》在毛公前虽已成型，但其定型

① 《诗三家义集疏》，第 122 页。

② 《诗毛氏传疏·序》。

则要到哀帝之时[1]。由毛公生活的景帝时到哀帝时这个阶段，《毛诗序》也是经过了一人或多人增补。增补者一般是对本来之说进一步解说或推衍，但有时也会加入自己的理解。《郑风·野有蔓草》，《序》："思遇时也。君之泽不下流，民穷于兵革，男女失时，思不期而会焉。"前说"思遇时"，乃希望得贤士辅佐明主之意[2]，而后面却说"男女失时，思不期而会"，前后显然不同。所以陈启源《毛诗稽古编》卷五说："东莱疑《后序》是讲师所益，其信然乎。"《野有蔓草》表现男子对女子一见钟情，"男女失时，思不期而会"虽以诗中所述为未然之事，但毕竟还是把握到了诗旨，包含有增补者的理解。

《邶风·凯风》，《序》："美孝子也。卫之淫风流行，虽有七子之母，犹不能安其室，故美七子能尽其孝道，以慰其母心，而成其志尔。""卫之淫风流行"云云，实际是依据孟子与公孙丑讨论诗意时的说法作出的推测，与"美孝子"并不相符。《孟子·告子下》，公孙丑问："《凯风》何以不怨?"孟子曰："《凯风》，亲之过小者也。《小弁》，亲之过大者也。亲之过大而不怨，是愈疏也。亲之过小而怨，是不可矶也。愈疏，不孝也。不可矶，亦不孝也。"孟子说"亲之过小"就诗中"莫慰母心"而言，而增补者竟然猜测其母有改嫁之意。魏源批驳说："如是则卫母过在未形，七子喻亲于道，闺门泯然无迹，序《诗》者乃追讦其一念之阴私，坐以淫风流行之大恶，岂诗人忠厚之谊乎？且与《孟子》'不可矶'之说风马牛不相及矣。"[3] 王先谦说："《序》'美孝子'，自是大师相传古谊，'淫风流

---

① 赵茂林《由"笙诗"来看〈毛诗序〉的完成时间》，《南京师范大学文学院学报》2011 年第 1 期。

② 《诗三家义集疏》，第 369 页。

③ 魏源《诗古微》，第 169 页。

行’云云，则毛所涂附。玩《孟子》‘亲之过小’一语，周、秦以前旧说决无‘母不安室’之辞。”[①] 王氏以为“淫风流行”云云为增补之语，是正确的，但说是毛公增补，却不是事实。由《序》《传》用语多重复，恰可说明毛公不曾补序。

而《毛诗序》还经过了最后的整理，这由其完整的系统性可以说明。而由六“笙诗”、《小雅·都人士》首章则可以看出其最后的整理发生在哀帝时[②]。前人从“有声无辞”、编什、篇题重复、六“笙诗”在《诗经》中的位置、六“笙诗”《序》等方面论述了六“笙诗”本非《诗经》所有，这也可以从四家《诗》的来源以及《诗经》在先秦时期的传播情况加以印证。虞万里通过比较竹简本与传世本《礼记·缁衣》，指出《小雅·都人士》首章是《毛诗》经师加入的[③]。传《毛诗》者之所以要入六“笙诗”、《小雅·都人士》首章入《诗经》，应该是受刘歆《移让太常博士书》的启发，也与人们把经书看作“应时而作”、可以损益的观念有关。据此，可以断定六“笙诗”、《小雅·都人士》加入《诗经》在哀帝时。传《毛诗》者入六“笙诗”于《诗经》，并推衍篇题而撰成序；又采《缁衣篇》所引诗句作为《小雅·都人士》首章，并以《缁衣》引诗之前的话语作为序文。由六“笙诗”和《小雅·都人士》首章的情况，可以看出，《毛诗》有些诗篇本来没有序，在最后整理时才补齐。另一方面，或者依据其他材料，或者出于统一的目的，也对原有的一些序文进行了改写。这些补充与改写后的序文，所表达的看法，也就未必是《毛诗》原来的说法。

---

① 《诗三家义集疏》，第 156 页。

② 《由“笙诗”来看〈毛诗序〉的完成时间》。

③ 虞万里《从简本〈缁衣〉论〈都人士〉诗的缀合》，《文学遗产》2007 年第 6 期，第 4—14 页。

孔子“删诗”说的理论来源与产生背景

《史记·孔子世家》说：“古者诗三千馀篇，及至孔子，去其重，取可施于礼义，上采契、后稷，中述殷、周之盛，至幽、厉之缺，始于衽席，故曰‘《关雎》之乱以为《风》始，《鹿鸣》为《小雅》始，《文王》为《大雅》始，《清庙》为《颂》始’。三百五篇孔子皆弦歌之，以求合《韶》《武》《雅》《颂》之音。礼乐自此可得而述，以备王道，成六艺。”孔颖达于《毛诗正义》中对司马迁的说法提出质疑，指出：“书传所引之诗，见在者多，亡逸者少，则孔子所录，不容十分去九。”之后，学者们或从司马迁或从孔颖达，聚讼纷纷，迄今尚无定论，孔子“删诗”说也就成为《诗经》研究中的一个公案。就古今学者的争论来看，基本集中在孔子“删诗”前是否有三千馀篇诗，《左传》记载的季札观周乐之事是否可信，孔子是否有资格“删诗”，司马迁之说是否可靠等方面，更旁及“删诗”与正乐关系、“去其重”的含义等等，但很少

此文原刊于《孔子研究》2018 年第 5 期。

有学者分析“删诗”说的理论来源与产生背景。实际，“删诗”说可能源于《鲁诗》，是经学阐释背景下的产物，更是《诗》经典化的结果。

一、马迁所述孔子“删诗”说很可能出自《鲁诗》

司马迁的《诗》学渊源史无明文，但《史记·儒林列传》说孔安国为《鲁诗》创始人申公弟子，而《汉书·儒林传》又说司马迁曾从孔安国问故，故清儒陈乔枞、王先谦、唐晏都认为司马迁主要用《鲁诗》。陈乔枞更在《鲁诗遗说考·序》中说：“观其传儒林首列申公、叙申公弟子首数孔安国，此太史公尊其师传，故特先之。”① 陈桐生从司马迁所述《诗》说入手，认为司马迁并不曾从孔安国习《鲁诗》，《史记》之所以采用《鲁诗》说，是司马迁一个自觉的选择，因为《鲁诗》在三家中说《诗》较精②。不论是出于师承，还是自觉选择的结果，司马迁主要用《鲁诗》是可以肯定的，这由《史记》所述《诗》说材料也可以说明。

《史记》用《鲁诗》的地方不少。《十二诸侯年表》说：“周道缺，诗人本之衽席，《关雎》作。仁义陵迟，《鹿鸣》刺焉。”所述即为《鲁诗》的说法。特别以《鹿鸣》为刺诗，是用《鲁诗》的一个明显标志。因为齐、韩、毛《诗》都不以《鹿鸣》为刺诗。其他如《周本纪》述后稷之诞生，说其母姜嫄履大人迹而有身孕；

---

① 陈乔枞《三家诗遗说考》，《续修四库全书》，第 76 册，上海古籍出版社，2003 年，第 34 页。

② 陈桐生《史记与诗经》，人民文学出版社，2000 年，第 19—31 页。

《殷本纪》说契母简狄吞玄鸟卵而生契；《宋世家》说正考父美襄公而作《商颂》；《太史公自序》说“穆公思义，悼豪之旅；以人为殉，诗歌《黄鸟》”，等等，皆为用《鲁诗》说。

学者们讨论孔子“删诗”说往往只重视前引《史记·孔子世家》中那段材料的前半段，实际前引《孔子世家》那段材料应该整体把握。“故曰”后所述即为《鲁诗》“四始”之义。《韩诗外传》卷五有子夏问孔子“《关雎》何以为《国风》始”之说，《汉书·匡衡传》匡衡上书也说“孔子论《诗》以《关雎》为始”等等，匡衡为《齐诗》学者，则齐、韩两家也应该都有“四始”之说。但具体情形如何，却难以考见①。而《毛诗》则以《风》《小雅》《大雅》《颂》为“四始”。既然后面所述为《鲁诗》“四始”说，则前面所述孔子“删诗”说，也很可能出自《鲁诗》。

又《史记·儒林列传》说：“夫周室衰而《关雎》作，幽、厉微而礼乐坏，诸侯恣行，政由强国。故孔子闵王路废而邪道兴，于是论次《诗》《书》，修起礼乐。”说“周室衰而《关雎》作”，与《十二诸侯年表》“周道缺，诗人本之衽席，《关雎》作”同义，即以《关雎》为刺诗，用《鲁诗》义。而下面说孔子“论次《诗》《书》”，即孔子论定编次了《诗》《书》。显然，这段文字与上引《孔子世家》一段文字表达非常类似：这段文字先叙述《鲁诗》具体解说，而后说孔子论定《诗》《书》；《孔子世家》先说孔子“删诗”，然后叙说《鲁诗》“四始”之义。因而，结合《儒林列传》

① 《毛诗正义》引《诗纬·汎历枢》：“《大明》在亥，水始也。《四牡》在寅，木始也。《嘉鱼》在巳，火始也。《鸿雁》在申，金始也。”孔颖达说：“纬文因金木水火有四始之义，以《诗》文托之。”有学者认为《诗纬》所述即《齐诗》“四始”。即使是《齐诗》之说，也只能是翼奉及其后学所创，与《齐诗》原始的“四始”之义有别。

此段文字来看，司马迁所述孔子“删诗”说很可能出自《鲁诗》。

值得注意的是，《史记》以为孔子“删诗”、编《诗》，但《毛诗》则认为《诗经》的编订者为国史，《毛诗序》说：“至于王道衰，礼义废，政教失，国异政，家殊俗，而变风、变雅作矣。国史明乎得失之迹，伤人伦之废，哀刑政之苛，吟咏情性，以风其上，达于事变而怀其旧俗者也。”说“国史明乎得失之迹”，似指国史以政治的兴衰治乱为思路来安排诗篇，故《毛诗序》《毛传》对诗篇就从“正变”、世次的角度进行解释。

正因为《毛诗》不认为孔子为《诗经》的编订者，所以传《毛诗》的古文学者郑众在孔颖达之前，实际已经对孔子“删诗”说表示了怀疑。《周礼·春官·大师》郑玄注引郑众说：“古而自有风雅颂之名，故延陵季子观乐于鲁时，孔子尚幼，未定《诗》《书》，而曰为之歌《邶》《鄘》《卫》，曰：‘是其《卫》风乎?’又为之歌《小雅》《大雅》，又为之歌《颂》。”由于郑众说得比较含混，学者对这条资料也就不太注意。但郑众把季札观周乐和孔子的年龄对比，恰表现出了对孔子“删诗”说的怀疑。

《孔子世家》述“删诗”说在孔子自卫返鲁之后，而孔子自卫返鲁在哀公十一年（前484），但同在《孔子世家》，司马迁又说：“故孔子不仕，退而修《诗》《书》《礼》《乐》，弟子弥众，至自远方，莫不受业焉。”时在定公五年（前505）。显然前后矛盾。对这一矛盾，一些学者极力弥缝，梁玉绳认为这段话不是司马公原文，他说：“时为定公五年，恐未曾修诗书礼乐也，疑衍。”① 而蒋伯潜认为“修”当作教授讲，“退而”为衍文，他说：“此但言孔子不仕，隐居讲学，《诗》《书》《礼》《乐》教弟子耳。唯既未尝仕，

① 梁玉绳《史记志疑》，中华书局，1981年，第1119页。

便不当云‘退’。当删‘退而’二字。”① 孔子为中都宰在定公九年（前501），此前并未出仕，因而二家所言不无道理。但梁氏以此段材料为衍文，只是因为其与《孔子世家》后文矛盾，并没有其他证据；而蒋氏读“修”为教授也缺乏训诂依据。

秦始皇三十四年（前213）颁布法令，禁私藏《诗》《书》、百家语，禁语《诗》《书》。汉朝建立，多因秦制。“挟书令”直到汉惠帝四年（前190）才废除。所以汉初经说处于草创阶段。这表现在各家经说普遍较为简略，甚至多所疏谬。就《鲁诗》而言，《史记·儒林列传》说：“申公独以《诗》经为训以教，无传疑，疑者则阙不传。”则申公所创《鲁诗》解说不完备。又王式师事申公弟子免中徐公、鲁许生，授张长安、唐长宾、褚少孙。《汉书·儒林传》说：“唐生、褚生应博士弟子选，诣博士，抠衣登堂，颂礼甚严，试诵说，有法，疑者丘盖不言。”张长安、唐长宾、褚少孙主要活动在昭、宣之世。则最早在昭帝时，《鲁诗》说仍不是很详备。《史记·宋世家》：“太史公曰：……襄公之时，修行仁义，欲为盟主。其大夫正考父美之，故追道契、汤、高宗，殷所以兴，作商颂。”所言为《鲁诗》说。但正考父与襄公年岁不相接，故《索隐》说：“又考父佐戴、武、宣，则在襄公前且百许岁，安得述而美之?”《大雅·皇矣》“密人不恭，敢距大邦，侵阮徂共”，《毛传》：“国有密须氏，侵阮遂往侵共。”释“徂”为“往”，释“阮”“共”皆为地名。而郑《笺》云：“阮也、徂也、共也，三国犯周，而文王伐之。”郑玄采《鲁诗》说改毛。《毛诗正义》：“孔晁云：‘周有阮、徂、共三国，见于何书?’张融云：‘晁岂能具数此时诸侯，而责徂、共非国也?《鲁诗》之义，以阮、徂、共皆为

① 蒋伯潜《诸子通考》，正中书局，1948年，第54页。

国名。是则出于旧说，非郑之创造。’”但释阮、徂、共为国名，实际说不通。“敢距大邦，侵阮徂共”明显承接“密人不恭”而言，正为“密人不恭”的表现。若如《笺》所说，则经当先言阮、徂、共三国犯周之事，不当先言密人不恭。所以戴震《毛郑诗考正》说：“详绎辞称‘侵阮徂共’，以承‘敢距大邦’下，为密人抗周来侵无疑。‘以按徂旅’蒙上‘徂共’之‘徂’，以密人既侵阮，遂往共，周出师自先遏抑其往共之众，此显然可知者。”① 马瑞辰也说：“‘侵阮徂共’承上‘敢距大邦’言之，毛《传》言密须侵阮，遂往侵共，是也。《竹书纪年》：‘帝辛三十三年，密人侵阮，西伯帅师伐密。’正与毛《传》合。《笺》从《鲁诗》，以阮、徂、共为三国，不若毛《传》为允。”②

申公解说《诗经》虽然简略，但也有创立自己《诗》学体系的企图，这由《鲁诗》“四始”说可以看出。或许正是由于创立《诗》学体系的目的提出了孔子“删诗”说。但由于处于《诗》学的草创时期，其说尚未细密，也就是说尚未明言孔子“删诗”的时间，所以司马迁在《孔子世家》中引用其说，就出现了前后矛盾的情况。

由于上述种种原因，故很可能司马迁所说孔子“删诗”来源于《鲁诗》。魏源于《夫子正乐论》中说：“史迁杂采轻信，而遽谓出《鲁诗》，过矣。”③ 魏源崇尚三家《诗》，又不同意孔子“删诗”说，故言。而魏源此言恰说明有学者是以司马迁说孔子“删

---

① 晏炎吾等点校《清人诗说四种》，华中师范大学出版社，1986 年，第 68 页。

② 马瑞辰《毛诗传笺通释》，中华书局，1989 年，第 849 页。

③ 魏源《诗古微》，《续修四库全书》，第 77 册，上海古籍出版社，2003 年，第 28 页。

诗”是出于《鲁诗》的。皮锡瑞于《诗经通论》中就认为孔子“删诗”说出于《鲁诗》①。今人崔大华亦认为孔子“删诗”说为《鲁诗》的说法②。

二、从《诗经》的篇次来看孔子“删诗”说

《孔子世家》先叙孔子“删诗”说，后述《鲁诗》“四始”之义，从文义来看，似乎是说《鲁诗》“四始”也是由孔子确定的，就是说《诗经》的篇次也是孔子编列的，此即《儒林列传》“论次”之义。故匡衡上书说“孔子论《诗》以《关雎》为始”。班固既在《汉书·艺文志》说“孔子纯取周诗，上采殷，下取鲁，凡三百五篇”，又在《儒林传》中说孔子“于是叙《书》则断《尧典》，称乐则法《韶舞》，论《诗》则首《周南》”。因而，司马迁所述孔子“删诗”说不仅有选诗之义，还有编订诗篇次序之义。

司马迁、匡衡、班固都说《诗经》的篇次是孔子安排，但《毛诗序》说是国史安排的，但比较《鲁诗》与《毛诗》，二者诗篇的次第大部分相同。据熹平石经《鲁诗》残石，《鲁诗》篇次可考者 203 处，其中 192 处与《毛诗》相同。更主要的是《鲁诗》《毛诗》十五《国风》的第一篇都是《关雎》，《小雅》第一篇都是《鹿鸣》，《大雅》第一篇都是《文王》，《颂》第一篇都是《清庙》。显然，《鲁诗》“四始”说是依据诗篇固有排列顺序的一种发挥。

---

① 皮锡瑞《诗经通论》，第 68 页，皮锡瑞《经学通论》，中华书局，1954 年。

② 崔大华《儒学引论》，人民出版社，2001 年，第 224 页。

而按之《仪礼》《左传》《国语》，可以更清楚地看出《诗经》的篇次不是孔子编排的。《仪礼·乡饮酒礼》："工歌《鹿鸣》《四牡》《皇皇者华》。"《国语·鲁语下》：叔孙穆子聘于晋，晋悼公飨之，金奏《肆夏》之三，不拜。工歌《文王》之三，又不拜。歌《鹿鸣》之三，三拜。晋侯使行人问之，对曰："夫先乐金奏《肆夏》《樊遏》《渠》，天子所以飨元侯也；夫歌《文王》《大明》《绵》，则两君相见之乐也。皆昭令德以合好也，皆非使臣之所敢闻也。臣以为肄业及之，故不敢拜。今伶箫咏歌及《鹿鸣》之三，君之所以贶史臣，臣敢不拜贶？夫《鹿鸣》，君之所以嘉先君之好也，敢不拜嘉？《四牡》，君之所以章使臣之勤也，敢不拜章？《皇皇者华》，君教使臣曰'每怀靡及'，诹、谋、度、询，必咨于周。敢不拜教？"① 这个记载也见于《左传·襄公四年》。显然，早在襄公四年（前569）之前，在典礼用乐中就已经是《文王》《大明》《绵》相连，《鹿鸣》《四牡》《皇皇者华》相连。而《鲁诗》《毛诗》《大雅》正好也是《文王》《大明》《绵》相连；《毛诗》《小雅》也是《鹿鸣》《四牡》《皇皇者华》相连。襄公四年，孔子尚未出生。

《乡饮酒礼》："乃间歌《鱼丽》，笙《由庚》；歌《南有嘉鱼》，笙《崇丘》；歌《南山有台》，笙《由仪》。"其中《由庚》《崇丘》《由仪》皆有声无辞，则《诗经》原本应该是《鱼丽》《南有嘉鱼》《南山有台》相次，而《毛诗》也正好此三篇相次。《鲁诗》《鱼丽》篇次无考，熹平石经《鲁诗》残石也是《南有嘉鱼》《南山有台》相次的。

《左传·文公四年》："卫宁武子来聘，公与之宴，为赋《湛

① 徐元诰《国语集解》，中华书局，2002年，第178页。

露》及《彤弓》。不辞，又不答赋。使行人私焉。对曰：‘臣以为肄业及之也。昔诸侯朝正于王，王宴乐之，于是乎赋《湛露》，则天子当阳，诸侯用命也。诸侯敌王所忾，而献其功，王于是乎赐之彤弓一、彤矢百、弓矢千，以觉报宴。今陪臣来继旧好，君辱贶之，其敢干大礼以自取戾?’”由宁武子的话来看，当时的《诗》本，很可能《湛露》《彤弓》相连，而《毛诗》《小雅》正好也是《湛露》《彤弓》相连。文公四年即公元前624年，更远在孔子出生之前。

由《仪礼》《左传》《国语》记载的典礼用诗乐情况来看，《诗经》的篇次在孔子出生之前就已经排定，所以，说孔子编排了《诗经》的次序，并不可靠。

三、孔子“删诗”说是《诗》经典化的结果

关于《诗经》的编订，有“采诗”“献诗”说。《左传·襄公十四年》晋国乐师师旷谈治国之术曰：“自王以下，各有父兄子弟以补察其政。史为书，瞽为诗，工诵箴谏，大夫规诲，士传言，商旅于市，百工献艺。故《夏书》曰：‘遒人以木铎徇于路，官师相规，工执艺事以谏。’正月孟春，于是乎有之，谏失常也。”杜预于“遒人以木铎徇于路”下注曰：“逸《书》。遒人，行人之官也……徇于路，求歌谣之言。”孔颖达于“瞽为诗”下说：“诗者，民之所作。采得民诗，乃使瞽人为歌以风刺，非瞽人自为诗也。”正是采来的诗包含对施政的评介，所以由“瞽人为歌以风刺”，与“史为书”“工诵箴谏”“士传言”一样都是为当政者提意见、补救朝政的一种手段。其他如《礼记·王制》《汉书·艺文志》《食货志》《公羊传·宣公十五

年》何休注等也都说到“采诗”制度。《孔子诗论》第三简：“邦风其纳物也，溥观人俗焉，大敛材焉。”① 虽然说的是《国风》的功用，但也透露出“采诗”制度的信息。

至于“献诗”制度，《国语》说得比较明确，《周语上》召公谏厉王曰：“故天子听政，使公卿至于列士献诗，瞽献曲，史献书，师箴，瞍赋，矇诵，百工谏，庶人传语，近臣尽规，亲戚补察，瞽史教诲，耆艾修之，而后王斟酌焉，是以事行而不悖。”② 又《晋语六》范燮戒赵文子也说：“吾闻古之言王者，政德既成，又听于民。于是使工诵谏于朝，在列者献诗。”③ “公卿至于在列者献诗”也是为了规劝执政者，补察时政。

有些学者对“采诗”“献诗”说，特别是“采诗”说表示怀疑④，但“采诗”“献诗”说见于多种典籍，说明还是有一定的依据的，最起码在历史上某个阶段施行过，所以师旷引《夏书》的说法，范燮也说“古之言王者”。而更重要的是其对《诗》经典化的影响。不同的人转述它，无疑会促使人们形成《诗经》是为补察时政而作的观念。

对国家政治的关注、对个人道德的评价，本身是社会生活的一个重要的内容。《诗经》中也确实有不少作品是因人、因事而作，《鄘风·鹑之奔奔》：“人之无良，我以为君。”《魏风·葛屦》：“维是褊心，是以为刺。”《陈风·墓门》：“夫也不良，歌以讯之。”

---

① 马承源主编《上海博物馆藏楚竹书（一）》，上海古籍出版社，2001年，第129页。

② 徐元诰《国语集解》，第11—12页。

③ 徐元诰《国语集解》，第387页。

④ 高亨《诗经简述》，《诗经今注》，上海古籍出版社，1980年；傅道彬《诗可以观：礼乐文化与周代诗学精神》，中华书局，2010年，第216页。

《小雅·巷伯》:“寺人孟子,作为此诗。凡百君子,敬而听之。”《节南山》:“家父作诵,以究王讻。式讹尔心,以畜万邦。”《大雅·桑柔》:“虽曰匪予,既作尔歌。”这也就为后代解释者提供了用政治生活、道德观念来比附的思路和实例。

《诗经》中的诗篇有些是应典礼需要而作,有些虽是因人、因事而作,但后来也被用到典礼场合,因而《诗经》是周代礼乐制度的重要组成部分,也是礼乐教育的重要内容。礼乐之教就是和谐人的品性,使君臣、父子、兄弟、朋友均能和睦相处。《周礼·春官·大司乐》说大司乐教国子乐德、乐语、乐舞,其中乐语就是六种用《诗》的方法,而乐德的内容是中、和、祗、庸、孝、友,郑玄注曰:“中犹忠也。和,刚柔适也。祗,敬。庸,有常也。善父母曰孝,善兄弟曰友。”显然“六德”之教或着眼于对国子情性的陶冶,或侧重于对其道德的培育。《国语·楚语上》申叔时对士亹问时说:“教之《诗》,而为之导广显德,以耀明其志。”[①] 更明确指出《诗》有引导人向善的作用。显然,由于礼乐的义理而来的道德教诫也为《诗》与伦理道德、政治教化的结合埋下了伏笔。

国子学成后登上政治舞台,在列国聘问间赋《诗》言志、引《诗》喻志,往往以断章取义的方式来挖掘《诗》的伦理道德、施政方略方面的内涵,实际可以看作《诗》经典化的开始。就《左传》而言,不计《左传》作者引《诗》、孔子引《诗》、作《诗》、逸诗,引《国风》18 条,赋 24 条,歌 17 条,共计 59 条;引二《雅》96 条,赋 42 条,歌 10 条,共计 148 条;引三《颂》26 条,赋 1 条,歌 6 条,共计 33 条[②]。显然公卿引《诗》、赋《诗》更倾

---

① 徐元诰《国语集解》,第 485 页。

② 王妍《经学以前的〈诗经〉》,东方出版社,2007 年,第 109 页。

向于二《雅》，这是因为二《雅》与《风》《颂》比较，政治色彩更为浓厚、道德倾向更为鲜明，更便于表达列国的政治意愿。

正是《诗》在春秋列国聘问间的广泛运用以及公卿对《诗》从伦理道德、施政方略方面的阐发，所以孔子强调《诗》的“兴、观、群、怨”的社会功效和“迩之事父，远之事君”（《论语·阳货》）的伦理、政治价值。在实际教学中，孔子非常注重《诗》的从政、修身之用，强调《诗》的通达政令、练习辞令、涵养性情的意义。孔子以《诗》教弟子，其对《诗》的态度、说《诗》的方法，对战国时期《诗经》的传播有很大的影响。孔子论《诗》偏重伦理道德和政治实践，实蕴藏着由《诗》向经演化的必然。

《汉书·艺文志》著录有多种孔子弟子及再传弟子的著作，可惜今皆不存。就从《礼记·缁衣》《大学》《中庸》《坊记》《表记》《乐记》以及《孝经》《大戴礼记》“曾子”十篇等七十子及其弟子著述的遗存来看①，已经把《诗》看成权威材料，故往往把《诗》

① 《隋书·音乐志》引沈约说，以为《礼记·中庸》《表记》《坊记》《缁衣》皆取《子思子》，《乐记》取《公孙尼子》。马王堆汉墓帛书《老子》甲本卷后古佚书有《五行》一篇，主要谈论“仁、义、礼、智、圣”，即《荀子·非十二子》指责子思、孟子的“五行”学说。《五行》篇又大谈“慎独”的观点，而“慎读”之说，又见于《礼记·中庸》《大学》等篇，此或可说明《中庸》《大学》为子思、孟子一派的著作。又《礼记·缁衣》一篇，见于郭店简和上博简，而郭店简中也有《五行》一篇，两篇出现于同一墓中，或许表明二者间有一定的联系。《荀子·乐论》许多辞句与《乐记》同，有人认为《乐记》来自《荀子》，实际是荀子因要反驳墨子《非乐论》而抄《乐记》。从其产生年代来看，很有可能就是采自《公孙尼子》。另外，《曾子》十八篇一般认为有十篇存于《大戴礼记》，即《曾子立事》《曾子本孝》《曾子立孝》《曾子大孝》《曾子事父母》《曾子制言上》《曾子制言中》《曾子制言下》《曾子疾病》《曾子天员》。《史记·仲尼弟子列传》说《孝经》为曾子所作，虽未必确实，但出于曾子弟子及再传弟子的可能性还是很大的。

中的句子作为其论事说理的证据。

孟子活动于战国中期，《史记·孟子荀卿列传》说其“受业子思之门人”，其对《诗》的态度也与七十子及其弟子类似，也是把《诗》看成权威材料来引用，所以《孟子》一书涉及《诗》的地方就有三十九处，其中孟子本人引《诗》就达三十次。而更值得我们注意的是，孟子还把《诗》与孔子联系起来，《孟子·离娄下》说：“王者之迹熄而《诗》亡，《诗》亡然后春秋作。晋之《乘》，楚之《梼杌》，鲁之《春秋》，一也。其事则齐桓、晋文，其文则史。孔子曰：‘其义则丘窃取之。’”这虽然是借《诗》来抬高《春秋》的地位，但说孔子于《春秋》“其义则丘窃取之”，实也认为《诗》中也有孔子的微义，是施行王者之迹即王道的工具，为伦理的法则。这无形中把《诗》向经又推进了一步。

孟子之后，儒家学者一方面把孔子对《诗》社会功用和伦理、政治价值的定性转移到其内涵方面，另一方面又把孟子对《诗》与孔子关系的暗示明确为圣人与《诗》的关系，《郭店简·六德》说：“故夫夫、妇妇、父父、子子、君君、臣臣，六者各行其职，而谗谄无由作也。观诸《诗》《书》则亦在矣，观诸礼、乐则亦在矣，观诸《易》《春秋》则亦在矣。”① 明确指出《诗》包含着丰富的伦理道德、政治教化的内涵。《郭店简·性自命出》：“道者，群物之道。凡道，心术为主。道四术，唯人道为可道也。其三术者，道之而已。《诗》《书》、礼乐，其始出皆生于人。《诗》，有为为之也；《书》，有为言之也；礼乐，有为举之也。圣人比其类而论之，观其先后而逆顺之，体其义而节文之，理其情而出入之，

① 荆门市博物馆《郭店楚墓竹简》，文物出版社，1998 年，第 188 页。释文用宽体，参李零《郭店楚简校读记》，北京大学出版社，2002 年，第 131 页。

然后复以教。”[①] 人性的教化要靠“道术”，而《诗》《书》、礼乐三道又受心术指导，并且是按照一定的目的设计出来的。简文后半部分虽然就圣人施行教化的步骤而言，实际从前后文关系来看，《诗》《书》、礼乐正是圣人为教化目的而设计出来的。所以，到荀子，就明确指出《诗》《书》礼、乐表现的都是圣人之道，《荀子·儒效篇》说：“圣人也者，道之管也……故《诗》《书》、礼、乐之道归是矣。《诗》言是，其志也；《书》言是，其事也；礼言是，其行也；乐言是，其和也；《春秋》言是，其微也。故《风》之所以为不逐者，取是以节之也；《小雅》之所以为小雅者，取是而文之也；《大雅》之所以为大雅者，取是而光之也；《颂》之所以为至者，取是而通之也；天下之道毕是矣。乡是者臧，倍是者亡。乡是如不臧，倍是如不亡者，自古及今，未尝有也。”[②] 圣人之道即是天下之道，而天下之道存于《诗》《书》、礼、乐、《春秋》之中，遵循之则安，背离之则亡，可以说把《诗》的地位抬高到了空前的高度，《诗》的经化也基本完成。

纵观《诗》的经化过程，可以看出，儒家学者除了不断加强《诗》的伦理道德、政治教化色彩外，还努力把《诗》与圣人联系起来。而把孔子目为圣人，在孔子在世时就已经开始了。《论语·子罕》：“太宰问于子贡曰：‘夫子圣者与？何其多能也？’子贡曰：‘固天纵之将圣，又多能也。’子闻之，曰：‘太宰知我乎？吾少也贱，故多能鄙事。君子多乎哉？不多也。’”显然，太宰和子贡都以孔子为圣人。孔子去世后，以孔子为圣者逐渐增加，《礼记·檀

---

① 《郭店楚墓竹简》，第 179 页。释文用宽体，参李零《郭店楚简校读记》，第 106 页。

② 王先谦《荀子集解》，中华书局，1988 年，第 133—134 页。

弓》：“子思之母死于卫。柳若谓子思曰：‘子，圣人之后也，四方于子乎观礼，子盖慎诸！’”而孟子更称孔子为圣人中的集大成者，《孟子·万章下》：“伯夷，圣之清者也；伊尹，圣之任者也；柳下惠，圣之和者也；孔子，圣之时者也，孔子之谓集大成。”到战国晚期，即使如韩非子敌视儒家者，也称孔子为圣人。《韩非子·五蠹》：“仲尼，天下圣人也，修行明道以游海内，海内说其仁、美其义而为服役者七十人。”① 从春秋末年到战国末期，把孔子称为圣人越来越普遍，并且显示出由对孔子德、智等方面的高度评价向综合能力的高度评价方面转移的趋势②。

《诗》表现的是圣人之道，而孔子又是圣人，那么把《诗》与孔子结合起来也就是自然而然的了，孟子已经这样暗示过。所以，到汉代，儒生一方面从伦理道德、政治教化方面诠释《诗经》，另一方面把《诗经》与孔子直接联系起来。既然《诗经》篇篇都蕴含着孔子关于治国、理家、修身的微言大义，《诗经》的编订者就只能是孔子。而三百零五首诗是经过孔子精心挑选的，挑选的标准就是伦理道德、政治教化，即《史记·孔子世家》所说的“礼义”。正因为认为孔子是以伦理道德、政治教化的标准编选《诗经》的，所以，《诗经》编成之后就是“王道备”了。显然，“三千馀”只是为了与“三百五篇”对举，来凸显《诗经》中的诗篇是经过精心选择的，至于古诗是否有三千馀篇倒是其次；“去其重”也是为了说明《诗经》中的诗句是在“礼义”的标准下进行了精炼。同样，在《诗》经典化的背景下，季札观周乐的事实以

① 王先慎《韩非子集解》，第 342 页，《诸子集成》，第五册，上海书店出版社，1986 年。

② 周炽成《论孔子成为圣人之过程》，《孔子研究》2010 年第 4 期。

及春秋时期大量的典礼用诗、公卿引《诗》赋《诗》的事例都不能阻止学者们对孔子“删诗”说的信从。

孔子“删诗”说是《诗》经化的结果，也可由《尚书》《春秋》的情况说明。《尚书》与《诗》经历了类似的经化历程，故在汉代也有孔子编选《尚书》的说法。孔颖达《尚书正义》：“郑（玄）作《书论》，依《尚书纬》云：‘孔子求《书》，得黄帝玄孙帝魁之书，迄于秦穆公，凡三千二百四十篇。断远取近，定可以为世法者百二十篇，以百二篇为《尚书》，十八篇为《中侯》。’”《春秋》虽早于《诗》《书》完成经化，但在汉代也有与孔子编选《诗》《书》类似的说法。徐彦《春秋公羊传注疏》：“闵因叙云：‘昔孔子受端门之命，制《春秋》之义，使子夏等十四人求周史记，得百二十国宝书，九月经立。《感精符》《考异邮》《说题辞》具有其文。’”所以，说孔子编选《诗》《书》以及制《春秋》而得百二十国宝书，都是为了增加经典的神圣色彩。

四、孔子“删诗”说也是经学阐释背景下的产物

儒家在战国时期已为显学，秦始皇“焚书坑儒”，不仅不能遏制其进一步发展的趋势，反而激发了儒生对经书的热情，故汉朝建立，伏生就迫不及待地从屋壁中求所藏之《书》而教，并形成了“诸山东大师无不涉《尚书》以教矣”（《史记·儒林列传》）的盛况；陆贾也在刘邦前时时“说称《诗》《书》”（《史记·郦生陆贾列传》）。要知道秦朝的“挟书律”于惠帝四年（前191）才废除，而“妖言令”于吕后元年（前187）才废除。至文帝、景帝时，儒家诸经的传授实际已经具有一定规模，据《史记·儒林列

传》，《鲁诗》创始人申公“退居家教”，“弟子自远方受业者百馀人”；《齐诗》创始人辕固以《诗》教授，“诸齐人以《诗》显贵，皆固之弟子也”；《韩诗》创始人韩婴以《诗》教授，“燕赵间言《诗》者由韩生”；董仲舒以治《春秋》，景帝时为博士，“下帷讲诵，弟子传以久次相受业”；胡毋生于景帝时为博士，“以老归教授，齐之言《春秋》者多受胡毋生”。

文帝、景帝时儒家诸经的传授虽然有一定的规模，但儒学并未完全得到统治者的认同，直到武帝即位，儒学才迎来了其发展的新转机。武帝为了挣脱其祖母窦太后的束缚，选择儒学来对抗窦太后信奉的黄老学。而武帝之所以选择儒学，一则是儒学传播比较兴盛，儒学与他加强中央集权、统一思想的意愿相吻合，更直接的原因是武帝得继大统是袁盎等大臣以《春秋》大义为其争取的。据《史记·梁孝王世家》褚先生补传，景帝七年（前 150），太子刘荣被废，需立新太子，窦太后坚持立她所溺爱的小儿子、景帝的弟弟梁孝王刘武。袁盎等大臣认为汉家法周，而周道立子不立弟，宋宣公立弟而致国乱、祸不绝。最终说服了窦太后，刘彻亦即后来的汉武帝才被立为太子。于是，武帝即位之初就下诏求贤，并授意丞相卫绾请罢斥法家和纵横家，试探窦太后的反应。建元五年（前 136），即窦太后去世前一年，武帝立《五经》博士，明确了其顾问团为儒家性质，其他各家尤其是黄老学者不能进入其政治顾问团，无疑有向窦太后示威的意味。所以，窦太后一去世，就大力推行儒学，“绌黄老、刑名百家之言，延文学儒者数百人”。元朔五年（前 125）又为博士置弟子。至此，儒学战胜黄老学成为官方意识。

司马迁的一生基本与武帝朝相始终，在《儒林列传》中对儒学的兴起过程作了饱含热情地描述：“及今上即位，赵绾、王臧之属明儒学，而上亦乡之，于是招方正贤良文学之士。”“及窦太后崩，武安侯田蚡为丞相，绌黄老、刑名百家之言，延文学儒者数百人，而公孙弘以《春秋》白衣为天子三公，封以平津侯。天下之学士靡然乡风矣。”又说为博士设弟子员之后，“自此以来，则公卿大夫士吏斌斌多文学之士矣”。

正是在儒学已经成为官方意识的背景下，司马迁撰写《史记》，是以孔子的继承者自居。《太史公自序》：“先人有言：‘自周公卒五百岁而有孔子。孔子卒后至于今五百岁，有能绍明世，正《易传》，继《春秋》，本《诗》《书》《礼》《乐》之际?’意在斯乎！意在斯乎！小子何敢让焉。”孔子“论次《诗》《书》，修起礼乐”（《儒林列传》），正《易传》，作《春秋》，故司马迁撰写《史记》除了要绍续《春秋》，也要“拾遗补艺”“厥协《六经》异传”（《太史公自序》），全面继承和发扬孔子所开创的儒家文化。这体现在《史记》的撰写中，就是一则为儒林立传，再则就是叙事、评述多采经传。而对经传之言，司马迁有时不加以考证，直接作为可信的材料来使用，班固早已指出了这一点，《汉书·司马迁传》说：“至于采经摭传，分散数家之事，甚多疏略，或有抵捂。”

《鲁诗》创始人申公学《诗》于浮邱伯，浮邱伯又为荀子弟子，《鲁诗》的解说自然有承自荀子的一面。但荀子主要是用《诗》，申公对《诗经》全面阐释，就不能不自我创获和发挥，故以荀子用《诗》、解《诗》之语与《鲁诗》说比较，往往不尽相同。《荀子·大略篇》：“《国风》之好色也，《传》曰：‘盈其欲而不愆其止。’其诚可比于金石，其声可内于宗庙。”上博简《孔子诗论》、帛书《五行》篇都把《关雎》看作一首“思色”的诗，《大略篇》所言应该是由《关雎》“思色”的说法而推及整个《国风》。所以杨倞注曰：“好色，谓《关雎》乐得淑女也。盈其欲，谓好仇，‘寤寐思服’也。止，礼也。欲虽盈满而不敢过礼求之。此言好色人所不免，美其不过礼也。”① 《汉书·杜钦传》师古注引李奇曰：“后夫人鸡鸣佩玉去君所，周康王后不然，故诗人叹而伤之。”又引臣瓒曰：“此《鲁诗》也。”显然《荀子·大略篇》虽由《关雎》来谈礼，但也只是把《关雎》看作一首“思色”的诗，尚未把《关雎》与帝王婚姻联系起来。《荀子·宥坐篇》：“《诗》云：‘忧心悄悄，愠于群小。’小人成群，斯足忧矣。”② 所引诗句见于《邶风·柏舟》。由对诗句的申发看，荀子把《柏舟》理解为表现仁人不遇的诗。而《列女传·贞顺篇》则说《柏舟》是卫寡夫人自誓不嫁之作③。《潜夫论·断讼篇》也说：“贞女不二心以数变，故有匪石之诗。”④ 清儒陈乔枞、王先谦、唐晏等都认为王符所习为《鲁诗》，就王符用《诗》来看，这个说法应该属实。王符认为《小雅·鹿鸣》为刺诗，与毛、韩、齐皆不同，而同于《鲁诗》，就是明证。则《列女传·贞顺篇》所言可能是《鲁诗》之说。显然，《鲁诗》的说法与荀子所理解的不同。《荀子·儒效篇》先说周公诛管叔，又说“以弟诛兄非暴也”⑤，则荀子以管叔为周公之兄，但《列女传·母仪篇》说：“大姒生十男，长伯邑考，次武王发，次周公旦，次管叔鲜，次蔡叔度，次曹叔振铎，次霍叔武，次成叔处，次康叔封，次聃季载。”⑥ 则管叔为周公之

① 《荀子集解》，第511页。

② 《荀子集解》，第521页。

③ 张涛《列女传译注》，山东大学出版社，1990年，第135页。原作“卫宣夫人”，此从陈乔枞改。陈乔枞《三家诗遗说考》，第75页。

④ 王符《潜夫论》，第97页，《诸子集成》，第八册，上海书店出版社，1986年。

⑤ 《荀子集解》，第116页。

⑥ 《列女传译注》，第14页。

弟矣。《白虎通·姓名篇》:“文王十子,《诗传》曰:‘伯邑考、武王发、周公旦、管叔鲜、蔡叔度、曹叔振铎、成叔处、霍叔武、康叔封、南季载。’”[①] 完全与《列女传》相合,则所引《诗传》当为《鲁诗传》,则《鲁诗》说周公、管叔行第与荀子不同。

《鲁诗》形成于《诗经》已经经典化的背景下,其解说完全是经世致用的思路,不见得是确实之论。《关雎》是一首爱情诗,诗中的淑女、君子虽为贵族,具体身份诗中并没有交代,但《鲁诗》却与周康王关联起来,并且认为是一首刺诗。之所以如此解释,是因为帝王的婚姻关系到王朝的兴衰,把《关雎》与帝王的婚姻联系起来,是为了告诫帝王选择配偶要慎重,更不能沉迷于女色,是有现实的用意在其中的。而把《关雎》看作一首刺诗,则体现了儒家“原始察终,见盛观衰”(《史记·太史公自序》)的治世思想。周康王时虽是太平盛世,但康王一朝晚起,表现出对朝政的懈怠,诗人也看到了王朝衰败的征兆,所以借古之妃匹之正来讽刺康王,也有督促帝王勤于朝政的考虑。

《鹿鸣》是一首描写周王宴会宾客的诗,但《潜夫论·班禄篇》说:“忽养贤而鹿鸣思”[②]。高诱注《淮南子·诠言》“乐之失刺”说:“《鹿鸣》之作,君有酒肴不召其臣、臣怨而刺上者,非也。”[③] 显然,《鲁诗》把《鹿鸣》看成一首讽刺君王不能善待贤臣的作品,实际是为了提醒帝王要善待贤臣。说正考父美宋襄公而作《商颂》,只不过是为了说明君主应该“临大事而不忘大礼”(《公羊传·僖公二十二年》)的道理。宋、楚“泓之战”,楚军渡

① 陈立《白虎通疏证》,中华书局,1994年,第418页。

② 《潜夫论》,第70页。

③ 刘文典《淮南鸿烈集解》,中华书局,1989年,第484页。引文依照文义重新进行了点断。

泓水而来，有司请求出击，打楚军一个措手不及，但宋襄公以君子不乘人之危的理由拒绝了；楚军渡过泓水，还未摆好阵势，有司再次请求出击，宋襄公又以“君子不鼓不成列”的理由否决了。楚军最终摆好了阵势，两军交战，宋军大败。泓之战，宋襄公坐失良机，致使宋师败绩，但《公羊传》却对宋襄公评价很高，与周文王相提并论。而《史记·宋微子世家》也说：“襄公既败于泓，而君子或以为多，伤中国阙礼义，褒之也，宋襄之有礼让也。”但说正考父美宋襄，与历史事实明显不符。正考父佐宋戴公、武公、宣公，由戴公元年至襄公元年，相距一百五十一年，正考父不论多么长寿，也不可能活到襄公时，更别说在襄公时作《商颂》了。

同样，孔子“删诗”说也是经学阐释背景下的产物，也不见得是确实之论。武帝选择儒学、立《五经》博士，固然是出于政治斗争的需要，但也与儒生的努力分不开。汉初的统治者出于休养生息的社会需要，选择了主张无为而治的黄老学。儒学复兴，与黄老学的碰撞也就不可避免。据《史记·儒林列传》，景帝时，窦太后召辕固问《老子》书，辕固讥讽《老子》为家人言，而窦太后也怒斥儒家经典为司空城旦之书，即为律令之书。那么，要战胜黄老学，进一步增加儒经的神圣性也就显得十分必要。所以，既有孔子“删诗”说，也有孔子安排《诗经》篇次的说法。这样，就全面提升了《诗经》的权威性：诗篇是孔子精选出来的，诗句是由孔子精炼的，篇次是由孔子排定的。这无疑为儒学博得统治者的认可增加了分量。

《鲁诗》学者说孔子编排了《诗经》的篇次，实际是为了在《诗经》中挖掘伦理道德、政治教化的内涵。《诗经》及《国风》首篇为什么是《关雎》，而不是其他的诗？《鲁诗》学者，实际包括三家《诗》的学者，认为是一种有意的安排，有特殊的意味。而这有意的安排若说是孔子所为，就更有说服力。故《韩诗外传》就借孔子之口彰显《关雎》作为《诗经》及《国风》首篇的意义，说“《关雎》之道”为“万物之所系，群生之所悬命”，说《关雎》为“王道之原”，说《六经》皆取之于《关雎》①。所说“《关雎》之道”，实际就是夫妇之道。夫妇为人伦之本，所以说其为“万物之所系，群生之所悬命”；正因为其又为政教的基础，所以说其为“王道之原”。更认为《六经》皆取之于《关雎》，则就《六经》的阐释皆为宣扬儒家伦理道德而为政教服务言。《后汉书·荀爽传》爽上书：“且《诗》初篇实首《关雎》；《礼》始《冠》《婚》，先正夫妇。天地《六经》，其旨一揆。”也点明了这层关系。所以《外传》最后借用子夏的话而总结说“《关雎》乃天地之基”。

除了从伦理角度凸显《关雎》作为《诗经》及《国风》首篇的意义外，《鲁诗》及四家《诗》学者更把《关雎》与帝王的婚姻联系起来，赋予《关雎》更浓厚的政治色彩。之所以要与帝王婚姻联系起来，是因为帝王的婚姻往往关系到国家的兴衰，《列女传·仁智篇》曰：“自古圣王必正妃匹，妃匹正则兴，不正则乱。夏之兴也以涂山，亡也以妹喜；殷之兴也以有娎，亡也以妲己；周之兴也以太姒，亡也以褒姒。周之康王夫人晏出朝，《关雎》豫见，思得淑女以配君子。”② 把政治的兴衰完全与帝王婚配的正乱一一对应，来强调帝王婚姻的重要性。那么，周康王后御见后应该离开而不离开，妨碍康王上朝，自然是一种失德的表现，也为西周政局的衰落埋下隐患。

---

① 屈守元《韩诗外传笺疏》，巴蜀书社，1996年，第435页。

② 张涛《列女传译注》，第123页。

之所以要把《关雎》与帝王的婚姻联系起来，是为了告诫帝王选择配偶要慎重，更不能沉迷于女色。成帝即位，大将军王凤辅政，杜钦说王凤曰：“后妃之制，夭寿治乱存亡之端也。迹三代之季世，览宗、宣之飨国，察近属之符验，祸败曷常不由女德？是以佩玉晏鸣，《关雎》叹之，知好色之伐性短年，离制度之生无厌，天下将蒙化，陵夷而成俗也。故咏淑女，几以配上，忠孝之笃，仁厚之作也……唯将军信臣子之愿，念《关雎》之思，逮委政之隆，及始初清明，为汉家建无穷之基，诚难以忽，不可以遴。”因成帝为太子时就好色，即位后，皇太后诏采良家女，故杜钦说王凤。

又《后汉书·杨震列传》：熹平元年，青蛇见御坐，灵帝以问杨赐，杨赐上封事曰：“……夫皇极不建，则有蛇龙之孽。《诗》云：‘惟虺惟蛇，女子之祥。’故《春秋》两蛇斗于郑门，昭公殆以女败；康王一朝晏起，《关雎》见几而作。”把《关雎》解释成讽刺周康王后的诗，表现出的正是《诗经》阐释者干预现实政治的意愿。

实际，把《关雎》看作讽刺周康王后的诗，是非常牵强的。《列女传·仁智篇》说：“周之康王夫人晏出朝，《关雎》豫见，思得淑女以配君子。夫雎鸠之鸟，犹未尝见乘居而匹处也。”① 意为诗人见到周康王后晚离开康王，于是以淑女配君子来讽谏，希望康王后能像雎鸠那样贞洁慎匹。但诗中只是表现了君子对淑女追求的情绪以及君子的愿望，至于淑女是否贞洁慎匹，诗中没有任何涉及。而诗中以雎鸠的鸣叫来兴起君子对淑女的追求，也与雎鸠是否有贞洁慎匹之品性无关。再则，把《关雎》看作刺周康王

① 张涛《列女传译注》，第123页。

后之诗，也与历史事实不符，故王充对其提出质疑，《论衡·谢短篇》说："问《诗》家曰：'《诗》作何帝王时也?'彼将曰：'周衰而《诗》作，盖康王时也。康王德缺于房，大臣刺晏，故《诗》作【也】。'夫文、武之隆，贵（遗）在成、康，康王未衰，《诗》安得作?"①

除了以《关雎》为《国风》之始，《鲁诗》又以《鹿鸣》为《小雅》之始，《文王》为《大雅》之始，《清庙》为《颂》之始，实际是对《关雎》为《风》之始的推衍，其诠释思路与对《关雎》的解释完全一致。

当然，孔子"删诗"说的提出，也与《鲁诗》学者对孔子关于《诗经》言论的理解有关。《论语·子罕》："子曰：'吾自卫反鲁，然后乐正，《雅》《颂》各得其所。'"《鲁诗》学者或许正是受此启发，进而认为孔子删订了诗篇、安排了篇次。但即使如后来有些学者所言，"正乐"即"正诗"，不过孔子"正"的目标也只是"《雅》《颂》各得其所"，就是恢复其旧，恰恰说明在孔子之前《诗经》已经编订。这与《左传·襄公二十九年》所记载的吴公子至鲁观周乐的材料一致，而不是相反。

显然，从孔子所言"乐正，《雅》《颂》各得其所"到孔子"删诗"说的提出，《鲁诗》学者进行较大的发挥，这类似于《鲁诗》"四始"说的提出。《论语·泰伯》："子曰：'师挚之始，《关雎》之乱，洋洋乎盈耳哉。'"孔子只是抒发了自己听乐的感受，《鲁诗》学者却由此发挥出了"四始"的说法。既然不能说"四始"的说法出自孔子之口，也就不能说"删诗"说出自孔子之口。

---

① 黄晖《论衡校释》，中华书局，1990年，第562页。

由六“笙诗”来看《毛诗序》完成时间

关于《毛诗序》作者问题，古今最为分歧，张西堂综合为十六种①，张秀英统计为二十九种②。从时间来说，最早则推之于诗人，以为诗人自作；最迟则属之于东汉卫宏。故《四库全书总目》称之为“说经家第一争诟之端”。现代学者多以为非一时一人所作，但分歧仍然存在，就完成时间而言，或以为在西汉中期以前③，或以为在东汉前期④。以为在西汉以前主要依据六“笙诗”下郑《笺》为说，但郑玄所言未必正确；以为完成于东汉前期，主要依据《后汉书·儒林传》卫宏作《毛诗序》为说，但卫宏所

此文原刊于《南京师范大学文学院学报》2011年第1期。有修改。

① 张西堂《诗经六论》，商务印书馆，1957年，第120—124页。

② 张秀英《〈诗序〉编撰时限考论》，《学术论坛》2007年第3期。

③ 刘怀荣《毛诗〈序〉、〈传〉对汉代盛世文化精神的理论阐扬》，《北方论丛》1989年第5期；顾易生、蒋凡《先秦两汉文学批评史》，上海古籍出版社，1990年，第400页。

④ 赵沛霖《诗经研究反思》，天津教育出版社，1989年，261—263页；徐有富《〈诗序〉考》，《中国韵文学刊》2008年第1期。

作《毛诗序》也可能为别一作品，而非今所见《毛诗序》。实际仔细分析六“笙诗”，恰可以看出《毛诗序》不仅非卫宏所作，而且在西汉中期以前也没有完成，其完成应该在哀帝建平元年（前6）至平帝元始五年（5）之间。

一、六“笙诗”亡于战国及秦之世之说，是一种推测

《毛诗序》在六“笙诗”下说“有其义而亡其辞”，郑玄注解以为六“笙诗”在孔子删《诗》时尚存，历战国、秦时亡之。因为六“笙诗”的序与其他序合为一编，故存了下来。而至毛公作《诂训传》分置序于各篇首，并把六“笙诗”纳入分什中。由于郑玄说毛公分置序于各诗篇之首，故论者据此以为《毛诗序》至迟在毛公为《故训传》时已经完成。又《汉书·儒林传》：“毛公，赵人也。治《诗》，为河间献王博士”。河间献王刘德于景帝前元二年（前155）立，于武帝元光五年（前130）薨。故以为《毛诗序》完成于西汉中期以前。

但郑玄之说未必有什么依据，只不过是一种推测而已。正因为出于推测，其关于《毛诗》传承的说法往往是互相矛盾的。“毛诗国风”题下孔《疏》引郑玄《诗谱》说：“鲁人大毛公为训诂，传于其家，河间献王得而献之，以小毛公为博士。”则为《故训传》者为大毛公，与六“笙诗”下注语不合。又“毛诗国风”题下孔《疏》引郑玄《六艺论》说：“河间献王好学，其博士毛公善说诗，献王号之曰《毛诗》。”此与上引《诗谱》语也是矛盾的。据《诗谱》，河间献王先得到《毛诗诂训传》，而后才以善《毛诗》的小毛公为博士；依《六艺论》，毛公善说《诗》，而河间献王以

其为博士，且命其所说《诗》为《毛诗》。而《诗谱》又自相矛盾。《诗谱·小大雅谱》：“又问曰：‘小雅之臣何以独无刺厉王?’曰：‘有焉。《十月之交》《雨无正》《小旻》《小宛》之诗是也。汉兴之初，师移其第耳。乱甚焉。既移文，改其目，义顺上下，刺幽王亦过矣。’”参之《小雅·十月之交》《序》下注语“当为刺厉王。作《诂训传》时移其篇第，因改之耳”，与“鲁人大毛公为训诂，传于其家”也是有出入的。同样，郑玄关于《毛诗序》的说法也多矛盾：依六“笙诗”《序》下注语，则其以为《毛诗序》为孔子所作；依《十月之交序》下注语，则又以为《十月之交》等篇《序》为毛公所作，且作于汉初。而《小雅·棠棣》《疏》引《郑志》郑答张逸曰“又此序子夏所为，亲受圣人，足自明矣。”又以为《棠棣序》为子夏所作。《毛诗释文》“《关雎》，后妃之德也”下引沈重曰：“案郑《诗谱》意，《大序》是子夏作，《小序》是子夏、毛公合作。卜商意有不尽，毛更足成之。或云小序是东海卫敬仲所作。”则各诗之《序》又为子夏、毛公合作。

郑玄关于《毛诗》传承的说法多为便文推论，并非考校之语。六“笙诗”下注语是为了解释《毛诗序》说“笙诗”“有其义而亡其辞”而发；《诗谱》“鲁人大毛公为训诂，传于其家”是为了解释《毛诗》学的来源而说；说《十月之交》等诗为“师移其第”是依据世次观念对《毛诗》次序的臆测①；《六艺论》所说是为了

① 据孔《疏》“今《韩诗》亦在此者”来看，郑玄此说显然是错误的。又《诗谱·小雅谱》孔《疏》：“知汉兴始移者，若孔子所移，当显而示义，不应改厉为幽。此既厉王之诗，录而序焉，而处不依次，明为序之后乃移之，故云‘汉兴之初’也。《十月之交》笺云：‘《诂训传》时移其篇第，因改之耳。’则所云师者，即毛公也。自孔子以至汉兴，传《诗》者众矣。独言毛公移之者，以其毛公之前，未有篇句诂训，无缘辄得移改也。毛既作《诂训》，刊定先后，事必由之，故独云毛公也。”

解释《毛诗》的命名而作的一种推测；《郑志》答张逸之语是为了说明《棠棣》《毛诗序》为何定诗旨为“闵管、蔡之失道”①；至于说《毛诗序》为子夏、毛公合作也只不过是依据《汉书·艺文志》“又有毛公之学，自谓子夏所传”之语对《毛诗序》作的一种猜测。孔《疏》以为“有其义而亡其辞”是毛公语，但在“周南关雎诂训传第一”下孔颖达曰：“《毛传》不训序者，以分置篇首，义理易明，性好简略，故不为传。”二者也是矛盾的。以上种种矛盾的存在，恰恰说明郑玄关于六“笙诗”的说法是不可信的。

二、六“笙诗”加入《诗经》在哀帝建平元年之后，平帝元始五年之前

实际六“笙诗”本非《诗经》中所有，这由六“笙诗”不入什、六“笙诗”中的《白华》与《小雅》中的另一篇《白华》篇题重复可以看出。前人于此论述也比较多，并且指出所谓的六“笙诗”序，不过是作《诗序》者“第据其名妄解其义”②。而汉

① 《左传》和《国语》都载有富辰谏周襄王伐郑之语，其中都提到了此诗的作者，却出入很大。《左传·僖公二十四年》：“昔周公吊二叔之不咸，故封建亲戚以藩屏周。召穆公思周德不类，故纠合宗族于成周而作诗，曰：‘常棣之华，鄂不韡韡。凡今之人，莫如兄弟。’”召穆公即召虎，当周厉王之世。《国语·周语》曰：“周文公之诗曰：‘兄弟阋于墙，外御其侮。’”《毛诗序》：“《棠棣》，燕兄弟也。闵管、蔡之失道，故作《棠棣》焉。”实际是合《左传》“昔周公吊二叔之不咸”与《国语》为说。而就诗内容来看，当以《左传》所言召穆公所作为是。崔述《丰镐考信录》卷八分析诗义，指出与闵管、蔡不符，更像中衰后之语。崔述撰著、顾颉刚编订《崔东壁遗书》，上海古籍出版社，1988年，第257页。杨树达根据金文资料，也断定此诗确如《左传》所说，作于西周末年。杨树达《积微居金文说》，上海古籍出版社，2006年，第417页。

② 姚际恒《诗经通论》，中华书局，1958年，第259页。

人常常以“三百五篇”称《诗》:《史记·孔子世家》“三百五篇孔子皆弦歌之”;《汉书·昌邑王传》龚遂谏昌邑王说“大王诵《诗》三百五篇”;《儒林传》王式对有司说“臣以《诗》三百五篇朝夕授王”等等。这表明六“笙诗”为《毛诗》独有,三家《诗》皆无。但从文本来源来说,四家《诗》皆为“讽诵”所得。所以六“笙诗”应该是《毛诗》学者后来加入的。

六“笙诗”为《毛诗》学者加入,当确实无疑,但什么时候加入的呢?姚际恒以为《仪礼》书成之后,且认为《仪礼》成书于周末。即使抛开《仪礼》成书的问题不论,姚氏之说也只能算是限定了上限。王质以为是毛氏所加①,但毛公何以要加六“笙诗”呢?虽然武帝于建元五年(前136)就已立《五经》博士,但直到元朔五年(前125)才为博士置弟子,上距置《五经》博士,已十二年。在这十二年中,博士主要作为政顾问,并不一定居官教授。直到置博士弟子员后,以官禄来刺激弟子的学习热情,才逐渐激发起了全社会的学经热潮②。而河间献王卒于公元前130年,毛公之卒年虽不得而知,但河间献王卒后,《毛诗》既失去了支持,而人们的学习注意力也集中在立于学官的经典上,毛公实在没必要在《毛诗》中加入六“笙诗”。而王质实际也是依据郑玄所言而推测,以为六“笙诗”本为《毛诗》所无,而郑玄却说毛公“推改什首”云云,因而断定为毛公所加。

《艺文志》删《七略》而成,若有增删或变动,班固皆加以注明,但多为增某人之书或出某书于某类而入某类者,唯“六艺”小

① 王质《诗总闻》,《丛书集成初编》本,中华书局,1985年,第169页。

② 参见拙著《两汉三家〈诗〉研究》第五章“三家《诗》的流变”,巴蜀书社,2006年,第551—643页。

学类于“《史籀》十五篇”下注曰：“周宣王太史作大篆十五篇，建武时亡六篇矣。”也就是说《艺文志》中班固加入的成分并不多，多为刘歆《七略》中的内容。而就《诗》类小序而言，也是有明显的证据证明是《七略》中语的，姚振宗说：“平帝时立《毛诗》博士，以讫王莽时，此云未得立者，本《七略》旧文，哀帝时之言也。”① 如此来看，六“笙诗”的加入应该在刘歆撰写《七略》之后。刘歆《移让太常博士书》作于哀帝建平元年（前 6），《七略》作于同年稍前②。刘歆建言立《春秋左氏传》及《毛诗》《逸礼》《古文尚书》于学官，忤执政大臣，为众儒所讪，出补外官，不果。但今古文之争却由此而起。刘歆指责博士们“因陋就简”“抱残守缺”，但四家《诗》皆为三百五篇，《毛诗》并不比立于学官之三家《诗》更全，故有传《毛诗》者依《仪礼》而增六“笙诗”，实际为今古文之争的背景下，《毛诗》学者争立学官的一种表现。

六“笙诗”的加入当在哀帝建平元年之后，平帝元始五年（5）之前。《汉书·王莽传》：“是岁（元始四年），莽奏起明堂、辟雍、灵台，为学者筑舍万区，作市、常满仓，制度甚盛。立《乐经》，益博士员，经各五人。征天下通一艺教授十一人以上，及有逸《礼》、古《书》、《毛诗》《周官》《尔雅》、天文、图谶、钟律、月令、兵法、《史篇》文字，通知其意者，皆诣公车。网罗天下异能之士，至者前后千数，皆令记说廷中，将令正乖缪，一异说云。”《汉书·平帝纪》，元始四年，“安汉公奏立明堂、辟雍”；元始五年，“征天下通知逸经、古记、天文、历算、钟律、

① 姚振宗《汉书艺文志条理》，《二十五史补编》，中华书局，1955 年，第 1592 页。

② 王葆玹《今古文经学新论》，中国社会科学出版社，1997 年，第 145 页。

小学、《史篇》、方术、《本草》及以《五经》《论语》《孝经》《尔雅》教授者，在所为驾一封轺传，遣诣京师。至者数千人。”则奏起明堂、辟雍、灵台，为学者筑舍，立《乐经》，益博士员等，当在元始四年。征“天下异能之士”，当在元始五年。《王莽传》说征“天下异能之士”之事，承奏起明堂诸事顺势言之，故不以年份区分。王莽征“异能之士”数千人，“皆令记说廷中”，理应导致众多异说的产生，但其目的却是“正乖缪，一异说”。王葆玹以为王莽是以谶记来统一经说①，其实这仅是问题的一个方面。王莽此时致意于文化学术建树，表现出来的是无所不包的气度，特别征“天下异能之士”，实际还有以民间学术来校正官方学术，从而建立一种新的学术体系的目的。其极力搜求逸经，也应该出于同一目的。故六“笙诗”被加入《毛诗》当以此年为限。这样，有三百一十一篇的《毛诗》也就被看作比官学更加完备的《诗》学而重视。又《汉书·儒林传赞》：“平帝时，又立《左氏春秋》《毛诗》《逸礼》、古文《尚书》”。此四经为同时而立还是陆续而立，不得而知；具体立于何年也不清楚②。不过，即使四经立于

① 《今古文经学新论》，第110—111页。

② 王葆玹以为四学立于元始四年之前，乃依据《王莽传》“是岁（元始四年），……立《乐经》，益博士员，经各五人”以及《三辅黄图》“王莽为宰衡，……六经三十博士”等为说。且王氏说：“其所以各有五人，是由于六经各有学派分衍，例如《诗》有鲁、齐、韩、毛四家，《书》有欧阳、大小夏侯及古文四家，《礼》有二戴、庆氏、古经四家，《易》有施、孟、梁丘、京、费、高六家，《春秋》有公、谷、左、邹、夹五家。王莽可能是希望整齐，故而规定‘经各五人’.”《今古文经学新论》，第155页。实际依据《王莽传》和《三辅黄图》并不能得出《左传》等四学在元始四年已经立于学官的结论。王氏所言前后反复，说“所以各有五人，是由于六经各有学派分衍”，意者依学派而增员，又列举各经之派。但就所举也只有二十三家，再加上《乐经》也只有二十四家，实与其依学派增员之意不合，故不得不说“王莽可能是希望整齐，故而规定‘经各五人’”。

“征异能之士”之前，王莽也还是有可能对立于学官之《毛诗》来“正乖缪”的，故《毛诗序》的定型当不晚于元始五年。

王莽以所征“异能之士”之《毛诗》学来“正乖缪”，元始五年之后，此来自民间的《毛诗》学就成为《毛诗》学的正宗，为学官《毛诗》博士所主，其文本、经说也就基本固定了下来。因为研习的人逐渐增多，此后，个人的做法不见得能得到大家的认可。虽然河间献王早就立《毛氏诗》博士，但由于不立于学官，影响不大，研习的人也很少，就《汉书·儒林传》的记载来看，可谓是一线若存，几近磨灭，所以其文本及其经说的具体情形很少有人提及。这样，王莽以民间学者所持的三百一十一篇的《毛诗》为主，学者也不清楚其原来是否为三百一十一篇。再则正如王葆玹所言“王莽时期极力搜求逸经，将大量逸经立于学官，其文化建树为东汉史家所讳言”①，故至郑玄时只能推测《毛诗》原本有三百一十一篇，是遭秦火而亡佚了六篇。

三、入六“笙诗”于《毛诗》者很可能是徐敖

而入六“笙诗”于《毛诗》的学者很可能就是徐敖。《汉书·儒林传》：“毛公，赵人也。治《诗》，为河间献王博士，授同国贯长卿。长卿授解延年。延年为阿武令，授徐敖。敖授九江陈侠，为王莽讲学大夫。由是言《毛诗》者，本之徐敖。”“本之徐敖”，类似于《儒林传》所说“由是言《左氏》者本之贾护、刘歆”。《后汉书·陈元传》：“陈元字长孙……父钦，习《左氏春秋》，事

① 《今古文经学新论》，第395页。

黎阳贾护，与刘歆同时而别自名家。王莽从钦受《左氏》学，以钦为厌难将军。"李贤注："元父钦，字子佚，以《左氏》授王莽，自名《陈氏春秋》，故曰别也。"陈钦之所以可以"别自名家"，除了受到王莽的支持外，更主要的是对《左氏》学多所发展，故可直接命其学为《陈氏春秋》，而其发展成分当有不少来自贾护。而刘歆对《左氏》也有发展，《汉书·律历志》："孝成世，刘向总六历，列是非，作《五纪论》。向子歆究其微眇，作《三统历》及《谱》，以说《春秋》，推法密要。"取名"三统"，则是以《公羊》家之说来解说《左氏》。《后汉书·郑兴传》："郑兴字少赣……少学《公羊春秋》。晚善《左氏传》，遂积精深思，通达其旨，同学者皆师之。天凤中，将门人从刘歆讲正大义，歆美兴才，使撰条例、章句、传诂，及校《三统历》。"走的正是刘歆治《左氏》的路数。而贾护、刘歆《左氏》学实际同源，《汉书·儒林传》："汉兴，北平侯张苍及梁大傅贾谊、京兆尹张敞、太中大夫刘公子皆修《春秋左氏传》。谊为《左氏传》训故，授赵人贯公，为河间献王博士，子长卿为荡阴令，授清河张禹长子……授尹更始，更始传子咸及翟方进、胡常。常授黎阳贾护季君，哀帝时待诏为郎，授苍梧陈钦子佚，以《左氏》授王莽，至将军。而刘歆从尹咸及翟方进受。"二人之所以分立，当是从不同的角度对《左氏》学做了发展。那么，"本之徐敖"也就意味着徐敖可能对《毛诗》做了较大的发展。

徐敖又传《古文尚书》，《汉书·儒林传》在论及《古文尚书》的传承时对其有所介绍："孔氏有古文《尚书》，孔安国以今文读之……安国为谏大夫，授都尉朝……都尉朝授胶东庸生。庸生授清河胡常少子……常授虢徐敖。敖为右扶风掾，又传《毛诗》，授王璜、平陵涂恽子真……王莽时，诸学皆立。刘歆为国师，璜、恽等皆贵显。”由其弟子活跃于王莽时，则其于哀、平之世入六“笙诗”于《毛诗》，从时间上来说也是吻合的。

徐敖授《毛诗》于陈侠，陈侠为王莽讲学大夫。陈侠为王莽讲学大夫不知在何年。《汉书·王莽传》说：始建国三年（11），“置师友祭酒及侍中、谏议、《六经》祭酒各一人，凡九祭酒，秩上卿。琅邪左咸为讲《春秋》、颍川满昌为讲《诗》、长安国由为讲《易》、平阳唐昌为讲《书》、沛郡陈咸为讲《礼》、崔发为讲《乐》祭酒。”则于此时始置祭酒。但同在始建国三年，《王莽传》于此前又有“遣尚书大夫赵并使劳北边”之语，似置祭酒又不始于此时。王莽于元始四年增置六经博士，经各五人，由于各经需要统贯，又置祭酒来统御博士，故博士有三十人，而祭酒只有六人。所以置六经祭酒可能在增置博士后不久。即使如此，也不知陈侠为讲《诗》大夫，在始建国三年之前还是之后。不过，虽不知道陈侠为讲《诗》大夫在何年，但其为讲《诗》大夫有利于推广其师学说则是无疑的。

又《经典释文·叙录》：“或云：‘陈侠传谢曼卿，元始五年，公车征，说《诗》。”[①] 程元敏以为《释文》所引“或曰”不可信，是有人见谢曼卿与陈侠同为九江人，陆玑叙《毛诗》传承先陈侠后谢曼卿，附会而说。并以为元始年间公车征说《诗》者，不著陈、谢之名，而《后汉书·贾逵传》载刘歆弟子贾徽学《诗》于谢曼卿，进而断定谢曼卿的学术年辈早于陈侠[②]。实际，程氏之说过于绝对。元始年间征异能之士，《汉书·王莽传》皆不著姓名。故其说元始年间公车征说《诗》者不著陈、谢之名只能是强

---

① 陆德明《经典释文》，中华书局，1983年，第10页。

② 程元敏《诗序新考》，台北五南图书出版公司，2004年，第127页。

词夺理；又《后汉书·贾逵传》：“父徽，从刘歆受《左氏春秋》，兼习《国语》《周官》，又受《古文尚书》于涂恽，学《毛诗》于谢曼卿，作《左氏条例》二十一篇。”涂恽从徐敖学《古文尚书》，陈侠从徐敖学《毛诗》，涂恽与陈侠学术年辈接近，而皆迟于刘歆，不能因为贾徽学于刘歆，又学于谢曼卿，就以为谢曼卿早于陈侠。实际由《贾逵传》恰可以看出谢曼卿与陈侠学术年辈接近或略晚，则《释文》“或曰”也不是没有可能。当然，即使谢曼卿不为陈侠弟子，其学也出于徐敖的可能性较大。从“由是言《毛诗》者，本之徐敖”一语，是可以得出这一结论的。其他东汉初的学者如尹敏、郑兴等也传《毛诗》，其学也不知所自①，要之，亦不出徐敖一系。故东汉学者也就不知《毛诗》还有作三百五篇者。

四、《毛诗》学者入六“笙诗”于《诗经》的原因

《毛诗》学者入六“笙诗”于《毛诗》，也与学术的演变有关系。《汉书·扬雄传赞》说：（扬雄）“实好古而乐道，其意欲求文章成名于后世，以为经莫大于《易》，故作《太玄》；传莫大于《论语》，作《法言》；史篇莫善于《仓颉》，作《训纂》；箴莫善于《虞箴》，作《州箴》；赋莫深于《离骚》，反而广之；辞莫丽于相如，作四赋；皆斟酌其本，相与放依而驰骋云。”此固然是思想家

---

① 曾朴据《后汉书·郑兴传》“兴好古学，自杜林、桓谭、卫宏之属莫不斟酌焉”，以为兴之《毛诗》学得自卫宏。见曾著《补后汉书艺文志并考》，《二十五史补编》，第2470页。

的个人行为，意欲与古人一较高下，有逞才的意味，但这种做法实际预示着人们对经书的态度正在发生变化。《法言·问神篇》："'或曰：经可损益与?'曰：'《易》始八卦，而文王六十四，其益可知也。《诗》《书》《礼》《春秋》，或因或作，而成于仲尼，其益可知也。故夫道非天然，应时而造者，损益可知。'"① 但前此人们普遍以为经书乃圣人制作，乃为万世法，人们所做的就是尽可能地去理解。但现在扬雄不仅拟作，而且说可以损益，根本原因是认为经书"应时而造"，并非为万世法。扬雄拟经的行为，在当时是有异端的色彩的，所以"于时人皆曶（忽）之""诸儒或讥以为雄非圣人而作经，犹春秋吴楚之君僭号称王，盖诛绝之罪也"（《汉书·扬雄传》）。但也有认同者，"刘歆及范逡敬焉，而桓谭以为绝伦"（《汉书·扬雄传》）。值得注意的是，认同扬雄做法者多为古文学家。而班固谈及扬雄身后的情况时说："自雄之没至今四十余年，其《法言》大行，而《玄》终不显，然篇籍具存。"（《汉书·扬雄传》）这表明发轫于扬雄的对经书的新观念正得到越来越多的人的认可。

班固的话可由王充加以印证。王充与班固略为同时。王充著《论衡》，盛赞扬雄《法言》《太玄》，如《超奇篇》说："阳成子长作《乐经》，杨子云作《太玄经》，造于眇思，极窅冥之深，非庶几之才，不能成也。孔子作《春秋》，二子作两经，所谓卓尔蹈孔子之迹，鸿茂参贰圣之才者也。"把《太玄》也称为经，与《春秋》相比，说明在王充看来，经书也不是不可企及的，所以王充在《论衡》中处处把自己的著作与经书相比较，如《佚文篇》："'《诗》三百，一言以蔽之，曰：思无邪。'《论衡》篇以十数，亦

① 汪荣宝《法言义疏》，中华书局，1987年，第144页。

一言也，曰：‘疾虚妄。’”① 王充的做法实际是与扬雄一脉相承的。“毛诗国风”下孔《疏》：“汉初，为传训者皆与经别行，三《传》之文不与经连，故石经书《公羊传》皆无经文。《艺文志》云：《毛诗》经二十九卷，《毛诗故训传》三十卷。是毛为诂训亦与经别也。及马融为《周礼》之注，乃云：‘欲省学者两读，故具载本文。’然则后汉以来，始就经为注，未审此《诗》引经附传是谁为之。其郑之笺当元在经传之下矣。”《毛诗》引经附传不知谁所为，要之不会早在西汉。而引经附传，恰表现出人们对经书观念的变化，故其再发展就成为直接就经文而作注。

《毛诗》学者入六“笙诗”于《毛诗》，且就六“笙诗”篇题而推其义而成其序，再缀以“有其义而亡其辞”来掩盖其加入的痕迹。上既证明六“笙诗”的加入在哀帝建平元年之后、平帝元始五年之前，则《毛诗序》的完成也应与之同时。由此，我们对《毛诗序》完成的情况也有了更多的了解。不论《毛诗序》是否传自子夏，可以肯定的是，在毛公为《故训传》时其并没有完全定型。后人或以为每诗序第一句为子夏所作，其馀为后人所续；或以为每诗之序不能截然分开。而就分诗序为两截者，复又有大序小序、前序后序、古序续序、首序下序等等不同名目，又有以小序为大序、大序为小序者②，等等。实际，由六“笙诗”和《都人士》序来看，有些诗本来就没有序，是后来的《毛诗》学者所加。并且在哀帝建平与平帝元始之间，《毛诗》学者可能还对《毛诗序》进行了全面的整理。

---

① 北京大学历史系《论衡》注释小组《论衡注释》，中华书局，1979 年，分别见第 781、1181 页。

② 《诗经六论》，第 117—118 页。

从四家《诗》的异同看《毛诗序》的成型时间

从四家《诗》的异同讨论《毛诗序》的时代，前人多有言及，特别是《孔子诗论》发布后，学者拿四家《诗》与《孔子诗论》进行对比，明确其作者与时代，形成了一个研究高潮。但由于对三家《诗》认识存在偏颇，其结论也就未必确实，因而依据这个特定角度对《毛诗序》的成型时间进一步探讨也就显得必要。

一、《毛诗序》成型于一人之手

关于《毛诗序》作者问题，古今最为分歧，至今尚无定论。

此文原刊于《孔子研究》2014 年第 2 期。

现代学者多认为其非一时一人之作①，应该是就其完成而言。若就其成型来说，则其未必不出于一人之手。

《毛诗序》有相对一致的解释思路，除揭示诗篇的仪式之用、乐章之义外，一般都从“知得失”的政治用途方面来说明诗篇的创作情况。对《诗经》各部分，也往往是以一种整体的眼光来解说，并且前后呼应，显示出较为严密的体系。这在十五《国风》、二《雅》各部分中表现比较明显。《周南》诸篇《序》依次为：

> 《关雎》，后妃之德也……是以《关雎》乐得淑女以配君子，忧在进贤，不淫其色。哀窈窕，思贤才，而无伤善之心焉，是《关雎》之义也。
>
> 《葛覃》，后妃之本也。后妃在父母家，则志在于女功之事，躬俭节用，尊敬师傅，则可以归宁父母，化天下以妇道也。
>
> 《卷耳》，后妃之志也。又当辅佐君子，求贤审官，知臣下之勤劳。内有进贤之志，而无险诐私谒之心，朝夕思念，至于忧勤也。
>
> 《樛木》，后妃逮下也。言能逮下，而无嫉妒之心焉。
>
> 《螽斯》，后妃子孙众多也。言若螽斯不妒忌，则子孙

① 胡念贻认为《诗序》成于众手，出于“汉代的毛《诗》家。其中可能有毛公，有卫宏，还有其他什么人”。胡念贻《论汉代和宋代的〈诗经〉研究及其在清代的继承和发展》，《文学评论》1981 年第 6 期。赵沛霖认为“《毛诗序》非一人一时之作，是由毛公及其以前和以后的《诗经》学者陆续增补修订，至卫宏而定稿和最后完成”。赵沛霖《诗经研究反思》，天津教育出版社，1989 年，第 263 页。夏传才说：“《毛诗序》不出于一时一人之手，其中保留了一些先秦的古说，秦汉之际的旧说，以及多代汉代学者的续作；整理执笔的有毛亨、卫宏，可能还有别的人。”夏传才《再谈〈毛诗序〉和关于〈毛诗序〉的争论》，《河北师院学报》（社会科学版）1995 年第 3 期。

众多。

《桃夭》，后妃之所致也。不妒忌，则男女以正，婚姻以时，国无鳏民也。

《兔罝》，后妃之化也。《关雎》之化行，则莫不好德，贤人众多也。

《芣苢》，后妃之美也。和平则妇人乐有子矣。

《汉广》，德广所及也。文王之道被于南国，美化行乎江汉之域，无思犯礼，求而不可得也。

《汝坟》，道化行也。文王之化行乎汝坟之国，妇人能闵其君子。

《麟之趾》，《关雎》之应也。《关雎》之化行，则天下无犯非礼，虽衰世之公子，皆信厚如麟趾之时也。

显然是把《周南》作为整体来解说，除了《汉广》《汝坟》两篇，把各篇都系之于后妃之德，则对《关雎》的解说也就具有纲领性质。解说《麟之趾》而说“《关雎》之应也”，既是前后呼应，也为《周南》的解说画上了一个句号。对《召南》的解说也是如此：“《鹊巢》，夫人之德也。国君积行累功以致爵位，夫人起家而居有之，德如鸤鸠，乃可以配焉。”“《羔羊》，《鹊巢》之功致也。召南之国，化文王之政，在位皆节俭正直，德如羔羊。”“《驺虞》，《鹊巢》之应也。《鹊巢》之化行，人伦既正，朝廷既治，天下纯被文王之化，则庶类蕃殖，蒐田以时，仁如驺虞，则王道成也。”《鹊巢》为《召南》第一篇，《羔羊》为第七篇，《驺虞》为最后一篇，也是把《召南》诸篇作为一个整体来解说的。而《周南》《召南》的各《序》复又相互照应。《关雎·序》说“后妃之德也”，《鹊巢·序》说“夫人之德也”，笔法一律。《周南》第七篇是《兔罝》，《序》说“《关雎》之化行”；《召南》第七篇为《羔羊》，

《序》说“《鹊巢》之功致也”，思路相同。《麟之趾·序》说“《关雎》之应也”，《驺虞·序》说“《鹊巢》之应也”，二者措辞也一致。所以胡承珙解释《羔羊·序》时说：“观此《序》及《麟趾·序》云‘《关雎》之应’、《驺虞·序》云‘《鹊巢》之应’，可见序《诗》者与作《诗》者之意决不相蒙。作《诗》者即一事而形诸歌咏，故意尽于篇中；序《诗》者合众作而备其推求，故事征于篇外。”① 既然“序《诗》者合众作而备其推求”，那么，就其成型来说，很可能《序》就出于一人之手。如果各《序》出于不同人之手，各自为说，编订者聚而合之，就不会形成这样一个相互照应的解说结构。

再如《魏风》诸篇，《葛屦·序》：“刺褊也。魏地陿隘，其民机巧趋利，其君俭啬褊急，而无德以将之。”《汾沮洳·序》：“刺俭也。其君俭以能勤，刺不得礼也。”与《葛屦·序》中的“俭啬”相呼应。《园有桃·序》：“刺时也。大夫忧其君国小而迫，而俭以啬，不能用其民，而无德教，日以侵削，故作是诗也。”与《葛屦·序》“魏地陿隘”“俭啬”等语也是相应的。《陟岵·序》说“国迫而数侵削，役乎大国，父母兄弟离散”、《十亩之间·序》说“其国削小，民无所居焉”则就《葛屦·序》“魏地陿隘”而言。所以，《魏风》诸篇，除了《伐檀》《硕鼠》之外，各《序》也构成了一个相互呼应的解说结构。

《国风》其他部分，《豳风》皆系之周公，《王风》多系之平王，《邶风》《鄘风》《卫风》《郑风》《齐风》《唐风》《秦风》《陈风》等尽可能按照世次来解说，从而使各部分也形成了一个相对严密的解说结构。二《雅》也如此。《小雅》前二十二篇，除六

---

① 胡承珙《毛诗后笺》，黄山书社，1999年，第92页。

“笙诗”外，述典礼之用；自《六月》至《无羊》十四篇，系之宣王；其余五十篇，多系之幽王。也是按照世次来解说。《大雅》“文王之什”多系之文王、武王，“生民之什”前八篇多系之成王，“生民之什”《民劳》《板》及“荡之什”前三篇系之厉王，自《云汉》至《常武》六篇系之宣王，《瞻卬》《召旻》系之幽王，也表现出一定的系统性。

从各《序》，特别是相邻的《序》行文看，其措辞往往有一定的关联度，也应该是《毛诗序》成型于一人之手的显著的证据。《大雅·下武》与《文王有声》相次，《序》：“《下武》，继文也。武王有圣德，复受天命，能昭先人之功焉。”“《文王有声》，继伐也。武王能广文王之声，卒其伐功也。”马瑞辰解释《下武·序》说：“此诗《序》言‘继文’，与《文王有声·序》言‘继伐’相对成文，继伐为继武功，则继文为继文德。”[①]《大雅·既醉》下篇为《凫鹥》，《序》：“《既醉》，大平也。醉酒饱德，人有士君子之行焉。”“《凫鹥》，守成也。大平之君子，能持盈守成，神祇祖考安乐之也。”《毛诗正义》疏解《凫鹥·序》说：“上篇言‘大平’，此篇言‘守成’，即守此大平之成功也……亦承上篇而为势也。”胡承珙也以为这两首诗的《序》“文义相承”[②]。《周颂·闵予小子》《访落》《敬之》《小毖》相次，《序》：“《闵予小子》，嗣王朝于庙也。”“《访落》，嗣王谋于庙也。”“《敬之》，群臣进戒嗣王也。”“《小毖》，嗣王求助也。”《毛诗正义》说四篇“文势相类”。

① 马瑞辰《毛诗传笺通释》，中华书局，1989 年，第 862 页。
② 《毛诗后笺》，第 1349 页。

二、三家《诗》本无序，以《毛诗》首序出于诗人、国史、周之乐官、孔子、子夏等皆有不通之处

有些学者认为三家《诗》皆有序，并通过与《毛诗序》的比较，认为四家《诗》有相同的渊源，以此证明《毛诗》首序出于子夏或周朝的乐官。《四库全书总目》："观蔡邕本治《鲁诗》，而所作《独断》载《周颂》三十一篇之序，皆只有首二句，与毛序文有详略，而大旨略同。盖子夏五传至孙卿，孙卿授毛亨，毛亨授毛苌，是《毛诗》距孙卿再传。申培师浮邱伯，浮邱伯师孙卿，是《鲁诗》距孙卿亦再传，故二家之序大同小异，其为孙卿以来递相授受者可知。其所授受只首二句，而以下出于各家之演说，亦可知也。且《唐书·艺文志》称'《韩诗》卜商序、韩婴注二十二卷'，是《韩诗》亦有序，其序亦称出子夏矣。"① 马银琴认为四家《诗》说皆来源于产生于春秋末期以前的《毛诗序》首序，并且认为《毛诗序》首序是周王室的乐官在记录仪式乐歌、讽谏之辞以及风诗时，对诗歌功能、目的及性质的简要说明②。

前人把《毛诗序》分为两部分，成伯玙说："子夏惟裁初句耳，至'也'字而止。'《葛覃》，后妃之本也''《鸿雁》，美宣王也'，如此之类是也；以下皆大毛公自以诗中之意而系其辞

---

① 永瑢等《四库全书总目》，中华书局，1965年，第119页。

② 马银琴《从汉四家诗说之异同看〈毛诗序〉的时代》，《文史》2000年第2辑；《〈毛诗〉首序产生的时代》，《文学遗产》2002年第2期。

也。”[①] 以为《毛诗序》第一个“也”字之后的文句是对前面文句的解释，前面的文句产生比较早，所以有的学者认为出于子夏，有的学者认为是诗人自作，也有学者认为出于国史或孔子所作等[②]，于是就有了首序、续序的说法[③]。实际，分《毛诗序》为两部分，仅仅因为一些《序》从语意上看可分为两截或三截，并没有确凿的证据可以证明首序就是《毛诗序》的原文、续序为后人续申之语。崔述就不同意把《序》分为两部分，他在《读风偶识》中说：“《序》之首句，与下所言，相为首尾，断无止作一句之理。至所云‘刺时’‘刺乱’者，语意未毕，尤不可无下文，则其出于一人之手无疑也。”[④] 冯浩菲以为《毛诗序》有美刺兼用例，即首序明确颂美之意，续序解释讽刺之意，二者前后相成，不可分割[⑤]。程元敏也认为“古人著书，同篇之中，往往自作文自作记注”，不能以首序与续序存在解释关系，就断定续序一定出于另外一个人之手[⑥]。《毛诗序》是经过了后人的增补，这由有些《序》前后矛盾、语意不相连属可以看出，但并非所有的《序》都经过了后人的增补，那么把《序》分为首序、续序，且认为续序皆为后人所增补也就不是通论。

---

① 成伯玙《毛诗指说》，影印文渊阁《四库全书》，第 64 册，第 174 页，台湾商务印书馆，1986 年。

② 张西堂《诗经六论》，商务印书馆，1957 年，第 120—124 页。

③ 除了首序、续序的说法，还有古序与续序、前序与后序、首序与下序等说法。见张西堂《诗经六论》，第 116—117 页。

④ 崔述撰著、顾颉刚编订《崔东壁遗书》，上海古籍出版社，1983 年，第 526 页。

⑤ 冯浩菲《毛诗训诂研究》（上），华中师范大学出版社，1988 年，第 114 页。

⑥ 程元敏《诗序新考》，台北五南图书出版公司，2004 年，第 101 页。

首序、续序之分既缺乏充分依据，而以三家《诗》之序来证明《毛诗序》首序为子夏或周之乐官所作更站不住脚，因为三家本无序。

学者们以蔡邕治《鲁诗》，只因为蔡邕领衔请求镌刻熹平《石经》，且亲自书丹于碑，而熹平《石经》以《鲁诗》为底本。实际，熹平《石经》的筹刻，幕后推动者是宦者李巡。《后汉书·宦者列传》："（李）巡以为诸博士试甲乙科，争弟高下，更相告言，至有行赂定兰台漆书经字，以合其私文者，乃白帝，与诸儒共刻《五经》文于石，于是诏蔡邕等正其文字。"而《石经》选《鲁诗》为底本，由博士、学者、朝廷相关官员商定，非出于蔡邕的个人的好恶。《后汉书·孝灵帝纪》："（熹平四年）四年春三月，诏诸儒正《五经》文字，刻石立于太学门外。"蔡邕的《诗经》渊源，史无明文。《后汉书·蔡邕传》："邕少博学，师事太傅胡广。"又《胡广传》李贤注引谢承《后汉书》曰："广有雅才，学究五经。"俱不明言广、邕《诗》学渊源。而《独断》所载《周颂》三十一篇序，也有学者以为用的正是《毛诗序》，王谟《汉魏丛书》："《独断》三十一篇，悉用毛公《小序》，初无异也。"惠栋《九经古义》："《独断》载《周颂》卅一章，尽录《诗序》，自《清庙》至《般》诗，一字不异"[①]。又《周颂·般》，《毛诗音义》于"於绎思"句下云："《毛诗》无此句，齐、鲁、韩《诗》有之；今《毛诗》有者，衍文也。"《毛诗正义》："此篇末，俗本有'於绎思'三字，误也。"则《般》诗毛一章七句，三家一章八句，而

① 惠栋《九经古义》，影印文渊阁《四库全书》，第191册，第424页，台湾商务印书馆，1986年。

《独断》云“《般》一章七句，巡守而祀四岳河海之所歌也”[①]，正为用《毛诗序》之确证。程元敏对《独断》所载《周颂》三十一篇序与《毛诗序》一一比较，指出蔡邕对《毛诗序》略加增减润饰，据以论天子礼乐[②]。故据《独断》所载《周颂》三十一篇序，并不能证明《鲁诗》之有序。

再从《鲁诗》的传承来看，也不能证明《鲁诗》有序。《鲁诗》创始人申培学《诗》于浮邱伯，浮邱伯为荀子门人，《汉书·楚元王传》有明确的记载。但说《毛诗》由子夏五传而传至荀子，荀子传毛亨，毛亨传毛苌，则是后人不断附益的结果。《汉书·艺文志》仅说“又有毛公之学，自谓子夏所传”，“毛诗国风”题下孔《疏》引郑玄《诗谱》说：“鲁人大毛公为训诂，传于其家，河间献王得而献之，以小毛公为博士。”应该是《汉志》基础上的增益。郑玄关于《毛诗》传承的叙述既多自相矛盾[③]，又在其他各处谈论《毛诗》都称毛公，不分大小[④]，则《诗谱》此条分毛公为大小也未必确实。陆玑又在郑玄基础上进一步增益：“孔子删诗授卜商，商为之序，以授曾身（申），【申】授魏人李克，克授鲁人孟仲子，仲子授根牟子，牟子授赵人荀卿，荀卿授鲁国毛亨，亨作《诂训传》以授赵国毛苌。时人谓亨为大毛公，苌为小毛

① 蔡邕《独断》，影印文渊阁《四库全书》，第850册，第85页，台湾商务印书馆，1986年。

② 《诗序新考》，第145—146页。

③ 赵茂林《由“笙诗”看〈毛诗序〉的完成时间》，《南京师范大学文学院学报》2011年第1期。

④ 谷丽伟《〈毛诗诂训传〉作者辨正》，《古籍整理研究学刊》2011年第4期。

公。”① 而同为三国时吴人的徐整又有另一说，《经典释文·叙录》引徐整说：“子夏授高行子，高行子授薛仓子，薛仓子授帛妙子，帛妙子授河间人大毛公，毛公为《诗故训传》于家，以授赵人小毛公，小毛公为河间献王博士，以不在汉朝，故不列于学。”② 陆、徐之说的诸多不合，说明二说皆不可据信。刘毓庆指出：从解《诗》思想来看，荀子与《毛诗》不属于同一解《诗》体系；从使用《诗》本来看，荀子所用《诗》本与《毛诗》也不是一个系统。《毛诗》解说与荀子同者，是《毛诗》对荀子解《诗》材料的汲取，并不能表明其存在师承关系③。所以，从师承方面也不能说明《鲁诗》也应该如《毛诗》一样有序。

《新唐书·艺文志》著录有卜商《集序》二卷，但《隋书·经籍志》《旧唐书·经籍志》皆不著录。又《旧唐书·经籍志》著录有《韩诗》二十卷，题为“卜商序，韩婴撰”，《新唐书·艺文志》亦著录有“《韩诗》卜商《序》韩婴《注》二十二卷”，但《隋书·经籍志》著录《韩诗》二十二卷，只题为“汉常山太傅韩婴，薛氏章句”。而征引《韩诗序》者，多为唐人。所以夏炘认为《韩诗》本无《序》，“《韩诗序》作于隋后唐前，故《隋书·经籍志》不载，至唐《艺文志》始载之。《文选注》《后汉书注》《太平御览》所引《韩诗序》，皆唐人书也。自唐以前未有引《韩诗》序

① 陆玑《毛诗草木鸟兽虫鱼疏》，影印文渊阁《四库全书》，第70册，第21页，台湾商务印书馆，1986年。

② 陆德明《经典释文》，中华书局，1983年，第10页。

③ 刘毓庆、郭万金《从文学到经学——先秦两汉诗经学史论》，华东师范大学出版社，2009年，第425、141页。

者。”[①] 程元敏也认为《韩诗序》后出，《旧唐书》著录的卜商序《韩诗》二十二卷，“大抵完成于南北朝末至唐初之间，唐初人文章偶加引用，北宋靖康之前人《诗》学专著载之。《旧唐书》，后晋刘昫撰，著于籍录，是其书五代末叶已流传。《新唐书》宋欧阳修、宋祁等修，成书于仁宗朝，续著录是书，又别纂之《集序》亦于兹问世；二编至北宋末而悉亡矣。”[②] 新、旧《唐志》所著录《韩诗》二十二卷，即《隋志》所著，《旧唐志》在著录时特别标举出“卜商序”，当是受《毛诗序》来源说法的影响，《新唐志》又沿用《旧唐志》的说法。至于《韩诗集序》当为采《韩诗》对诗篇的解释而成书，其成书亦当受《旧唐志》所著录的“《毛诗集序》二卷卜商撰”之类《毛诗》著作的影响。

又魏源以为《三家诗》皆有序，其于《诗古微·齐鲁韩毛异同论》中说：“《齐诗》最残缺，而张揖，魏人，习《齐诗》，其《上林赋注》曰：‘《伐檀》，刺贤者不遇明主也。’其为《齐诗》之《序》明矣。刘向，楚元王孙，世传《鲁诗》，其《列女传》以《芣苢》为蔡人妻作，《汝坟》为周南大夫妻作……视《毛序》之空衍者，尤凿凿不诬。且其《息夫人传》曰：‘君子故序之于《诗》。’《黎庄夫人传》曰：‘君子故序之以编《诗》。’而刘向所自著书亦曰《新序》，是《鲁诗》有序明矣。”[③] 张揖究竟治何《诗》，史无明文，陈乔枞认为张揖用《鲁诗》，王先谦认为张揖用鲁、韩《诗》，实因《广雅》释词多与《毛诗》不合。陈奂、马瑞辰也说

① 夏炘《读诗札记》，《续修四库全书》，第 70 册，第 618 页，上海古籍出版社，2003 年。

② 《诗序新考》，第 176 页。

③ 魏源《诗古微》，《续修四库全书》，第 77 册，第 16 页，上海古籍出版社，2003 年。

其用三家，但没有指明为哪一家。所以魏源以张揖之说来断定《齐诗》有序，显然没有说服力，更何况《上林赋注》也没有明言所引为序说。关于刘向，此暂且不论其是否专用《鲁诗》。就《列女传》以《芣苢》为蔡人妻作、《汝坟》为周南大夫妻作等来看，皆为诗说而非序说。《息夫人传》所说“君子故序之于《诗》”、《黎庄夫人传》所说“君子故序之以编《诗》”之“序”皆编次之意，而非书之于序之意。至于“新序”，乃新近序次之意，亦与诗序无关。故由《列女传》所载之诗说也不能证明《鲁诗》有序。

就两汉诸子引《诗》、用《诗》来看，没有称引三家《诗》之序者，则三家《诗》在两汉时期无序是可以确定的。既然三家本无序，说《毛诗序》出于诗人、国史、周之乐官、孔子、子夏等就不可能。如果《毛诗序》真的出于诗人、国史、周之乐官、孔子、子夏，三家《诗》亦当有序，不应《毛诗》独有。因为就四家《诗》说的来源看，都有采先秦解《诗》、说《诗》材料的特点。

三、四家《诗》解说歧异，说明《毛诗序》非出于诗人、国史、周之乐官、孔子、子夏

由《毛诗序》与三家《诗》对诗旨的界定的歧异，也可以说明《毛诗序》非出于诗人、国史、周之乐官、孔子、子夏。《桧风·羔裘》，《毛诗序》：“大夫以道去其君也。国小而迫，君不用道，好洁其衣服，逍遥游燕，而不能自强于政治，故作是诗也。”《潜夫论·志姓氏篇》：“会在河伊之间，其君骄贪啬俭，灭爵损禄，群臣卑让，上下不临，诗人忧之，故作《羔裘》，闵

其痛悼也。”①《毛诗序》首序“大夫以道去其君”，在《潜夫论》中没有任何体现。《毛诗序》续序说国君“不用道，好洁其衣服，逍遥游燕，而不能自强于政治”，《潜夫论》说国君“骄贪啬俭，灭爵损禄”，二者所指也不同。清儒陈乔枞、王先谦、唐晏等都认为王符所习为《鲁诗》，就王符用《诗》来看，这个说法应该属实。王符认为《小雅·鹿鸣》为刺诗，与毛、韩、齐皆不同，而同于《鲁诗》，就是明证。《周南·芣苢》，《毛诗序》：“后妃之美也。和平则妇人乐有子矣。”《文选·辩命论》李善注曰：“《韩诗》曰：《芣苢》，伤夫有恶疾也。”②《列女传·贞顺篇》也说蔡人之妻其夫有恶疾而坚守不更嫁，并作此诗③。则毛与鲁、韩之说迥然不同。《陈风·宛丘》，《毛诗序》：“刺幽公也。淫荒昏乱，游荡无度焉。”《汉书·匡衡传》衡于元帝即位时上疏曰：“陈夫人好巫，而民淫祀。”此应就《陈风·宛丘》《东门之枌》而言，《汉书·地理志》：“陈本太昊之虚，周武王封舜后妫满于陈，是为胡公，妻以元女大姬。妇人尊贵，好祭祀，用史巫，故其俗巫鬼。《陈诗》曰：‘坎其击鼓，宛丘之下，亡冬亡夏，值其鹭羽。’又曰：‘东门之枌，宛丘之栩，子仲之子，婆娑其下。’此其风也。”班固说陈地好祭祀，其俗巫鬼，引用的正是《宛丘》《东门之枌》中的诗句。匡衡为《齐诗》学者，显然，毛、齐对《宛丘》的解释也不相同。由于四家《诗》对不少诗篇诗旨的界定不同，那么说《毛诗序》为诗人自作或出于国史、周之乐官、孔子、子夏等也就不正确。如果《毛诗序》为诗人自作或出于国史、周之乐官、孔子、

① 王符《潜夫论》，第174页，《诸子集成》，第八册，上海书店出版社，1986年。

② 萧统编、李善注《文选》，上海古籍出版社，1986年，第2347页。

③ 张涛《列女传译注》，山东大学出版社，1990年，第137页。

子夏等，四家《诗》当皆传其说，那么对诗篇的界定就不会存在歧异。晁公武《郡斋读书志》说："至王介甫独谓诗人所自制……《韩诗》序《芣苡》曰'伤夫也'、《汉广》曰'悦人也'。《序》若诗人所自制，《毛诗》犹《韩诗》也，不应不同若是"①。黄以周说："《诗》有四家:《毛诗》有序，齐、鲁《诗》不闻有序。《韩诗》之序，又不与毛同，如《诗序》出自国史、孔圣，则齐、鲁二家，当与正经并传，不应删削序说，韩序亦当与毛合一，不应别生异议，何以《关雎》一篇，《毛诗序》以为美，而三家皆以为刺乎?《芣苢》《汝坟》诸篇，韩、毛两序说不归一乎? 谓《诗序》出于国史、孔圣者，可以知其非矣!"②《韩诗序》为后人采《韩诗》对诗篇的解释而成，前已辨明，晁氏、黄氏认识有误。晁氏、黄氏所说《韩诗序》实际为《韩诗》解说诗篇之义。

对于三家《诗》与《毛诗序》的歧异，有的学者认为是后来的传《诗》者增改所致。《四库全书总目》说："而《韩诗》遗说之传于今者往往与毛迥异，岂非传其学者递有增改之故哉?"③ 此类说法试图弥合《毛诗序》与三家《诗》说之间的歧异，实际也说不通。三家《诗》说与《毛诗序》的歧异，非限于与《毛诗》续序。《邶风·柏舟》，《毛诗序》："言仁而不遇。"《列女传·贞顺篇》说是卫寡夫人自誓不嫁之作④。《潜夫论·断讼篇》也说:

---

① 孙猛《郡斋读书志校证》，上海古籍出版社，1990 年，第 61 页。

② 黄以周《经说略》，《皇清经解续编》，上海书店出版社，1988 年，第 520 页。

③ 《四库全书总目》，第 119 页。

④ 《列女传译注》，第 135 页。原作"卫宣夫人"，此从陈乔枞改。陈乔枞《三家诗遗说考》，《续修四库全书》，第 76 册，第 75 页。上海古籍出版社，2003 年。

“贞女不二心以数变，故有匪石之诗。”[①] 则《列女传·贞顺篇》所言是《鲁诗》之说。

《鲁诗》之说与《毛诗》首序显然不同。《小雅·十月之交》，《毛诗序》：“大夫刺幽王。”郑《笺》：“当为刺厉王。”《汉书·谷永传》师古注曰：“《鲁诗·小雅·十月之交》篇曰：‘此日而食，于何不臧’，又曰‘阎妻扇方处’，言厉王无道，内宠炽盛，政化失理，故致灾异，日为之食，为不善也。”则郑《笺》用《鲁诗》说。《毛诗》首序与《鲁诗》说亦不同。《王风·黍离》，《毛诗序》：“闵宗周也。”《新序·节士篇》以为卫宣公之子寿闵其兄伋之且见害而作[②]，而《韩诗》又以为是尹吉甫之子伯封闵悼其兄伯奇而作[③]。《新序》《韩诗》之说与《毛诗》首序的不同也是显然的。《周南·汉广》，《毛诗序》说：“德广所及也。”《文选》卷三十四曹植《七启》李善注：“《韩诗序》：‘《汉广》，悦人也。’”[④] 二说大相径庭。《周南·汝坟》，《毛诗序》：“道化行也。”《韩诗》却说：“《汝坟》，辞家也。”[⑤]《列女传·贤明篇》又以为周南大夫之妻勉励其夫而作[⑥]。三者所说亦不同。《小雅·鼓钟》，

---

① 《潜夫论》，第 97 页。

② 赵仲邑《新序详注》，中华书局，1997 年，第 198 页。

③ 《太平御览》卷九百二十三引陈思王植《贪恶鸟论》：“昔尹吉父信后妻之谗，而杀孝子伯奇，其弟伯封求而不得，作《黍离》之诗。”又四百六十九卷：“《韩诗》曰：《黍离》，伯封作也。‘彼黍离离，彼稷之苗。’离离，黍貌也。诗人求亡兄不得，忧懑不识于物，视彼黍离离然，忧甚之时，反以为稷之苗，乃自知忧之甚也。”李昉《太平御览》，河北教育出版社，1994 年，第八册，第 401 页；第四册，第878 页。

④ 《文选》，第 1584 页。

⑤ 《后汉书·周磐传》李贤注。

⑥ 《列女传译注》，第 65 页。

《毛诗序》："刺幽王也。"《毛诗正义》说："郑于《中侯·握河》注云'昭王时《鼓钟》之诗所为作'者，郑时未见《毛诗》，依三家为说也。"郑玄曾从东郡张恭祖受《韩诗》，其注纬又在笺《诗》之前，故王应麟、马瑞辰等认为郑玄以《鼓钟》为昭王诗用《韩诗》说，陈乔枞、王先谦则以为此为《齐诗》说。郑玄之说不管出于《韩诗》还是《齐诗》，与《毛诗》首序的不同也是显然的。《大雅·棫朴》，《毛诗序》："文王能官人也。"而《春秋繁露·郊祭篇》则以为此篇表现文王受命、郊而伐崇之事①。阮元、陈乔枞、王先谦、唐晏都认为董仲舒用《齐诗》。则关于《棫朴》，《齐诗》说与《毛诗》首序也不同。《小雅·巷伯》，《毛诗序》："刺幽王也。寺人伤于谗，故作是诗。"《汉书·古今人表》以寺人孟子为厉王时人，则班固对《巷伯》创作时期的看法与《毛诗序》首序不同。班固的看法应该来自三家。

就《毛诗》首序与续序的关系来看，绝大多数续序是对首序的解说或推衍，但也有一些序其首序与续序不相应，甚至矛盾。《郑风·野有蔓草·序》："思遇时也。君之泽不下流，民穷于兵革，男女失时，思不期而会焉。"对于"思遇时"，王先谦解释说："盖因兵革不息，民人流离，冀觐名贤以匡其主，如齐侯之得管仲，秦伯之得百里奚。"② 但续序却说"男女失时，思不期而会焉"，首序、续序所说"时"的含义不同。《秦风·小戎·序》："美襄公也。备其

① 《春秋繁露·郊祭篇》："文王受天命而王天下，先郊乃敢行事，而兴师伐崇。其《诗》曰：'芃芃棫朴，薪之槱之。济济辟王，左右趋之。济济辟王，左右奉璋。奉璋峩峩，髦士攸宜。'此郊辞也。其下曰：'淠彼泾舟，烝徒檝之。周王于迈，六师及之。'此伐辞也。其下曰：'文王受命，有此武功，既伐于崇，作邑于丰。'以此辞者，见文王受命则郊，郊乃伐崇，伐崇之时，民何处央乎？"苏舆《春秋繁露义证》，中华书局，1992年，第405页。

② 王先谦《诗三家义集疏》，中华书局，1989年，第369页。

兵甲，以讨西戎。西戎方强，而征伐不休，国人则矜其车甲，夫人能闵君子焉。”首序说美襄公，续序则说夫人闵君子，二者也各有侧重。《周南·葛覃·序》：“《葛覃》，后妃之本也。后妃在父母家，则志在于女功之事，躬俭节用，尊敬师傅，则可以归宁父母，化天下以妇道也。”续序“可以归宁父母”与“后妃在父母家”矛盾，也与首序“后妃之本也”矛盾。《唐风·蟋蟀·序》：“刺晋僖公也。俭不中礼，故作是诗以闵之，欲其及时以礼自虞乐也。此晋也，而谓之唐，本其风俗，忧深思远，俭而用礼，乃有尧之遗风焉。”续序前说“俭不中礼”，后说“俭而用礼”，显然前后矛盾，而“俭而用礼”之说也与首序相互矛盾。如果说《毛诗序》与三家《诗》说的歧异是后来传《诗》者增改所致，这种增改就不应该仅仅三家存在，《毛诗》也应该有之，但就《毛诗》首序、续序来看，增则有之，改则未必。增补者如果对首序也会改动，就不会有首序与续序不相应、矛盾的情况存在了。

四、《毛诗序》与三家《诗》有相同的解说思路

三家《诗》说也有与《毛诗序》相同者，但其相同也不能证明《毛诗序》出于国史、周之乐官、孔子、子夏等。《毛诗序》与三家《诗》说的相同，有的是因为资料来源相同。《鄘风·竿旄》，《毛诗序》：“《竿旄》，美好善也。卫文公臣子多好善，贤者乐以善道也。”《韩诗外传》卷二“楚庄王围宋”章引此诗“彼姝者子，何以告之”，而继之说“君子善其以诚相告也”①。王先谦说：

① 屈守元《韩诗外传笺疏》，巴蜀书社，1996年，第106页。

“《外传》多推演之词，而义必相比”①。也就是说《韩诗》对《竿旄》的理解是与《毛诗序》是相同的。而《毛诗序》《韩诗》实际都依据《左传》。《左传·定公九年》：“《竿旄》‘何以告之’，取其忠也。”杜预注：“录《竿旄》诗者，取其中心原告人以善道也。”《毛诗序》的“贤者乐以善道”、《韩诗外传》的“君子善其以诚相告”皆《左传》“忠告”之义。《小雅·无将大车》，《毛诗序》：“大夫悔将小人也。”应该本于《荀子》。《荀子·大略篇》：“《诗》曰：‘无将大车，维尘冥冥。’言无与小人处也。”②《韩诗外传》卷七：“今子所树非其人也。故君子先择而后种也。《诗》曰：‘无将大车，惟尘冥冥。’”③ 也同于《荀子》。

《毛诗序》与三家诗说的相同，也有一些是因为诗意本来比较明确。《召南·甘棠》，《毛诗序》：“美召伯也。召伯之教，明于南国。”《汉书·王吉传》吉上疏谏昌邑王曰：“昔召公述职，当民事时，舍于棠下而听断焉。是时，人皆得其所，后世思其仁恩，至乎不伐甘棠，《甘棠》之诗是也。”王吉为《韩诗》学者。其他《说苑·贵德篇》《法言·先知篇》《白虎通义·封公侯篇》及《巡守篇》等所言皆同于王吉，为三家说。《甘棠》第一章：“蔽芾甘棠，勿翦勿伐，召伯所茇。”二、三章叠章。三章反复咏叹不要砍伐甘棠树，是因为召伯曾在其下面休息，表现出对召伯的浓烈的爱戴之情。当然，诗中的召伯指宣王时的召穆公，而非周初的召公奭，此可不论。总之，王吉所言比较具体，所述即为诗句之意；《毛诗序》虽比较概括，但与王吉所言实际是相同的。《魏风·硕

① 《诗三家义集疏》，第104页。

② 王先谦《荀子集解》，中华书局，1988年，第514页。

③ 《韩诗外传笺疏》，第645页。

鼠》，《毛诗序》：“刺重敛也。国人刺其君重敛，蚕食于民，不修其政，贪而畏人，若大鼠也。”《盐铁论·取下篇》贤良曰：“及周之末途，德惠塞而嗜欲众，君奢侈而上求多，民困于下，怠于公乎！是以有履亩之税，《硕鼠》之诗作也。”[①]《潜夫论·班禄篇》：“履亩税而《硕鼠》作。”[②]《盐铁论》《潜夫论》的说法应该来自三家《诗》。所谓“履亩税”，《穀梁传·宣公十五年》：“初亩税者，非公之去公田，而履亩十取一也。”就是说要农民除了出劳役于公田，还要交纳私田所产的十分之一。三家《诗》把《硕鼠》看作因“履亩税”而作，实际与《毛诗序》的“刺重敛”说相同。而讽刺重敛之意在诗中表现很明显。诗中将统治者比作大老鼠，以与老鼠对话的口气，反复呼告恳求，充满了一种无可奈何的怨恨。

断章取义是先秦用《诗》的一种主要方式。这种方式对汉儒影响很大。《毛诗序》与三家诗说的相同，也有一些是《毛诗序》与三家《诗》在解说诗篇时，都以某几句诗的意思为全诗的诗义。《大雅·行苇》，《毛诗序》：“《行苇》，忠厚也。周家忠厚，仁及草木，故能内睦九族，外尊事黄耇，养老乞言，以成其福禄焉。”《列女传·辩通篇》晋弓工妻曰：“君闻昔者公刘之行乎？羊牛践葭苇，恻然为民痛之。恩及草木，岂欲杀不辜者乎？”[③] 班彪《北征赋》：“慕公刘之遗德，及行苇之不伤。”[④]《潜夫论·德化篇》：“《诗》云：‘敦彼行苇，牛羊勿践履。方苞方体，惟叶柅柅。’……公刘厚德，恩及草木、牛羊六畜，且犹感德。仁不忍践

① 桓宽《盐铁论》，第44页，《诸子集成》，第八册，上海书店出版社，1986年。

② 《潜夫论》，第70页。

③ 《列女传译注》，第209页。

④ 《文选》，第426页。

履生草，则又况于民萌而有不化者乎?”[①] 赵晔《吴越春秋》卷一：“公刘慈仁，行不履生草，运车以避葭苇。”[②] 赵晔为《韩诗》学者，其所言应该出于《韩诗》。其他《列女传》、班彪《北征赋》、王符《潜夫论》也当用三家义。三家《诗》虽把《行苇》系之公刘，与《毛诗序》不同，但认为诗咏公刘仁德，与《毛诗序》所说的“忠厚”相合，并且《毛诗序》与三家《诗》都是据首两句“敦彼行苇，牛羊勿践履”为说，故三家《诗》说“恩及草木”，《毛诗序》说“仁及草木”。实际这首诗描写了贵族和兄弟宴会、较射、祭神、祈福等活动[③]。《桧风·匪风》，《毛诗序》：“思周道也。国小政乱，忧及祸难，而思周道焉。”就诗中“顾瞻周道，中心怛兮”而言，《韩诗》也主要依据这两句来解说。《韩诗外传》卷二：“当成周之时，阴阳调，寒暑平，群生遂，万物宁，故曰：其风治，其乐连，其驱马舒，其民依依，其行迟迟，其意好好，《诗》曰：‘匪风发兮，匪车偈兮。顾瞻周道，中心怛兮。’”[④]《汉书·王吉传》吉上疏谏昌邑王也引了这四句诗，而后说“盖伤之也”。《韩诗外传》、王吉虽就具体诗句立论，但对照二者，《韩诗》也把《匪风》理解为思古伤今之作，与《毛诗序》相同，是基于“顾瞻周道，中心怛兮”两句来说的，而《匪风》实际上是一篇游子思乡之作[⑤]。

由四家诗说的异同，不仅不能证明《毛诗序》出于诗人、国史、周之乐官、孔子、子夏等，恰恰证明《毛诗序》非出于诗人、

---

① 《潜夫论》，第157页。

② 张觉《吴越春秋校注》，岳麓书社，2006年，第6页。

③ 高亨《诗经今注》，上海古籍出版社，1980年，第405页。

④ 《韩诗外传笺疏》，第215页。

⑤ 余冠英《诗经选》，人民文学出版社，1979年，第125页。

国史、周之乐官、孔子、子夏。《毛诗序》:“上以风化下,下以风刺上,主文而谲谏,言之者无罪,闻之者足以戒,故曰风。”把《国风》限定为王者施行教化的工具与臣民劝谏执政者的工具。又曰:“雅者,正也,言王政之所由废兴也。”认为二《雅》反映了政治兴衰之迹,是可以作为政者的参考工具的。显然《毛诗序》非常注重《诗经》的政治之用,这与三家《诗》同一思致。据《汉书·儒林传》,《鲁诗》学者王式为昌邑王师,昌邑王因行淫乱被废,式系狱当死,治事使者责问曰:“师何以亡谏书?”式对曰:“臣以《诗》三百五篇朝夕授王。至于忠臣孝子之篇,未尝不为王反复诵之也;至于危亡失道之君,未尝不流涕为王深陈之也。臣以三百五篇谏,是以亡谏书。”使者以闻,得以减死论。《汉书·翼奉传》奉上疏曰:“《易》有阴阳,《诗》有五际,《春秋》有灾异,皆列终始,推得失,考天心,以言王道之安危。”翼奉为《齐诗》学者。《鲁诗》《齐诗》也如同《毛诗序》一样认为《诗经》中包含着政治兴衰、忠臣孝子之理。

由于把《诗经》看作一部治乱兴衰之迹的书,所以对具体的诗篇解说时,四家《诗》都努力从政治教化、伦理道德的角度进行诠释。《周南·关雎》是一首爱情诗,但《毛诗序》说:“《关雎》,后妃之德也……是以《关雎》乐得淑女以配君子,忧在进贤,不淫其色。哀窈窕,思贤才,而无伤善之心焉,是《关雎》之义也。”《汉书·杜钦传》师古注引李奇曰:“后夫人鸡鸣佩玉去君所,周康王后不然,故诗人叹而伤之。”又引臣瓒曰:“此《鲁诗》也。”《后汉书·明帝纪》:“……昔应门失守,《关雎》刺世”。李贤注引薛君《韩诗章句》曰:“诗人言雎鸠贞絜慎匹,以声相求,隐蔽于无人之处。故人君退朝,入于私宫,后妃御见有度,应门击柝,鼓人上堂,退反宴处,体安志明。今时大人内倾于色,贤人见其萌，故咏《关雎》，说淑女，正容仪，以刺时。”《毛诗》以为《关雎》是歌颂后妃之德的，而《鲁诗》以为是刺周康王后失德的，《韩诗》则以为是刺人君沉于女色的。毛与鲁、韩一美一刺，看起来截然相反，实际都把《关雎》一诗系之于帝王婚姻，与王朝的兴衰联系起来。《邶风·燕燕》是一首送别诗。送行者为卫君，行者为其出嫁他国的二妹。诗篇通过送别场景的描绘，表现了兄妹间真挚的感情。但《毛诗序》说：“卫庄姜送归妾也。”郑《笺》：“庄姜无子，陈女戴妫生子名完，庄姜以为己子。庄公薨，完立，而州吁杀之。戴妫于是大归，庄姜送之于野，作诗见己志。”《列女传·母仪篇》则说此诗为定公夫人定姜送其子妇大归的诗。其子娶而死，其妇无子，毕三年之丧而归①。《礼记·坊记》郑注：“定姜无子，立庶子衎，是为献公。畜，孝也。献公无礼于定姜，定姜作诗言献公当思先君定公，以孝于寡人。”《礼记释文》说：“此是《鲁诗》。”《毛诗序》之说，王礼卿疏之曰：“惜嫡庶恩爱之别，深子亡国危之痛”②；王先谦认为《列女传》之说与《坊记》郑注之说相通，疏解说：“定姜恸子思妇，茕独悲伤，专为献公不能孝养。末二句追美去妇，即以深责献公……”③ 则对《燕燕》的诠释，《毛诗》《鲁诗》也都是从政治教化、伦理道德的角度进行解说的。

五、《毛诗序》非成型于先秦

从政治教化、伦理道德对《诗经》中的诗句进行解释，春秋

---

① 《列女传译注》，第 17 页。

② 王礼卿《四家诗旨会归》，华东师范大学出版社，2009 年，第 330 页。

③ 《诗三家义集疏》，第 142 页。

公卿赋诗、引诗时已肇其端。列国公卿赋诗言志、引诗喻志，往往关合现实政治和君子的修为，开从政治教化、伦理道德诠释《诗经》之风气。孔子以《诗经》教弟子，注重学《诗》通达政务之用和修身之用，也蕴含着对《诗》从政治教化、伦理道德角度解释的思路。孟子认为《诗经》与《春秋》一样反映政治的兴衰，寓寄了孔子的关于治乱的微言大义，实际已经把《诗经》看作一部反映治乱兴亡之书。而荀子则把《诗》等儒家经典提高到空前的高度，认为其为圣人制作，体现天下所有的规律，当然其中也包含兴衰治乱之理。不过，先秦时期虽然从政治教化、伦理道德角度解《诗》的思路在不断地强化，但尚未成为一个普遍的原则，特别没有如《毛诗序》一样把每首诗与君主、后妃等联系起来。

就上举《关雎》《燕燕》来看，《论语·八佾》："子曰：'《关雎》乐而不淫，哀而不伤。'"就《关雎》所表达的情绪而言，以为得中和之美。《孔子诗论》："《关雎》之改……曷……《关雎》以色喻于礼"①。（第十简）"《关雎》之改，则思益矣。"（第十一简）"反纳于礼，不亦能改乎?"（十二简）"其四章则喻矣。以琴瑟之悦，拟好色之愿，以钟鼓之乐……"（第十四简）把几只简联系起来，《孔子诗论》是说《关雎》表现了一种更易②，即男子由开始的"寤寐求之""寤寐思服""辗转反侧"的求女，到后来欲以琴瑟钟鼓之礼来迎娶淑女。好色的冲动更易到了礼仪之上。"以色喻于礼"又见于马王堆帛书《五行》。帛书《五行》说部："喻而【知】之谓之进【之】。弗喻也，喻则知之【矣】，知之则进耳。喻之也者，自所小好喻乎所大

---

① 马承源主编《上海博物馆藏楚竹书》（一），上海古籍出版社，2001 年，第 139 页。下引《孔子诗论》之文亦出此书，不再注明。释文用宽体。

② 此采李学勤说。李学勤《〈诗论〉说〈关雎〉等七篇释义》，《齐鲁学刊》2002 年第2 期。

好。‘窈窕【淑女，寤】寐求之’，思色也。‘求之弗得，寤寐思服’，言其急也。‘悠哉悠哉，辗转反侧’，言其甚□□。□如此其甚也，交诸父母之侧，为诸？则有死弗为之矣。交诸兄弟之侧，亦弗为也。交【诸】邦人之侧，亦弗为也。【畏】父兄，其杀畏人，礼也。由色喻于礼，喻之也者，进耳。”① “窈窕淑女，寤寐求之”表现了男子对女子的思念。“求之弗得，寤寐思服”表现出这种思念很急切。“悠哉悠哉，辗转反侧”，是说这种思念相当强烈。但如此强烈的思念，在父母面前向女子表达出来，可以做到吗？即便用死来威胁也做不到。在兄弟、国人面前向女子表达，也做不到。怕自己的父母兄弟，怕其他人，这就是礼。把对女子的追求与对礼的追求相比拟，通过比拟而知礼，这就是进了一步。《孔子诗论》、帛书《五行》虽由《关雎》来谈礼，谈如何提高自身的修养，但也仅以《关雎》为一首“思色”的诗，尚未把其与帝王婚姻联系起来。《荀子·大略篇》：“《国风》之好色也，传曰：‘盈其欲而不愆其止。’其诚可比于金石，其声可内于宗庙。”应该是由《关雎》“思色”的说法而推及整个《国风》。所以杨倞注曰：“好色，谓《关雎》乐得淑女也。盈其欲，谓好仇，‘寤寐思服’也。止，礼也。欲虽盈满而不敢过礼求之。此言好色人所不免，美其不过礼也。”② 由《荀子·大略篇》可以看出，直到战国末期，学者也没有把《关雎》与帝王的婚姻联系起来。

同样，对于《燕燕》，先秦《诗》学也没有系之卫庄公夫人或卫定公夫人，而是着眼于诗中所表现的兄妹之情。《孔子诗论》：

---

① 国家文物局古文献研究室编《马王堆汉墓帛书》（壹），文物出版社，1975 年，第 24 页。释文用宽体。下引马王堆帛书文字亦出此书，不再注明。

② 《荀子集解》，第 511 页。

“《燕燕》之情，曷?”（第十简）“情，爱也。”①（第十一简）“《燕燕》之情，以其蜀（独）也。”（第十六简）《燕燕》为卫君送其出嫁他国的二妹的诗。《孔子诗论》所说“情”，即兄妹之间的难舍之情。这种难舍之情自然出于对妹妹的爱，故又说“情，爱也。”“《燕燕》之情，以其独也”，庞朴解释说：“指的是其情专一不渝和不假修饰出于至诚。”②《孔子诗论》虽然由《燕燕》而引申出“慎独”的思想，但关注的还是其所表达的兄妹之间的难舍之情，也没有从政治教化、伦理道德的角度进行解说。把《燕燕》与“慎独”思想联系起来解说，亦见于马王堆帛书《五行》篇。《五行》经部：“‘【婴】婴于飞，差池其羽。之子于归，远送于野。瞻望弗及，泣涕如雨。’能‘差池其羽’然【后能】至哀。君子慎其独也。”说部：“‘婴婴于飞，差池其羽。’婴婴，与（兴）也，言其相送海也。方其化，不在其羽矣。‘之子于归，远送于野。瞻望弗及，泣涕如雨。’能‘差池其羽’，然后能至哀，言至也。差池者，言不在衰绖。不在衰绖，然后能（至）哀。夫丧，正绖修领而衰杀矣。言至内者不在外也。是之谓独。独也者舍体也。”“海”，当读为“诲”，二字都是晓母之部，古音相同，且形相近。《说文》云：“诲，晓教也。”《燕燕》是一首送行诗，诗中又有“先君之思，以勖寡人”之语，故说“相送诲也”。“参池”即参差，不齐貌。“至哀”指“泣涕如雨”。“衰绖”，丧服。帛书以燕子的羽毛喻丧服。是说燕子的羽毛不整齐，正表现出人物内心的

① 马承源说：“‘情爱也’为上篇评述之最后三字，当为《燕燕》篇评语之残。”《上海博物馆藏楚竹书》（一），第 141 页。

② 庞朴《上博藏简零笺》，上海大学古代文明研究中心、清华大学思想文化研究所编《上博馆藏战国楚竹书研究》，上海书店出版社，2003 年，第 233—242 页。

"至哀"。君子临丧，不应该专注于丧服。只有不专注丧服，才能达到真正的哀。如果临丧还整理丧服，其悲哀之心就会有所衰减。君子专诚于心，而不驻心于外貌。帛书《五行》由《燕燕》联系君子临丧，进而宣扬"慎独"思想，就其理解来看，也是把《燕燕》看作一首送行诗，没有从政治、伦理道德的角度诠释。

当然，《孔子诗论》也包含从政治、伦理道德解《诗》的因素。"孔子曰：吾以《葛覃》得氏初之诗，民性固然。见其美必欲反其本。夫葛之见歌也，则"。（十六简）"以絺绤故也。后稷之见贵也，则以文武之德。"（二十四简）廖名春读"氏"为"祇"，也就是敬的意思。读"诗"为"志"。"祇初之志"即敬初之心，也就是"见其美必欲反其本"之意①。"絺绤"的隶定从陈剑说②，诗中有"为絺为绤，服之无斁"之句。《孔子诗论》以为《葛覃》表现了敬初之志，正是人性的体现。诗中歌咏"葛"，是因为用其可以织布，这正如后稷之所以被后人重视，是因为文王、武王之德。"见其美必欲反其本"之"本"即为"孝"。郭店简《六德》："孝，本也。"③ 实际，《孔子诗论》是以"孝"来解说《葛覃》。又："《墙有茨》慎密而不知言。"（第二十八简）《鄘风·墙有茨》反复说"中冓之言，不可道也""不可详也""不可读也"，似乎很"慎密"。但诗中又说"言之丑也""言之长也""言之辱也"，实际是不该说而说之，故《孔子诗论》以"不知言"评之，即认为《墙有茨》的诗人不懂得言说的原则。孔子既主张"邦有道，危言

① 廖名春《上海博物馆藏诗论简校释札记》，《上博馆藏战国楚竹书研究》，第260—276页。

② 陈剑《〈孔子诗论〉补释一则》，《上博馆藏战国楚竹书研究》，第374—376页。

③ 荆门市博物馆《郭店楚墓竹简》，文物出版社，1998年，第188页。

危行；邦无道，危行言孙”（《论语·宪问》）。那么这种公开揭露无道丑行之举自然不为孔子所嘉许，故“不知言”的评说实际也隐含着政治性的因素①。

正因为《孔子诗论》也包含从政治教化、伦理道德解诗的因素，有些学者认为《孔子诗论》的作者是子夏，是《毛诗序》原始祖本②，甚至认为《毛诗序》在孔子之前就存在了③。实质，持此种观点的学者只是注意到了《孔子诗论》与《毛诗序》部分的相同，而对二者的差异认识不足。就上面谈到的《关雎》《燕燕》《葛覃》《墙有茨》四诗看，《孔子诗论》以《关雎》《燕燕》谈修身问题，与《毛诗序》从政治教化、伦理道德的角度解说完全不同。对于《葛覃》，《孔子诗论》以“孝”解之，《毛诗序》虽然说“后妃之本”，似乎与《孔子诗论》相同，但《孔子诗论》言“孝”而归之于人性，而《毛诗序》说：“后妃在父母家，则志在于女功之事，躬俭节用，尊敬师傅，则可以归宁父母，化天下以妇道也。”以“妇道”解之，归之于政治教化，二者的解说思路是不同的。《孔子诗论》批评《墙有茨》的作者不应该公开揭露无道丑行，但《毛诗序》说：“《墙有茨》，卫人刺其上也。公子顽通乎君母，国人疾之而不可道也。”《孔子诗论》也没有《毛诗序》那么具体。另外，对于《小雅·十月之交》《雨无政》《节南山》《小旻》《小宛》《小弁》《巧言》，《毛诗序》皆以之为刺幽王之诗，而

---

① 曹建国、张玖青《孔子论“智”与上博〈诗论〉简以“智”论诗》，《江汉考古》2004 年第 2 期。

② 江林昌《上博竹简〈诗论〉的作者及其与今传本〈毛诗〉序的关系》，《文学遗产》2002 年第 2 期；《由上博竹简〈诗说〉的体例论其定名与作者》，《孔子研究》2004 年第 2 期。

③ 方铭《〈孔子诗论〉与孔子文学目的论的再认识》，《文艺研究》2002 年第 2 期。

《孔子诗论》仅说："《十月》善諀言。《雨无正》《节南山》皆言上之衰也，王公耻之。《小弁》《巧言》，则言谗人之害也。"（第八简）《孔子诗论》不批昏君的思路与《毛诗序》动辄就言刺某王、刺某君的言说形式也是有很大的区别的。因而，李会玲指出《孔子诗论》与《毛诗序》在用《诗》观念上有"观人俗"与"知得失"不同；在具体解说时，《孔子诗论》"言诗之内"，而《毛诗序》"言诗之外"；《孔子诗论》表现出对《诗》本文中所述之情、志的关注、欣赏、认同及共鸣，而《毛诗序》则将每首诗中的"情"与"志"淡化为背景，演绎帝王们的"得失之迹"①。曹建国通过《孔子诗论》与《毛诗序》的全面比较，也指出《孔子诗论》与《毛诗序》不属于同一解诗系统②。

《毛诗序》与先秦典籍解《诗》相同者，实际是《毛诗序》对先秦《诗》学的继承。而不少学者以此作为《毛诗序》早出的证据，实际从逻辑上也说不通。对经典的诠释，固然每个时代会依据时代的要求赋予其新的内涵，但每个时代的诠释也很难完全抛弃传统的解说。

从政治教化、伦理道德角度解《诗》的思路在先秦尚未成为一个普遍的原则，恰说明《毛诗序》非成型于先秦。这由《毛诗序》引用先秦典籍也可以证明。《荀子·大略篇》："《聘礼》志曰：'币厚则伤德，财侈则殄礼。'……《诗》曰：'物其指矣，唯其偕矣。'不时宜，不敬交，不欢欣，虽指，非礼也。"③《小雅·鱼

---

① 李会玲《〈孔子诗论〉与〈毛诗序〉说诗方式之比较——兼论〈孔子诗论〉在〈诗经〉学史上的意义》，《武汉大学学报》（人文科学版）2003 年第 5 期。

② 曹建国《孔子论〈诗〉与上博简〈孔子诗论〉之比较》，《孔子研究》2003 年第3 期。

③ 《荀子集解》，第 488 页。

丽·序》："《鱼丽》，美万物盛多，能备礼也。"正用《大略篇》解诗之意。又《大略篇》："君人者不可以不慎取臣，匹夫不可以不慎取友。友者，所以相有也。道不同，何以相有也？均薪施火，火就燥；平地注水，水流湿。夫类之相从也，如此之著也，以友观人，焉所疑？取友善人，不可不慎，是德之基也。《诗》曰：'无将大车，维尘冥冥。'言无与小人处也。"①《小雅·无将大车·序》："大夫悔将小人也。"亦为用《大略篇》解诗之意。《大略篇》为荀子弟子"杂录荀卿之语"。《史记·孟子荀卿列传》："春申君死而荀卿废，因家兰陵……著数万言而卒，因葬兰陵。"春申君卒于公元前 238 年，则荀子之卒或在此年，或在此后。荀子弟子"杂录荀卿之语"应在荀子卒后，而《荀子》全书也是由门人弟子纂辑而成，则《荀子》成书已到战国末期，因而从《毛诗序》引用《荀子》也可以说明其非成型于先秦。

六、《毛诗序》成型于景帝前元二年至中元五年间

《毛诗序》非成型于先秦，这仅明确了其上限，那么其下限又为何时呢？这由《毛诗》《序》《传》的关系可以明确。《毛诗》《序》《传》有矛盾、不相应的一面，前人多有论及②。另一方面，《序》《传》内容相近的有 138 篇，再加上语句类似的 45 例，故陈

① 《荀子集解》，第 514 页。

② 张西堂《诗经六论》，第 128—130 页。王洲明《〈毛传〉与〈毛序〉的同异比较并论及〈毛序〉的作者》，《西华师范大学学报》（哲社版）2003 年第 6 期。王承略《从传序的关系论诗序的写作年代》，中国诗经学会编《第四届诗经国际学术研讨会论文集》，学苑出版社，2007 年，第 302—311 页。

奂说毛公是“依《序》作《传》”①。既然毛公“依《序》作《传》”，那么《毛诗序》在毛公为《故训传》时已经成型。毛公为河间献王博士，而河间献王刘德于景帝前元二年（前155）立，于武帝元光五年（前130）薨。又据《汉书·百官公卿表》，汉景帝中元五年（前145），“令诸侯王不得复治国，天子为置吏，改丞相曰相，省御史大夫、廷尉、少府、宗正、博士官，大夫、谒者、郎诸官长丞皆损其员”。则《故训传》的撰写只能在景帝前元二年（前155）至景帝中元五年（前145）间，也就是说，《毛诗序》在景帝中元五年前已经成型，这应该是其下限。

《毛诗序》与三家《诗》都从政治、伦理道德的角度进行诠释，它与三家《诗》应该是同一时代的选择。《鲁诗》由申培创立，《汉书·楚元王传》说：“文帝时，闻申公为《诗》最精，以为博士。”则申公为博士前已创立《鲁诗》学说。又《楚元王传》：“元王立二十三年薨，太子辟非先卒，文帝乃以宗正上邳侯郢客嗣，是为夷王。申公为博士，失官，随郢客归，复以为中大夫。”而据《汉书·诸侯年表》夷王郢客之立在文帝前元二年（前178），则申培为博士或在此年或在文帝前元元年。又《楚元王传》：“高后时，浮丘伯在长安，元王遣子郢客与申公俱卒业。”刘汝霖系之高后元年（前187）②，则申培创立《鲁诗》学在高后元年至文帝前元二年间。《齐诗》创始人为辕固，《史记·儒林列传》：“清河王太傅辕固生者，齐人也。以治《诗》，孝景时为博士。”辕固虽然在景帝为博士，且不知其为博士在哪一年，但其创立《齐诗》学说也未必在景帝时。据《史记·儒林列传》，武帝初即位时征辕

① 陈奂《诗毛氏传疏·序》，北京市中国书店，1984年。

② 刘汝霖《汉晋学术编年》，华东师范大学出版社，2010年，第27页。

固，“时固已九十馀”，若以武帝即位时辕固为九十一岁计，则景帝即位时辕固已七十五岁，已为耄耋老人，创立《齐诗》学的可能性还是比较小的。实际，文帝以申公为博士、景帝以辕固为博士，本来就因为他们的《诗》学已经创立，且已经授徒，在社会上有了一定影响。因而，辕固创立《齐诗》或在文帝时，甚或更早。韩婴创立《韩诗》，《史记·儒林列传》：“韩生者，燕人也。孝文帝时为博士，景帝时为常山王太傅。韩生推《诗》之意，而作内、外《传》数万言，其语颇与齐鲁间殊，然其归一也。”《史记》虽然不言韩婴因何被拜为博士，但又说“韩生推《诗》之意，而作内、外《传》数万言”，自然也因为其《诗》学方面有成就。韩婴为博士也不知在哪一年，不过其作内、外《传》也应在被拜博士前，也就是说在文帝或更早时，韩婴已经创立了《韩诗》学。三家《诗》之创立在高后至文帝时，《毛诗序》成型时间应该与之接近。

就《毛诗序》与三家《诗》对诗旨的界定有歧异者来看，有一些是因为《毛诗序》从政治教化的角度进行解说，而三家《诗》尚未上升到政治的高度，仅仅揭示诗篇中的情事，或其中包含的伦理内涵，因此形成了解说歧异，这在《风》诗的诠释中表现比较明显。《王风·大车·序》：“刺周大夫也。礼义陵迟，男女淫奔，故陈古以刺今大夫不能听男女之讼焉。”《列女传·贞顺篇》则说此诗为息夫人所作。楚灭息国，虏其君及夫人，楚王将妻息夫人，夫人见息君，明志而作此诗，遂自杀，息君亦自杀①。《毛诗序》从政教的角度解说，而《列女传》则以此诗表现息夫人的贞一之德，从伦理道德角度解说。《郑风·溱洧·序》：“刺乱也。

① 《列女传译注》，第144页。

兵革不息，男女相弃，淫风大行，莫之能救焉。”《太平御览》八百八十六：“《韩诗内传》曰：‘溱与洧，说人也。郑国之俗，三月上巳之辰，于两水之上招魂续魄，拂除不祥，故诗人愿与所说者俱往观也。’”①《毛诗序》以为诗中所写男女同游之事是“淫风大行”的表现，而之所以“淫风大行”，是因为“兵革不息”，故认为《溱洧》是一首“刺乱”之诗。《韩诗》则与郑国风俗结合，仅仅揭示了诗中所表现的是男女互悦之情，并没有从政治的兴衰治乱解说。《唐风·蟋蟀·序》：“《蟋蟀》，刺晋僖公也。俭不中礼，故作是诗以闵之，欲其及时以礼自虞乐也。”《盐铁论·通有篇》大夫曰：“君子节奢刺俭，俭则固……孔子曰：‘不可，大俭极下。’此《蟋蟀》所为作也。”②《盐铁论》中大夫之语，虽不能断定为出于哪一家，但应本于三家。《毛诗序》与三家《诗》都以为《蟋蟀》讽刺“俭不中礼”，但《毛诗序》系之晋僖公，与晋国政治联系了起来；三家《诗》则系之君子，与君子的修为相联系。其他如，《周南·汉广》，《毛诗序》以为表现了“文王之道被于南国”的影响，《韩诗》则以为表现了“悦人”而求之的事实。《周南·汝坟》，《毛诗序》以为因为“文王之化行乎汝坟之国”，故“妇人能闵其君子”，《韩诗》却以为表现了大夫为了奉养父母，不得已而出仕。

《毛诗序》与三家《诗》都从政治教化、伦理道德的角度进行诠释，但比较而言，《毛诗序》比三家《诗》有更为浓厚的政治教化色彩。从政治教化、伦理道德的角度解《诗》，在先秦有一个不断强化的过程，那么，《毛诗序》比三家《诗》有更浓厚的政治教

① 《太平御览》，第八册，第 107 页。

② 《盐铁论》，第 4 页。

化色彩，实也表明《毛诗序》的成型要晚于三家《诗》说的创立。徐有富指出，《毛诗序》把《周南》诸篇都系之后妃，与窦太后在景帝朝的地位有关；而就《毛诗序》的资料来源来看，所引用之书大多为河间献王所藏[1]。因而，《毛诗序》的成型当在景帝前元二年至中元五年间，在毛公完成《故训传》之前。

1977年在安徽阜阳双古堆一号汉墓发现《诗经》残简一百七十余片，墓主为第二代汝阴侯夏侯灶，其封穴时间在汉文帝十五年（前165），整理者胡平生发表论文《阜阳汉简诗经简论》讨论了《阜诗》的序的问题。胡氏认为《阜阳汉简诗经》有序，“稽之《毛诗序》，言‘后妃’、言‘讽（风）’、言‘刺’者甚多，虽然不能与之完全吻合，但是基本得格式是一致的……它们应当是《阜诗》的《诗序》残文……《阜诗》之《诗序》的发现，证明《诗序》并非《毛诗》所独有……《阜诗》《诗序》的残片是如此之少，这固然由于破坏所致，但很可能也同它本身比较简短有关。也就是说，当时《阜诗》的序可能只有今本《毛诗》的首序”[2]。细按胡氏之意，以为《毛诗序》在汉文帝十五年已经存在，可能只有首序。但胡氏之说未必得实。胡氏以为《阜诗》有序，依据《阜诗》三枚残简，即：

S附1：□后妃献

S附2：风□□□风□

S附3：风君□□□

“后妃”，《毛诗》本经无，《毛诗序》九见，俱出《周南》前八篇，且前八篇首序皆作“后妃之×也”，《阜诗》“后妃献”实不

① 徐有富《〈诗序〉考》，《中国韵文学刊》2008年第1期，第18—24页。

② 胡平生《阜阳汉简诗经简论》，《文物》1984年第4期。

似《毛诗序》体。“风”字连用见《关雎·序》，即《诗大序》，计有三处：“风之始也，所以风天下而正夫妇，故用之乡人焉，用之邦国焉。”“风，风也，教也，风以动之，教以化之。”“上以风化下，下以风刺上，主文而谲谏，言之者无罪，闻之者足以戒，故曰风。”《阜诗》“风□□□风□”与之也不类。《毛诗序》首序有“刺××”等，亦不见“风××”之例。所以由三枚残简是不能证明《阜诗》有序得，更不能依据其证明《毛诗序》在汉文帝之前已经存在，且只有首序。顺便要提及的是，胡氏发表于《文物》上的论文，就“后妃献”等三枚残简讨论了《诗序》的问题，但在胡氏与韩自强合著的《阜阳〈诗经〉研究》一书中，却没有出示这三枚残简文，文章中也删去了讨论《诗序》内容。

虽然已经考明《毛诗序》成型于景帝前元二年至中元五年间，但其作者则难以考知。《毛诗序》作者虽难以考知，不过其非毛公却是可以肯定的。有不少学者以为毛公为《毛诗序》的作者之一，故有子夏与毛公，子夏与毛公、卫宏，孔子与毛公，孔子弟子与毛公、卫宏合作等说法①。就《毛诗》《序》《传》的关系来看，这些说法皆说不通。《小雅·鸳鸯·序》：“刺幽王也。思古明王交于万物有道，自奉养有节焉。”《传》：“兴也。鸳鸯，匹鸟。太平之时，交于万物有道，取之以时，于其飞，乃毕掩而罗之。”胡承珙说：“正与《序》文相应。由毛公作《传》，与《序》别行，故有时用《序》语为《传》。若谓《序》多毛公所为，则《传》中已言，不应又袭之而为《序》也。”②《序》《传》的重复，恰说明毛公非《序》之作者。类似的还有《召南·江有汜·序》：“美媵也。

① 《诗经六论》，第121—123页。

② 《毛诗后笺》，第1130页。

勤而无怨，嫡能悔过也。文王之时，江沱之间，有嫡不以其媵备数，媵遇劳而无怨，嫡亦自悔也。”一章《传》：“嫡能自悔也。”按照陈奂《毛诗说》的总结，《传》有统释全章之例，有见于首章者。此《传》“嫡能自悔也”，正是统释全章，而与《序》语重复。《小雅·菁菁者莪·序》：“乐有材也。君子长育人材，则天下喜乐之矣。”而《传》：“君子能长育人材，如阿之长莪菁菁然。”《序》之“君子长育人材”与《传》之“君子能长育人材”，语句也重复。其实，《序》《传》语句类似的有45例，则《序》非出于毛公之手明矣。

《毛传》成书及定型考论

在《诗经》的研究中，《诗序》的成书与定型是一个公案，《四库全书总目》称之为“说经家第一争诟之端”，但对于《毛诗故训传》（简称《毛传》）的成书与定型，学者鲜有深入讨论，大凡采前人之说，而辨析不足。实际，《毛传》的成书与定型也是比较复杂的。

一、《毛传》成书于前 155—前 145 年间，作者为毛公

学者们一般认为《毛诗故训传》为毛亨所作，作于汉朝建立

此文原刊于《国学学刊》2013 年第 3 期；又刊于中国诗经学会、河北师范大学编《诗经研究丛刊》第二十四辑，学苑出版社 2013 年 11 月。

之初[①]，主要依据郑玄和陆玑的说法。“毛诗国风”题下孔《疏》引郑玄《诗谱》说：“鲁人大毛公为训诂，传于其家，河间献王得而献之，以小毛公为博士。”陆玑云：“孔子删诗授卜商，商为之序，以授曾身（申），【申】授魏人李克，克授鲁人孟仲子，仲子授根牟子，牟子授赵人荀卿，荀卿授鲁国毛亨，亨作《诂训传》以授赵国毛苌。时人谓亨为大毛公，苌为小毛公。”[②] 陆玑之语不论得自传闻，还是自我创制，都应该是对郑玄之语的增益。因为同为三国时吴人的徐整又有另一说，《经典释文·叙录》：“子夏授高行子，高行子授薛仓子，薛仓子授帛妙子，帛妙子授河间人大毛公，大毛公为《诗故训传》于家，以授赵人小毛公，小毛公为河间献王博士，以不在汉朝，故不列于学。”[③] 陆说由子夏五传至大毛公，徐说则由子夏四传而至大毛公；陆说由子夏传至大毛公，中间经过荀子，徐说则不经过荀子；陆说大毛公为鲁人，徐说大毛公为河间人；陆说题大小毛公名讳，徐说则不题。陆、徐之说的诸多不合，说明二说皆不可据信。而郑玄《诗谱》之说，实际也不能据信。郑玄关于《毛诗》传承的叙述多自相矛盾[④]。谷丽

① 《四库全书总目》“《毛诗正义》”条：“今参稽众说，定作《传》为毛亨。”陈奂《诗毛氏传疏》说《周南·卷耳》曰：“《毛传》正本《荀子》。陆德明《释文·序录》云‘荀卿子传鲁人大毛公’，徐坚《初学记》云‘荀卿授鲁国毛亨，作《诂训传》’，故《诂训传》多用其师说。”北京市中国书店，1984年，卷一。向熹认为毛亨在汉朝建立初为《诗故训传》，“过了四五十年，河间献王刘德得《诗故训传》，献于朝廷，并立小毛公赵人苌为博士”。《毛亨（附毛苌）》，《〈诗经〉语文论集》，四川民族出版社，2002年，第299页。

② 陆玑《毛诗草木鸟兽虫鱼疏》，影印文渊阁《四库全书》，第70册，台湾商务印书馆，1986年，第21页。

③ 陆德明《经典释文》，中华书局，1983年，第10页。

④ 赵茂林《由“笙诗”看〈毛诗序〉的完成时间》，《南京师范大学文学院学报》2011年第1期。

伟也认为郑玄在其他各处谈论《毛诗》都称毛公，不分大小，唯《诗谱》此条分大小；唐初只有孔颖达《毛诗正义》认同《诗谱》之说，说："大毛公为其《传》，由小毛公而题毛也。"其他学者则都认为《毛传》的作者是河间献王的博士毛苌，同《后汉书·儒林传》之说①。

但《后汉书·儒林传》之说也不能完全据信。《后汉书·儒林传》之说为转述《汉书》之语："《前书》鲁人申公受《诗》于浮丘伯，为作诂训，是为《鲁诗》；齐人辕固生亦传《诗》，是为《齐诗》；燕人韩婴亦传《诗》，是为《韩诗》：三家皆立博士。赵人毛苌传《诗》，是为《毛诗》，未得立。"但《汉书·艺文志》云："汉兴，鲁申公为《诗》训故，而齐辕固、燕韩生皆为之传……三家皆列于学官。又有毛公之学，自谓子夏所传，而河间献王好之，未得立。"又《汉书·儒林传》："毛公，赵人也。治《诗》，为河间献王博士"。仅说明毛公为赵人，为河间献王博士，不著其名。《后汉书·儒林传》著其名，应该是糅合了陆玑的说法。《后汉书·儒林传》言《毛诗》传承，多取陆玑之说。如说："初，九江谢曼卿善《毛诗》，乃为其训。宏从曼卿受学，因作《毛诗序》，善得《风》《雅》之旨，于今传于世。"就是直接采用陆说。《毛诗草木虫鱼鸟兽疏》云："时九江谢曼卿亦善《毛诗》，乃为其训，东海卫宏从曼卿受学，因作《毛诗序》，得《风》《雅》之旨。"② 结果引发了《毛诗序》作于卫宏之说的长期争论。至于唐初人皆认为《毛传》出自毛苌之手，则是继承《后汉书》之说，

① 谷丽伟《〈毛诗诂训传〉作者辨正》，《古籍整理研究学刊》2011年第4期。

② 《毛诗草木鸟兽虫鱼疏》，第21页。

非别有所本。谷丽伟既已辨明郑玄、陆玑之说不可信，但又说《诂训传》的作者是毛苌，完全采用《后汉书·儒林传》之说，可谓明于彼而暗于此。

《史记·儒林列传》《汉书·艺文志》《儒林传》谈经典的传承，于经师，或称其名姓；或仅著其姓，而称之为某公或某生；或姓名后系以“公”“生”之字。《史记·儒林列传》“自是之后，言《诗》于鲁则申培公，于齐则辕固生”下《正义》曰：“申，辕，姓；培，固，名；公，生，其处号也。”于“言《礼》自鲁高堂生”下《索隐》曰：“云‘生’者，自汉已来儒者皆号‘生’，亦‘先生’省字呼之耳。”称某公、某生，有与其名错见者，如《汉书·儒林传》前曰“汉兴，言《易》自淄川田生”“言《诗》，于鲁则申培公”，后曰“汉兴，田何以齐田徙杜陵”“申公，鲁人也”；再如先曰“费直字长翁，东莱人也”，又曰“高相，沛人也。治《易》与费公同时”。亦有称某公、某生，而其名于一书之中不见。此种情况个别之例前人有注释，如《汉书·艺文志》《儒林传》《晁错传》都只称伏生，师古引张晏曰：“名胜，《伏生碑》云也。”《伏生碑》应该为伏生后学或其后人所立，当可信。《后汉书·伏湛传》亦云：“伏湛字惠公，琅邪东武人也。九世祖胜，字子贱，所谓济南伏生者也。”或据伏氏《家谱》而言。多数则注家不注，如为《毛传》的毛公，传《左氏传》的河间献王博士贯公，《鲁诗》学者王式的老师免中徐公与鲁许生，田何的学生梁项生等等。《汉书》不题其名，只称其为某公、某生，可能是班固撰述时知其名而不题，只为行文之便；也可能当时就已经不知其名。不论哪种情况，后世注家不注，说明其名已不可考。唐初，颜师古注《汉书》，征引的注本有二十三家，这其中，荀悦、服虔、应劭等与郑玄同时，邓展、文颖等稍后于郑玄；张揖、如淳、孟康等与陆玑同时，而韦昭更与陆玑同为吴人，皆不注《汉书》“毛公”。此也足以说明郑玄、陆玑、《后汉书·儒林传》之说不可信。

《汉书·艺文志》著录有《毛诗》二十九卷、《毛诗故训传》三十卷，说：“又有毛公之学，自谓子夏所传，而河间献王好之，未得立。”虽然所言含混，但由其称“毛公之学”，则《毛诗故训传》为毛公所作还是可以意会的。故荀悦《汉纪》云：“赵人有毛公为河间献王博士，作《诗传》，自谓得子夏所传，由是为《毛诗》。”而《汉纪》乃为荀悦根据汉献帝的要求，改编《汉书》而成，《后汉书·荀悦传》：“帝好典籍，常以班固《汉书》文繁难省，乃令悦依《左氏传》体以为《汉纪》三十篇，诏尚书给书札。辞约事详，论辨多美。”所以，《毛诗故训传》的作者应该是毛公，题为毛亨或毛苌，都是不正确的。

毛公为河间献王博士，而河间献王刘德于景帝前元二年（前155）立，于武帝元光五年（前130）薨。又据《汉书·百官公卿表》，汉景帝中元五年（前145），诏令诸侯省博士官。则《毛传》的成书应该在景帝前元二年至中元五年间。

二、毛公之后，《毛诗》学者对《毛传》进行了增益

王国维在《书毛诗故训传后》中认为《毛传》中的故训部分为毛亨所作，传的部分为毛苌所增益：“汉初《诗》家，故与《传》皆别行”。《汉书·艺文志》著录有《鲁故》二十五卷、《鲁说》二十八卷、《齐后氏故》二十卷、《齐孙氏故》二十七卷、《齐后氏传》三十九卷、《齐孙氏传》二十八卷、《韩故》三十六卷、《韩内传》四卷、《韩外传》六卷。“《毛诗》故训多本《尔雅》，而

传之专言典制义理者，则多用《周官》”，且“《周官》得自河间，大毛公无缘得见”①。王氏此说试图调和郑玄、陆玑与《后汉书·儒林传》之说的矛盾，实际说不通。前已辨明，毛公分大小不可信。马瑞辰《毛诗诂训传名义考》说：“盖诂训第就经文所言而诠释之，传则并经文所未言者而引申之，此诂训与传之别也。”② 而就《毛传》引用《周礼》之处，也并非全为传体，如《鄘风·干旄传》：“鸟隼曰旟。”“析羽为旌。”《小雅·出车传》：“龟蛇曰旐。”“鸟隼曰旟。”《大雅·韩奕传》：“交龙曰旂。”皆出自《春官·司常》，只释经中之字，明为诂训体。《秦风·终南传》：“黑与青谓之黻，五色备谓之绣。”《小雅·采菽传》：“白与黑谓之黼。”出自《考工记》，亦非传体。至于说三家《诗》故与传别行，也不能因此断定《毛诗故训传》故训与传出自不同人之手的结论。合故训与传为一书，或许正是毛公的创获。马瑞辰《毛诗诂训传名义考》说：“训诂不可以该传，而传可以统训诂，故标其总目为《诂训传》，而分篇则但言《传》而已。”③

王国维说《毛诗故训传》故训出大毛公、传出小毛公，虽然不正确，但实际认为《毛诗故训传》非出自一人之手，却不是没道理的。《毛传》虽成书于景帝元光五年至中元五年间，但刘歆《移太常博士书》说：“至孝武皇帝，然后邹、鲁、梁、赵颇有《诗》《礼》《春秋》先师，皆起于建元之间。当此之时，一人不能独尽其经，或为《雅》或为《颂》，相合而成。”至武帝时，尚且“一人不能独尽其经”，则成书于景帝时的《毛传》，也不可能特别

① 王国维《观堂集林》，中华书局，1959 年，第 1125—1129 页。

② 马瑞辰《毛诗传笺通释》，中华书局，1989 年，第 5 页。

③ 《毛诗传笺通释》，第 5 页。

完备、详细。刘歆此语虽在细节上与史籍所载有出入，但大致意思还是不错的。这由《鲁诗》的传承可以印证。《史记·儒林列传》："申公独以《诗》经为训以教，无传疑，疑者则阙不传。"则申培所传《鲁诗》说本不完备。又王式师事申公弟子免中徐公、鲁许生，授唐长宾、褚少孙，《汉书·儒林传》："唐生、褚生应博士弟子选，诣博士，抠衣登堂，颂礼甚严，试诵说，有法，疑者丘盖不言。"唐长宾、褚少孙主要活动在昭、宣之世，则至昭帝时，《鲁诗》仍不是很详备。实际，汉初经说多简略，丁宽从田何学，又从周王孙受古义，"作《易说》三万言，训诂举大谊而已"，而周王孙《易传》也只有两篇而已。贾谊传《左传》，也只是训诂而已。今文经的"一经说至百万余言"，是在武帝立《五经》博士、设博士弟子员之后，是不断增益的结果。

就今本《毛传》来看，是可以看到后人增益的信息的。《毛传》有自相矛盾处，显示出后人续补的痕迹。《周南·葛覃》二章《传》："古者王后织玄紞，公侯夫人纮綖，卿之内子大带，大夫命妇成祭服，士妻朝服，庶士以下各衣其夫。"三章《传》："妇人谓嫁曰归。""宁，安也。父母在，则有时归宁耳。"二章《传》虽为直接引用《国语·鲁语》敬姜之语，实际用来解释《序》"后妃在父母家，则志在于女功之事"的。但第三章则说女子出嫁归宁父母之事，二者的矛盾是显然的。故段玉裁以为《传》"父母在，则有时归宁耳"是后人"妄增"，陈奂以为是"《笺》语窜入《传》语"①；马瑞辰以为经文"归宁父母"为后人妄改，当作"以晏父母"，后人妄改经文，又妄增《传》文②，试图弥合其中的矛盾。

① 陈奂《诗毛氏传疏》卷一，北京市中国书店，第1984年。

② 《毛诗传笺通释》，第40页。

各家所言虽不无道理，但主要是因为三章《传》与《序》不合，故言之，并无其他证据。故张西堂以为陈奂之说不可信①。《葛覃》描写出嫁女子准备回娘家的情形。吴闿生说：“此诗止言归宁一事。因归宁而及绨绤，因绨绤而及葛覃，而其词乃从葛起，归宁之意止篇末一语明之，文家用逆之至奇也。”② 也就是说此诗写妇人回娘家，采用了追叙的手法，写洗衣服准备回娘家，而追叙制衣之事，更由制衣之事而追叙葛的茂盛。而《序》却理解反了，以为诗采用了顺叙之法，因而以制衣、浣衣皆为未嫁之前事。二章《传》依序立言，三章《传》与诗本义相合。很可能二章《传》与三章“父母在，则有时归宁耳”出自不同人之手。

《召南·驺虞》“壹发五豝”《传》曰：“虞人翼五豝，以待公之发。”“于嗟乎驺虞”《传》曰：“驺虞，义兽。白虎黑文，不食生物，有至信之德则应之。”驺虞古有二解，《周礼·春官·钟师》“凡射，王奏《驺虞》”郑玄注引郑司农云：“驺虞，圣兽。”《疏》曰：“按《异义》：今《诗》韩、鲁说，驺虞，天子掌鸟兽官。古《毛诗》说，驺虞，义兽，白虎黑文，食自死之肉，不食生物，人君有至信之德则应之。”二说显然不同，但《毛传》先说“虞人翼五豝，以待公之发”，实际上是把驺虞看作天子掌鸟兽官；而又说“义兽”，矛盾是显然的。所以皮锡瑞说：“《传》云‘虞人翼五豝以待公之发’，虞人即驺虞也。下忽缀以‘驺虞义兽’云云，与上文不相承，良由牵合古书，欲创新义，上‘虞’字不及追改，葛龚故奏，贻笑后人，此乃《毛传》一大瑕。”③ 滕志贤《读〈毛诗

① 张西堂《诗经六论》，商务印书馆，1957 年，第 129 页。

② 吴闿生《诗义会通》，中华书局，1964 年，第 3 页。

③ 王先谦《诗三家义集疏》，中华书局，1987 年，第 122 页。

传笺通释〉献疑》也说："《毛传》曰：'虞人翼五豝以待公发。'故诗于'壹发五豝''壹发五豵'下言'吁嗟乎驺虞'，自是叹美虞人助猎之功，而与兽义何涉?"①《毛诗序》："《驺虞》，《鹊巢》之应也。《鹊巢》之化行，人伦既正，朝廷既治，天下纯被文王之化，则庶类蕃殖，搜田以时，仁如驺虞，则王道成也。"《毛传》"义兽"之说，应是依《序》"仁如驺虞"而作的解释，而"虞人翼五豝，以待公之发"很可能为后人所加。

再如，《邶风·匏有苦叶》，吴闿生说："味其词，盖隐君子所作。徐璈云，此士之审于自处，而讽进不以道者，得其指矣。若以为刺淫乱之诗，则语意不符，而神理胥失。《毛传》'匏叶苦，不可食'。及遭时制宜，待友不涉等语，皆得诗义。其指斥宣公夫人及言男女之际，皆附会《序》说，于本义不合，乃他人所增益，故其词独繁。《毛传》为后人窜乱常如此。一传之中往往数意杂见，极宜分别观之。"②《匏有苦叶》表现女子希望她的恋人早日来迎娶她，吴氏之说不确。二章《传》："卫夫人有淫佚之志，授人以色，假人以辞，不顾礼义之难，至使宣公有淫昏之行。""违礼义，不由其道，犹雉鸣而求其牡矣。"三章《传》："以言室家之道，非得所适，贞女不行；非得礼义，昏姻不成。"虽依《序》而言，但《序》说："刺卫宣公也。公与夫人并为淫乱。"侧重点在卫宣公，《传》的侧重点在卫夫人。王承略已言之③。而一章《传》："遭时制宜，如遇水深则厉，浅则揭矣。"三章《传》："人皆涉，我友未至，我独待之而不涉。"更与《序》不合，亦与"卫

① 滕志贤《〈诗经〉与训诂散论》，上海人民出版社，2008年，第71页。

② 吴闿生《诗义会通》，第25—26页。

③ 王承略《从传序的关系论诗序的写作年代》，中国诗经学会编《第四届诗经国际学术研讨会论文集》，学苑出版社，2007年，第307页。

夫人有淫佚之志”矛盾。吴氏说“卫夫人有淫佚之志”等语为后人增益，虽未必确实，但说《毛传》经过了“后人窜乱”，也就是说经过了后人的续补，故“一传之中往往数意杂见”，却是有识之见。

《毛传》曾经后人的续补，由《毛诗》的体例也可说明。对《毛诗》的体例，学者多有讨论，除一些注解、论说著作中随文揭示外，更有陈奂的《毛诗说》、刘师培的《毛诗词语举要》、张舜徽的《毛诗故训传释例》、冯浩菲的《毛诗训诂研究》、向熹的《〈毛诗传〉说》等专门的论述。各家之中，冯浩菲《毛诗训诂研究》谈《毛传》的体例最为详细。就冯氏所述而言，《毛传》的体例非常繁杂，如冯氏谈《毛传》的释词义训例，分专门训例、一般性通用训例、其他训例三大类，专门训例下分六类，一般性通用训例下分二十四类、其他训例下分十一类，而专门训例等例下所分类中又含有许多类，其下还有分划①。《毛传》体例的繁杂，恰说明其不出于一人之手。若出于一人之手，不会繁杂到如此程度。当然，毛公作《传》可以“随文注释”，不拘一格，但若出自同一人之手，毕竟会有自己的注解、行文习惯在其中，不会需要如此叠床架屋般的条例来涵盖了。

就学者所谈论的一些条例本身也透露出后人增益的迹象。如“连训例”，《周南·汝坟》“伐其条肄”《传》：“肄，余也。斩而复生曰肄。”《卫风·硕人》“领如蝤蛴”《传》：“蝤蛴，蝎。虫也。”《秦风·车邻》“逝者其耋”《传》：“耋，老也。八十曰耋。”《豳风·九罭》“九罭之鱼”《传》：“九罭，緵罟。小鱼之网也。”《大

① 冯浩菲《毛诗训诂研究（上册）》，华中师范大学出版社，1988年，第120—203页。

雅·皇矣》“馘首安安”《传》：“馘，获也。不服者杀而献其左耳曰馘。”《周颂·小毖》“肇允彼桃虫”《传》：“桃虫，鷦也。鸟之始小终大者。”前后的解释，都存在补充与被补充的关系。

与“连训例”较为接近的还有“辗转相训例”和“连类及之例”。前者如，《小雅·常棣》“饮酒之饫”《传》：“饫，私也。不脱屦升堂谓之饫。”陈奂说：“‘不脱屦升堂谓之饫’，《传》既本《尔雅》释饫为私，而又申明其为燕私也。”①《周南·芣苢》“采采芣苢”《传》：“芣苢，马舄。马舄，车前也，宜怀任焉。”释“芣苢”以“马舄”，“马舄”不好理解，又以“车前”释之。“宜怀任”则进一步说明其用途。《豳风·东山》：“熠耀宵行”《传》：“熠耀，磷也。磷，萤火也。”释“熠耀”为“磷”，不够通俗，故又释“磷”为“萤火”。《小雅·鱼丽》：“鱼丽于罶”《传》：“罶，曲梁也。寡妇之笱也。”“罶”为渔网，又名之“曲梁”，从其形制言；又名之“寡妇之笱”，从其使用的便利言。《小雅·小弁》“弁彼鸒斯”《传》：“鸒，卑居，卑居，雅乌。”释“鸒”为“卑居”，不好理解，又以今语“雅乌”释之。《周颂·有瞽》“设业设虡”《传》：“业，大版也，所以饰栒为县业。”释“业”为“大版”，再明确其用途。以上所举各例中，其训释明显可分为两截或三截，后面的训释皆进一步申明前面的训释。

“连类及之例”如，《秦风·驷驖》“奉时辰牡”《传》：“时，是。辰，时也。冬献狼，夏献麋，春秋献鹿豕群兽。”陈奂说：“又引《周礼·兽人》文，似广证时牡之义，实因冬猎连类称之耳。”②《鄘风·定之方中》“卜云其吉”《传》：“龟曰卜。建国必卜

① 《诗毛氏传疏》卷十六。

② 《诗毛氏传疏》卷十一。

之。故建邦能命龟，田能施命，作器能铭，使能造命，升高能赋，师旅能誓，山川能说，丧纪能诔，祭祀能语，君子能此九者，可谓有德音，可以为大夫。”陈奂说：“‘建邦能命龟’以下皆用成文，未知所出。《传》盖因徙都命卜连而及之耳。”①《大雅·生民》“生民如何，克禋克祀，以弗无子”《传》：“禋，敬。弗，去也。去无子，求有子，古者必立郊禖焉。玄鸟至之日，以大牢祠于郊禖，天子亲往，后妃率九嫔御。乃礼天子所御，带以弓韣，授以弓矢，于郊禖之前。”“玄鸟至之日”以下皆《礼记·月令》文，引之以证“郊禖”，而《月令》作“高禖”。《鲁颂·泮水》“思乐泮水”《传》：“泮水，泮宫之水也。天子辟雍，诸侯泮宫。”“天子辟雍，诸侯泮宫”为《礼记·王制》文，诗句说的是鲁僖公的泮宫，并没有涉及天子辟雍。以上诸例，连类所及之语，也未必与其前之语出自同一人之手，从语意来看，也明显可分为两截。

其他条例如“一词两解例”“同义不同解例”“上下章不同解例”等也透露出续补的信息。“一词两解例”如，《邶风·匏有苦叶》“深则厉，浅则揭”《传》：“以衣涉水为厉，谓由带以上也。”陈奂说：“《传》云‘以衣涉水为厉’者，此本《雅》训弟一说也……《传》云‘由带以上’为厉者，此本《雅》训弟二说也。‘由带以上’与‘以衣涉水’绝然不同。”②《鲁颂·閟宫》“閟宫有侐”《传》：“閟，闭也，先妣姜嫄之庙在周，常闭而无事。孟仲子曰：是禖宫也。”先解释“閟宫”得名的由来，再引孟仲子说加以补充。“同义不同解例”如，《小雅·采菽》“鸾声嘒嘒”《传》：“嘒嘒，中节也。”《小雅·庭燎》“鸾声哕哕”《传》：“哕哕，徐行

① 《诗毛氏传疏》卷四。

② 《诗毛氏传疏》卷三。

有节也。”《鲁颂·泮水》“鸾声哕哕”《传》：“哕哕，言其声也。”“嘒嘒”“哕哕”都形容铃声，在三个完全相同的句子里出现，《毛传》的解释却各不相同。《大雅·板》“匪我言耄”《传》：“八十曰耄。”《大雅·抑》“亦曰既耄”《传》：“耄，老也。”两诗中的“耄”字意思相同，却有不同的解释。“上下章不同解例”如，《召南·羔裘》三章，有复沓的性质，一章“素丝五紽”《传》：“紽，数也。”二章“素丝五緎”《传》：“緎，缝也。”三章“素丝五总”《传》：“总，数也。”实际二章“緎”也应该解释为“数”。《秦风·终南》二章，迭章。一章“终南何有？有条有梅”《传》：“条，槄。梅，柟也。”二章“终南何有？有纪有堂”《传》：“纪，基也。堂，毕道平如堂也。”实际二章“纪”“堂”同一章“条”“梅”一样，也应该是树木。马瑞辰说：“纪当读为杞梓之杞，堂当读为甘棠之棠”①。

而《毛传》中更有可以直接看出其增益痕迹者。如，《大雅·皇矣传》四章：“维此王季，帝度其心。貊其德音，其德克明。克明克类，克长克君。”《传》曰：“心能制义曰度。貊，静也。德正应和曰貊，照临四方曰明。类，善也。勤施无私曰类，教诲不倦曰长，赏庆刑威曰君。”② “王此大邦，克顺克比”下《传》曰：“慈和遍服曰顺，择善而从曰比。”《左传·昭公二十八年》成鱄对魏献子说：“《诗》曰：‘唯此文王，帝度其心。莫其德音，其德克

① 《毛诗传笺通释》，第388页。

② 《毛诗正义》曰：“此传、笺及下传九言曰者，皆昭二十八年《左传》文。彼引一章，然后为此九言以释之，故传依用焉。毛引不尽，笺又取以足之。”段玉裁、陈奂皆以为《正义》所言不确，“貊，静也”下的“笺云”二字为传抄中衍文。黄焯《诗疏平议》也说：“毛公每述古必举全文。《左传》九曰，正谓本章之训，尤无偏引其四之理。陈氏谓《正义》为误，是也。”上海古籍出版社，1985年，第478页。

明。克明克类，克长克君，王此大国。克顺克比，比于文王。其德靡悔，既受帝祉，施于孙子。’心能制义曰度，德正应和曰莫，照临四方曰明，勤施无私曰类，教诲不倦曰长，赏庆刑威曰君，慈和遍服曰顺，择善而从之曰比，经纬天地曰文。九德不愆，作事无悔。故袭天禄，子孙赖之。”晋国执政魏献子举自己的庶子为大夫，但又担心他人会以为自己任人唯亲，故问之成鱄。成鱄以为“夫举无他，唯善所在，亲疏一也”，引《诗》说明文王有九德，而魏献子也近之。也就是说魏献子有“勤施无私曰类”等品德，是可以施于孙子的。《毛诗》作“维此王季”，与《左传》语境完全不同，《毛传》只是采用《左传》“九德”之说。“貊，静也”与“德正应和曰貊”、“类，善也”与“勤施无私曰类”也是语意重复。《左传》“德正应和曰莫”杜预注曰：“莫然清静。”“勤施无私曰类”杜注：“施而无私，物得其所，无失类也。”《左传正义》曰：“无失类者，不失善之类也。”“貊，静也”“类，善也”都是通行的解释，《尔雅·释诂》：“貉，静也。”《释文》：“本又作‘貊’。”《尔雅·释诂》：“类，善也。”显然，“貊，静也”“类，善也”应该是毛公原文。而对“度”“明”“长”“君”“顺”“比”“文”，毛公可能觉得无须解释，故不解，体现出的正是汉初经说质略的特征。而后来传《毛诗》者，见《左传》引此诗并进行了解释，援引其加入《毛传》，却与毛公原有的解释语意重复，且注解形式也不一致。

《邶风·静女》“静女其姝，俟我于城隅”《传》：“静，贞静也。女德贞静而有法度，乃可说也。”“女德贞静”等语显然为进一步解释之语。《大雅·绵》“乃立皋门，皋门有伉。乃立应门，应门将将”《传》：“王之郭门曰皋门。伉，高貌。王之正门曰应门。将将，严正也。美大王作郭门以致皋门，作正门以致应门焉。”前已说“王之郭门曰皋门”“王之正门曰应门”，也就是说，郭门即皋门，正门即应门，而后又说“作郭门以致皋门，作正门以致应门”，明显为续接之语，而续接之语也颇为不词。

三、贯长卿对《毛传》的增益

依据陈奂、马瑞辰、胡承珙等人的注解，《毛传》用《左传》者有近五十多处。而就有些例证来看，表现出引用者对《左传》相当精熟。如《左传・襄二十八年》穆叔曰：“济泽之阿，行潦之蘋藻，寘诸宗室，季兰尸之，敬也。”《召南・采蘋》“于以奠之？宗室牖下”《传》曰：“奠，置也。宗室，大宗之庙也。大夫士祭于宗庙，奠于牖下。”“谁其尸之？有齐季女”《传》曰：“尸，主。齐，敬。季，少也。蘋藻，薄物也。涧潦，至质也。筐筥锜釜，陋器也。少女，微主也。古之将嫁女者，必先礼之于宗室，牲用鱼，芼之以蘋藻。”陈奂说：“《左传》正释此诗，《传》诂齐为敬，即本诸此也。”“奠训置……《左传》‘寘诸宗室’，此传所本也。”“‘蘋藻，薄物。涧潦，至质。筐筥锜釜，陋器’，此本《左传》义，与《采蘩传》同。‘少女，微主’即是‘季兰尸之’，亦本《左传》义也。”① 穆叔论证“敬”的重要性，说取于阿泽之中的蘋藻之菜，使服兰之女而为之主，神犹享之，是因为祭祀之人的恭敬态度。又《左传・隐公三年》君子曰：“苟有明信，涧溪沼沚之毛，蘋蘩蕰藻之菜，筐筥锜釜之器，潢污行潦之水，可荐于鬼神，可羞于王公。而况君子结二国之信，行之以礼，又焉用质？《风》有《采蘩》《采蘋》，《雅》有《行苇》《泂酌》，昭忠信也。”

① 《诗毛氏传疏》卷二。

二者所表达意思接近。而由《毛传》的“蘋藻，薄物也。涧潦，至质也。筐筥锜釜，陋器也。少女，微主也”解释来看，引用者应该是完全读懂了《左传》含意，故依据其意而对词语进行解释。而由“季，少”“少女，微主”来看，此《传》也是有增益的痕迹的。

《左传·襄公三十一年》北宫文子曰：“有威而可畏，谓之威；有仪而可象，谓之仪。君有君之威仪，其臣畏而爱之，则而象之，故能有其国家，令闻长世。臣有臣之威仪，其下畏而爱之，故能守其官职，保族宜家。顺是以下，皆如是。是以上下能相固也。《卫诗》曰：‘威仪棣棣，不可选也。’言君臣、上下、父子、兄弟、内外、大小皆有威仪也。”《邶风·柏舟》“威仪棣棣，不可选也”《传》：“君子望之俨然可畏，礼容俯仰各有威仪耳。棣棣，富而闲习也。”《毛传》“君子望之俨然可畏，礼容俯仰各有威仪耳”概括《左传》解诗之语的大意，也表现出引用者对《左传》解释材料的准确把握。王先谦说：“《毛传》‘棣棣，富而闲习也’，‘富而闲习’四字文不成义，窃取连缀之迹显然。”① 实际，“棣棣，富而闲习也”可能是《毛传》原文，“君子望之”等为后人依据《左传》而“连缀”，我们的理解与王氏恰好相反。

《左传·僖公二十四年》：“召穆公思周德之不类，故纠合宗族于成周而作诗，曰：‘常棣之华，鄂不韡韡，凡今之人，莫如兄弟。’其四章曰：‘兄弟阋于墙，外御其侮。’如是，则兄弟虽有小忿，不废懿亲。”《小雅·常棣》“兄弟阋于墙，外御其务”，《传》：“阋，很也。御，禁。务，侮也。兄弟虽内阋而外御侮也。”②《左

① 《诗三家义集疏》，第131页。

② “御，禁”以下为《传》文误入《笺》文，从陈奂说。

传》引《诗》作"侮"，为本字。《毛诗》作"务"，假借字，故《毛传》以"侮"释"务"。《毛传》"兄弟虽内阋而外御侮也"也是本《左传》为说，陈奂疏解说："阋墙为小忿，外御侮为不废亲，此《传》所本。"① 此亦为引用者善读之例。

《经典释文·叙录》说《左传》传承曰："左丘明作《传》，以授曾申，申传卫人吴起，起传其子期，期传楚人铎椒，椒传赵人虞卿，卿传同郡荀卿名况，况传武威张苍。"② 故陈奂说："《释文·序录》云：'左丘明作《传》，赵人虞卿传同郡荀卿名况。'毛为荀弟子，故作《诂训传》多与《左氏传》说《诗》同，是亦用其师说也。"③ 此暂且不讨论《左传》从左丘明至张苍传承的真实性。就陈奂所言而论，说《毛传》引用《左传》是用师说，未必是的论。前已证明陆玑所言荀子传《诗》毛亨之说不可信，刘毓庆也认为：从解《诗》思想来看，荀子与《毛诗》不属于同一解《诗》体系；从使用《诗》本来看，荀子所用《诗》本与《毛诗》也不是一个系统。《毛诗》解说与荀子同者，是《毛诗》对荀子解《诗》材料的汲取，并不能表明其存在师承关系④。就《左传》与《荀子》引用同一诗句的情况来看，《左传》的解释与荀子的理解完全不同，而《毛传》却采用《左传》之说。如，《左传·襄公十五年》："君子谓楚于是乎能官人。官人，国之急也。能官人则民无偷心。诗云：'嗟我怀人，寘彼周行。'能官人也。王及公侯伯子男甸采卫大夫各居其列，所谓周行也。"《周南·卷耳》"嗟我怀

---

① 《诗毛氏传疏》卷十六。

② 《经典释文》，第13页。

③ 《诗毛氏传疏》卷一。

④ 刘毓庆、郭万金《从文学到经学——先秦两汉诗经学史论》，华东师范大学出版社，2009年，第425、141页。

人，寘彼周行”《毛传》：“怀，思。寘，置。行，列也。思君子官贤人，置周之列位。”《毛传》以怀人为思君子、官贤人，以周行为周之列位，自然皆本之《左传》。《荀子·解蔽》：“《诗》云：‘采采卷耳，不盈顷筐。嗟我怀人，寘彼周行。’顷筐，易满也。卷耳，易得也，然而不可以贰周行。故曰：‘心枝则无知，倾则不精，贰则疑惑。’”“采采卷耳，不盈顷筐”下《毛传》：“顷筐，畚属，易盈之器也。”“易盈之器也”，自然也本于《荀子》。但荀子理解的“周行”应该是“大道”，这显然是不同于《左传》的。

《汉书·儒林传》：“汉兴，北平侯张苍及梁太傅贾谊、京兆尹张敞、太中大夫刘公子皆修《春秋左氏传》。谊为《左氏传》训故，授赵人贯公，为河间献王博士，子长卿为荡阴令，授清河张禹长子。”毛公与贯公同为河间献王博士，毛公即使不通《左传》，还是有作《传》时参阅《左传》的可能性的。但就精熟程度而言，应该不会超过传《左传》的贯长卿。而据《汉书·儒林传》，毛公又授《诗》贯长卿，那么，贯长卿依据《左传》引《诗》说《诗》材料，对《毛公》进行增益，也就在情理之中了。

当然，贯长卿对《毛传》的增益，未必都依据《左传》。而《毛传》引用《左传》者，也未必皆出于贯长卿，可能毛公作《传》时已有征用，而贯长卿之后的其他《毛诗》学者对《毛传》进一步增益时，也引用了《左传》说《诗》解《诗》材料。

四、《毛传》的定型

贯长卿之后，《毛诗》学者进一步对《毛传》进行了增益，分析《毛传》，是可以得到这样的结论的。如，《小雅·四牡》“岂不怀归？王事靡盬，我心伤悲”，《毛传》：“盬，不坚固也。思归者，私恩也。靡盬者，公义也。伤悲者，情思也。无私恩，非孝子也。无公义，非忠臣也。君子不以私害公，不以家事辞王事。”① “无私恩，非孝子也。无公义，非忠臣也”是对“思归者，私恩也。靡盬者，公义也”的推衍，而“君子不以私害公，不以家事辞王事”又是对“无私恩，非孝子也。无公义，非忠臣也”的推衍。当然不能说“思归者”等语一定为毛公所言，“无私恩，非孝子也”等为贯长卿所补，“君子不以私害公”等为贯长卿之后的《毛诗》学者续接。不过，这至少可以说明，《毛传》是经过了多人的续补。

同样，这种多层推衍的情况也见于《大雅·绵传》和《周南·关雎传》。《绵》“乃立冢土，戎丑攸行”《传》：“冢，大。冢土，大社也。起大事，动大众，必先有事乎社而后出，谓之宜。美大王之社，遂为大社也。”“冢土，大社也”，可以看作对“冢，大”的补充。“起大事，动大众，必先有事乎社而后出，谓之宜”，又为一层，此文亦见于《尔雅·释天》。“美大王之社，遂为大社也”，则为第四层。《关雎》“关关雎鸠”《传》：“关关，和声也。雎鸠，王雎也。鸟挚而有别。后妃说乐君子之德，无不和谐，又不淫其色，慎固幽深，若关雎之有别焉，然后可以风化天下。夫妇有别则父子亲，父子亲则君臣敬，君臣敬则朝廷正，朝廷正则王化成。”“鸟挚而有别”是“关关，和声也。雎鸠，王雎也”基础上的引申，“后妃说乐君子之德”等语进一步说明“鸟挚而有别”的含义，“夫妇有别则父子亲”等语则是在“后妃说乐君子之德”等语基础上的进一步推衍。

而由六“笙诗”和《小雅·都人士》首章来看，直到哀帝建

① “伤悲者，情思也”以下为《传》文误入《笺》文，从陈奂说。

平元年（前6）之后、平帝元始五年（5）之前，《毛诗》学者对《毛传》仍有增益。六“笙诗”可能是《毛诗》学者徐敖加入的。六“笙诗”《序》有“有其义而亡其辞”之语，郑玄认为是毛公语，实际可能是徐敖语。徐敖入六“笙诗”于《毛诗》，且就六“笙诗”篇题而推其义而成其序，再缀以“有其义而亡其辞”来掩盖其加入的痕迹①。

同样，《小雅·都人士》也是《毛诗》学者加入《毛诗》的②，而加入者也可能是徐敖。《都人士》首章的《毛传》特别简略，只是在“彼都人士”下说：“彼，彼明王也。”在“行归于周，万民所望”下说：“周，忠信也。”而“彼，彼明王也”是依据《序》作的训释。《序》说：“《都人士》，周人刺衣服无常也。古者长民，衣服不贰，从容有常，以齐其民，则民德归壹。伤今不复见古人也。”而《序》全用《礼记·缁衣》文。《缁衣》篇说：“子曰：‘长民者衣服不贰，从容有常，以齐其民，则民德壹。《诗》云：“彼都人士，狐裘黄黄。其容不改，出言有章。行归于周，万民所望。”’”入《小雅·都人士》首章于《毛诗》的学者，既采《缁衣》所引诗句，又采《缁衣》篇解说之文续《序》。那么，解释《都人士》的传文，也只能是同时所为。且解释“彼”为“彼明王”也说不通。据向熹统计，“彼”在《诗经》凡305见，除了两例为否定副词“匪”的通假字外，其余303见皆用作指示代

---

① 赵茂林《由“笙诗”看〈毛诗序〉的完成时间》。

② 赵茂林《两汉三家〈诗〉研究》，巴蜀书社，2006年，第252—254页。虞万里也认为《小雅·都人士》首章是《毛诗》经师为了与三家争胜而加入《毛诗》的，加入时间在河间献王得古文《毛诗》至西汉末东汉初。《从简本〈缁衣〉论〈都人士〉诗的缀合》，《文学遗产》2007年第6期。

词①。就作为指示代词使用的 303 例来看，“彼”所指称的事物，往往在“彼”字之后，如《周南·卷耳》“寘彼周行”、《召南·小星》“嘒彼小星”、《邶风·凯风》“吹彼棘心”、《卫风·氓》“乘彼垝垣”、《豳风·七月》“跻彼公堂”等。而与“彼都人士”句法接近的句子有《邶风·简兮》“彼美人兮”、《王风·丘中有麻》“彼留子嗟”、《郑风·有女同车》“彼美孟姜”、《魏风·汾沮洳》“彼汾沮洳”、《陈风·东门之池》“彼美淑姬”等。在这些句子中，“彼”与指称事物组成短语，作下句的主语。因而“彼都人士”的“彼”指称的是“都人士”，而非“明王”。同样“周，忠信”之释，也不确。“周，忠信”，本之《左传》，且误读了《左传》。《左传·襄公十四年》：“楚子囊还自伐吴，卒。将死，遗言谓子庚：‘必城郢。’君子谓：‘子囊忠。君薨不忘增其名，将死不忘卫社稷，可不谓忠乎？忠，民之望也。《诗》曰：“行归于周，万民所望。”忠也。’”陈奂说：“《左传》引诗以明子囊之忠，其实忠信连言而义始备，《传》释‘周’为‘忠信’正本《左传》。”② 但《左传》说“忠，民之所望”，意思是说因为忠诚，所以为民所景仰，引“行归于周”两句，是说明其受民景仰的程度，故接着说“忠也”。非解释“周”为“忠”。此与贯长卿对《左传》的精熟显然不同。由此可知，徐敖也曾对《毛传》作过增益。

徐敖入六“笙诗”和《小雅·都人士》于《毛诗》，且对《序》《传》进行了一定的补充和整理。王莽于平帝元始五年以所征“异能之士”之《毛诗》学来“正乖缪”，元始五年之后，此来自民间的《毛诗》学就成为《毛诗》学的正宗，为学官《毛诗》

---

① 向熹主编《诗经词典》，四川人民出版社，1986 年，第 16—17 页。

② 《诗毛氏传疏》卷二十二。

博士所主，其文本、经说也就基本固定了下来。而徐敖入六“笙诗”与《小雅·都人士》首章入《毛诗》可能受刘歆《移让太常博士书》的启发，而《移让太常博士书》作于哀帝建平元年，故《毛传》的定型当在哀帝建平元年至元帝元始五年间。

《毛诗》《序》《传》歧异原因析论

《毛诗》《序》《传》有相应的一面，也有歧异的一面。通检《毛诗》，其《序》《传》歧异的有 34 篇，主要有三种情况，即《序》《传》矛盾、不相应、不相涉。另外，还有 107 篇诗，由于《传》只是对词语训释，特别简略，实质是看不出其解释取向，很难与《序》比较。这样，《序》《传》有歧异的篇目，在可以断定《序》《传》存在关系的篇目中，所占比例是比较大的。对《毛诗》《序》《传》的歧异，学者多有述及，也有一些学者对其歧异的原因进行了一定的探讨，但由于对其复杂性认识不足，往往偏执其一，不及其他，并且也没有揭示出其真正的原因，因而有必要对其作进一步的探讨。

此文原刊于《北京工业大学学报（社会科学版）》2013 年第 2 期，刊发时有删节。

一、《序》《传》歧异的诸多原因

就具体诗篇来说，《序》《传》的歧异的原因各不相同，综合来说，主要涉及以下几个方面：

1.《序》《传》解释侧重点不同

《序》倾向于在《诗》中寻绎治国、理家、修身的微言大义，其推衍可以不顾诗意；而《传》侧重于对词句的解释，即使要添加微言大义，也不能脱离具体的诗句。胡承珙谈《召南·羔羊》《序》《传》的矛盾时说："观此《序》及《麟趾·序》云'《关雎》之应'、《驺虞·序》云'《鹊巢》之应'，可见序《诗》者与作《诗》者之意决不相蒙。作《诗》者即一事而形诸歌咏，故意尽于篇中；序《诗》者合众作而备其推求，故事征于篇外。"① 又《陈风·宛丘》，《序》以为刺幽公，《传》以为刺大夫，胡氏说："《序》刺幽公，而《传》以经文'子'字斥大夫，后儒因疑毛公不见《诗序》。然诗中就事指陈，而序则推求原本者，往往有之……未可谓《传》与《序》异。"② 胡氏所言虽不无道理，但《羔羊》《宛丘》两篇的《序》《传》歧异，并不是因为《序》只是推衍而不顾诗意所致，当另有原因，下文再论。《宛丘》《序》《传》的歧异是客观存在的，而胡氏努力弥合，是崇毛心理作祟。

因《序》《传》解释侧重点不同而致歧异的诗篇，当有《周南·芣苢》《召南·鹊巢》《摽有梅》《召南·小星》《邶风·静女》《郑风·将仲子》《萚兮》《齐风·东方之日》《魏风·葛屦》《魏

① 胡承珙《毛诗后笺》，黄山书社，1999年，第92页。

② 胡承珙《毛诗后笺》，第599页。

风·十亩之间》《秦风·无衣》《豳风·鸱鸮》《大雅·灵台》等。《周南·芣苢》《传》："芣苢，马舄。马舄，车前也，宜怀任焉。""芣苢，马舄"，是以异名来解释；"马舄，车前"，补充前训，是以今名释古名；"宜怀任"，明确功效。其解释还是比较质实的，没有道德说教的成分。《序》："后妃之美也。和平则妇人乐有子矣。"则是在"宜怀任"基础上的推衍，就后妃的情绪而言，所以张西堂以为《传》无《序》"乐有子"之意①。

《鹊巢传》"鸤鸠不自为巢，居鹊之成巢""百两，百乘也。诸侯之子嫁于诸侯，送御皆百乘""能成百两之礼也"，都是就具体诗句作解，给人就婚礼本身而言的感觉。《序》："夫人之德也。国君积行累功以致爵位，夫人起家而居有之，德如鸤鸠，乃可以配焉。"侧重从夫人的角度说，正是为了把诗篇与夫人之德联系起来，故说"德如鸤鸠"。

《小星·序》："惠及下也。夫人无妒忌之行，惠及贱妾，进御于君，知其命有贵贱，能尽其心矣。"只是从"抱衾与裯"一句推衍，且推衍至于不近情理。姚际恒驳斥说："进御于君，君岂无衾裯？岂必待其衾裯乎？众妾各抱衾裯，安置何所？"② 实际此诗为一位小官吏悲叹行役之作。《传》能透露其解释趋向的就一句"命不得同于列位"，为解释"寔命不同"的，似就小官吏而言。

《将仲子·序》："刺庄公也。不胜其母，以害其弟。弟叔失道而公弗制，祭仲谏而公弗听，小不忍以致大乱焉。"但依据《传》意，似乎是说祭仲干涉庄公家事，庄公处于两难之中，既想听从

① 张西堂《诗经六论》，商务印书馆，1957年，第129页。

② 姚际恒《诗经通论》，《续修四库全书》，第62册，上海古籍出版社，2003年，第39页。

祭仲之语，又担心父母、公族的说法。这与《序》则明言“祭仲谏而公弗听”显然有别。《序》主要依据《左传·隐公元年》为说，本来就与经不是很吻合。而《传》“仲子，祭仲也”“诸兄，公族”，是比较质略的。

《葛屦·序》：“刺褊也。魏地陿隘，其民机巧趋利，其君俭啬褊急，而无德以将之。”一章《传》：“葛屦非所以履霜。”“妇人三月庙见，然后执妇功。”二章：“妇至门。夫揖而入，不敢当尊，宛然而左辟。”除了“葛屦非所以履霜”一句，很难看出《传》与《序》有什么联系。《序》《传》不相涉，是因为《序》从政治教化的角度解诗，《传》就具体诗句而言。与此类似的还有《十亩之间》。《十亩之间·序》：“刺时也。言其国削小，民无所居焉。”一章《传》：“闲闲然，男女无别，往来之貌。”“或行来者，或来还者。”二章：“泄泄，多人之貌。”也看不出《序》《传》有什么联系。

《鸱鸮·序》以为美周公救乱也，《传》则以每章前二句美周公，后二句美成王。《尚书·金縢》：“武王既丧，管叔及其群弟乃流言于国，曰：‘公将不利于孺子。’周公乃告二公曰：‘我之弗辟，无以告我先王。’周公居东二年，则罪人斯得。于后，公乃以诗贻王，名之曰《鸱鸮》。”《序》依此而作，《传》则就诗而论，故二者不合。

《灵台·序》：“民始附也。文王受命，而民乐其有灵德，以及鸟兽昆虫焉。”《传》：“神之精明者称灵，四方而高曰台。”由“文王受命”“民乐其有灵德”来看，《序》所言文王“灵德”是指仁爱之德，即刘向《说苑·修文篇》所言：“积恩为爱，积爱为仁，积仁为灵。灵台之所以为台者，积仁也。”①《传》显然与《序》

① 向宗鲁《说苑校证》，中华书局，1987 年，第 476 页。

理解不同。《序》理解“灵”为文王之仁德，仍然从诗篇的政治教化方面言；《传》理解为“神之精明”，是就“灵”的引申义而言。“灵”之本义为“巫”，《说文》：“灵，巫也。”因为巫师通神，故引申指神灵、精神等。

在《序》《传》有歧异关系的诗篇中，还有一些《序》《传》美刺不同，从《序》《传》的解释侧重点不同这个角度来看，也是可以说通的。《摽有梅》，女子以采梅子为比，表现急于出嫁的情绪。但女子急嫁，则非礼，实在是有悖于“先王之所以教”，更无从体现文王教化南国的功效，故简便的办法就是不管诗篇本义，只就文王教化而言，所以《序》说：“男女及时也。召南之国，被文王之化，男女得以及时也。”而《传》就具体词句而解释，故说：“今，急辞也。”又说：“不待备礼也。三十之男，二十之女，礼未备则不待礼会而行之者，所以蕃育民人也。”这样，就造成了《序》《传》的矛盾。当然，《序》《传》的矛盾并非不能弥合，孔《疏》：“谓纣时俗衰政乱，男女丧其配偶，嫁娶多不正时。今被文王之化，故男女皆得及时。”或许，《序》就文王教化之行后言，而《传》就教化之前言。

《静女·序》以为刺“卫君无道，夫人无德”，而《传》说静女“既有静德，又有美色”，二者美刺恰好相反。但《序》并没有明确指出静女既夫人，郑《笺》：“以君及夫人无道德，故陈静女遗我以彤管之法德，如是可以易之为人君之配。”这是《序》《传》解诗的惯常思路。所以陈启源说：“诗极称女德，而《序》反言夫人无德，《序》所言者作诗之意，非诗之词也。”①

---

① 陈启源《毛诗稽古编》，影印文渊阁《四库全书》，第85册，上海古籍出版社，1989年，第376页。

《萚兮·序》："刺忽也。君弱臣强，不倡而和。"《传》："人臣待君倡而后和。""叔、伯言群臣长幼也。君倡臣和也。"《序》《传》意相反。不过，二者相反，也是可以从《序》推衍、《传》立足于诗篇的角度来看的，《传》："兴也。萚，槁也。"郑《笺》："槁，谓木叶也。木叶槁，待风乃落。兴者，风喻号令也，喻君有政教，臣乃行之。言此者，刺今不然。"

《东方之日·序》："刺衰也。君臣失道，男女淫奔，不能以礼化也。"一章《传》："日出东方，人君明盛，无不照察也。姝者，初昏之貌。"二章："月盛于东方。明君于上，若日也。臣察于下，若月也。"《序》《传》意正相反。孔《疏》："毛以为，陈君臣盛明，化民以礼之事，以刺当时之衰。"《序》就推衍义言，《传》就诗意言。

《无衣·序》："刺用兵也。秦人刺其君好攻战，亟用兵，而不与民同欲焉。"《传》："上与百姓同欲，则百姓乐致其死。"《传》无刺意，与《序》相反。但《序》《传》的矛盾，也可以陈古刺今之说解释。胡承珙说："《传》云'天下有道，则礼乐征伐自天子出'，可见此经'王'字乃思古之词，所以刺康公非王法而兴师。故苏《传》《吕记》、严《缉》皆以为陈古刺今之作……"①

2.《序》含混、前后矛盾

《序》所言不明确，甚至前后矛盾，也是造成《序》《传》歧异的原因之一。《周南·葛覃》，《序》："后妃之本也。后妃在父母家，则志在于女功之事，躬俭节用，尊敬师傅，则可以归宁父母，化天下以妇道也。"《传》："父母在，则有时归宁耳。"《序》言后妃在父母家之意，即出嫁之前之事，《传》则言女子出嫁之后事，

---

① 胡承珙《毛诗后笺》，第592页。

二者显然矛盾。《序》虽主要就后妃出嫁前之事而言，但又说“则可以归宁父母”，牵扯出嫁之后事，前后矛盾。故《传》一则说：“古者女师教以妇德、妇言、妇容、妇功。祖庙未毁，教于公宫三月。祖庙既毁。教于宗室。妇人谓嫁曰归。”再则说：“宁，安也。父母在，则有时归宁耳。”从而造成了《序》《传》的矛盾。段玉裁以为《传》“父母在，则有时归宁耳”是后人“妄增”，陈奂以为是“《笺》语窜入《传》语”[①]；马瑞辰以为经文“归宁父母”为后人妄改，当作“以晏父母”，后人妄改经文，又妄增《传》文[②]。实际，都没有注意到《序》的前后矛盾，只是以为《序》《传》不应矛盾，故努力弥合，并没有什么充分证据，所以张西堂认为陈奂之说不确[③]。

《周南·草虫·序》：“大夫妻能以礼自防也。”所言含混。如何“以礼自防”，诗文并没有明确的提示，很难理解。《传》则说：“卿大夫之妻，待礼而行，随从君子。”没有领会《序》“以礼自防”之意。故曾运乾说：“生物之理，同声相应，同气相求。草虫鸣，阜螽跃而从之。虽同类而异种，谅为草虫所不受。喻男女结婚以后，非其配偶，则虽有诱惑，亦不之从。古诗所谓‘使君自有妇，罗敷自有夫’也。是之谓以礼自防。毛、郑均未能得其解。”[④] 正是《序》所言含混，造成了《序》《传》的歧异。

《鄘风·君子偕老·序》：“刺卫夫人也。夫人淫乱，失事君子之道，故陈人君之德，服饰之盛，宜与君子偕老也。”诗称女子服饰之美，《序》却说“陈人君之德，服饰之盛”，又说“宜与君子

① 陈奂《诗毛氏传疏》卷一，北京市中国书店，1984年。

② 马瑞辰《毛诗传笺通释》，中华书局，1989年，第40页。

③ 张西堂《诗经六论》，第129页。

④ 曾运乾《毛诗说》，岳麓书社，1990年，第22页。

偕老也”，前后不相属。《传》：“能与君子俱老，乃宜居尊位，服盛服也。副者，后夫人之首饰，编发为之。”依诗而说，但又与《序》意前后颠倒。

《郑风·女曰鸡鸣·序》：“刺不说德也。陈古义以刺今，不说德而好色也。”《传》：“闲于政事，则翱翔习射。”“君子无故不彻琴瑟。宾主和乐，无不安好。”《序》所言“德”不知何谓，若指夫妇相待以礼，则《传》中无见；若如郑《笺》所言，是指“士大夫宾客有德”，也与《传》不合；《传》所言“德”似指主人殷勤待客，从而达到“宾主和乐”的地步。不过，从《序》“好色”来看，似乎是说夫妇以礼相待。

《唐风·绸缪·序》：“刺晋乱也。国乱则婚姻不得其时焉。”《传》：“男女待礼而成，若薪刍待人事而后束也。三星在天，可以嫁娶矣。”《序》以为不得时，《传》以为得时。之所以《序》《传》歧异，是因为《序》所言含混。《序》言“婚姻不得其时”，但什么时候为得时，什么时候为不得时呢？所以，《传》以为自季秋至孟春为婚姻正时，而郑《笺》则以仲春之月为婚姻正时。正是《序》所言不明确，所以有毛、郑的不同理解。

3.《传》误读经文

《传》误读经文，也可以导致《序》《传》的歧异。《周南·汉广》“汉有游女，不可求思”，《传》解释说：“汉上游女，无求思者。”而《序》说：“德广所及也。文王之道被于南国，美化行乎江汉之域，无思犯礼，求而不可得也。”二者是矛盾的。《汉广》一诗表现男子追求游女而不可得的情绪，《序》“求而不可得也”，应该是把握住了诗旨，而《传》“无求思者”却完全偏离诗意，也与经文“汉有游女，不可求思”不合。《序》《传》的矛盾，应该是《传》误读经文所致。陈奂说：“《传》云：‘汉上游女，无求思者。'‘无求’释经之‘不可求’，‘不可’谓之‘无’，‘无’亦谓之‘不可’。《鸱鸮》‘既取我子，无毁我室’《传》：‘不可以毁我周室。’是又以‘不可’释‘无’矣。”① “不可”和“无”实际是有区别的，而《鸱鸮》之“无”应通“毋”，作“不要”解。《传》没有立足于全诗，只是机械地读“不可”为“无”，偏离了诗义，也与《序》矛盾。

《周南·麟之趾·序》：“《关雎》之应也。《关雎》之化行，则天下无犯非礼，虽衰世之公子，皆信厚如麟趾之时也。”实际理解诗之“公姓”“公族”皆为公子。而《传》曰：“公姓，公同姓。”“公族，公同祖也。”马瑞辰说：“此诗公姓犹言公子，特变文以协韵尔。公族与公姓亦同义。韦昭《国语注》、高诱《吕览》注并曰：‘族，姓也。’《周官·司市》郑司农《注》：‘百族，百姓也。’是其证也。毛《传》谓公族为公同祖，亦误。公姓、公族皆谓公子，故《序》言‘公子’以概之耳。”②

4.《序》《传》依据的材料不同

《序》《传》解诗，有时都有所依据，但若依据的材料不同，也可能造成《序》《传》的歧异。《召南·采蘋·序》说“大夫妻能循法”，而《传》曰：“宗室，大宗之庙也。大夫士祭于宗庙，奠于牖下。”“古之将嫁女者，必先礼之于宗室，牲用鱼，芼之以蘋藻。”此诗描述贵族女子“教成之祭”的情形。《礼记·昏义》：“是以古者妇人先嫁三月，祖庙未毁，教于公宫。祖庙既毁，教于宗室。教以妇德、妇言、妇容、妇功；教成，祭之，牲用鱼，芼之以蘋藻，所以成妇顺也。”此为《传》所本。《礼记·射义》：

---

① 陈奂《诗毛氏传疏》卷一。

② 马瑞辰《毛诗传笺通释》，第 70 页。

"《采蘋》者，乐循法也。"此为《序》所本。二者所本不同，则解诗也各有侧重，《序》仅言"祭祀"，祭祀为何，却没有明言，其侧重点是由能祭祀可以引申出的"循法度"；三章《传》虽总括全诗之意，但毕竟就具体诗句立说，故所言较为具体。

5. 续《序》与《传》都据首《序》申发，而申发点不同

《周南·关雎·序》："后妃之德也……是以《关雎》乐得淑女以配君子，忧在进贤，不淫其色。哀窈窕，思贤才，而无伤善之心焉，是《关雎》之义也。"《传》："后妃说乐君子之德，无不和谐，又不淫其色，慎固幽深，若关雎之有别焉，然后可以风化天下。""后妃有关雎之德，乃能共荇菜，备庶物，以事宗庙。"《序》所说后妃之德侧重点在进贤，而《传》所言侧重点在"慎固幽深""可以风化天下"、可敬事宗庙。续《序》《传》虽然侧重点不同，但实际都是依据首《序》"后妃之德也"来申发，只是申发点不同而已。

《豳风·破斧·序》："美周公也。周大夫以恶四国焉。"《传》："斧斨，民之用也。礼义，国家之用也。"续《序》抛开周公而言。《传》则于"美周公"基础上申发，明确周公之德为以礼义教化四国。

6.《传》对《序》修订

有些《序》《传》歧异的形成，是因为《传》不认同《序》之说，对《序》的说法进行了修订。《召南·羔羊·序》："《鹊巢》之功致也。召南之国，化文王之政，在位皆节俭正直，德如羔羊。"一章《传》："古者素丝以英裘，不失其制，大夫羔裘以居。"三章："缝，言缝杀之，大小得其制。"依《序》意，羔裘体现诸侯、大夫的节俭，则非其常服。而《传》说"大夫羔裘以居"，则为其常服。其实，羔裘为卿大夫常服，无从见其节俭正直。孔

《疏》引《论语》郑玄注："缁衣羔裘，诸侯视朝之服。卿大夫朝服亦羔裘，唯豹袪，与君异耳。"故姚际恒批评《序》说："即所谓'节俭正直'，诗中于何见耶？大夫羔裘，乃当时之制，何得谓之节俭！此诗固赞美大夫，然无一字及其贤，又何以独知其正直乎！"①《序》说不合服饰制度，非常明显，故《传》改之。

《陈风·宛丘·序》："刺幽公也。淫荒昏乱，游荡无度焉。"《传》："子，大夫也。"《序》以"子之汤兮"之"子"为幽公，《传》则以为大夫，这样《序》《传》所主讽刺对象就不同。而《传》之所以改《序》之刺幽公为刺大夫，孔颖达作了解释，孔《疏》："传以下篇说大夫淫乱，此与相类，则亦是大夫。但大夫称子，是其常称，故以子为大夫。"

《小雅·小弁·序》："刺幽王也。大子之傅作焉。"一章《传》："舜之怨慕，日号泣于旻天、于父母。"八章《传》又引孟子与高子关于此诗与《邶风·凯风》的讨论。孟子驳斥了高子以为《小弁》为小人之诗的说法，以为《小弁》所流露出的怨恨情绪，正反映亲亲之道。则《传》以《小弁》抒发的是宜臼自己的情绪。所以，程俊英、蒋见元也说："《毛序》认为宜臼傅作，《毛传》认为太子自作。"②《序》之所以认为此诗为太子傅作，原因当如孔《疏》所说"大子不可作诗以刺父"，是出于诗教观念的猜测之词。姚际恒反驳说："诗可代作，哀怨出于中情，岂可代乎？况此诗尤哀怨痛切之甚，异于他诗也。"③《传》就诗的情绪出发，改其为太子自作，故朱熹《诗集传》以为是"宜臼作此以自

① 姚际恒《诗经通论》，第 36 页。

② 程俊英、蒋见元《诗经注析》，中华书局，1991 年，第 600 页。

③ 姚际恒《诗经通论》，第 146 页。

怨也”[①]。

7.《序》《传》皆经多人续补

《序》非成于一人之手，已经是学术界的共识。有些《序》《传》的歧异，是因为《序》经后人续补，致使前后矛盾，因而与《传》有合与不合。前文论及《序》的含混、自相矛盾时，所言《周南·葛覃》《鄘风·君子偕老》其《序》都应是经过了后人的续补，故其《序》前后矛盾、不相属。又，《邶风·日月·序》："卫庄姜伤己也。遭州吁之难，伤己不见答于先君，以至困穷之诗也。"由"遭州吁之难，伤己不见答于先君"来看，《序》以为此诗乃庄姜在庄公殁后追述以往而作；由《传》于"逝不相好"下云："不及我以相好。"于"宁不我报"下云："尽妇道而不得报。"则断非庄公殁后庄姜追述既往之辞。《序》《传》不合。胡承珙说："此诗及《绿衣》《终风》，《序》首句皆止云'卫庄姜伤己也。'《诗》经秦火后，倒乱失次，经师因前《燕燕》是庄公殁后之诗，故于此增入'不见答于先君'之语，后儒遂有'乃如之人'为指州吁者。"[②] 说"《诗》经秦火后，倒乱失次"，缺乏依据。但说"经师因前《燕燕》是庄公殁后之诗，故于此增入'不见答于先君'之语"，却不无道理。

另一方面，《传》也经过了后人增益[③]。这由《传》本身就可以看出。就与《序》有歧异关系的《传》来看，有些诗篇的《传》是自相矛盾的，显然出于不同人之手。《召南·驺虞》《毛诗序》："《驺虞》，《鹊巢》之应也。《鹊巢》之化行，人伦既正，朝廷既

① 朱熹《诗集传》，上海古籍出版社，1958 年，第 141 页。
② 胡承珙《毛诗后笺》，第 148 页。
③ 赵茂林《〈毛传〉成书与定型考论》，《国学学刊》2013 年第 3 期。

治，天下纯被文王之化，则庶类蕃殖，搜田以时，仁如驺虞，则王道成也。”“壹发五豝”《传》曰：“虞人翼五豝，以待公之发。”“于嗟乎驺虞”《传》曰：“驺虞，义兽。白虎黑文，不食生物，有至信之德则应之。”《传》先说“虞人翼五豝，以待公之发”，实际上是把驺虞看作天子掌鸟兽官；而又说“义兽”，矛盾是显然的。

吴闿生分析《邶风·匏有苦叶》的《传》说：“《毛传》‘匏叶苦，不可食’。及遭时制宜，待友不涉等语，皆得诗义。其指斥宣公夫人及言男女之际，皆附会《序》说，于本义不合，乃他人所增益，故其词独繁。《毛传》为后人窜乱常如此。一传之中往往数意杂见，极宜分别观之。”① 二章《传》：“卫夫人有淫佚之志，授人以色，假人以辞，不顾礼义之难，至使宣公有淫昏之行。”“违礼义，不由其道，犹雉鸣而求其牡矣。”三章：“以言室家之道，非得所适，贞女不行；非得礼义，昏姻不成。”虽依《序》而言，但《序》说：“刺卫宣公也。公与夫人并为淫乱。”侧重点在卫宣公，《传》的侧重点在卫宣公夫人。而一章《传》“遭时制宜，如遇水深则厉，浅则揭矣”、三章“人皆涉，我友未至，我独待之而不涉”，更与《序》不合，亦与“卫夫人有淫佚之志”矛盾。吴氏说“卫夫人有淫佚之志”等语为后人增益，虽未必确实，但说《毛传》经过了“后人窜乱”，也就是说经过了后人的续补，故“一传之中往往数意杂见”，却是有识之见。

《王风·兔爰·序》：“闵周也。桓王失信，诸侯背叛，构怨连祸，王师伤败，君子不乐其生焉。”《传》：“言为政有缓有急，用心不均。”《传》所言，是《序》中没有的。孔《疏》：“章首二句言王政有缓有急，君子亦为此而不乐。序不言，略之也。”可以说

① 吴闿生《诗义会通》，中华书局，1964年，第25—26页。

孔颖达也注意到了《传》《序》的不相涉，并且努力弥缝。可能“言为政有缓有急，用心不均”，为后人续补。《传》标兴共116处，在多数情况下，《传》对兴意有所揭示，但也有一些篇目，《传》仅标兴，如《召南·行露》《邶风·匏有苦叶》《卫风·有狐》《郑风·野有蔓草》等。由《传》对兴意或揭示或不揭示，恰可说明，有些对兴意的揭示，可能为后人所补。

《郑风·山有扶苏·序》：“刺忽也。所美非美然。”《传》：“狡童，昭公也。”按《序》意，“狡童”为昭公“所美非美”之人，《传》的理解与《序》相反。一章《传》解“子都”为“世之美好者”、解“狂”为“狂人”，与《序》意合。二章解“狡童”为“昭公”，与《序》不合。实际，一章“子都”与二章“子充”、一章“狂且”与二章“狡童”同义，变文而协韵耳。二章《传》释“狡童”为“昭公”，又释“子充”与“良人”，皆与一章之解“子都”“狂”不同，当出于不同人之手。

《郑风·出其东门·序》：“闵乱也。公子五争，兵革不息，男女相弃，民人思保其室家焉。”《传》：“愿室家得相乐也。”《序》《传》所说不同，邱光庭以为《传》“自是又一取义”①。实际，此诗《传》之语颇不易理解，似前后矛盾，故马瑞辰说：“今按《毛传》以缟衣为男服，于经义未协。”② 又说：“《传》以‘如荼’皆为丧服，似非诗义。”③ 也就是说，此《传》也是可能经过了后人的增益。

《豳风·狼跋·序》：“美周公也。周公摄政，远则四国流言，

① 邱光庭《兼明书》，影印《文渊阁四库全书》，第850册，上海古籍出版社，1989年，第225页。

② 马瑞辰《毛诗传笺通释》，第281页。

③ 马瑞辰《毛诗传笺通释》，第284页。

近则王不知。周大夫美其不失其圣也。”《序》言“美周公”，应该是把诗中“公孙硕肤”之“公孙”理解为“周公”，但《传》却解释说：“公孙，成王也，豳公之孙也。”此诗讽刺“公孙”，把其比作老狼，嘲笑其步态丑笨，进退困窘。《序》把其解为美周公，把周公比作老狼自然不当。不过《序》言“周公摄政，远则四国流言，近则王不知”，正是一种进退为难的表现，这与诗“狼跋其胡，载疐其尾”所形容的进退困窘，倒也有相通之处。《传》说：“老狼有胡，进则躐其胡，退则跲其尾，进退有难，然而不失其猛。”以此来形容成王，则很难说通。所以《传》之“老狼有胡”之释，也应该是就周公而言。则“公孙，成王也，豳公之孙也”，很可能为后人所加。孔《疏》：“《传》以《雅》称‘曾孙’，皆是成王，以其是豳公之孙也。”增益者并没有认真读《序》，只是按照《传》解释的惯例来加，故造成了《序》《传》的不合。

《小雅·都人士》，《序》：“周人刺衣服无常也。古者长民，衣服不贰，从容有常，以齐其民，则民德归壹。伤今不复见古人也。”首章“彼都人士”下《传》曰：“彼，彼明王也。”“行归于周，万民所望”下《传》曰：“周，忠信也。”“彼，彼明王也”是依据《序》作的训释，明确诗的讽刺意味。而“周，忠信”之训又与《序》“周人刺衣服无常”之说不合。“周人刺衣服无常”，既可以看作是概括全诗之意，也可以看作就“行归于周”而推衍。若从其推衍的一面来说，则解释“周”为“周人”，与《传》之“周，忠信也”的训释显然有别。那么，“彼，彼明王也”与“周，忠信也”之释，也可能出自不同人之手。

除上述外，《国风》部分诗篇空灵，诗意不易把握，也是致使《序》《传》歧异的原因，所以，在 34 篇《序》《传》有歧异的诗篇中，《国风》部分就有 31 篇。

二、《序》《传》别行是造成其歧异的根本原因

在以上所述各种原因中，《序》《传》皆经多人续补，当为《序》《传》歧异的主要原因。《序》多推衍，《传》偏重词句的训诂，这是一般情况。但《传》也不乏多层推衍者，如《周南·关雎》“关关雎鸠”《传》：“关关，和声也。雎鸠，王雎也。鸟挚而有别。后妃说乐君子之德，无不和谐，又不淫其色，慎固幽深，若关雎之有别焉，然后可以风化天下。夫妇有别则父子亲，父子亲则君臣敬，君臣敬则朝廷正，朝廷正则王化成。”“鸟挚而有别”是在“关关，和声也。雎鸠，王雎也”基础上的引申，“后妃说乐君子之德”等语进一步说明“鸟挚而有别”的含义，“夫妇有别则父子亲”等语则是在“后妃说乐君子之德”等语基础上的进一步推衍。《小雅·四牡》“岂不怀归？王事靡盬，我心伤悲”，《传》：“盬，不坚固也。思归者，私恩也。靡盬者，公义也。伤悲者，情思也。无私恩，非孝子也。无公义，非忠臣也。君子不以私害公，不以家事辞王事。”① “无私恩，非孝子也。无公义，非忠臣也”是对“思归者，私恩也。靡盬者，公义也”的推衍，而“君子不以私害公，不以家事辞王事”又是对“无私恩，非孝子也。无公义，非忠臣也”的推衍。因而，若就具体诗篇而言，《序》《传》解释侧重点的不同，是可以作为《序》《传》歧异的原因的。但若就《序》《传》歧异的所有诗篇而言，用其来分析，则难免有不通之处。《传》对《序》的

① “伤悲者，情思也”以下为《传》文误入《笺》文，从陈奂说。

修订，也可以作如此理解。而《序》含混、前后矛盾，特别是前后矛盾，本来就是因为《序》经后人增益造成的。《传》误读经文，而《序》对经文的理解正确，实质也是因为《传》经后人的补续所致。《序》《传》依据的材料不同以及续《序》与《传》都据首《序》申发、而申发点不同，也只能从《序》《传》都经后人增益的角度来理解。

郑玄在六"笙诗"《序》下说："孔子论《诗》，雅、颂各得其所，时俱在耳。篇第当在此，遭战国及秦之世而亡之，其义则与众篇之义合编，故存。至毛公为《诂训传》，乃分众篇之义，各置于其篇端"。则《诂训传》包含《序》，且每篇《序》都在篇首，那么，不论是补《序》者，还是补《传》者，都很容易对一篇之《序》《传》进行比较，应该不会造成《序》《传》的歧异。不过，郑玄之说很可能只是一种猜测，并不正确①。

实际，就《毛诗》《序》《传》的关系来看，是可以看出《序》《传》别行的。如，《小雅·鸳鸯·序》："刺幽王也。思古明王交于万物有道，自奉养有节焉。"《传》："兴也。鸳鸯，匹鸟。太平之时，交于万物有道，取之以时，于其飞，乃毕掩而罗之。"胡承珙说："正与《序》文相应。由毛公作《传》，与《序》别行，故有时用《序》语为《传》。若谓《序》多毛公所为，则《传》中已言，不应又袭之而为《序》也。"② 此暂且不深究《鸳鸯》《序》《传》语句重复是《传》用《序》语，还是《序》用《传》语，但胡氏以为毛公作《传》时，《序》《传》别行，无疑是卓识。类似

---

① 赵茂林《由"笙诗"看〈毛诗序〉的完成时间》，《南京师范大学文学院学报》2011 年第 1 期。

② 胡承珙《毛诗后笺》，第 1130 页。

的还有《召南·江有汜·序》："美媵也。勤而无怨，嫡能悔过也。文王之时，江沱之间，有嫡不以其媵备数，媵遇劳而无怨，嫡亦自悔也。"一章《传》："嫡能自悔也。"按照陈奂《毛诗说》的总结，《传》有统释全章之例，有见于首章者。此《传》"嫡能自悔也"，正是统释全章，而与《序》语重复。若毛公分《序》于众篇之首，则此《传》颇为多余。《小雅·菁菁者莪》，《序》："乐有材也。君子长育人材，则天下喜乐之矣。"而《传》："君子能长育人材，如阿之长莪菁菁然。"《序》之"君子长育人材"与《传》之"君子能长育人材"，语句也重复。

《隋书·经籍志》所著录的《毛诗》学的著作，既有"《毛诗》二十卷汉河间太傅毛苌传，郑氏笺"，也有"《毛诗序》一卷，梁隐居先生陶弘景注""《毛诗序义》二卷宋通直郎雷次宗撰""《毛诗序注》一卷，宋交州刺史阮珍之撰""《毛诗序义》七卷，孙畅之撰""《毛诗集小序》一卷刘炫注""《毛诗序义疏》一卷刘瓛等撰"等。显然，在隋代以前，是存在《序》在《传》外单独流行的情况的。孔颖达等对郑玄笺的《毛诗》二十卷作疏，今孔《疏》具在，则郑笺《毛诗》二十卷是有经有《传》有《序》的，且《序》已经分置众篇之首。而就《毛诗序》《毛诗序义》等著作来说，可能学者专辑《序》为一书，为其作注疏，但更可能是继承传统。也就是说，《序》本来就别行，虽然后来有学者把其置于各篇之首，仍有单行本流传。秦汉古籍多有类此之例。而由此也能证明在毛公作《传》时，并没有把《序》分置于各诗篇之首。

《汉书·艺文志》著录有"《诗经》二十八卷，鲁、齐、韩三家""《毛诗》二十九卷""《毛诗故训传》三十卷"，学者们认为三家《诗》与《毛诗》经本区别，主要在于《毛诗》之《序》

别为一卷①。若按此说，《序》本来已经在《毛诗》系统之内，毛公也没有必要再把其收入《故训传》中，且分置于各篇之首。孔《疏》:“汉初为传训者，皆与经别行。三《传》之文，不与经连。故石经书《公羊传》皆无经文。《艺文志》云:《毛诗》经二十九卷;《毛诗故训传》三十卷。是毛为诂训亦与经别也。及马融为《周礼》之注，乃云:‘欲省学者两读，故具载本文。’然则后汉以来始就经为注。未审此《诗》引经附传，是谁为之?”郑玄是马融的学生，《诗》的引经附传应该不出于马融之手，若马融所为，郑玄不可能不知道。而《序》也是对《诗》解释的文字，实质上也属于传记之类。可能学者在把《传》文散置诗句之下时，才也把《序》文置于各篇之首。至于何时《序》被各置于篇首，却难以考知。不过参照马融注《周礼》的做法，不会太早，不会早于西汉末。

郑玄为《毛诗》作笺时，《序》已各置篇首，由于不能确知是谁所为，故猜测是毛公所为。正因为《序》《传》别行，故有些《毛诗》学者可能对包含《序》的经更熟悉，那么他们补《序》，就只是依据《序》义来推衍，或只是依据自己的理解来增补，并没有参考《传》;另一方面，有些《毛诗》学者更熟悉《传》，他们补《传》，也只是依据《传》来推衍，或只是根据自己的理解来补《传》。比之后汉刘宽的情况，这种可能是存在的。《后汉书·刘宽传》章怀太子注引谢承《后汉书》:“宽少学欧阳《尚书》、京氏《易》，尤明《韩诗外传》。星官、风角、算历，皆究极师法，称为通儒。”刘宽“尤明《韩诗外传》”，说明在《韩诗》的各种

① 王引之《经义述闻》，江苏古籍出版社，1985年，第181—182页。王先谦《汉书补注》，中华书局，1983年，第869页。

著作中，他是有所偏重的。正因为有些补《序》者没有参考《传》，有些补《传》者没有依据《序》，所以就会有《传》误读经文、《序》《传》依据材料不同、《序》《传》申发不同等情况，从而造成了《序》《传》的矛盾、不相应、不相涉。

《毛传》《尔雅》关系考辨

由于《尔雅》多释《诗》[①]，故学者对《毛传》与《尔雅》的关系多有论述，但古今所论，分歧非常大，甚至完全相反，概括而言，主要有三种看法：传统的看法以为《毛传》本《尔雅》而作。《毛诗国风》下《正义》曰："毛以《尔雅》之作，多为释《诗》，而篇有《释诂》《释训》，故依《尔雅》训而为《诗》立传。"黄侃《尔雅略说》曰："窃谓《尔雅》之名，起于中古，而成书则自孔徒；故毛公释《诗》，依傍诂训；《小雅》之作，比拟旧文。"[②] 但也有学者主张《尔雅》本《毛传》而成。叶梦得《石林集》曰："《尔雅》训释最为近古，世言周公作，妄矣。其言多

此文原刊于《兰州学刊》2014 年第 8 期；人大复印报刊资料《中国古代、近代文学研究》2014 年 12 期全文转载。

① 据丁忱统计，《尔雅》释《诗》之数占其释义的 22%。丁忱《尔雅毛传异同考》，武汉大学出版社，1988 年，第 65 页。

② 黄侃《黄侃国学文集》，中华书局，2006 年，第 259 页。

是《诗》类中语，而取毛氏说为正。”① 陆宗达说：“《尔雅》曾被称为‘训诂学的鼻祖’，其实它不过是汉儒采取传注所作的训诂札记。它将古代注释（以《毛诗诂训传》为主）中曾经有过同样训释的词（也有一些句子）归纳到一起，再依它们意义的类别加以分编，是一部我国最早的训诂数据集。”② 当代一些学者则认为《尔雅》《毛传》各有所本，不存在承袭关系。胡继明说：“《毛传》与《尔雅》的关系应是：既有共同的来源，又各有所本，各有所宗，各有己意。它们之间不存在谁依据谁的问题。”③ 向熹《〈毛诗传〉说》曰：“《毛传》释义与《尔雅》有许多相同或大同小异的地方，过去许多学者以为《毛传》本于《尔雅》。但是《毛传》还有许多和《尔雅》不一致的地方，可见这种说法不一定可靠。比较合理的解释是：两书释义都是根据先秦旧文，有的所据旧文相同，两书的释义自然就相同；有的所据旧文不同，或释义时着眼的角度不同，两书的释义也就不同。”④

一、说《毛传》本《尔雅》而成，缺乏充分证据

以为《毛传》本《尔雅》而作的学者，大多认为《尔雅》为周公、孔徒等所作。由于认为《尔雅》成书于毛公之前，又为圣

---

① 谢启昆《小学考》，影印文渊阁《四库全书》，第 922 册，台湾商务印书馆，1986 年，第 27 页。

② 陆宗达《训诂简论》，北京出版社，2002 年，第 7—8 页。

③ 胡继明《〈毛传〉与〈尔雅·释训〉》，《古籍整理研究学刊》1996 年第 3 期。

④ 向熹《〈诗经〉语文论集》，四川民族出版社，2002 年，第 283 页。

人制作，那么认为毛公依据《尔雅》作《诗故训传》，也就是自然而然的了。但以《尔雅》为周公、孔徒所作，未必属实。以《尔雅》为周公所作，首先由张揖提出，《进〈广雅〉表》："昔在周公……著《尔雅》一篇，以释其义……今俗所传三篇《尔雅》，或言仲尼所增，或言子夏所益，或言叔孙通所补，或言沛郡梁文所著，皆解家所说。先师口传，既无正验圣人所言，是故疑不足能明也。"以《尔雅》为孔徒所作，由郑玄提出，《王风·黍离》《正义》引《驳五经异义》曰："玄之闻也，《尔雅》者，孔子门人所作，以释六经之旨"。以为《尔雅》为周公、孔徒等所作，实际出于文化学上所说的圣人发源说。郑玄之言出于推测①，张揖之说则出于迎合统治者，为自己的广续《尔雅》之作《广雅》抬高身价。同时，也为了避免与王肃父子的产生摩擦②。因为王肃父子有意与郑玄立异，而张揖又与王肃父子同殿称臣。就《尔雅》本身来看，《释诂》第三条："弘、廓、宏、溥、介、纯、夏、幠、厖、坟、嘏、丕、弈、洪、诞、戎、骏、假、京、硕、濯、吁、宇、穹、壬、路、淫、甫、景、废、壮、冢、简、箌、昄、晊、将、业、席，大也。"邢《疏》引《尸子·广泽篇》云："墨子贵兼，孔子贵公，皇子贵衷，田子贵均，列子贵虚，料子贵别，囿其学之相非也数世矣，而已皆弇于私也。天、帝、后、皇、辟、公、弘、廓、闳、博、介、纯、夏、幕、蒙、赎、昄皆大也，十有名而实一也。若使兼、公、虚、均、衷、平、易、别囿一实，则无相非也。"邢《疏》引《尸子》"博、介、纯、夏、幕、蒙、

① 许嘉璐《〈尔雅〉分卷与分类的再认识——〈尔雅〉的文化学研究之一》，《中国语文》1996年第5期。

② 窦秀艳《关于〈尔雅〉的成书时代和作者问题研究评述》，《东方论坛》2005年第3期。

赎、昄”，王应麟《困学纪闻》引《尔雅疏》作“溥、介、纯、夏、幠、冢、晊、昄”①，与《尔雅》本文全同。显然《释诂》此条采自《尸子》，并作了修订。又《释天》第二条：“青为青阳，夏为朱明，秋为白藏，冬为玄英。四气和谓之玉烛。春为发生，夏为长嬴，秋为收成，冬为安宁。四时和为通正，谓之景风。甘雨时降，万物以嘉，谓之醴泉。”邢《疏》引《尸子·仁意篇》述太平之事云：“烛于玉烛，饮于醴泉，畅于永风。青为青阳，夏为朱明，秋为白藏，冬为玄英。四气和为正光：此之谓玉烛。甘雨时降，万物以嘉，高者不少，下者不多：此之谓醴泉。其风春为发生，夏为长嬴，秋为方盛，冬为安静，四气和为通正：此之谓永风。”《尔雅》“秋为收成，冬为安宁”，邢《疏》引《尸子》作“秋为方盛，冬为安静”，二者似乎不同，但《太平御览》卷十九引《尸子》正作“秋为收成，冬为安宁”②，与《尔雅》本文同。《尔雅》此条也应该是采自《尸子》，且就文字来看，也比《尸子》更为精练。或以为《尔雅》采《尸子》者为后人增入，就这两条而言，一为《释诂》第三条，一为《释天》第二条，应该为《尔雅》原文。由此两条，足以说明《尔雅》成书远在《尸子》之后。而《尸子》的作者尸佼（约前390—约前330）是战国中期名辩学者，那么，说《尔雅》为周公或孔徒所作也就不正确。

孔颖达说毛公“依《尔雅》训而为《诗》立传”，主要就《毛诗故训传》名义而言，以为《尔雅》有《释诂》《释训》篇，毛公

① 王应麟《困学纪闻》（全校本），上海古籍出版社，2008年，第1029页。

② 李昉《太平御览》，中华书局，1960年，第94页。

释《诗》之作又名《毛诗故训传》，就认为毛公本《尔雅》作传。实际是一种简单的比附。马瑞辰《毛诗诂训传名义考》已辨其非①。故、训连言，《诗经》中就有，《大雅·烝民》“古训是式”，《毛传》：“古，故也。”而除了从名义上分析《毛传》本《尔雅》而作外，孔氏也没有其他证据，只是在疏解《毛传》、郑《笺》的时候，对《毛传》、郑《笺》同于《尔雅》者，径直说本于《尔雅》。而《毛传》还有不少训释与《尔雅》不同，为何不同，孔氏也没有论述。故有些即使是主张《毛传》承袭《尔雅》的学者，也如胡承珙一样，改孔氏之毛公“依《尔雅》训而为《诗》立传”之说为“毛公传《诗》多据《尔雅》”②。

二、说《尔雅》本《毛传》而作，也不正确

以为《尔雅》本《毛传》而成，主要基于《尔雅》成书于《毛传》之后的观点。欧阳修首倡此说：“考其文理，乃是秦汉之间学《诗》者纂集说《诗》博士解诂之言尔。”③ 曹粹中《放斋诗说》也说：“今考其书，毛公以前其文犹略，至康成时则加详矣。何以言之？如‘学有缉熙于光明’，毛公云：‘光，广也。’康成则以为学于有光明者。而《尔雅》曰：‘缉熙，光明也。’又‘齐子岂弟’，康成以为犹言‘发夕’也。而《尔雅》曰：‘岂弟，发也。’‘薄言观者’，毛公无训。‘振古如兹’，《毛公》云：‘振，自

---

① 马瑞辰《毛诗传笺通释》，中华书局，1989 年，第 3—5 页。

② 胡承珙《毛诗后笺》，黄山书社，1999 年，第 187 页。

③ 欧阳修《诗本义》，影印文渊阁《四库全书》，第 70 册，第 252 页，台湾商务印书馆，1986 年。

也。'康成则以'观'为多，以'振'为古。其说皆本于《尔雅》。使《尔雅》成书在毛公之前，顾得为异哉？按平帝元始四年王莽始令天下通《尔雅》者诣公车，固出毛氏之后矣。"① 余嘉锡也说："要之，《尔雅》为汉人所作，其成书当在西汉平帝以前无疑。"② 欧阳修以为《尔雅》为秦汉间学《诗》者纂集说《诗》博士解诂之言，只是因《尔雅》多释《诗》之词，并没有其他证据。实际，秦汉间没有《诗》博士，专经博士之设立在武帝置《五经》博士之时③。余嘉锡则主要依据《汉书》关于平帝时征调通《尔雅》者于京师的记载而立论。《平帝纪》，元始五年，"征天下通知逸经、古记、天文、历算、钟律、小学、《史篇》、方术、《本草》及以《五经》《论语》《孝经》《尔雅》教授者，在所为驾一封轺传，遣诣京师。至者数千人。"此一记载又见于《王莽传》。但《汉书·艺文志》著录有《尔雅》三卷二十篇，又著录有《小尔雅》一篇。《艺文志》删订刘歆《七略》而成，而《七略》完成于哀帝建平元年（前6）④。《小尔雅》是仿《尔雅》而成的著作，其著录于《七略》，则《尔雅》成书更早。而洪诚把《尔雅》与《毛传》比较，发现《毛传》从词汇中分出助辞薄、思、止、载、忌、讯等，而《尔雅》没有；《毛传》多用"某某声""某某貌""某某然"表示声貌，在《尔雅》中不见；《毛传》用"犹"、用"亦"表示词的引申义与比拟义，也为《尔雅》所无⑤，都足以说明

---

① 朱彝尊《经义考》，中华书局，1998年，第1201页。

② 余嘉锡《四库提要辨证》，中华书局，1980年，第92页。

③ 赵茂林《汉代四家〈诗〉立于学官考辨》，《诗经丛刊》第十九辑，学苑出版社，2011年，第102—115页。

④ 王葆玹《今古文经学新论》，中国社会科学出版社，1997年，第145页。

⑤ 洪诚《训诂学》，江苏古籍出版社，1984年，第10—11页。

《尔雅》早于《毛传》。

就曹粹中所举例证来说，《周颂·敬之》“学有缉熙于光明”，《毛传》：“光，广也。”郑《笺》：“缉熙，光明也。”《毛传》不释“缉熙”，实际不能说毛、郑不同。《大雅·文王》“於缉熙敬止”，《毛传》：“缉熙，光明也。”实际《敬之》郑《笺》正本《毛传》。而今本《尔雅·释诂》作：“缉熙，光也。”《齐风·载驱》“齐子岂弟”，《毛传》：“言文姜于是乐易。”郑《笺》：“此岂弟犹言发夕也。”《释言》云：“恺悌，发也。”《毛传》《尔雅》不同。但《载驰》一章曰：“齐子发夕。”也可以说郑《笺》是以经解经。《周颂·载芟》“振古如兹”，《毛传》：“振，自也。”郑《笺》：“振亦古也。”《释言》：“振，古也。”《毛传》《尔雅》不同，郑以《尔雅》改毛。《小雅·采绿》“薄言观者”，《毛传》无释，郑《笺》：“观，多也。”《释诂》：“观，多也。”郭注引《诗》。郑玄正用《尔雅》。虽然，“薄言观者”之“观”，《毛传》无释，显得比《尔雅》简略；但“缉熙”，《毛传》释为“光明”，《尔雅》释为“光”，却又显得《尔雅》比《毛传》简略。因而以为《尔雅》在毛公前文略，至郑玄时加详，并不准确。因为《尔雅》与《毛传》训释有异，就以为《尔雅》出于毛公之后，从逻辑上说不通。难道毛公释《诗》要条条都与《尔雅》相同，才能说明《尔雅》在毛公之前吗?

三、毛公作《传》时参考过《尔雅》

《尔雅》乃采集古籍训释材料编纂而成，《毛传》释《诗》也多采成文，那么说《毛传》《尔雅》训释相同是因为数据来源相同，释训不同是材料来源不同，从情理来看是说得通的。但据丁忱统计，《尔雅》《毛传》释《诗》相同的有十之七八①。洪诚也说《毛传》《尔雅》释义相同的部分占大多数，不同的部分占少数②。如此高的相同率，仅仅用材料来源相同来解释很难令人信服。

而就《毛传》《尔雅》相同训释的来看，有些连词句也完全相同。如，《卫风·竹竿》“桧楫松舟”，《毛传》：“桧，柏叶松身。”《释木》：“桧，柏叶松身。”二者造句完全相同。《王风·君子于役》“鸡栖于埘”“鸡栖于桀”，《毛传》：“凿墙而栖曰埘。”“鸡栖于杙为桀。”《释宫》：“鸡栖于杙为榤。凿墙而栖曰埘。”二者训释词句完全相同。《秦风·晨风》“山有苞栎，隰有六驳”，《毛传》：“栎，木也。驳如马，倨牙，食虎豹。”《释畜》：“驳，如马，倨牙，食虎豹。”二者完全相同。而《毛传》于此处训“驳”为兽并不正确。《晨风》诗“山”“隰”对举，《毛传》释“栎”为木，则“驳”也应为木，对应《释木》“驳，赤李”之训。下章“山有苞棣，隰有树檖”，《毛传》：“棣，唐棣也。檖，赤罗也。”释二者都为木名，足以说明训“驳”为兽不正确。《尔雅》具有训释材料汇编的性质，固然可以保持来源材料的原始面目；《毛传》也每用成文。二者连词句也相同的训释，有些确实也可能是材料来源相同。

不过，《毛传》是一部系统的《诗》学著作，有一定的解释体例，有解释的指导思想，其解释还要依照《诗序》所规定的范围进行，所以也往往会对引用的材料进行裁剪。如，《卫风·淇奥》“有匪君子，如切如磋，如琢如磨。瑟兮僩兮，赫兮咺兮。有匪君子，终不可谖兮”，《毛传》：“匪，文章貌。治骨曰切，象曰磋，

---

① 《尔雅毛传异同考》，第 40 页。

② 《训诂学》，第 9 页。

玉曰琢，石曰磨。道其学而成也。听其规谏以自修，如玉石之见琢磨也。”“瑟，矜庄貌。僩，宽大也。赫，有明德赫赫然。咺，威仪容止宣著也。”“谖，忘也。”《礼记·大学》：“‘如切如磋’者，道学也。‘如琢如磨’者，自修也。‘瑟兮喧兮’者，恂栗也，‘赫兮喧兮’者，威仪也。‘有斐君子，终不可喧兮’者，道盛德至善，民之不能忘也。”《毛传》应本于《大学》。《毛传》采《大学》“道学”“自修”之说，又增“听其规谏”之语，把《诗序》对此诗的解释糅合在训释中。《诗序》说：“《淇奥》，美武公之德也。有文章，又能听其规谏，以礼自防，故能入相于周，美而作是诗也。”《传》“听其规谏”用《序》语。而“瑟兮僩兮”几句，《毛传》只是对其中的关键词进行解释，取《大学》之意，而不用其语，显得较为质略，与《毛传》一贯的风格相一致。

而注重词语解释也是《毛传》的解释习惯。据向熹统计，《毛传》注释 4 800 余条，其中解释词义的 3 900 余条，占 80%以上①。又，《邶风·柏舟》“威仪棣棣，不可选也”，《毛传》：“君子望之俨然可畏，礼容俯仰各有威仪耳。”《左传·襄公三十一年》北宫文子曰：“有威而可畏谓之威，有仪而可象谓之仪。君有君之威仪，其臣畏而爱之，则而象之，故能有其国家，令闻长世。臣有臣之威仪，其下畏而爱之，故能守其官职，保族宜家。顺是以下，皆如是。是以上下能相固也。《卫诗》曰：‘威仪棣棣，不可选也。’言君臣、上下、父子、兄弟、内外、大小皆有威仪也。”《毛传》概括《左传》解诗之语的大意，也比较简略。

即使不考虑《毛传》的体例、解释指导思想、与《诗序》的配合，用材料来源相同来解释《毛传》《尔雅》训释相同者还是有

① 《〈诗经〉语文论集》，第 251 页。

解释不清的地方。如果把《毛传》《尔雅》相同的训释，与他书比较，可以看出《毛传》《尔雅》面对不同的训释材料，其选择有时是趋同的。如，《小雅·雨无正》“降丧饥馑，斩伐四国”，《毛传》：“谷不孰曰饥，蔬不孰曰馑。”《释天》：“谷不熟为饥，蔬不熟为馑，果不熟为荒，仍饥为荐。”《毛传》《尔雅》相同。但“饥”“馑”在先秦还有其他训释，《穀梁传·襄二十四年》：“五谷不升为大饥。一谷不升谓之嗛，二谷不升谓之饥，三谷不升谓之馑，四谷不升谓之康，五谷不升谓之大侵。”又《墨子·七患篇》：“一谷不收谓之馑，二谷不收谓之旱，三谷不收谓之凶，四谷不收谓之馈，五谷不收谓之饥。”二者在具体说法上虽有不同，但都是以五谷熟之多少立差等之名，显然与《毛传》《尔雅》不同。而《韩诗》用《穀梁》之说，《韩诗外传》卷八：“一谷不升谓之鎌，二谷不升谓之饥，三谷不升谓之馑，四谷不升谓之荒，五谷不升谓之大侵。”又，《小雅·六月》“张仲孝友”，《毛传》：“张仲，贤臣也。善父母为孝，善兄弟为友。”《释训》：“张仲孝友，善父母为孝，善兄弟为友。”《毛传》《尔雅》解释“孝”“友”词句完全相同。贾谊《新书·道术篇》有“子爱利亲谓之孝”“兄敬爱弟谓之友”① 之语，意思与《毛传》《尔雅》接近，词句却不同，应为另一种解释。

《毛传》《尔雅》选择训释材料的这种趋同性，还体现在《尔雅》兼收两训，而《毛传》也一词两解，且两解都与《尔雅》相同，甚至词句也相近。如，《邶风·匏有苦叶》“济有深涉。深则厉，浅则揭”，《毛传》：“济，渡也。由膝以上为涉。以衣涉水为厉，谓由带以上也。揭，褰衣也。”《释水》：“济有深涉。深则厉，

① 王洲明、徐超《贾谊集校注》，人民文学出版社，1996年，第303页。

浅则揭。揭者，褰衣也。以衣涉水为厉。由膝以上为涉，由带以上为厉。”陈奂说：“《传》云‘以衣涉水为厉’者，此本《雅》训弟一说也……《传》云‘由带以上’为厉者，此本《雅》训弟二说也。‘由带以上’与‘以衣涉水’绝然不同。盖《尔雅》释诗之例，每存两说。”① 陈奂是主张《毛传》本《尔雅》所作的，所以说《毛传》两训都本《尔雅》。《尔雅》释《诗》“每存两说”，正体现其汇编性质；《毛传》释《诗》也有两解之例，学者们以为备存古训。就《毛传》此条来说，“谓由带以上也”，看起来是解释“以衣涉水为厉”的，但“由带以上”与“以衣涉水”实际是从不同角度解释“厉”，即陈奂所说“绝然不同”，而《毛传》却把二者糅合在了一起。又，《小雅·鱼丽》“鱼丽于罶”，《毛传》：“罶，曲梁也，寡妇之笱也。”《释训》：“凡曲者为罶。”又《释器》：“嫠妇之笱谓之罶。”“嫠妇”即“寡妇”。《左传·襄公二十五年》：“嫠也何害？先夫当之矣。”杜预注：“寡妇曰嫠。”“罶”两训，《尔雅》分释两处，《毛传》合而释之，词句都与《尔雅》接近。

三家《诗》中，《韩诗》保存下来的材料较多，拿《韩诗》训释材料与《毛传》《尔雅》比较，也可看出，《毛传》比《韩诗》的训释更接近《尔雅》。当然，《韩诗》训释也有与《尔雅》相同者，甚至有与《尔雅》相同或接近而不与《毛传》同者。如，《鲁颂·泮水》“屈此群丑”，《毛传》：“屈，收。”《释文》：“《韩诗》云：‘屈，收也。收敛得此众聚。’”《释诂》：“屈，收。”《韩诗》与《毛传》《尔雅》同。《小雅·小旻》“潝潝訿訿”，《毛传》：“潝潝然患其上，訿訿然思不称乎上。”《释文》：“潝，许急反。訿音紫。《韩诗》云：‘不善之貌。’”《玉篇·言部》引《韩诗》曰：

① 陈奂《诗毛氏传疏》卷三，北京市中国书店，1984 年。

“翕翕訿訿，莫供职也。”①《释训》：“翕翕、訿訿，莫供职也。”“潝潝訿訿”形容官员们疏于政事，《毛传》的解释不易理解。《释文》所引《韩诗》说比较含糊，但意思还是与《尔雅》比较接近；《玉篇》所引《韩诗》说则与《尔雅》全同。虽然《玉篇》所引可能出自薛君《韩诗章句》之类，是《尔雅》大行之后，《韩诗》后学据《尔雅》而释《诗》，但此条至少表明《韩诗》有与《毛传》不同，而与《尔雅》相同者。

不过，《尔雅》训释更多的则是与《毛传》相同或接近，而与《韩诗》不同或相差较远。如，《周南·葛覃》“是刈是濩”，《毛传》：“濩，煮之也。”《释文》：“《韩诗》云：‘濩，瀹也。’”《释训》：“是刈是濩，濩，煮之也。”虽然“瀹”有以汤煮物之意，但《韩诗》训释用词还是与《毛传》《尔雅》不同。《召南·采蘋》“于以采蘋”，《毛传》：“蘋，大萍也。”《释文》：“《韩诗》云：‘沈者曰蘋，浮者曰薸。’”《释草》：“萍，蓱。其大者蘋。”《毛传》《尔雅》释义相同，而与《韩诗》不同。《邶风·终风》“谑浪笑敖”，《毛传》：“言戏谑不敬。”《释文》：“谑……《韩诗》云：‘起也。’”《释诂》：“谑浪笑敖，戏谑也。”《毛传》《尔雅》皆释整句，且较为接近，而《韩诗》训单字，且与《毛传》《尔雅》不同。《魏风·园有桃》“我歌且谣”，《毛传》：“曲合乐曰歌，徒歌曰谣。”《释乐》：“徒歌谓之谣。”《初学记》卷十五：“《韩诗章句》曰：‘有章曲曰歌，无章曲曰谣。’”②《韩诗》“无章曲”既“徒歌”之意，但单从词句来说，还是与《毛传》《尔雅》不同，且没

---

① 顾野王《玉篇》（残篇），《续修四库全书》，第228册，第246页，上海古籍出版社，2003年。

② 徐坚《初学记》，中华书局，2004年，第376页。

有《毛传》《尔雅》准确。《豳风·九罭》“九罭之鱼鳟鲂”，《毛传》：“九罭，緵罟，小鱼之网也。”《释器》：“緵罟谓之九罭。九罭，鱼网也。”《御览》第八百三十四卷引《韩诗》云：“九罭，取虾笓也。”[①]《毛传》《尔雅》从其形制解释，《韩诗》则从其功用解释。《小雅·正月》“视天梦梦”，《毛传》：“王者为乱梦梦然。”《释文》：“《韩诗》云：‘恶貌也。’”《释训》：“梦梦、訰訰，乱也。”“恶”与“乱”虽然义近，但还是有差别。

显然，用各有所本说是无法解释《毛传》《尔雅》选择的趋同性的问题的。实际，《毛传》与《尔雅》的关系是非常复杂的，简单地说《毛传》本《尔雅》而作、《尔雅》本《毛传》而成或说《毛传》《尔雅》各有所本，都不能反映出二者间的复杂的关系。《毛传》《尔雅》相同的训释，可能一部分材料来源相同，各不相谋；但由其很高的相同率、训释连词句都相同、选择的趋同性等方面看，虽不能说《毛传》本《尔雅》而作或《毛传》多据《尔雅》，但毛公在作《故训传》时参考过《尔雅》却是无疑的。

四、据《尔雅》续补《毛传》与据《毛传》增益《尔雅》并存

《尔雅》为汇集古书训释材料而成，且在汉代陆续又有增益[②]。在汉代增益的条目，有些就采自《毛传》。如，《周南·关雎》“左右流之”，《毛传》：“流，求也。”《释言》：“流，求也。”

① 《太平御览》，第3724页。

② 赵仲邑《〈尔雅〉管窥》，《中山大学学报》1963年第4期；胡奇光、方环海《〈尔雅〉成书时代新论》，《辞书研究》2001年第6期。

郭注引《诗》。“左右流之”是说“参差荇菜”随水左右而飘动，《毛传》“流，求也”缘下文‘寤寐求之’立训。但先秦典籍并无“流”训“求”之例，所以于省吾、向熹都认为《尔雅》采自《毛传》①。又《齐风·猗嗟》“猗嗟名兮”，《毛传》：“目上为名。目下为清。”《释训》：“猗嗟名兮，目上为名。”马瑞辰以为《尔雅》此训是采自《毛传》。他说：“疑《尔雅》此训，汉儒据毛《传》增入，非古义也。‘猗嗟名兮’与‘猗嗟昌兮’‘猗嗟娈兮’句法相同。若以名为目上，则昌与娈将何属也？名、明古通用，名当读明。明亦昌盛之义……三章首句皆叹美其容貌之盛大。《传》训目上为名，失之。”② 所言不能说没有道理。

另一方面，《毛传》也经过了后人补续。《毛传》经后人续补，可由《毛传》的自相矛盾以及多层推衍可以说明③。而把《毛传》与《尔雅》比较，由同一词语《毛传》在有的地方训释与《尔雅》相同、有的地方又不同，也可以说明。如，《桧风·匪风》“匪风飘兮”，《毛传》：“回风为飘。”《释天》：“回风为飘。”二者释义一致。《小雅·何人斯》“胡为飘风”，《毛传》：“飘风，暴起之风。”又与《尔雅》不同。《郑风·大叔于田》“袒裼暴虎”，《毛传》：“袒裼，肉袒也。暴虎，空手以搏之。”《尔雅·释训》：“袒裼，肉袒也。暴虎，徒搏也。”“徒搏”意为不乘田车徒步搏虎④，《尔雅》《毛传》“暴虎”之释显然不同。不过《小雅·小旻》“不敢暴虎”，《毛传》：“徒搏曰暴虎。”又与《尔雅》同。甲骨文中“暴虎”之

① 于省吾《泽螺居诗经新证、泽螺居楚辞新证》，中华书局，2003 年，第 70 页；《〈诗经〉语文论集》，第 183—184 页。

② 《毛诗传笺通释》，第 313 页。

③ 赵茂林《〈毛传〉成书与定型考论》，《国学学刊》2013 年第 3 期。

④ 裘锡圭《裘锡圭自选集》，河南教育出版社，1994 年，第 76 页。

“暴”从戈从虎，表示以戈搏虎，显然《大叔于田传》的解释是错误的。《小雅·四牡》“翩翩者鵻”，《毛传》：“鵻，夫不也。”《释鸟》：“鵻其，鳺䲹。”“鳺䲹”即“夫不”，《尔雅》《毛传》同。又《小雅·南有嘉鱼》“翩翩者鵻”，《毛传》：“鵻，壹宿之鸟也。”又与《尔雅》不同。《毛传》对同一词语训释的分歧，恰可说明《毛传》非出于一人之手。

而《毛传》的有些补续之文，是能够清楚地看出是取自《尔雅》的。如，《大雅·绵》“乃立冢土，戎丑攸行”，《毛传》：“冢，大。戎，大。丑，众也。冢土，大社也。起大事，动大众，必先有事乎社而后出，谓之宜。”《释天》：“乃立冢土，戎丑攸行。起大事，动大众，必先有事乎社而后出，谓之宜。”胡奇光、方环海认为是《尔雅》据《毛传》增入①。实际更可能是《毛传》的补续者据《尔雅》而增入。此传从语意看，有层层推衍的关系。“冢土，大社也”，可以看作对“冢，大”的补充。“起大事，动大众，必先有事乎社而后出，谓之宜”，又为一层。且诗中无“宜”字，而“起大事”等语是由“乃立冢土，戎丑攸行”联想到的礼制，也非其句意。《小雅·车攻》“我马既同”，《毛传》：“同，齐也。宗庙齐毫，尚纯也。戎事齐力，尚强也。田猎齐足，尚疾也。”《释畜》：“既差我马。差，择也。宗庙齐毫，戎事齐力，田猎齐足。”《尔雅》所引诗句出于《小雅·吉日》。《吉日》“既差我马”下《毛传》曰：“差，择也。”与《尔雅》同，但无“宗庙齐豪”等语。《尔雅》因释“差”为“择”，因而顺势说明如何择马。《车攻传》则因“同”训“齐”而引及“宗庙齐豪”等文，“同，齐也”与“宗庙齐豪”之文间有明显的承续关系。引“宗庙齐豪”

① 《〈尔雅〉成书时代新论》。

之文，而后又以义增解说“尚纯”“尚强”“尚疾”，因而《车攻传》“宗庙齐豪”等句也应该是续补《毛传》者据《尔雅》而增入的。

五、《毛传》《尔雅》歧异的原因

至于《毛传》与《尔雅》的歧异，仅用材料来源不同也是解释不清楚的。所以，胡继明要加上“各有己意”、向熹要加上“着眼的角度不同”等附加原因。丁忱总结的《毛传》《尔雅》歧异的原因有训释方式不同、词义理解不同、释《诗》根据不同、专言与泛言不同、各举一偏、脱衍误讹、《尔雅》释兴喻之义而《毛传》释本义等原因①。当然，释《诗》根据不同也就是材料来源不同，训释方式不同、词义理解不同、专言与泛言不同、各举一偏、《尔雅》释兴喻之义而《毛传》释本义等也可以用“各有己意”或“着眼的角度不同”来概括，但《毛传》《尔雅》脱衍误讹也是致使二者歧异的一个重要原因。特别是《尔雅》，由于其训释材料汇编的性质，人们除了对其增补外，也会根据自己所见对其进行篡改；其名物训释，也容易混淆，这样就形成了不同的传本。《毛诗正义》引《五经异义》“天号”：“《今尚书》欧阳说：‘春曰昊天，夏曰苍天，秋曰旻天，冬曰上天。总为皇天。’《尔雅》亦然。”② 也就是说许慎所见《尔雅》为“春昊”“夏苍”，但今本《尔雅》作“春苍”“夏昊”，二者正相反。这相反的两说，并载于《白虎通义・四时篇》：“四时天异名何？天尊，各据其盛者为名

① 《尔雅毛传异同考》，第40—53页。

② 《毛诗正义》，第255页。

也。春秋物变盛，冬夏气变盛。春曰苍天，夏曰昊天，秋曰旻天，冬曰上天。《尔雅》曰‘一说春为昊天’等是也。”① 二说应该出自不同的《尔雅》传本，所以郝懿行说：“许、郑及张揖所据《尔雅》‘春昊夏苍’，郭与李巡作‘春苍夏昊’，可知《尔雅》古有二本，即《白虎通》所言是也。”②《周南·关雎》“君子好逑”，《毛传》：“逑，匹也。”胡承珙说：“今《尔雅》作‘仇，匹也’，郭《注》引《诗》‘君子好仇’。孙炎《注》云：‘相求之匹’。是孙所见本作‘逑’。《众经音义》引李巡《注》云：‘仇，雠怨之匹。’是李所见本又作‘仇’。可见《尔雅》古有两本”③。

由于《尔雅》有不同的传本，我们今天见到的传本与《毛传》解释不同，但古本却可能与《毛传》的解释是相同的。《周南·卷耳》“陟彼崔嵬”，《毛传》：“崔嵬，土山戴石者。”“陟彼砠矣”，《毛传》：“石山戴土曰砠。”《释山》：“石戴土谓之崔嵬，土戴石为砠。”二者正相反，《毛诗正义》以为《毛传》传写致误，但《说文》：“砠，石戴土也。”正与《毛传》合；又《释名·释地》：“石载土曰岨，岨，胪然也。土载石曰崔嵬，因形名之也。”④ 亦与《毛传》合。焦循、马瑞辰等也经过细密的考证，证明《毛传》不误⑤。所以郝懿行说：“毛、许、刘所见《尔雅》古本俱不误，唯孙、郭所注始据误本。知者，《诗正义》引孙炎注与郭同，可证。”⑥ 又，《秦风·晨风》“山有苞棣”，《毛传》：“棣，唐棣也。”

---

① 陈立《白虎通疏证》，中华书局，1994 年，第 429 页。

② 郝懿行《尔雅义疏》，北京市中国书店，1982 年，中之四。

③ 《毛诗后笺》，第 12—13 页。

④ 王先谦《释名疏证补》，中华书局，2008 年，第 30 页。

⑤ 焦循《毛诗补疏》，《清人诗说四种》，华中师范大学出版社，1986 年，第 249 页；《毛诗传笺通释》，第 43—44 页。

⑥ 《尔雅义疏》，中之七。

《释木》："唐棣，栘。常棣，棣。"二者不同。俞樾以为《尔雅》之文本应作："唐棣，棣。常棣，栘。"今本传写致误，并且说"《尔雅》一书之传述不同，自昔然矣"①，实际也指出《尔雅》早就存在不同的传本。

而《毛传》《尔雅》训释方式的不同，除丁忱所言之外，《毛传》往往缘文立训，也使得《毛传》《尔雅》释义歧异。如《邶风·简兮》"右手秉翟"，《毛传》："翟，翟羽也。"《释鸟》："鸐，山雉。""鸐"，俗字，《尔雅释文》作"翟"。"翟"本指山雉，但依诗句之意，此处应指山雉之羽，故《毛传》以"翟羽"释之。《小雅·鸿雁》"爰及矜人，哀此鳏寡"，《毛传》："矜，怜也。"《释言》："矜，苦也。"《毛传》《尔雅》不同，《毛传》缘下句"哀"字立训。反过来，《尔雅》也有不少是缘《诗》训释的。《尔雅》缘《诗》训释的方式很多：或以对文相释，《释言》："宽，绰也。"乃据《卫风·淇奥》"宽兮绰兮"而释。《毛传》："宽能容众。"推衍句意而说。或以连文相释，《释言》："肇，敏也。"乃据《大雅·江汉》"肇敏戎公"之句而释。《毛传》："肇，谋也。"释本义。或通上下章而释，《释诂》："询、度、咨、诹，谋也。"乃据《小雅·皇皇者华》中二至五章的末句"周爰咨诹""周爰咨谋""周爰咨度""周爰咨询"而释。《毛传》："访问于善为咨。咨事为诹。""咨事之难易为谋。""咨礼义所宜为度。""亲戚之谋为询。"用《国语·鲁语》文。或通他篇而释，《释诂》："疑，戾也。"据《小雅·雨无正》"靡所止戾"和《大雅·桑柔》"靡所止疑"而释，因二者句式相同。《毛传》："疑，定也。"是把"疑"

---

① 俞樾《古书疑义举例》，《古书疑义举例五种》，中华书局，2006年，第110页。

看作“凝”的借字，“凝”有“安靖”之义，故以“定”释之。再则，亦有《毛传》释兴喻义，《尔雅》释本义，从而形成二者释义的不同。如，《周颂·丝衣》“载弁俅俅”，《毛传》：“俅俅，恭顺貌。”《释训》：“俅俅，服也。”郭注：“谓戴弁服。”又《释言》：“俅，戴也。”郭《注》引《诗》“戴弁俅俅”；《说文》：“俅，冠饰貌。”引《诗》“弁服俅俅”，则“俅俅”本义应为“冠饰貌”。上文言“丝衣其紑”，形容衣饰，此句应为形容冠饰。《丝衣》是一首表现绎祭的诗。前五句写祭祀之初的情形：祭祀者衣冠整齐，祭品也都有序地摆放了出来。祭祀时，祭祀者态度自然是恭敬的，其衣冠整齐，也表现出对神灵的敬畏，故《毛传》以“恭顺貌”释“俅俅”。《大雅·桑柔》“倬彼昊天”，《毛传》：“昊天，斥王者也。”《释天》：“春为苍天，夏为昊天，秋为旻天，冬为上天。”或作“春为昊天”。不论作“夏为昊天”还是作“春为昊天”，都指一定季节的天，而《毛传》揭示了诗中“昊天”的比喻义。

总之，《毛传》与《尔雅》之间的关系是复杂的。可能，《毛传》与《尔雅》相同的训释有些是因为材料来源相同，训释不同是因为材料来源不同。但毛公为《故训传》时也参考过《尔雅》，故《毛传》《尔雅》相同的训释，也有一些是毛公作《传》时采自《尔雅》。而在《毛传》《尔雅》成书之后的流传中，由于二者都经过了后人的增益，所以《毛传》《尔雅》相同的训释，也有一小部分是《毛传》的补续者据《尔雅》补入的，或《尔雅》的增益者据《毛传》增入的。而《毛传》《尔雅》的歧异，除了材料来源不同的原因外，训释方式的不同、传抄致误，也是重要的原因。

《尔雅》非《鲁诗》之学辨

在清代之前，《鲁诗》与《尔雅》关系如何，鲜有论述。到清代，三家《诗》研究的学者始认为《尔雅》为《鲁诗》之学。陈乔枞在《鲁诗遗说考·序》中说："《尔雅》亦《鲁诗》之学，汉儒谓《尔雅》为叔孙通所传，叔孙通，鲁人也。臧镛堂《拜经日记》以《尔雅》所释《诗》字训义皆为《鲁诗》，允而有征。郭璞不见《鲁诗》，其注《尔雅》多袭汉人旧义，若犍为舍人、刘歆、樊光、李巡诸家注解，征引《诗经》皆鲁家今文，往往与毛氏殊。郭璞沿用其语，如《释故》'阳，予也'，注引《鲁诗》'阳如之何'；《释草》'藴，莖'，注引诗'山有藴'，文与《石经·鲁诗》同，尤其确证。"① 所以，陈乔枞把《尔雅》所引《诗》、所载与《诗》有关的训释，犍为舍人、刘歆、樊光、李巡所引的《诗》句

此文原刊于赵逵夫主编《先秦文学与文化》第五辑，上海古籍出版社 2016 年 12 月。

① 陈乔枞《三家诗遗说考》，《续修四库全书》，第 76 册，上海古籍出版社，2002 年，第 43 页。

以及与《毛诗》不同注解，甚至郭璞与《毛诗》不同的注解，都定为《鲁诗》。王先谦《诗三家义集疏》全采陈氏之说。现当代学者也多把其作为《鲁诗》佚文遗说，用来解决有关的问题。

一、说叔孙通用《鲁诗》并不正确

陈氏说“汉儒谓《尔雅》为叔孙通所传”，依据的应该是张揖《进〈广雅〉表》“鲁人叔孙通撰置《礼记》，文不违古”之语。但张揖为魏人，非汉人。颜师古《汉书叙例》：“张揖字稚让，清河人，一云河间人。魏太和中为博士。”《北史·江式传》式进表论书曰：“魏初，博士清河张揖著《埤仓》《广雅》《古今字诂》。究诸《埤》《广》，缀拾遗漏，增长事类，抑亦于文为益者。”陈氏误记。

《汉书·艺文志》著录有《礼经》之《记》百三十一篇，云“七十子后学所记”。这些《记》大部分是孔子的弟子、门人和儒家后学传习《仪礼》的“记”的汇集，包括孔子弟子所记孔子有关礼的言论和孔门相关的论文。这些论文原来多附于《仪礼》之后或单独流传，在流传过程中也经过汉儒的一定整理。张揖所言，是说叔孙通依据《尔雅》而对《礼记》有所增益。张揖之言，王念孙作了证明，《广雅疏证》：“臧氏在东曰：张稚让言叔孙通撰置《礼记》，不违《尔雅》，然则《大戴礼记》当中有《尔雅》数篇为叔孙氏所取入。故《白虎通义》引《礼·亲属记》：‘男子先生为兄，后生为弟；女子先生为姊，后生为妹。’文出《释亲》。《风俗通义》引《礼·乐记》：‘大者谓之产，其中谓之仲，小者谓之箹。’文出《释乐》。《公羊·宣十二年》注引《礼》‘天子造舟，诸侯维舟，卿大夫方舟，士特舟’。文出《释水》。《孟子》‘帝馆甥于贰室’，赵注引《礼记》‘妻父曰外舅’；‘谓我舅者，吾谓之甥’，文出《释亲》。则《礼记》中之有《尔雅》信矣。”① 但由叔孙通援《尔雅》之文入《礼记》，只能说明叔孙通可能对《尔雅》比较熟悉，并不一定能说明叔孙通为传《尔雅》者。

张揖《进〈广雅〉表》又曰：“今俗传三篇《尔雅》，或言仲尼所增，或言子夏所益，或言叔孙通所补，或言沛郡梁文所著，皆解说家所说。”陈氏说叔孙通传《尔雅》，也可能据此而言。但叔孙通增补《尔雅》只是诸种说法中的一种，张揖也表示了怀疑。即使叔孙通为传《尔雅》者，甚至对《尔雅》作了增补，叔孙通对《尔雅》增补时，也不可能依据自己所用《诗》对《尔雅》之文尽数进行改易。所以，由叔孙通用何《诗》也不能说明《尔雅》为何《诗》之学。

而由叔孙通为鲁人，也不能断定叔孙通用的就是《鲁诗》。汉代四家《诗》，都是专门之学，《鲁诗》《齐诗》以本学派宗师的故国命名，《韩诗》《毛诗》以本学派宗师的姓氏定名。由于鲁地、齐地儒风盛行，颇为人们所推崇，《鲁诗》《齐诗》之命名，有尊崇的意味②，不能仅仅从地域学术的角度看待。申公的老师浮丘伯为齐人，而申公之学名之为《鲁诗》。申公弟子，可考知者十三人，其中赵绾为代人，瑕丘江公为齐人，鲁赐为楚人；辕固弟子，可考者夏侯始昌，但夏侯始昌为鲁人。因而，仅仅以其国别断定其所用《诗》学的派别，也是行不通的。

据胡奇光、方环海考证，叔孙通援《尔雅》入《礼记》，在汉

---

① 王念孙《广雅疏证》，中华书局，1983 年，第 416 页。

② 赵茂林《汉代四家〈诗〉命名考辨》，《学术论坛》2010 年第 9 期，第 103—108 页。

惠帝元年（前194）定宗庙仪法之后不久①，此时《鲁诗》尚未形成。《汉书·儒林传》：“吕太后时，浮丘伯在长安，楚元王遣子郢与申公具卒学。”刘汝霖以为在吕后元年（前187）②。则此时尚不能说《鲁诗》之学已经形成。又《史记·儒林列传》：“及王郢卒，戊立为楚王，胥靡申公。申公耻之，归鲁，退居家教，终身不出门，复谢绝宾客，独王命召之乃往。弟子自远方至受业者百馀人。申公独以《诗经》为训以教，无传疑，疑者则阙不传。”刘汝霖定申公归鲁在景帝前元二年（前155）③。则《鲁诗》之形成当在前155年之后。由于申公老师为浮丘伯，浮丘伯又为荀子弟子，故陈乔枞、王先谦等一些学者就以为《鲁诗》早出，从而把汉初关于《诗》的解说都定为《鲁诗》，显然是不科学的。既然叔孙通入《尔雅》之文于《礼记》时，《鲁诗》学尚未形成，那么说叔孙通用《鲁诗》也就不正确，也就不能以此断定《尔雅》为《鲁诗》之学。

二、说犍为舍人、刘歆、樊光、李巡用《鲁诗》，过于武断

臧庸也仅说樊光引《诗》多本《鲁诗》，并未说“《尔雅》所释《诗》字训义皆为《鲁诗》”，《拜经日记》卷四：“唐人义疏引某氏注《尔雅》，即樊光也，其引《诗》多与毛、韩不同，盖本

---

① 胡奇光、方环海：《〈尔雅〉成书时代新论》，《辞书研究》2001年第6期。

② 刘汝霖《汉晋学术编年》，华东师范大学出版社，2010年，第27页。

③ 《汉晋学术编年》，第48页。

《鲁诗》，今汇而录之。”下举数例来说明其引《诗》与《鲁诗》合①。显然，陈氏不惜歪曲他人之说，来迎合一己之见。

陈氏认为犍为舍人、刘歆、樊光、李巡诸家注解所征引《诗》皆为《鲁诗》，也未必；进而认为各家注解都用《鲁诗》之义，更不正确。《释文·序录》著录有《尔雅》“犍为文学注二卷”，陆氏自注曰：“一云：犍为郡文学卒史臣舍人，汉武帝时待诏。”余嘉锡认为《释文》说犍为文学为武帝时人不可信。若其为武帝时人，其有《尔雅注》，刘歆必著录于《七略》，而《七略》没有著录。而考之“陆氏《释文》及唐人《五经正义》与宋《御览》、邢昺《尔雅疏》所引舍人注，已杂有类似《白虎通》之训诂”，所以余氏以为其为后汉人②。其说不能说没有道理，特别舍人注中“杂有类似《白虎通》之训诂”，是可以作为判断其晚出的证据的。《释训》：“委委佗佗，美也。”《释文》：“诸儒本并作‘袆’，于宜反。舍人云：‘袆袆者，心之美。’引《诗》亦作‘袆袆’。”《毛诗》作“委委佗佗”，又《毛诗释文》：“《韩诗》云：‘德之美貌。’”不言《韩诗》字与《毛诗》异，则《韩诗》亦作“委委佗佗”。舍人所引与毛、韩不同，或为《鲁诗》，但也不能排除《齐诗》的可能。但除此例之外，很难看出其引《诗》的学派归属。而就释义看，也间用《毛诗》说，如《小雅·伐木》“坎坎鼓我，蹲蹲舞我”，《毛传》：“蹲蹲，舞貌。”《释训》：“坎坎、蹲蹲，喜也。”《尔雅释文》引舍人曰：“蹲蹲，舞貌。”与毛同。《小雅·白华》“卬烘于煁”，《毛传》：“煁，烓灶也。”《释言》：“煁，烓也。”

---

① 臧庸《拜经日记》，《续修四库全书》，第1158册，上海古籍出版社，2003年，第87页。

② 余嘉锡《四库提要辨证》，中华书局，1980年，第91页。

《毛诗正义》引舍人曰："煁，烓灶也。"也与毛同。《周颂·执竞》"降福穰穰"，《毛传》："穰穰，众也。"《释训》："穰穰，福也。"《毛诗正义》引舍人曰："穰穰，众多之福也。"似合《尔雅》《毛传》而言。

《释文·序录》著录有《尔雅》"刘歆注三卷"，注曰："与李巡注正同"。又著录有《尔雅》"李巡注三卷"，注曰："汝南人，后汉中黄门。"刘歆《尔雅注》，诸书征引的并不多，十几条而已。不过，《释文》云刘歆《尔雅注》"与李巡注正同"，由李巡注是可以推知刘歆注情况的。李巡见于《后汉书·宦者列传》："时，宦者济阴丁肃、下邳徐衍、南阳郭耽、汝阳李巡、北海赵祐等五人称为清忠，皆在里巷，不争威权。巡以为诸博士试甲乙科，争弟高下，更相告言，至有行赂定兰台漆书经字，以合其私文者，乃白帝，与诸儒共刻《五经》文于石，于是诏蔡邕等正其文字。"其注征引《诗》何家，很难考知。就释义而言，黄侃《尔雅略说》说："其注文亦多同古文，故释俘之义，同于贾逵；释殂落之义，同于《说文》"[①]；再如，《陈风·宛丘》"宛丘之上兮"，《毛传》："四方高，中央下，曰宛丘。"《释丘》云："宛中，宛丘。"郭注："宛丘，谓中央隆峻，状如负一丘矣。"《毛诗正义》："案《尔雅》上文备说丘形有左高、右高、前高、后高，若此宛丘中央隆峻，言中央高矣，何以变言宛中？明毛传是也，故李巡、孙炎皆云'中央下'，取此传为说。"《唐风·蟋蟀》"良士瞿瞿"，《毛传》："瞿瞿然顾礼义也。"《释诂》："瞿瞿、休休，俭也。"《毛诗正义》引李巡曰："皆良士顾礼节之俭也。"应该是用《毛传》解《尔雅》。

《释文·序录》著录有《尔雅》"樊光注六卷"，注曰："京兆

---

① 黄侃《黄侃国学文集》，中华书局，2006年，第266页。

人。后汉中散大夫。”又按照臧庸说，唐人义疏引《尔雅》某氏注，即为樊光《尔雅注》。臧庸认为樊光所征引之《诗》为《鲁诗》，证之《石经》残石，其言不误。如，《小雅·吉日》“其祁孔有”，《毛传》：“祁，大也。”郑《笺》：“‘祁’当作‘麎’。麎，麋牝也。中原之野甚有之。”《释兽》：“麋，牡麔，牝麎。”《毛诗正义》：“注《尔雅》者，某氏亦引《诗》云‘瞻彼中原，其麎孔有’，与郑同。”《汉石经集存》五七有“其麎孔”之文，则《鲁诗》正作“麎”[①]。《大雅·假乐》“民之攸塈”，《毛传》：“塈，息也。”《释诂》：“呬，息也。”《毛诗正义》引某氏曰：“《诗》云：‘民之攸呬。’”《石经·鲁诗》正作“呬”[②]。《大雅·桑柔》“其下侯旬”，《毛传》：“旬，言阴均也。”《释言》：“洵，均也。”《毛诗正义》：“某氏引此诗，李巡曰：‘洵，遍之均也。’”《石经·鲁诗》正作“洵”[③]。樊光引《诗》虽确出于《鲁诗》，但释义并不纯用《鲁诗》，黄侃《尔雅略说》：“樊氏之学，兼通今古，故常引《周礼》《左氏传》为说”[④]。《周颂·良耜》“杀时犉牡”，《毛传》：“黄牛黑唇曰犉。”《释畜》：“黑唇，犉。”《毛诗正义》：“《释畜》直云‘黑唇犉’，以言黑唇，明不与身同色。牛之黄者众，故知黄牛也。某氏亦云‘黄牛黑唇曰犉’，取此传为说也。”《秦风·小戎》“驾我骐馵”，《毛传》：“左足白曰馵。”《释畜》：“马后右足白骧，左白馵。”《毛诗正义》引樊光云：“后右足白曰骧，左足白曰

---

① 马衡《汉石经集存》，科学出版社，1957年，第八左之上。

② 范邦瑾《两块未见著录的〈熹平石经·诗〉残石的校释及缀接》，洛阳市文物局、洛阳白马寺汉魏故城文物保管所编《汉魏洛阳故城研究》，科学出版社，2000年，第711—717页。

③ 《两块未见著录的〈熹平石经·诗〉残石的校释及缀接》。

④ 《黄侃国学文集》，第266页。

羿。”与《毛传》完全同。

所以，就陈氏所说郭璞之前的《尔雅》注家来看，樊光引《诗》确实出于《鲁诗》，但释义并不纯用《鲁诗》；犍为文学、刘歆、李巡引《诗》是否用《鲁诗》，尚不能确定，而释义也不纯用《鲁诗》。所以，陈氏说犍为舍人、刘歆、樊光、李巡诸家注解所征引《诗》皆为《鲁诗》，就显得过于武断；说各家注解都用《鲁诗》之义，则不正确。

三、郭璞注并非据《鲁诗》为说

至于郭璞，其注《尔雅》，并不是简单地因袭他之前的各家《尔雅注》，其在《尔雅注·序》中说："少而习焉，沉研钻极，二九载矣"，"缀集异闻，荟萃旧说，考方国之语，采谣俗之志，错综樊、孙，博关群言"。显然对《尔雅》进行了深入的研究。就其取资来说，虽采樊光、孙炎较多，但于其他各家亦有所采，更有采自他书以及异闻方俗者。所以，陈氏说郭璞《尔雅注》"多袭汉人旧义"，并不准确。实际，郭璞对他之前的各家《尔雅注》是不满意的，《尔雅注·序》曰："虽注者十余，然犹未详备，并多纷谬，有所漏略。"至于郭注引《诗》"阳如之何"与"山有蓲"①，是否来自犍为文学、刘歆、李巡、樊光也不得而知道，因为《毛诗正义》《释文》《尔雅注疏》于此两条皆没有引及诸家之注。

而由郭璞注引《鲁诗》之文，也不能得出《尔雅》为《鲁诗》

① 今《尔雅·释木》"櫙，茎"下郭注曰："今之刺榆。"陈乔枞以为今本有脱文，据《太平御览》引，"今之刺榆"之后应有"《诗》曰：'山有蓲。'"《三家诗遗说考》，第135页。

之学的结论。实际，郭注中明引《鲁诗》只有一例，即陈氏所举《释诂》“阳，予”之注。但郭注也有明引《韩诗》之文的例子。《释训》：“忯忯，惕惕，爱也。”郭注：“《诗》云‘心焉惕惕’。《韩诗》以为悦人，故言爱也。”不过，郭注明引《韩诗》也仅此一例。而郭注却多次明引《毛传》，如《释训》：“凡曲者为罶。”《释器》：“嫠妇之笱谓之罶。”郭注皆曰：“《毛诗传》：‘罶，曲梁也。’”《释水》：“归异出同流，肥。”郭注：“《毛诗传》曰：‘所出同，所归异为肥。’”《释草》：“藚，牛唇。”郭注：“《毛诗传》曰：‘水舄也。’”既然郭注既有引用《鲁诗》之例，也有引用《韩诗》《毛诗》之例，就不能仅就引《鲁诗》之例立论，说《尔雅》为《鲁诗》之学，而忽视引用《韩诗》《毛诗》的例子，何况郭注引用《毛诗》之例还远远多于引《鲁诗》之例。郭注未明言属于何《诗》，仅说“见《诗》”或“见《诗传》”者，也未必指的就是《鲁诗》或《鲁诗传》。邢《疏》说：“凡注言见《诗》，今《毛诗》无者，盖在齐、鲁、韩《诗》也。”应该是公允之论。

四、《鲁诗》与《尔雅》的关系

《鲁诗》在西晋时就已经亡佚，可以确定为其遗说的并不多，而关于字词训释的更少，唯《说文》所载一例可与《尔雅》比较。《周颂·丝衣》“鼐鼎及鼒”，《毛传》：“大鼎谓之鼐，小鼎谓之鼒。”《释器》：“鼎，绝大谓之鼐，圜弇上谓之鼒。”《说文》：“鼐，鼎之绝大者。《鲁诗》说：鼐，小鼎。”“鼐”之释义，《毛传》与《尔雅》同，《鲁诗》与之正相反。陈奂分析《鲁诗》之释云：“《鲁诗》家盖以上句先羊后牛，本句又先鼐后鼒，则鼐鼎谓载羊之鼎，遂有此说。但上句堂基、羊牛以内外、小大作俪耦，至本句变文，自当以《尔雅》《毛传》为正解。”①

即使把《尔雅》与陈乔枞、王先谦所辑佚的《鲁诗》之说比较，也往往不合。《魏风·葛屦》“好人提提”，《毛传》：“提提，安谛也。”《释训》：“媞媞，安也。”“提”“媞”相通，东方朔《七谏·沉江》“西施媞媞而不得见兮”，王逸注：“媞媞，好貌也。《诗》曰‘好人媞媞’也。”②《毛传》《尔雅》比较接近，也比王逸的解释更为准确些。而陈乔枞、王先谦都认为王逸用《鲁诗》。《邶风·凯风》“凯风自南”，《毛传》：“南风谓之凯风。”《释天》：“南风谓之凯风。”《毛传》与《尔雅》词句相同。而《吕览·有始篇》高诱注：“离气所生曰凯风。《诗》曰：‘凯风自南。’”③ 释义与《毛传》《尔雅》大相径庭。陈乔枞、王先谦都认为高诱用《鲁诗》。

再把《尔雅》与《石经·鲁诗》比较，其用字也是有同有异。《释丘》：“隩，隈也。”《诗·卫风》有《淇奥》篇。《汉石经集存》二十：“卫淇隩”，正作“隩”④。《尔雅》《鲁诗》用字同，而与《毛诗》不同。《释木》：“槄，山榎”。《邢疏》：“《诗·秦风》云：‘终南何有，有条有梅’。”《毛传》：“条，槄。”《汉石经集存》四一：“槄有”⑤，正为此诗之文。则《尔雅》《鲁诗》用字同，而与《毛诗》异。《释训》：“瘐瘐，病也。”邢《疏》引《小雅·正月》“忧心愈愈”，《石经·鲁诗》作“忧心瘐瘐”⑥。《尔雅》用字亦与

---

① 陈奂《诗毛氏传疏》卷二十八，北京市中国书店，1984 年。

② 洪兴祖《楚辞补注》，中华书局，1983 年，第 244 页。

③ 高诱《吕氏春秋注》，第 125 页，《诸子集成》，第八册，上海书店出版社，1986 年。

④ 《汉石经集存》，第五右之上。

⑤ 《汉石经集存》，第七右之上。

⑥ 《两块未见著录的〈熹平石经·诗〉残石的校释及缀接》。

《鲁诗》同，而与《毛诗》不同。但这仅为一个方面，《尔雅》释《诗》用字也有与《鲁诗》不合者。《释水》："河水清且瀾漪。大波为澜。小波为沦。直波为径。""河水清且瀾漪"为《魏风·伐檀》中的诗句，《毛诗》作"河水清且涟猗"，而《毛诗》"猗"，《隶释》所载《石经·鲁诗》残碑作"兮"[①]。《释草》："藿，山韭。"邢《疏》："韭生山中者名藿。《韩诗》云：'六月食郁及藿。'"所引《诗》为《豳风·七月》之文，《毛诗》作"六月食郁及薁"，《毛传》："薁，蘡薁也。"《汉石经集存》五三："郁及薁七"[②]，正为此诗之文，作"薁"，与《毛诗》同，而与《尔雅》不同。《释诂》："峙，具也。"邢《疏》引《周颂·臣工》"庤乃钱镈"。《汉石经集存》一四八："偫而钱镈□言"[③]，为此诗之文。则《鲁诗》作"偫"，与《尔雅》《毛诗》用字都不同。

陈乔枞以《尔雅》为《鲁诗》之学，是出于师法、家法观念的一种错误判断。陈氏由叔孙通援《尔雅》入《礼记》，错误地认定《尔雅》释《诗》皆为《鲁诗》说，进而以为注《尔雅》者都要遵守《尔雅》的师法，用《鲁诗》注《尔雅》。其引用臧庸之说、举郭璞用《鲁诗》之证，不过是为其已认定的看法寻找证据罢了。因而对臧庸之说不加分析，更扩充到所有《尔雅》汉注、甚至郭璞注。

两汉经学之所以有师法，是因为汉初儒学大师授弟子经书，主要是口授，在口耳相传的过程中，要力求不"失真"，这样就逐渐形成一种风气：说经必须遵守大师之传授。一种师法在传授过

---

① 洪迈《隶释·隶续》，中华书局，1986年，第152页。

② 《汉石经集存》，第八右之上。

③ 《汉石经集存》，第十七右之下。

程中，有弟子自名其学，称之为家法。两汉重师法、家法，但也是相对的，在博士统绪中有时重视，有时不重视。其重视时，也多半是作为排除异己的武器来使用。而博士统绪之外的儒者，一般不重视①。再则，师法下分家法，家法下再分家法，而家法的不断衍生，就是对师法的改窜与增益②。而清人却过分夸大师法、家法的作用，如陈乔枞于《齐诗遗说考·自叙》言："先大夫尝言：汉儒治经最重家法，学官所立，经生递传，专门命氏，咸自名家，三百余年，显于儒林。虽《诗》分为四，《春秋》分为五，文字或异，训义固殊，要皆各守家法，持之弗失，宁固而不肯少变。"③ 皮锡瑞也说："汉人最重师法，师之所传，弟之所受，一字毋敢出入；背师说即不用。师法之严如此。"④ 由于对师法、家法观念的错误理解，陈乔枞就认为《尔雅》汉注及郭璞的注都用《鲁诗》。

实际，《鲁诗》与《尔雅》的关系，也应如《毛传》与《尔雅》的关系。《鲁诗》也应该与《尔雅》释《诗》之义有同有异，其相同的可能是来源相同，也可能是《鲁诗》用《尔雅》，还可能是《尔雅》的增益者据《鲁诗》增入。不能因为《尔雅》释词与《鲁诗》有合者，就完全断定其所释之词，皆为《鲁诗》说。

---

① 徐复观《中国经学史的基础》，《徐复观论经学史二种》，上海书店出版社，2002年，第76页。

② 赵茂林《三家〈诗〉的传承及其师法、家法问题》，《甘肃社会科学》2004年第6期。

③ 《三家诗遗说考》，第324页。

④ 皮锡瑞《经学历史》，中华书局，1959年，第77页。

四家《诗》维度下的《毛传》“独标兴体”

《毛传》“独标兴体”，标注 116 处，且对许多兴句的喻义都进行了解释。标兴以及对兴句进行解释是《毛传》注解的重要内容，但《毛传》却对兴本身的含义没有解释。那么，《毛传》理解的兴是什么，其标注兴的动机是什么？这些问题，学者虽有论述，但往往囿于《毛传》所标之兴及兴句的解释，缺乏比照，也就不能得到令人信服的答案。把三家《诗》说与《毛传》所标之兴及对兴句的解释比较，有利于问题的深入。

一、三家《诗》本不言兴

要把三家《诗》说与《毛传》所标之兴及对兴句的解释进行

此文原刊于赵逵夫主编《先秦文学与文化》第十一辑，上海古籍 2023 年 6 月。

比较，首先需要明确三家《诗》是否言兴。陈乔枞、王先谦等清代学者认为三家《诗》亦言兴，罗根泽也说：“赋、比、兴的说法，大概起于汉初的经师”，《韩诗》就有采用赋、比、兴说法解《诗》之处，“以《韩诗》推《齐》《鲁》二家，大概也有此种解说”①。刘毓庆则认为《毛传》是最早标兴的《诗经》注本②。因而，究竟三家《诗》是否以兴解《诗》，需要辨析。

从三家《诗》遗说来看，以兴解《诗》，在今本《列女传》中有一例。《列女传·魏曲沃负》：“周之康王夫人晏出朝，《关雎》起兴，思得淑女以配君子。夫雎鸠之鸟，犹未尝见其乘居而匹处也。”③ 说“《关雎》起兴”，显然是说《周南·关雎》以“关关雎鸠，在河之洲”起兴。而在这两句下《毛传》也标“兴也”。陈乔枞、王先谦、唐晏等都认为刘向用《鲁诗》，那么，这条材料似乎可以证明《鲁诗》以兴解《诗》。但是，《文选·范蔚宗后汉书皇后纪论》李善注引《列女传》“《关雎》起兴”作“《关雎》预见”④，王应麟《诗考》亦作“《关雎》预见”⑤。王先谦说：“云‘《关雎》豫见’者，与《杜钦传赞》‘《关雎》见微’，《杨赐传》言‘《关雎》见几’同义。今本‘豫见’作‘起兴’，王氏念孙谓后人不晓《鲁诗》之义而妄改之，王应麟《诗考》引《列女传》，尚作‘豫见’。《文选·后汉皇后纪论》李善注引虞贞节曰：‘其夫人晏出，故作《关雎》之歌。’”⑥《汉书·杜钦传论》：“是以佩玉

---

① 罗根泽《中国文学批评史》，上海书店出版社，2003 年，第 75 页。

② 刘毓庆《诗学之“兴”的还原与背离》，《文学评论》2008 年第 4 期，第 20—28 页。

③ 张涛《列女传译注》，山东大学出版社，1990 年，第 123 页。

④ 萧统编，李善注《文选》，上海古籍出版社，1986 年，第 2195 页。

⑤ 王应麟《诗考 诗地理考》，中华书局，2011 年，第 72 页。

⑥ 王先谦《诗三家义集疏》，中华书局，1987 年，第 5 页。

晏鸣，《关雎》叹之，知好色之伐性短年，离制度之生无厌，天下将蒙化，陵夷而成俗也。故咏淑女，几以配上，忠孝之笃，仁厚之作也。”师古引李奇曰：“后夫人鸡鸣佩玉去君所，周康王后不然，故诗人叹而伤之。”又引臣瓒曰：“此《鲁诗》也。”《后汉书·杨赐传》：赐上封事曰：“康王一朝晏起，《关雎》见几而作。”李贤注：“《前书》曰：‘佩玉晏鸣，《关雎》叹之。’《音义》曰：‘后夫人，鸡鸣佩玉去君所。周康王后不然，故诗人叹而伤之。此事见《鲁诗》，今亡失也。’”通过比对，可以看出《列女传》“《关雎》起兴”，确实应该作“《关雎》预见”。

两汉诸子中有以兴言《诗》的，有些学者据此断定三家《诗》也言兴，实际是误判。《淮南子·泰族》：“《关雎》兴于鸟而君子美之，取其雌雄之不乖（乘）居也；《鹿鸣》兴于兽，而君子大之，取其见食而相呼也。”[①]“不乘居”似与《列女传》所说同。陈乔枞据此认为《淮南子》此文用《鲁诗》[②]。实际《淮南子》此文用的是《毛诗》。《鲁诗》以《关雎》为讽谏之作，而《淮南子》以为是颂美之作，二者显然不合。《鹿鸣》，《鲁诗》亦以为是刺诗，《史记·十二诸侯年表》：“仁义陵迟，《鹿鸣》刺焉。”司马迁所述为《鲁诗》说[③]。也与《淮南子》“君子大之”不合。而这两首诗《毛诗》皆以为是颂诗，认为《关雎》表现了后妃之德，《鹿鸣》为天子燕群臣嘉宾之作。而《淮南子》“不乘居”也与《毛传》所言不相悖。“乘”即“匹”之义，《广雅·释诂》：“双、耦、

---

① 刘文典《淮南鸿烈集解》，中华书局，1989年，第675页。

② 陈乔枞《三家诗遗说考》，《续修四库全书》，第76册，上海古籍出版社，2002年，第60页。

③ 陈桐生《史记与诗经》，人民文学出版社，2000年，第19—30页。

娌、匹、孪、息、贰、乘、賸、再、两，二也。”① “不乘居”即不匹居，亦即有别之义。《毛传》：“雎鸠，王雎也，鸟挚而有别。”《淮南子·说林》：“神龙不匹，猛兽不群，鸷鸟不双。”② 王念孙认为“义与《毛诗》同”③。正因为如此，徐复观认为《淮南子》“《关雎》兴于鸟”等句所述之义“乃确取自《毛传》”④。

《淮南子》为刘安与其宾客的集体创作。由于出于众手，对四家《诗》说都有所取。《氾论》：“王道缺而《诗》作，周室废、礼义坏而《春秋》作。《诗》《春秋》，学之美者也，皆衰世之造也”⑤。与《鲁诗》说合。《史记·十二诸侯年表》：“周道缺，诗人本之衽席，《关雎》作。仁义陵迟，《鹿鸣》刺焉。”又《儒林列传·序》：“周室衰而《关雎》作。”《论衡·谢短篇》引《诗》家说：“周衰而《诗》作。”此皆为《鲁诗》说。《诠言》“乐之失刺”亦用《鲁诗》说。高诱注：“乡饮酒之乐歌《鹿鸣》，《鹿鸣》之作，君有酒肴，不召其臣，臣怨而刺上者非也。”⑥《泰族》：“今夫《雅》《颂》之声，皆发于词，本于情，故君臣以睦，父子以亲”⑦。则与《毛诗序》“发乎情，止乎礼义”的思想相近。《缪称》：“故《诗》曰：‘执辔如组。’《易》曰：‘含章可贞。’运于近，成文于远。”⑧ 所引诗句为《邶风·简兮》第二章的最后一句，《毛传》

① 王念孙《广雅疏证》，中华书局，2019年，第289页。

② 刘文典《淮南鸿烈集解》，第568页。

③ 王念孙《读书杂志》，上海古籍出版社，2014年，第2440页。

④ 徐复观《两汉思想史》第二卷，华东师范大学出版社，2011年，第115页。

⑤ 刘文典《淮南鸿烈集解》，第427页。

⑥ 刘文典《淮南鸿烈集解》，第485页。

⑦ 刘文典《淮南鸿烈集解》，第693页。

⑧ 刘文典《淮南鸿烈集解》，第693页。

说："言能治众，动于近，成于远也。"二者也相合。

《淮南子》成书于武帝建元二年（前140），此前《鲁诗》创始人申公居鲁教授，"弟子自远方至受业者百馀人"（《史记·儒林列传》）；《齐诗》创始人辕固也因为治《诗》，景帝时被任命博士，且"诸齐人以《诗》显贵，皆固之弟子也"（《史记·儒林列传》）；《韩诗》创始人韩婴则在文帝时就被任命博士，且授《诗》淮南贲生；《毛诗》创始人赵人毛公在景帝时也曾为河间献王博士，且授《诗》同国贯长卿。正因为四家《诗》创始人在武帝即位之前都已经开始授《诗》，而参与《淮南子》创作的淮南王宾客又来自各地，如伍被为楚人，则《淮南子》中有不同《诗》派的说法也就不足为奇了。

《淮南子》"《关雎》兴于鸟而君子美之"的说法还见于《孔子家语》。《孔子家语·好生》："孔子曰：'小辩害义，小言破道。《关雎》兴于鸟，而君子美之，取其雄雌之有别；《鹿鸣》兴于兽，而君子大之，取其得食而相呼。若以鸟兽之名嫌之，固不可行。'"① "取其雄雌之有别"，《淮南子》作"取其雌雄之不乘居"，而前已说明"不乘居"即"有别"之义，则《孔子家语》与《淮南子》完全相同。很长一段时间，人们都认为《孔子家语》是王肃伪撰的，但1973年河北定县八角廊汉墓出土了《儒家者言》改变了学者的看法。由于《儒家者言》一些内容与《孔子家语》相似，所以李学勤认为《儒家者言》是《孔子家语》的原型，并且说："今本古文《尚书》《孔丛子》《孔子家语》很可能陆续成于孔安国、孔僖、孔季彦、孔猛等孔氏学者之手，有很长的编辑、改

① 陈士珂辑《孔子家语疏证》，上海书店，1987年，第68页。

动、增补过程，它们是汉魏孔氏家学的产物。”① 1977年安徽阜阳双古堆一号汉墓出土了三块章题木牍，一、二号木牍的章题绝大部分可在《说苑》《新序》《孔子家语》等传世文献中找到相应内容。宁镇疆通过比较《孔子家语》《说苑》与一号木牍，认为“《家语》存在很多后人改动的痕迹，而《说苑》则与木牍章题最为接近”②。《说苑》《新序》中都没有“《关雎》兴于鸟”这条，则《孔子家语》很有可能是依据《淮南子》增补的。

《论衡》中也有一条以“兴”解《诗》的材料。《论衡·商虫篇》：“《诗》云：‘营营青蝇，止于藩。恺悌君子，无信谗言。’谗言伤善，青蝇污白，同一祸败，《诗》以为兴。昌邑王梦西阶下有积蝇矢，明旦召问郎中龚遂，遂对曰：‘蝇者，谗人之象也。夫矢积于阶下，王将用谗臣之言也。’由此言之，蝇之为虫，应人君用谗。何故不谓蝇为灾乎？如蝇可以为灾，夫蝇岁生，世间人君常用谗乎？”③ 陈乔枞以为王充治《鲁诗》，则这条材料似乎表明《鲁诗》以“兴”言《诗》。但陈乔枞说王充治《鲁诗》理由并不充分。陈乔枞认为王充治《鲁诗》，只因为《论衡·书解篇》“言《诗》家，独举鲁申公”④。但《书解篇》说：“世传《诗》家申公，《书》家千乘欧阳、公孙，不遭太史公，世人不闻。”⑤ 这几句话是王充为了反驳“文儒不若世儒”的看法而说的。刘盼遂说：“孙人和曰：‘公孙疑指公孙弘。’弘传《春秋》，非《尚书》，且本书

---

① 李学勤《竹简〈家语〉与汉魏孔氏家学》，《孔子研究》1987年第2期。

② 宁镇疆：《〈家语〉“层累”形成考论——阜阳双古堆一号木牍所见章题与今本〈家语〉》，《齐鲁学刊》2007年第3期。

③ 刘盼遂《论衡集解》，古籍出版社，1957年，第339页。

④ 陈乔枞《三家诗遗说考》，第59页。

⑤ 刘盼遂《论衡集解》，第562页。

多《诗》《书》《春秋》连用，'公孙'上当有脱文。"① 举《诗》家、《书》家、《春秋》家都各举一人，只是举例，并不能说明王充治《鲁诗》。称《诗》家、《书》家、《春秋》家，也恰恰说明王充并不曾专门治《诗》、治《尚书》、治《春秋》。再从王充对儒生说经的态度以及《论衡》撰写的目的来看，王充也不可能专治《鲁诗》。《正说篇》："儒者说五经，多失其实。前儒不见本末，空生虚说。后儒信前师之言，随旧述故，滑习辞语，苟名一师之学，趋为师教授，及时蚤仕，汲汲竞进，不暇留精用心，考实根核。故虚说传而不绝，实事没而不见，五经并失其实。"② 显然王充并不满意儒者对经书的解说，这当然也包括《鲁诗》学者对《诗经》的解说。因而从王充对儒生说经的态度看，他也不可能专治《鲁诗》。又《后汉书·王充传》：王充"以为俗儒守文，多失其真，乃闭门潜思，绝庆吊之礼……著《论衡》八十五篇"。《论衡》的撰写就是为了纠正儒生经说的失真。因而从王充撰写《论衡》的态度看，他也不可能专治《鲁诗》。

更直接的证据还在于王充对《鲁诗》一些说法并不认同。《论衡·谢短篇》："问《诗》家曰：'《诗》作何帝王时也。'彼将曰：'周衰而《诗》作。盖康王时也。康王德缺于房，大臣刺晏，故《诗》作。'夫文、武之隆，贵在成、康，康王未衰，《诗》安得作？周非一王，何知其康王也？"③ 所述《诗》家说，即《鲁诗》对《关雎》的解释。再从学术取向上说，王充也不可能专治《鲁诗》。《后汉书·王充传》："充少孤，乡里称孝。后到京师，受业

① 刘盼遂《论衡集解》，第562页。
② 刘盼遂《论衡集解》，第551页。
③ 刘盼遂《论衡集解》，第259页。

太学，师事扶风班彪。好博览而不守章句。家贫无书，常游洛阳市肆，阅所卖书，一见辄能诵忆，遂博通众流百家之言。”王充虽然“受业太学，师事扶风班彪”，但却是“好博览而不守章句”的，因而不可能专治《鲁诗》。而《汉书·叙传》说班彪“幼与从兄嗣共游学”，也是不主一学的。正是注重为学的博涉多通，王充于《诗经》也应该是不主一家，只要他认为解释是真实可靠的都可取用。《小雅·鹤鸣》“鹤鸣于九皋，声闻于野”，《毛传》：“皋，泽也。”《释文》：“《韩诗》云：‘九皋，九折之泽。’”《论衡·艺增篇》：“《诗》云：‘鹤鸣九皋，声闻于天。’言鹤鸣九折之泽，声犹闻于天，以喻君子修德穷僻，名犹达朝廷也。”[①] 解“九皋”为“九折之泽”，正用《韩诗》。《大雅·生民》：“不坼不副，无菑无害。”《毛传》：“言易也。凡人在母，母则病。生则坼副菑害其母，横逆人道。”《论衡·奇怪篇》：“后稷母履大人迹而生后稷，故周姓曰姬。《诗》曰：‘不坼不副’，是生后稷。说者又曰：‘禹、契逆生，闿母背而出；后稷顺生，不坼不副。不感动母体，故曰不坼不副。逆生者子孙逆死，顺生者子孙顺亡。故桀、纣诛死，赧王夺邑。’言之有头足，故人信其说；明事以验证，故人然其文……如实论之，虚妄言也。彼《诗》言‘不坼不副’，言其不感动母体，可也；言其母背而出，妄也。”[②] 胡承珙引干宝说，又引《论衡》此文，说：“此皆用毛义者，无所谓胎胞未破之说也。”[③] 前引《论衡·商虫篇》中所说“青蝇污白”，陈奂认为是用三家《诗》。他说：“《笺》：‘蝇之为虫，污白使黑，污黑使白。’

① 刘盼遂《论衡集解》，第176页。
② 刘盼遂《论衡集解》，第73页。
③ 胡承珙《毛诗后笺》，黄山书社，1999年，第1321页。

《易林》《论衡》《初学记》并有‘青蝇污白’之语，《后汉书·杨震传》：‘青蝇点素，同兹在藩。’《汉书》：昌邑王贺‘梦青蝇之矢积西阶东，可五、六石’。矢即污也。此皆本三家《诗》，可以申明《毛诗》之兴义也。”① 虽然“青蝇污白”用三家义，但“《诗》以为兴”却是用《毛诗》。《毛传》在首章前两句“营营青蝇，止于樊”下说：“兴也。营营，往来貌。”

《列女传》中以兴解《诗》的材料，为后人据《毛诗》妄改结果；《淮南子》《孔子家语》《论衡》中有以兴解《诗》之例，乃为用《毛诗》。三家《诗》原本不言兴，以兴解《诗》是《毛传》独有的解《诗》方法。

二、《韩诗薛君章句》言兴受《毛诗》启发

三家《诗》不言兴的事实在东汉时发生了改变，《韩诗薛君章句》开始以兴言《诗》。《文选·刘孝标辩命论》李善注曰：“《韩诗》曰：‘《芣苢》，伤夫有恶疾也。’《诗》曰：‘采采芣苢，薄言采之。’薛君曰：‘芣苢，泽舄也。芣苢，臭恶之菜，诗人伤其君子有恶疾，人道不通，求已不得，发愤而作，以事兴芣苢，虽臭恶乎，我犹采取而不已者，以兴君子虽有恶疾，我犹守而不离去也。’”② 薛君指薛汉，“薛君曰”等等应该出于《薛君章句》。《后汉书·儒林列传》：“薛汉字公子，淮阳人也。世习《韩诗》，父子以章句著名。”而为章句者往往是左右采获，牵引以次章句。《汉

① 陈奂《诗毛氏传疏》卷二十一，北京市中国书店，1984 年。

② 萧统编、李善注《文选》，第 2347 页。

书·夏侯胜传》：“胜从父子建字长卿，自师事胜及欧阳高，左右采获，又从《五经》诸儒问与《尚书》相出入者，牵引以次章句，具文饰说。胜非之曰：‘建所谓章句小儒，破碎大道。’”由于左右采获，夏侯建之《尚书》说自然与夏侯胜、欧阳高之说都会有不同。而“建卒自颛门名经，为议郎、博士，至太子少傅。”于是《尚书》学中有了小夏侯一派。夏侯胜非难夏侯建为“章句小儒”，但夏侯胜本人也次有章句。《汉书·艺文志》有“大、小《夏侯章句》各二十九卷”。而夏侯胜次章句也用的是左右采获的办法。《汉书》本传：“胜少孤，好学，从始昌受《尚书》及《洪范五行传》，说灾异。后事蕳卿，又从欧阳氏问。为学精孰，所问非一师也。”

此段材料中薛君的解释也有左右采获的痕迹。芣苢，《释文》引《韩诗》曰：“直曰车前，瞿曰芣苡。”而薛君却解释为泽舄。芣苢为陆生草本植物，泽舄生于沼泽，两种解释显然不同。王先谦以为“直曰车前，瞿曰芣苡”为《韩诗》本来的训释，乃释异名，泽舄则为转写之误。并且还表示了不理解，说：“韩训‘车前’，薛不应与之违异。”① 实际薛君释芣苢为泽舄是为了次章句而左右采获的结果。“《韩诗》曰”，《太平御览》卷七百四十二引作“《韩诗外传》”②，则“伤夫有恶疾”应该是《韩诗》本来的说法，而薛君解释为“诗人伤其君子有恶疾”，也与之不同。《列女传·蔡人之妻》：“蔡人之妻者，宋人之女也。既嫁于蔡，而夫有恶疾。其母将改嫁之。女曰：‘夫不幸乃妾之不幸也，奈何去之？适人之道，壹与之醮，终身不改，不幸遇恶疾，不改其意。且夫

① 王先谦《诗三家义集疏》，第49页。

② 李昉《太平御览》，《四部丛刊》三编本，上海商务印书馆，1936年。

采采芣苢之草，虽其臭恶，犹始于捋采之，终于怀撷之，浸以益亲，况于夫妇之道乎？彼无大故，又不遣妾，何以得去？’终不听其母，乃作《芣苢》之诗。”① 薛君“臭恶之菜”的说法可能来自《鲁诗》。《韩诗》本来之说虽也认为《芣苢》为女子伤夫有恶疾而作，但就其“直曰车前，瞿曰芣苡”的解释来看，似不以芣苡为臭恶之草。马瑞辰说：“芣苢一名虾蟆衣，旧谓取叶衣之，可愈癞疾。是则《韩诗》谓所采为芣苢之叶”②。则《韩诗》本来之说或以为女子因丈夫有恶疾，故采芣苢之叶用之治疗。则《韩诗》本来之说实际与《列女传》之说还是有不同的。薛君“以事兴芣苢，虽臭恶乎，我犹采取而不已者，以兴君子虽有恶疾，我犹守而不离去”之说也与《韩诗》本来的说法不同。《韩诗》本来之说揭明了女子为何采芣苢的原因，女子采芣苢是确实的事。而薛君则以为采芣苢类似于诗人对有恶疾的君子的态度，故诗人用描绘采芣苢的情景来抒发自己的感情。这明显与诗的情调不合，王礼卿说：“全篇反覆咏叹，词缓意深，但有深爱温婉之情，绝少感伤怨叹之致。”③ 再则薛君之说从逻辑上也说不通。“求己不得”是何意？既然是“我犹守而不离去”，怎么就“求己不得了”呢？范家相说：“夫有恶疾，妻不肯去，《列女传》犹为近理。若‘求己不得，发愤而作’，则夫子何取而入《三百篇》乎？”④ 因而薛君以兴解《诗》也应该是取自他处，很有可能来自《毛诗》。

《毛诗》在西汉传授虽不断绝，但几乎是一线单传，知晓其解

---

① 张涛《列女传译注》，第 137 页。

② 马瑞辰《毛诗传笺通释》，中华书局，1989 年，第 59 页。

③ 王礼卿《四家诗旨会归》，华东师范大学出版社，2009 年，第 190 页。

④ 范家相《三家诗拾遗》，《四库全书》，第 88 册，上海古籍出版社，1989 年，第533 页。

说内容的人并不多。哀帝建平元年，刘歆争立《春秋左氏传》《毛诗》《逸礼》《古文尚书》于学官，事虽不果，但四经逐渐引起学者的重视，故《毛诗》于平帝元始四年立于学官，终王莽之世。中兴后，《毛诗》虽不立于学官，但研习者增多。而随着研习者的增多，使得《毛诗》解说的内容渐渐被人们知晓，甚至是一些不研习《毛诗》的人。郑玄注《礼》在笺注《毛诗》前，此时他所习为《韩诗》，但笺注《毛诗》前他也接触过《毛诗》。《小雅·南陔》《白华》《华黍》下孔疏：“《郑志》答炅模云：‘为《记注》时就卢君耳。先师亦然。后乃得毛公传。既古书，义又当然，《记注》已行，不复改之。’……案《仪礼》郑注解《关雎》《鹊巢》《鹿鸣》《四牡》之等，皆取《诗序》为义，而云未见毛传者，注述大事，更须研精，得毛传之后，大误者追而正之，可知者不复改定故也。”从薛君对《芣苢》的解释看，薛君应该没有接触过《毛诗》，他可能只是听说《毛诗》以兴解《诗》，具体如何解说，哪些诗篇用兴来解释，他并不清楚，所以他的解释扞格不通。而《毛传》于《芣苢》也并未标兴。

实际，早在刘歆争立古文各经之前，研习今文学者，就对古文学颇多涉猎，即使其为今文学博士。《汉书·孔光传》：“安国、延年皆以治《尚书》为武帝博士。”孔安国所治《尚书》本为今文，后得《古文尚书》，以今文读之，并授都尉朝。都尉朝授胶东庸生。《汉书·儒林传》：“庸生授清河胡常少子，以明《穀梁春秋》为博士、部刺史，又传《左氏》。”《翟方进传》：“方进虽受《穀梁》，然好《左氏传》、天文星历，其《左氏》则国师刘歆，星历则长安令田终术师也。”由此可以说在古文学兴起之前，今文学就不断从古文各经中汲取养分。

今古文学之争兴起，虽有论争，但也有融合。特别是在东汉章帝支持古文学之后，习今文学者也往往兼善古文学。《后汉书·儒林列传》：尹敏“初习《欧阳尚书》，后受古文，兼善《毛诗》《穀梁》《左氏春秋》。”《胡广传》李注引谢承《后汉书》：“（陈）咸字元卓……学《鲁诗》《春秋公羊传》《三礼》。”古文家也多研习今文经典。《郑兴传》：“少学《公羊春秋》，晚善《左氏传》。”《贾逵传》：“逵悉传父业，弱冠能诵《左氏传》及五经本文，以《大夏侯尚书》教授，兼通五家《穀梁》之说……尤明《左氏传》《国语》”。甚至还有一些学者，由于兼习，其为今文学者还是古文学者的身份已不可辨认。《后汉书·郑玄传》：“又从东郡张恭祖受《周官》《礼记》《左氏春秋》《韩诗》《古文尚书》。”张恭祖教授郑玄的经书，属于古文学的有三种，属于今文学的两种，很难说其为今文学者还是古文学者。《儒林列传》：“孙期字仲彧，济阴成武人也。少为诸生，习《京氏易》《古文尚书》。”也很难由此分别其为古文学者还是今文学者。正是兼习，今文学者从古文经传中汲取养分，古文学者也融通今古文学。

在今古文学之争兴起前，今文学就已经从古文各经中汲取养分；今古文学之争兴起后，今文学家也往往兼善古文学，所以三家《诗》也有与《左传》相合之处。《仪礼·士昏礼》郑注：“大夫以上嫁女，则自以车送之。”贾疏：“宣公五年冬《左传》云：‘齐高固及子叔姬来，反马也。’休以为礼无反马，而左氏以为得礼……《鹊巢》诗曰：‘之子于归，百两御之。’又曰：‘之子于归，百两将之。’国君之礼，夫人始嫁，自乘其车也。《何彼襛矣》篇曰：‘曷不肃雍，王姬之车。’言齐侯嫁女，以其母王姬始嫁之车远送之，则天子、诸侯女嫁，留其车……《诗》注以为王姬嫁时自乘其车，《箴膏肓》以为齐侯嫁女，乘其母王姬始嫁时车送之，不同者，彼取《三家诗》，故与《毛诗》异也。”贾公彦认为郑玄《箴膏肓》取三家《诗》的说法，是笼统来说。王先谦说：“郑注《昏礼》，在未见《毛诗》前，故贾定《箴膏肓》为取三家，既无明证定为何家，故统言之。”① 《召南·何彼襛矣》一诗，三家《诗》认为表现齐侯嫁女的盛况，而《毛诗》以为表现的是王姬出嫁的情形。三家《诗》认为齐侯之女出嫁时乘其母亲王姬出嫁的车，这与《左传》所说天子、诸侯嫁女有“留车反马”的礼节相合。对此皮锡瑞表示了他的不理解：“三家《诗》皆今文，当与今《春秋公羊》说同，不当与古《春秋左氏》说同，贾疏以《箴膏肓》为取三家，似与汉人今古文家法未合。”② 实际汉代今古文经学之间虽有论争，但并非清代学者所认为的相攻如仇，而是有相互借鉴的一方面，《毛诗》“四始”就是借用《鲁诗》的概念③。所以，《韩诗薛君章句》以兴言《诗》很有可能是受《毛诗》的启发。

在《韩诗》遗说中，以兴解《诗》仅《韩诗薛君章句》解说《芣苢》这一例。《韩诗薛君章句》有时解诗和《毛传》的说法非常接近，但却不用兴。《后汉书·明帝纪》：“昔应门失守，《关雎》刺世”。李贤注引薛君《韩诗章句》曰：“诗人言雎鸠贞洁慎匹，以声相求，隐蔽于无人之处。故人君退朝，入于私宫，后妃御见有度，应门击柝，鼓人上堂，退反宴处，体安志明。今时大人内倾于色，贤人见其萌，故咏《关雎》，说淑女，正容仪，以刺时。”薛君解“在河之洲”为雎鸠“隐蔽于无人之处”，来比附“人君退朝，入于私宫”。孔疏：“毛以为关关然声音和美者，是雎鸠也。

① 王先谦《诗三家义集疏》，第 68 页。
② 王先谦《诗三家义集疏》，第 68 页。
③ 陈桐生《史记与诗经》，第 114 页。

此雎鸠之鸟，虽雌雄情至，犹能自别，退在河中之洲，不乘匹而相随也……后妃虽说乐君子，犹能不淫其色，退在深宫之中，不亵渎而相慢也。”则毛公把雎鸠“在河之洲”比作后妃居深宫，与薛君的比附类似，只是毛公作后妃，不作人君。尽管如此，薛君解《关雎》也并没有说到兴。还有一些《毛传》标兴的诗句，薛君在解释时又表现出和《毛传》不同的思致。《齐风·东方之日》首章：“东方之日兮，彼姝者子，在我室兮。”《毛传》：“兴也。日出东方，人君明盛，无不照察也。”《文选·秋胡诗》李善注：“薛君曰：‘诗人言所说者颜色盛美如东方之日也。’”[①] 认为诗人以东方之日形容“彼姝者子”的美貌，与《毛传》把日比作人君完全不同。因而，薛君以兴解《芣苢》是偶然行为，并没有把兴作为诠释经文的重要手段。他的这种偶然行为显然是受影响而致，并非对兴认识的自觉。

三、《韩诗薛君章句》之“兴”与《毛诗》之“兴”异同比较

《韩诗薛君章句》以兴解说《芣苢》可能受《毛传》启发，但与《毛传》所标之兴及对兴义的解释比较，却有助于我们更好地理解《毛传》所理解的兴。薛君说“虽臭恶乎，我犹采取而不已者，以兴君子虽有恶疾，我犹守而不离去也”，说明他理解的兴和汉代人理解的“引类譬喻”是相同的。何晏《论语集解》在《阳货》篇“《诗》可以兴”句下引孔安国说：“兴，引譬连类。”

① 萧统编、李善注《文选》，第1003页。

王逸《离骚章句序》：“《离骚》之文，依《诗》取兴，引类譬喻……”[①]《毛传》理解的兴当然也有“引类譬喻”之义。《周南·螽斯》孔疏：“《传》言‘兴也’，《笺》言‘兴者喻’，言《传》所兴者欲以喻此事也，兴、喻名异而实同……郑云喻者，喻犹晓也，取事比方以晓人，故谓之为喻也。”《释文》也说“兴是譬谕之名”。《毛传》揭示兴义也往往用“若”“如”“喻”“犹”，陈奂说：“凡全《诗》通例，《关雎》‘若雎鸠之有别’、《旄丘》‘如葛之曼延相连’、《葛生》‘喻妇人外成于他家’、《卷阿》‘犹飘风之入曲阿’、曰若、曰如、曰喻、曰犹，皆比也，《传》则皆曰兴。”[②] 但《毛传》理解的兴，还有兴起之义，其所标 116 处兴，标在首章首句下的有 4 处，次句下 97 处，第三句下 8 处，第四句下 3 处，所以孔疏说“兴者起也，取譬引类，起发己心，诗文诸举草木鸟兽以见意者，皆兴辞也”。但薛君所理解的兴则没有兴起之意，只是把采芣苢的活动与守君子而不离去进行类比。由于《毛传》理解的兴，既有兴起之义，又有譬喻之义，就与只是譬喻不同[③]。

汉代人所说的“引类譬谕”实际就是比，但《诗经》中的比与兴还是不同的。比是把不同种类的事物相比附，由此喻彼，由彼喻此，二者总是有某方面的关联点，这个关联点比较明确。而兴不是简单的类比关系，兴句和应句之间的联系往往比较模糊曲折，其联系也比较复杂，有意义上的，这一类接近比；也有情绪上的、气氛上的、声音上的等等。《毛传》虽然以譬喻来释兴，但

---

① 洪兴祖《楚辞补注》，中华书局，1983 年，第 2 页。

② 陈奂《诗毛氏传疏》卷六。

③ 朱自清《诗言志辨》，《朱自清说诗》，上海古籍出版社，1998 年，第 51—52 页。

实际认识到了兴的独特性，故“独标兴体”（《文心雕龙·比兴》）。并且《毛传》标兴116处，其中虽有误标、漏标的情况，但大多数都标识准确，也说明毛公对兴有一定的认识。再则，对一些不取义的兴，《毛传》也能标示出来，更说明毛公理解的兴不仅仅是譬喻。《周南·汉广》首章前两句“南有乔木，不可休息”与诗求女的主题并没有什么意义的联系，《毛传》标兴。《王风·扬之水》首章“扬之水，不流束薪。彼其之子，不与我成申。”《毛传》在前两句下标“兴”。朱熹说：“兴取‘之’‘不’二字。”① 意思是说兴句、应句以“之”“不”字关联，是不取义的兴。夏传才以为《秦风·黄鸟》每章前两句与下文没有意义的联系，只是发端起情②。《毛传》在首章前两句“交交黄鸟，止于棘”下标兴。

《韩诗薛君章句》以采芣苢比作对有恶疾的君子的不离不弃，实际认为采芣苢是虚写，并非诗人的本意所在。这与《毛传》理解的兴有点类似。《毛传》也认为兴辞并非写实，因而即使是对即目起兴的那一类，也往往把其看作是借景起兴。《陈风·东门之杨》首章“东门之杨，其叶牂牂。昏以为期，明星煌煌。”朱熹说：“此亦男女期会而有负约不至者，故因其所见以起兴也。”③《毛传》在前两句下标兴，并说：“言男女失时，不逮秋冬。”以为只是兴时节，不是实写。《唐风·有杕之杜》首章前两句“有杕之杜，生于道左”下《毛传》：“兴也。道左之阳，人所宜休息也。”马瑞辰说：“下章‘道周’，《韩诗》作‘道右’，则左

---

① 朱熹《诗集传》，上海古籍出版社，1958年，第44页。

② 夏传才《诗经语言艺术新编》，语文出版社，1998年，第148页。

③ 朱熹《诗集传》，第82页。

右随所见言之，不以道左之阳取兴。”[①]《小雅·采绿》首章前两句“终朝采绿，不盈一匊”下《毛传》标兴，但郑玄不视为兴，孔疏：“郑唯妇人身自采绿，不兴为异……毛以妇人不当在外，故以为兴……以田渔之妇，则庶人之妻可自亲采，故不从毛兴也。”

《毛传》虽然认为兴辞并非写实，不是诗文表达的重点所在，但又认为兴辞与下文有意义上联系，因而解释中努力挖掘这种联系。《周南·卷耳》首章前两句：“采采卷耳，不盈顷筐。”《毛传》：“忧者之兴也。”孔疏：“言有人事采此卷耳之菜，不能满此顷筐。顷筐，易盈之器，而不能满者，由此人志有所念，忧思不在于此故也。此采菜之人忧念之深矣，以兴后妃志在辅佐君子，欲其官贤赏劳，朝夕思念，至于忧勤。其忧思深远，亦如采菜之人也。”采卷耳者怀人的忧思和后妃“求贤审官”的忧思类似，故《毛传》说是“忧者之兴也”。《卫风·淇奥》首章前两句“瞻彼淇奥，绿竹猗猗”下《毛传》标兴，说：“猗猗，美盛貌。武公质美德盛，有康叔之馀烈。”以王刍和扁竹的茂盛关联武公的德盛。《王风·有兔》首章前两句“有兔爰爰，雉离于罗”下《毛传》：“兴也。爰爰，缓意。鸟网为罗。言为政有缓有急，用心之不均。”以野兔的自在与野鸡的陷入罗网关联“为政有缓有急，用心之不均”。

由上面的比较可以看出，《毛传》理解的兴是起头、譬喻、虚写、不是诗表达的重点但与下文有联系，而薛君理解的兴仅仅是譬喻，这也进一步说明薛君以兴言《诗》是受《毛传》影响。薛君虽受《毛传》影响而以兴解《诗》，但理解的兴与《毛传》理解的兴不同。而《毛传》正是认识到兴是起头、譬喻、虚写、不是

① 马瑞辰《毛诗传笺通释》，第354页。

表达重点但与下文有联系，才“独标兴体”。虽然他以譬喻解兴，但已经认识到兴与一般的比不同，因而需要标识出来，引起读者的注意。